*Darum tröstet euch untereinander*
*und einer erbaue den andern, wie ihr auch tut.*
1. Thessalonicher 5,11

*Wenn man Freundlichkeit verschenkt,*
*kommt sie immer wieder zurück.*
Sprichwort der Amish

# Kapitel 1

*SEI STARK.*

*Sei stark im Herrn, Lydia.*

*Stark im Herrn …*

Mit einem Blick aus tränenlosen Augen hatte Lydias *Maam* ihr diese Abschiedsworte zugeflüstert, als sie ihrer Tochter den Arm um die fast noch kindlich schmalen Schultern gelegt und sie zur Kutsche begleitet hatte, zu Henry, ihrem Mann, den sie kaum kannte.

Sie war zu schüchtern und verwirrt gewesen, um mit dem wesentlich älteren Henry Gruber unbefangen zu plaudern. Stattdessen hatte sie immer wieder an die Worte ihrer Mutter gedacht. In Gedanken hatte sie ständig diesen Abschiedsgruß wiederholt, auch um das Heimweh zu unterdrücken, das ihr so zu schaffen gemacht hatte. Sie hatte tapfer sein wollen. Deshalb hatte sie den Kopf hoch erhoben gehalten und hatte unverwandt auf die asphaltierte Straße gestarrt, die sich wie ein schwarzes Band von Pennsylvania nach Ohio schlängelte, bis zum Städtchen Sugarcreek.

Als Lydia jetzt in der hintersten Ecke des weißen Pavillons saß, den man auf Henrys und ihrem Anwesen aufgestellt hatte, kamen ihr die beschwörenden Worte ihrer Mutter wieder in den Sinn. Wie am Anfang ihres Lebens mit Henry klammerte sie sich erneut daran fest, während sie zusah, wie *Englische* im Nieselregen ihren Rasen überquerten, Gegenstände aus dem Besitz ihres verstorbenen Mannes in den Händen.

Sie war so damit beschäftigt, ihre Trauer nicht zu zeigen, dass sie nicht merkte, wie der Auktionator auf sie zukam.

„Mrs Gruber?“

Sie wandte sich um, als sie die Stimme von Mr Cohen hörte. Freundlich, beinahe aufmunternd nickte er ihr zu.

War es so weit? Die von ihr so gefürchtete Versteigerung war zu Ende. War es tatsächlich überstanden?

Mr Cohen stand vor ihr, in der Hand einen dicken, cremefarbenen Briefumschlag. Jetzt war sie ganz sicher. Im leeren Zelt standen nur noch die Stühle. Die Versteigerung war vorüber. Es war zu Ende. Die letzte öffentliche Handlung nach Henrys Tod war abgeschlossen. Fast alles, was er in seinem Leben besessen hatte, war von fremden Leuten weggetragen worden.

Das Gefühl, dass es jetzt endgültig vorbei war, durchfuhr sie wie eine erneute Welle der Angst, noch stärker als die erste. Obwohl sie viel zu jung war, um dieses Zittern in den Beinen zu spüren, fühlten sich ihre Gliedmaßen an wie die eines neugeborenen Fohlens, als sie sich mühsam von ihrem Klappstuhl erhob und endlich dem korpulenten Auktionator gegenüberstand.

„Es ist alles hier drin, in dem Briefumschlag." Mr Cohen sprach leise und langsam, als ob er vergessen hätte, dass er normalerweise die zu versteigernden Artikel so laut und schnell wie ein Maschinengewehr anpries.

„Fast alles Bargeld, aber es sind auch ein paar Schecks dabei."

Als sie vor wenigen Tagen auf dem Sofa gesessen hatte, ihre Bibel auf dem Schoß, und dabei Henrys leeren Platz auf dem Sessel betrachtet hatte, waren die Bibelverse vor ihren Augen verschwommen. Sie hatte sich vorgestellt, wie dieser Augenblick sein würde. Aber damals hatte sie noch nicht gewusst, wie es sich anfühlen würde, wenn sie alle Habseligkeiten von Henry verlieren sollte. Sie hätte es auch nicht wissen können.

Die gemeinsam mit ihm verbrachten Jahre hatten sie mit Henry zusammengeschweißt, mehr als ihr Zusammensein in dem engen Raum der Kutsche in den ersten Tagen ihrer Ehe. Sie meinte, der Schmerz müsste ihr das Herz zerreißen, als sie einen unangenehmen Geschmack im Mund spürte. Wie war das möglich? Blieb vom Leben ihres Mannes auf Erden nichts mehr als ein kleiner, mit Geldscheinen gefüllter Briefumschlag?

Entschlossen schluckte sie die aufsteigende Übelkeit herunter. Am liebsten hätte sie diesen Augenblick für immer vor sich hergeschoben. Sie hielt sogar inne, um die Knitterfalten aus ihrem langen schwarzen Rock zu glätten, als ob es lebenswichtig sei, die Spuren des stundenlangen Sitzens von dem frisch gebügelten Kleid zu beseitigen. Und doch wusste sie, dass sie diesen Moment nicht länger hinauszögern konnte. Lange unterdrückte Tränen brannten ihr in den Augen, als sie sich zwang, ihre Hand nach dem braunen Briefumschlag auszustrecken, den der Auktionator ihr hinhielt.

Obwohl die Luft unter dem Dach des Pavillons feucht und stickig war, fühlte sich der Umschlag in ihrer Hand seltsam kalt an. Lydia zog den Schal fester um ihre Schultern und versuchte zu sprechen. Ihre Kehle war wie zugeschnürt. Sie brachte noch nicht einmal das Wort *danke* heraus. Und so neigte sie bloß ihren Kopf zu einem stillen Dank. Der Rand ihrer *Kapp*, ihrer Gebetshaube, verbarg ihr Gesicht vor seinen Blicken.

„Es sind nicht viele Sachen übrig geblieben. Nur ein paar, die sich nicht verkauft haben." Mr Cohen sprach rasch weiter. „Die Werkzeuge vom Holzplatz und die Rasenornamente, die er gemacht hat, sind sehr schnell weg gewesen. Das haben Sie bestimmt bemerkt."

Aber sie hatte gar nichts bemerkt. Sie hatte sich gezwungen, nicht zuzusehen oder zuzuhören, weil sie nicht wissen wollte, wer Henrys Habseligkeiten kaufte. Sie wartete bloß ab, ob jemand Fragen zu den Sachen stellen wollte. Aber die wenigen Amish-Leute und die vielen *Englischen*, die vorbeigekommen waren, hatten keine Fragen gehabt.

Dafür gingen ihr selbst so viele Fragen durch den Kopf. Fragen nach dem Warum und dem Wie quälten sie ständig und raubten ihr in den letzten Wochen den Schlaf. Und noch immer schien Gott keine Antworten für sie parat zu haben.

„Ich kann die übrig gebliebenen Sachen Ihres Mannes ins Auktionshaus bringen, wenn Ihnen das weiterhilft", schlug er vor. „Ich habe meinen Kleinlaster hier."

„*Nee, nee*, Mr Cohen." Plötzlich konnte sie wieder sprechen. „Ich danke Ihnen, aber ich möchte Sie nicht damit belästigen. Das kann ich doch machen."

Sie holte tief Luft, weil sie sich unwohl fühlte. Gleichzeitig überlegte sie, wie oft sie hin- und herfahren müsste, um die übrig gebliebenen Sachen in die Stadt zu bringen. Sie hatte die Kutsche nur selten selbst gefahren. Henry hatte wie üblich auch hier die Zügel in die Hand genommen, wie bei fast allem in ihrer Ehe.

Aber diese Arbeit musste unbedingt erledigt werden. Die Lebenden durften nicht an den Besitztümern der Toten festhalten. Sie durften nicht gehortet oder gesammelt werden wie Schätze, denn es könnte ja passieren, dass man geliebte Menschen zu Götzen machte. Obwohl es ihr schwerfallen würde, musste sie es irgendwie schaffen, die Sachen loszuwerden.

„Wenn Sie meinen ... Dann räumen Josh und ich die Sachen in Ihre Scheune." Der Auktionator nickte seinem älteren Sohn zu. Der junge Mann hatte bereits begonnen, die übrig gebliebenen Habseligkeiten von Henry zusammenzustellen. „Dann bauen wir jetzt noch den Pavillon ab und sind dann weg."

„Das wäre *guud*, Mr Cohen. Ich danke Ihnen."

Der Auktionator nickte bestätigend. Mit einem letzten Blick voller Mitgefühl wandte er sich um.

„Oh, Mr Cohen!", stieß sie plötzlich hervor, weil ihr einfiel, dass Henry nicht mehr da war, um die geschäftlichen Dinge zu erledigen. „Sie haben doch Ihre Gebühr von der Geldsumme abgezogen, oder?"

„Offen gestanden, Mrs Gruber, unter diesen Umständen ..." Der Auktionator blieb stehen und strich sich nachdenklich über das Kinn. „Ich hätte ein schlechtes Gewissen, wenn ich eine Gebühr verlangen würde. Das ist das Mindeste, was ich tun kann. Ich meine, Ihr Mann – ich habe ihn nicht gekannt. Aber ... er war zusammen mit den anderen Feuerwehrleuten dort – freiwillig. Er hat versucht zu helfen. Und wenn das Feuer die anderen Gebäude neben der Kirche erfasst hätte ..." Er stieß einen erleichterten Seufzer aus. „Wir alle sind dankbar, dass es nicht so weit gekommen ist."

Sie hatte gehört, dass die gesamte Hauptstraße von Sugarcreek in Flammen aufgegangen wäre, wenn sich das Feuer weiter ausgebreitet hätte. Aber sie war es nicht gewohnt, für eine geleistete Arbeit nichts zu bezahlen. Es fühlte sich irgendwie falsch an.

„Aber Sie waren den ganzen Tag hier", gab sie zu bedenken. „Und wir haben uns über eine Gebühr geeinigt, und –"

Er hob die Hand, um sie am Weiterreden zu hindern. „Schon gut."

Es war eine freundliche Geste, die sie ruhig annehmen konnte. Trotzdem war sie innerlich zerrissen. Henry hätte so etwas nie getan. Er hätte protestiert und darauf bestanden, den Auktionator zu bezahlen. Aber in diesem Moment fühlte sie sich unendlich müde und zu erschöpft, um mit dem Mann zu diskutieren. „Dann danke ich Ihnen noch einmal für Ihre Hilfe, Mr Cohen."

„Wenn Sie etwas brauchen …“

Dieses Angebot trieb ihr erneut die Tränen in die Augen. Seit Henrys Tod sagten die Leute das zu ihr, Leute, die sie nicht kannte. Sie kamen an ihre Tür. Die einen brachten eine warme Mahlzeit mit, die anderen drückten ihr Beileid aus. Ihre Gesichter waren ihr unbekannt. Es gab so viele Fremde in dieser kleinen Stadt, in der sie doch schon so lange wohnte.

Aber wenn sie ehrlich zu sich selbst war, dann wusste sie gar nicht, was sie brauchte – außer Henry natürlich. Er hatte jede Minute ihrer Tage geplant, jedes Jahr ihres Lebens. Und jetzt konnte sie bloß den nächsten Augenblick planen.

Als die Männer den Pavillon abbauten, wurde der Regen stärker. Und in diesem Moment wusste Lydia genau, was sie brauchte. Sie musste endlich ins Trockene. Gedämpfte Motorengeräusche ließen sie innehalten. Als sie sah, wie die letzten *Englischen* mit ihren Autos wegfuhren, erfüllte sie eine tiefe, quälende Sehnsucht, die ihr fast den Atem nahm.

Wenn sie doch bloß eine von ihnen sein könnte. Wenn sie doch bloß ein Auto fahren könnte, dann würde sie weit wegfahren. So weit, bis sie an einen Ort kam, wo sie Trost finden könnte in ihrem Schmerz, wo diese tiefe Trauer in ihr einfach aus dem Autofenster fliegen und sich verflüchtigen würde.

Aber … das war eine dumme Idee, oder nicht?

Denn egal, wohin sie ging, Henry wäre nicht mehr da. Er hatte sie für immer verlassen. Für immer. Dieser Wahrheit musste sie sich stellen.

*Sei stark, Lydia.*

*Sei stark …*

Endlich liefen ihr die aufgestauten Tränen über die Wangen. Sie löste sich von dem Anblick der abfahrenden Autos und lief durch das regennasse Gras zurück ins Haus, wo sie zusammen mit Henry gelebt hatte.

# Kapitel 2

Natürlich wusste Jessica Holtz, dass Liz Cannon immer nur das Beste wollte. Das Wesen der älteren Frau war so liebreizend wie der Vanilleduft ihres Parfüms, der das Innere ihres Autos erfüllte. Jessica erinnerte sich, wie sie das schon als Kind empfunden hatte, als sie sich mit der Tochter von Liz getroffen hatte. Liz hatte ein gutes Herz und deshalb war sie auch mit ihrer Tante Rose so eng befreundet gewesen. Die beiden Frauen waren sich einfach zu ähnlich.

Deshalb gab Jessica sich auch alle Mühe, den Mund zu halten – und höflich zu bleiben, obwohl der Fahrstil von Liz und ihr „Anflug“ von Nachtblindheit Jessica den Angstschweiß auf die Stirn trieben.

Auf den letzten zehn Kilometern konnte sie kaum noch atmen. Ihre Fingernägel krallten sich in die Unterseite des Ledersitzes. Und noch immer schlingerte und schlitterte Liz in der Dunkelheit über kurvige Landstraßen und Wege auf der Suche nach dem Hof der Grubers.

„Das kann ich dir sagen …“ Liz schob ihre blau geränderte Brille bis zur Nasenwurzel hoch. „Diese Landstraßen sehen nachts ganz anders aus als tagsüber.“ Sie beugte sich nach vorn und starrte mit zusammengekniffenen Augen durch die Windschutzscheibe.

Jessica hatte dem nichts entgegenzusetzen. Sie hatte oft genug die gleiche Erfahrung gemacht. Bei Tag erstreckten sich auf beiden Seiten der Straße saftig grüne Felder und sanfte Hügel, so weit der Blick reichte. Aber in einer finsteren, sternenlosen Nacht konnten die schwarzen Konturen am Straßenrand verwirrend und beängstigend wirken.

Jetzt wünschte sie, sie hätte von vornherein angeboten, sich ans Steuer zu setzen. Sie war die bessere Autofahrerin und ihre Augen waren mindestens fünfundzwanzig Jahre jünger als die ihrer Freundin.

„Lass dir nur Zeit“, erwiderte sie so ruhig und beruhigend wie sie konnte, während sie innerlich zitterte und bebte. Ihr nächtlicher

Ausflug dauerte schon viel länger als geplant. Sie wollte nur noch nach Hause zu ihrem Sohn – unfallfrei!

Jessica zog ihr Smartphone aus der Hosentasche, um ihrem Babysitter eine SMS zu schicken, falls sie nicht bald das Zuhause der Grubers fanden. Hoffentlich hatte Marisa kein Problem damit, wenn sie später kommen würde – viel später als geplant.

Es geschah sowieso selten, dass sie an einem Wochentag noch so spät unterwegs war. Im Grunde genommen war sie so gut wie immer zu Hause. Als alleinerziehende, berufstätige Mutter hatte sie nicht viel Geld für Babysitter übrig. Außerdem wollte sie abends so viel Zeit wie möglich mit ihrem kleinen Sohn Cole verbringen, es sei denn, es ereignete sich etwas Unvorhergesehenes, etwas Außergewöhnliches, wie der Plan, den Liz geschmiedet hatte.

Sie starrte aus dem Seitenfenster in die Dunkelheit und dachte daran, wie einfach es geklungen hatte, als Liz ihr von ihrer Idee erzählte …

Sie brauchten bloß eine einfache, schnell herzustellende Patchworkdecke für die vor Kurzem verwitwete Lydia Gruber zu nähen und dafür den Stoff von Henry Grubers Hemden verwenden. Liz hatte sie vor zwei Wochen bei der Auktion auf dem Anwesen der Witwe ersteigert. Dann wollten sie sich in der Nacht ans Haus schleichen und das Geschenk vor der Tür ablegen, um der jungen Witwe ein Zeichen der Hoffnung zu schenken: Sie war ihren Mitmenschen nicht gleichgültig.

Jessica hatte diesem Plan begeistert zugestimmt. Dafür gab es viele Gründe. Und doch war die Sache alles andere als einfach, denn sie hatte ihre Gefühle nicht im Griff.

Mit jedem Stich, der ihr nicht akkurat gelang, wünschte sie sich, sie könnte besser mit Nadel und Faden umgehen und etwas Schönes schaffen. Hätte sie doch bloß mehr von ihrer Tante Rose gelernt, die das Stricken und Anfertigen von Patchworkdecken zu ihrer Leidenschaft und ihrem Lebensunterhalt gemacht hatte. Wie sehr fehlte ihr die Tante, die sie wie ihre eigene Tochter großgezogen und sie bedingungslos geliebt hatte!

In ihrem Herzen spürte sie noch immer diesen stechenden Schmerz und sie sehnte sich noch immer danach, dass ihr größter Wunsch in Erfüllung ging. Hätte es doch nie jenen Tag gegeben, als das Feuer ausgebrochen war. Dann hätten die Flammen nicht das Leben eines Mannes namens Henry gefordert. Es war vielleicht egoistisch von ihr, aber trotzdem wünschte sie sich, dass das Feuer auch ihre geliebte Tante Rose verschont hätte.

Noch immer konnte sie es nicht glauben. Wieder kamen ihr die Tränen. Hörte das denn nie auf? Sie wollte ihre Gedanken und Gefühle in den Griff bekommen. Als sie die Stimme von Liz hörte, fühlte sie sich schon ein wenig besser.

„Ich habe bestimmt nicht so lange gebraucht, als ich zu der Versteigerung gefahren bin", bekannte Liz.

„Stimmt, du hast gesagt, dass es ganz in der Nähe von der Stadt ist."

Als Liz das Auto ruckartig um eine weitere Kurve steuerte, glitt das Geschenk für die junge Witwe beinahe von Jessicas Schoß herunter. Sie packte es und legte es wieder zurecht. „Äh, ich glaube, ich schicke Marisa eine SMS, damit sie weiß, dass wir später zurückkommen."

Marisa war schon immer ein guter Babysitter für Cole gewesen, aber in den letzten Wochen war sie zu einem Geschenk des Himmels geworden. Sie half Jessica, wo sie nur konnte. Deshalb wollte Jessica die Hilfsbereitschaft der Schülerin aus der Oberstufe nicht überstrapazieren.

Sie war gerade dabei, die Kurznachricht an Marisa einzutippen, als sie ein Rascheln von Liz' Seite des Autos hörte.

„Ach du liebe Güte!"

„Was ist denn los?" Jessica blickte von ihrem Smartphone auf. Liz saß kerzengerade da und schaute konzentriert über das Lenkrad hinweg.

„Dort drüben." Liz deutete auf eine Stelle am Straßenrand. Dort hat sich etwas bewegt. „Meine Güte! Es ist ein Reh!", rief sie laut. „Bleib ganz ruhig, du wunderbares Geschöpf. Spring mir bloß nicht vors Auto. Hörst du? Nicht springen!"

Jessica merkte, wie Liz den Fuß vom Gaspedal nahm, bevor sie das Lenkrad herumriss und auf die Gegenspur steuerte. Jessica wurde zuerst nach rechts und dann nach links geschleudert. Das Geschenk und das Smartphone hüpften auf ihrem Schoß auf und ab.

„Liz, ich sage es dir nur ungern." Sie hielt sich am Armaturenbrett fest, um sich abzustützen. „Aber das ist kein Reh, sondern ein Amish-Mann. Auf einem Fahrrad."

„Ach ja? Dann ist ja alles gut. Der wird er ja nicht vor mein Auto springen."

Liz entspannte sich wieder und ließ die Schultern sinken, während sich Jessicas Nackenmuskeln spürbar anspannten. Ja, sie war tierlieb. Und ja, sie würde nie in ihrem Leben ein Reh anfahren wollen. Aber die Möglichkeit, einen Mann zu überfahren, einen echten, lebenden Menschen – nun, das war eine wirklich ernste Sache. Zumindest aus ihrer Sicht.

Sie wappnete sich für das Schlimmste und hielt erneut die Luft an, als Liz praktisch im Kriechgang weiterfuhr. Es dauerte lange, bis sie an dem Mann auf dem Fahrrad vorbeigefahren war und dabei ein bisschen wenig Abstand zu ihm hielt – fand Jessica, aber das sagte sie lieber nicht laut.

„Er braucht ein Rücklicht für sein Fahrrad", bemerkte Liz, als sie ihn hinter sich gelassen hatte und Jessica endlich erleichtert ausatmen konnte.

„Äh, er hat eins", erwiderte Jessica leise.

„Wirklich? Dann ist es aber ziemlich schummrig. Oder zu klein."

„Na ja, das Rücklicht könnte ein bisschen größer sein", stimmte Jessica ihr zu, aber eher, um die ältere Frau zu beschwichtigen. „Ach, übrigens. Lass mich doch das letzte Stück fahren", schlug sie vor. „Das ist vielleicht sinnvoller. Ich meine, dann kannst du nach der Straße Ausschau halten. Du warst schließlich schon mal dort." Sie riss sich zusammen, damit ihre Stimme ruhig klang.

„Ach nein. Ich schaffe das schon, Schätzchen. Außerdem habe ich so eine Ahnung, dass wir schon ganz nah dran sind." Liz klang zuversichtlich. Wie immer.

Jessica wusste nicht, wann sie jemals lernen würde, dass sie manche Situationen – und Menschen – nicht in den Griff bekommen konnte. Mit einem Seufzer lehnte sie sich zurück. Sie versuchte sich zu entspannen und bloß nicht an das zu denken, was in den letzten Wochen geschehen war. Lieber konzentrierte sie sich auf die Gegenwart und auf die überraschenden Dinge, die Liz ihr über ihre Tante erzählt hatte. Aber im Grunde genommen hätte sie nicht so überrascht sein müssen.

„Ich kann mir immer noch nicht vorstellen, dass du und Tante Rose auf solche nächtlichen Touren gegangen seid und ich nie etwas gemerkt habe."

„Wie hättest du es auch mitbekommen sollen? Im schwachen Licht des Autoinneren sah Jessica, wie Liz lächelte. Dabei glänzte das Haar ihrer trendigen Igelfrisur in der Dämmerung.

Jessica lachte leise auf. „Ja, stimmt. Diese Eskapaden sollten ja geheim bleiben." Sie hatte immer gedacht, sie wüsste alles über ihre Tante, die wie eine Mutter zu ihr gewesen war. Aber da hatte sie sich gründlich getäuscht. „Ich habe nie gewusst, dass Tante Rose inkognito so viel Gutes in dieser Stadt bewirkt hat. Und du natürlich auch", fügte sie hastig hinzu.

„Oh nein. Ich habe gar nicht so viel getan", erwiderte Liz kopfschüttelnd. „Ich habe dir ja schon erzählt, dass das alles die Idee von Rose gewesen ist. Ich hatte nur das Glück, dass sie mich zu ein paar von ihren Spritztouren eingeladen hat. Auf diese Art habe ich mich das ganze Jahr über ein bisschen wie der Nikolaus gefühlt."

Liz hatte Jessica kurz nach der Beerdigung ihrer Tante Rose beiseitegenommen und ihr erzählt, wie diese sie vor Jahren nach dem Gottesdienst angesprochen hatte. Wie aus heiterem Himmel. Es war, als ob sie gewusst hätte, dass Liz gerade in diesem Augenblick einen Menschen brauchte. Genau an jenem Sonntag war der dritte Todestag von Liz' Mann gewesen. Obwohl dieser Todesfall für alle anderen schon längst der Vergangenheit angehörte, hatte Liz noch immer damit zu kämpfen gehabt, diesen Verlust zu verarbeiten und die entstandene Leere in ihrem Leben sinnvoll auszufüllen.

An jenem Sonntagmorgen hatte Rose Liz in ihr Geschäft eingeladen. Dort sollte ein kostenloser Strickkurs stattfinden. Nachdem Liz zu einer treuen Teilnehmerin geworden war, hatte Rose sie gefragt, ob sie sich daran beteiligen wollte, anderen heimlich Gutes zu tun.

„Es klingt ganz so, als ob du und Tante Rose bei eurem Egagement viele tolle Dinge erlebt habt", bemerkte Jessica und dachte an die Geschichten, die Liz ihr bereits erzählt hatte.

„Aber sicher doch. Bei diesen nächtlichen Ausflügen haben wir immer viel gelacht." Liz musste schmunzeln. „Es hat sich gut angefühlt, für andere etwas zu tun. Noch besser war es, dass ich endlich auf andere Gedanken gekommen bin. Deine Tante war schon ein ganz besonderer Mensch." Jetzt klang ihre Stimme plötzlich traurig.

Jessica klopfte Liz sanft auf die Schulter, so wie es die ältere Frau in den letzten Wochen so oft getan hatte. Diese Geste war ein Ersatz für die Worte, die ihr in diesem Augenblick fehlten.

Es fühlte sich so seltsam an, dass sie ihre Tante nun verloren hatte und gleichzeitig ihr *Woll- und Nähparadies* geerbt hatte. Es war so unwirklich, als wäre sie in die Haut einer anderen Person geschlüpft und hätte in ihrem eigenen Leben den Halt verloren.

„Ich kann es immer noch nicht glauben, dass Tante Rose mir ihren Laden vermacht hat."

„Schätzchen, außer dir hatte sie niemanden. Sie hat dich geliebt – und ihren Laden." Liz redete beruhigend auf sie ein. „Warum solltest du nicht ihren Laden übernehmen? Sie hätte das so gewollt."

„Ich weiß. Aber …" Für Jessica war diese Situation logisch und unglaublich zugleich. Sie hatte keinerlei Begabung dafür, einen Handarbeitsladen zu führen. Und ihrer Tante war das auch bewusst gewesen. Als Jessica bei ihr aufwuchs, hatte sie kaum Interesse am Geschäft ihrer Tante gezeigt.

Aber in ihrem tiefsten Inneren wusste sie, dass sie es nicht anders haben wollte. Und so hatte ihre Tante es bestimmt auch empfunden, als sie ihr Testament aufsetzte. Für Jessica gehörte der Laden zu ihrer Kindheit. Er war – wie für Rose auch – ein Stück Familie. „Ich hoffe bloß, dass ich alles schnell lerne, damit der Laden auch läuft." Sie wollte doch verhindern, dass das Lebenswerk ihrer Tante durch ihre Ungeschicklichkeit zerstört wurde.

„Also, so dumm hast du dich bei unserer Patchworkdecke für Lydia Gruber gar nicht angestellt", entgegnete Liz.

Das war so offensichtlich geflunkert, dass Jessica mit einem Lächeln zu ihr hinübersah. „Es ist gut, Liz. Du brauchst nicht zu lügen. Ich kenne meine Defizite nur zu gut." Aber sie hatte auch feierlich gelobt, an diesem Defizit zu arbeiten.

„Nein, ich meine das ernst. Du hast vorher noch nie eine Nadel in der Hand gehabt und das glaube ich dir auch."

Jetzt musste Jessica laut lachen. Im Gesicht von Liz zeigten sich Hunderte Fältchen, weil sie über ihre eigenen Worte verblüfft war.

„Da habe ich mich wohl falsch ausgedrückt. Ich wollte eigentlich sagen –“

Doch Jessica fiel Liz ins Wort. „Hier ist die Quarterhorse Road.“ Sie deutete auf ein kleines Schild, das links von ihnen stand. „Ist das nicht die Straße, nach der wir gesucht haben?“, fragte sie hoffnungsvoll.

„Ja, das ist sie endlich.“ Abrupt bog Liz links ab. „Wir sind gleich da. Der Hof der Grubers ist nur ein kleines Stück weiter oben“, dabei schaltete sie rasch die Scheinwerfer aus.

Jessica warf der älteren Frau einen erstaunten Blick zu.

„Jetzt aber Spaß beiseite, Liz. Was machst du da?“

„Das ist schon o.k. So machen wir es immer. Kein Licht.“ Liz zuckte mit den Schultern.

„Schließlich sind wir in geheimer Mission unterwegs. Schon vergessen? Außerdem sind wir in fünf Sekunden an der Einfahrt.“

Als Liz plötzlich scharf bremste und das Auto abrupt zum Stehen kam, meinte Jessica, sie müsste jetzt erleichtert sein, weil sie ihr Ziel sicher erreicht hatten. Aber als Liz und sie da saßen und auf das Haus der Grubers starrten, spürte sie wieder diese große, innere Unsicherheit.

Als Kind hatte sie sich eine Theorie zurechtgelegt: Im Leben eines Menschen kann sich nur eine einzige schlimme Katastrophe ereignen. Das hatte sie sich ausgedacht, nachdem die unfassbare Tragödie geschehen war und sie mit acht Jahren beide Eltern bei einem tödlichen Autounfall verloren hatte.

Nach diesem schrecklichen Schicksalsschlag war sie sich sicher, dass ihr weitere Tragödien erspart bleiben würden. Und jetzt, mit siebenundzwanzig Jahren, als Mutter eines kleinen Sohnes und nach dem viel zu frühen Tod ihrer Tante, fühlte sie sich plötzlich wieder wie ein Waisenkind. Ihre Theorie hatte sich als falsch erwiesen.

Als sie zu dem Haus der Witwe aufsah, musste sie sich eingestehen, dass niemand vor Leid und schrecklichen Schicksalsschlägen sicher war. Sie nicht und auch nicht die junge Witwe, die sie noch nicht einmal kannte.

Sie drückte das schön eingepackte Geschenk an die Brust und wünschte, sie hätte beim Nähen ihre Sache besser gemacht. Liz mit ihrer beharrlich positiven Art meinte, dass man die unförmigen Stiche auf der Vorderseite der Patchworkdecke und die seltsam verschlungenen Fäden auf der Rückseite gar nicht bemerken würde, weil die mit der Decke verbundenen Gefühle die kleinen Macken überdecken würden. Hoffentlich würde es so sein.

„Die Versteigerung war hier?", flüsterte sie in die Stille hinein. „Im Garten?"

„Ja, dort drüben." Liz nickte zustimmend.

Wie seltsam muss das für diese Lydia Gruber gewesen sein, dachte Jessica. Dieses Treiben, die vielen Menschen. Der Singsang des Auktionators, als er die Gegenstände anpries. Die Autos, die auf dem Gras parkten. Und jetzt war das alles verschwunden. Es war totenstill und am Himmel war kaum ein Stern zu sehen.

„Hast du sie kennengelernt?", fragte Jessica leise. „Am Tag der Versteigerung?"

„Nein", antwortete Liz. „Aber es kommt mir so vor, als würde ich sie kennen."

Jessica nickte zustimmend, weil sie wusste, dass Liz vor einigen Jahren in derselben Situation gewesen war. Und natürlich hatte Jessica ihre eigenen Verluste zu überwinden. „Ich hoffe sehr, dass sie sich ein bisschen besser fühlt, wenn sie diese Decke vor ihrer Haustür findet."

„Das ist unsere Hoffnung, wie deine Tante Rose immer gesagt hat." Liz hielt inne, bevor sie weitersprach. „Sind wir bereit?"

Bevor Liz die Tür auf der Fahrerseite aufmachen konnte, um auszusteigen, legte Jessica ihr die Hand auf den Arm. „Weißt du, Liz, unser Gespräch heute Abend hat mich eins gelehrt: Manche Leute können manche Dinge besser als andere."

Liz sah sie verblüfft an.

„Wie wäre es, wenn du das hier nimmst …" Jessica reichte ihr das Geschenk. „Und ich nehme die hier." Dabei deutete sie auf die Autoschlüssel, die Liz in der Hand hielt. Und noch bevor Liz reagieren konnte, griff sie schon danach. „Für die Heimfahrt."

„Habe ich dir so viel Angst eingejagt?"

„Na ja …" Jessica schenkte ihr ein zaghaftes Lächeln. „Ein bisschen."

Einen kurzen Moment lang wirkte Liz ein wenig durcheinander. Aber dann war sie wieder ganz die Alte mit ihrem immer fröhlichen

Wesen. „Und das geht natürlich nicht. Nicht an einem so besonderen Abend wie heute."

Kaum hatte Liz diese Worte ausgesprochen, da wurde Jessica hin- und hergerissen von einer Flut von Gefühlen, die ihr die Tränen in die Augen trieben. Sie fühlte Hoffnung und Hoffnungslosigkeit, Freundlichkeit und Mitgefühl, Erstaunen und Trauer über ihren Verlust. Aber viel stärker als das alles war eine überschwängliche, tief gehende Dankbarkeit für ihre Tante, die sie so liebte. Und die ihr ebenfalls ihre Liebe geschenkt hatte.

*Das tue ich für dich, Tante Rose!*

Sie war zu überwältigt von ihren Gefühlen, daher behielt sie die Worte für sich. Aber sie trug sie in ihrem Herzen, als sie und Liz aus dem Auto stiegen und durch die stille Nacht zum Haus der Witwe schlichen.

In der Dunkelheit des Schlafzimmers rang Lydia nach Luft. Unter der Bettdecke wurde ihr ganzer Körper starr vor Angst. Da war es wieder. Die Geräusche, als ob etwas näher kommen würde, als ob noch jemand da wäre.

„Lieber Gott." Sie zuckte zusammen und wartete auf die Tränen, die nicht kommen wollten. „Ich muss doch schlafen. Zur Ruhe kommen. Ich will mich doch sicher und geborgen fühlen."

Sie konnte sich nicht erinnern, jemals in ihrem Leben so müde gewesen zu sein. Sie versuchte, sich an den Plan zu halten, den Henry für sie beide aufgestellt hatte. Er behauptete, nur so könne man ein gesundes, produktives Leben führen. Abends spätestens um halb zehn ins Bett, morgens um halb sechs aufstehen. Aber Nacht für Nacht war es das Gleiche. Diese Unruhe, die sie fühlte, raubte ihr den Schlaf. Hatte in all den Jahren, als er neben ihr lag, Henrys gleichmäßiger Atem die nächtlichen Geräusche übertönt?

Sie starrte an die Zimmerdecke, wartete und lauschte angestrengt, ob sie wieder etwas hörte. Da – ein Kratzen über ihr. Oder kam es aus dem Wohnzimmer? Starr vor Angst drehte sie langsam den Kopf. Sie hörte nichts außer ihrem Herzschlag, der in ihrem Ohr dröhnte. Sie hoffte, dass es jetzt endlich still würde. Aber da –

es war wieder da. Ein gedämpftes Geräusch … und eine Ahnung, dass da etwas in der Nähe war. War es drinnen? Oder draußen? Wieder hatte sie den Eindruck, dass sie nicht allein war.

Sie warf einen Blick auf die Laterne, die auf ihrem Nachttisch stand, und zwang sich dazu, das Licht anzuzünden. So konnte sie nicht weitermachen – nicht noch eine Nacht. Sie konnte sich nicht wie ein verängstigtes Tier in ihrem eigenen Bett verkriechen.

Mühsam stand sie auf. Das Herz schlug ihr bis zum Hals, als sie in ihren Schal eingewickelt nach der Laterne griff und auf Zehenspitzen ins Wohnzimmer schlich. Ihr Blick schweifte durch das Zimmer auf der Suche nach etwas, das nicht hierher gehörte. Aber sie konnte nichts entdecken. Sie konnte nichts hören. Gar nichts.

Sie stand einfach nur da in der Stille, die sie umgab. Sie spürte, wie sie schwankte und ihr vor Erschöpfung schwindlig wurde. Trotzdem konnte sie sich nicht wieder in ihr Bett legen, weil sie sich vor dem leeren Platz neben ihr fürchtete.

Stattdessen machte sie die Laterne aus. Als das bleiche Mondlicht durch das Fenster schien, ließ sie sich auf Henrys Sessel nieder. Die Armlehnen fühlten sich kalt an und das Kissen war härter als sie dachte. Dennoch konnte sie ihn beinahe spüren, konnte sich vorstellen, wie er da war und sie beschützte. Wenigstens ein paar Nächte wollte sie hier verbringen und zur Ruhe kommen.

# Kapitel 3

Obwohl es jetzt am frühen Morgen noch recht kühl war, war Lydia schon schweißgebadet, als sie hilflos vor dem Haufen aus Lederriemen stand, den sie aus der Scheune geholt hatte.

„Wenn du doch bloß sprechen könntest, Flora", murmelte sie. Das nervös tänzelnde Pferd warf ihr aus seinen großen braunen Augen einen skeptischen Blick zu. „Dann könntest du mir erklären, wie das hier funktioniert."

Sie fühlte sich überfordert. Ihre innere Unruhe wuchs. Und auch ihre Wut, weil alles so ungerecht war.

Ganz besonders an einem Tag wie diesem.

Der Morgen war frisch und klar. Es wehte ein angenehm kühler Wind und der Himmel war von einem so tiefen Kornblumenblau, dass man bei diesem Anblick die Augen schließen musste. Früher hatte sie solche Vormittage ausgekostet und laute Loblieder zum Himmel hinaufgeschickt. Das herrliche Wetter hatte sie immer genutzt, um Henrys frisch gewaschene Hosen und Baumwollhemden in einer schnurgeraden Reihe an die Wäscheleine zu hängen, während sie die Augen zusammenkniff und in das strahlende Sonnenlicht schaute.

Aber seitdem Gott ihr Henry genommen hatte, tat sie das alles nicht mehr.

Jetzt war es vorbei damit. Die Hemden ihres Mannes flatterten nicht mehr im Wind und sie musste sich auch nicht mehr überlegen, was sie ihm zum Abendessen kochen sollte. Stattdessen fühlte sie sich innerlich wie zerrissen, das eine Mal war sie wütend auf Gott, weil er ihr den Mann weggenommen hatte, und dann wieder flehte sie ihn an, er möge ihr bei all dem helfen, was nun auf sie zukam und erledigt werden musste.

Aber momentan sah es so aus, als ob er ihr seine Hilfe verweigerte.

Und es war ihr klar, dass Flora sich auch nicht selbst vor die Kutsche spannen würde.

Das Pferd war die Pflege und die sichere Hand ihres Mannes gewohnt und konnte mit der Aufmerksamkeit, die Lydia ihm plötzlich schenkte, nichts anfangen. Es war sichtlich verstört. Flora trippelte vor und zurück und wich zur Seite aus. Sie wirkte ruhelos, so als ob sie sich überlegte, ob sie auf dem Hof bleiben oder lieber hinauf zu den Hügeln galoppieren sollte.

Wie sehr wünschte sich Lydia, sie könnte ebenfalls weglaufen. Floras Unruhe übertrug sich auf sie und sie fühlte sich angespannt und unwohl. Es war nicht nur die Angst vor dem nervösen Pferd, sondern sie fühlte sich so steif und todmüde von der unruhigen Nacht auf dem Sofa, dass sie kaum noch aufrecht stehen konnte.

„Ich weiß, du kannst nichts dafür, Flora." Sie seufzte, als sie sich über eine schmerzhafte Stelle am Rücken fuhr. „Meinst du etwa, ich mach das gern? Ich will genauso wenig in die Stadt fahren wie du."

Als sie das Wort Stadt aussprach, bekam sie eine Gänsehaut. An ihren Armen stellten sich die feinen Härchen auf, als ihr die Angst einen Schauer über den Rücken jagte. Die wenigen Kilometer in die Stadt kamen ihr so vor, als müsste sie bis ans andere Ende der Welt fahren.

Aber genauso fühlte es sich an. Jahrelang war sie Tag für Tag allein zu Hause geblieben, hatte die anfallenden Arbeiten verrichtet und darauf gewartet, dass Henry abends nach Hause kam. Sie konnte sich nicht daran erinnern, wann sie das letzte Mal allein in der Stadt gewesen war.

Aber allmählich waren ihre Vorräte aufgebraucht. Flora brauchte Futter und dann musste sie Lebensmittel einkaufen, vor allem Milch. Die streunende Katze, mit der sie sich seit Henrys Tod angefreundet hatte, war verschwunden, nachdem sie tagelang mit einem hoffnungsvollen Miauen vor ihrer Tür gesessen hatte.

„Ich will dir bloß helfen, Flora. Du brauchst doch auch dein Fressen, oder nicht, altes Mädchen?"

Anstelle einer Antwort begann Flora laut zu schnauben. Lydia hatte nicht damit gerechnet und deshalb wich sie erschrocken zurück. Wieder klopfte ihr das Herz bis zum Hals.

Als Kind hatte sie Stunden damit verbracht, die Pferde ihres Vaters zu pflegen. Sie hatte die Mähnen geflochten und die Schweifhaare gekämmt, bis sie glatt und glänzend gewesen waren. Aber dann war der Tag gekommen, als sie mit dem Lieblingspferd ihres *Dadis* ausgeritten war, um ihr Werk zu präsentieren. Seitdem hatte sie eine große Scheu vor diesen Tieren. Denn damals hatte ihr Ausritt kein gutes Ende genommen. Das Pferd hatte vor einem Auto gescheut und sie abgeworfen. Sie war in den Straßengraben gefallen und hatte eine Gehirnerschütterung erlitten. Schlimmer war es dem armen Tier ergangen. Es war ausgerutscht, die Böschung hinuntergestürzt und hatte sich das Bein gebrochen. Das war sein Todesurteil gewesen.

Von diesem weit zurückliegenden Unfall hatte Lydia nicht nur äußere Narben davongetragen, sondern auch Ängste. Sie hatte kein Vertrauen mehr zu Pferden und zweifelte an ihrer eigenen Fähigkeit, richtig mit ihnen umzugehen. Wenn sie einen dieser Vierbeiner sah, spürte sie immer diesen dumpfen Schmerz, weil sie sich schuldig fühlte am Tod eines Artgenossen.

Sie hatte Henry von diesem Vorfall erzählt, aber er hatte nicht allzu viel dazu gesagt, sondern ihr nur klargemacht, dass sie sich um den Haushalt und den Garten kümmern sollte. Alles andere würde er übernehmen, denn er trug die Verantwortung für ihr gemeinsames Leben.

Aber jetzt war ihr das keine große Hilfe.

Lydia holte tief Luft und versuchte, nicht an jenen lange zurückliegenden Tag oder ihr momentanes Unbehagen zu denken. Sie musste sich dieser Aufgabe stellen, denn sonst würde sie nicht in die Stadt und wieder zurückfahren können, bevor am Nachmittag der Verkehr dichter wurde.

Sie versuchte sich zu konzentrieren und starrte angestrengt auf die vor ihr liegenden Lederriemen. Schließlich fiel ihr Blick auf etwas, das ihr bekannt vorkam. Natürlich – das Geschirr. Damit musste sie anfangen.

Sie bückte sich nach den Riemen. Aber Flora wollte nichts davon wissen. Mit einem lauten Wiehern warf sie den Kopf hin und her. Mit jeder Bewegung, jedem Ton schmolz Lydias Mut dahin.

„Bitte, Flora, bitte." Beruhigend sprach sie auf das Pferd ein, weil sie wusste, dass sie nicht nachgeben durfte, auch dem Tier zuliebe nicht. „Du brauchst etwas zur Beruhigung." Plötzlich erinnerte sie sich an das Stückchen Apfel in ihrer Schürzentasche.

Sie war zu nervös, um dem Pferd die Leckerei hinzuhalten, und warf stattdessen das Apfelstück auf den Boden. Als Flora den Kopf nach dem Leckerbissen senkte, hantierte Lydia geschickt mit dem Geschirr. Mit zitternden Fingern rückte sie die Lederriemen zurecht.

Geschafft! Sie trat zurück und wischte sich den Schweiß von der Stirn.

Dieser kleine Erfolg machte sie mutiger und sie spürte, wie sich der Kloß in ihrem Magen auflöste – bis Flora erneut schnaubte und den Kopf schüttelte. Und schon war sie wieder da, die Anspannung.

Jetzt wusste sie zwar, welche Lederriemen sie als Nächstes befestigen musste, aber sie war wie erstarrt von der wachsenden Unruhe des Pferdes, als Flora erst den linken Huf bewegte, dann den rechten. Den linken. Den rechten …

Ihr Herz pochte im Rhythmus der Pferdehufe und so dröhnte der Herzschlag in ihren Ohren.

„Sieht ganz so aus, als hätten Sie alle Hände voll zu tun mit diesem zappligen Pferd."

Beim Klang der männlichen Stimme hinter ihr machte Lydia vor Schreck einen Satz nach vorn und drehte sich mit einem erschreckten Laut um. Den Mann hatte sie noch nie gesehen.

„Entschuldigung." Der Fremde zuckte zurück. „Ich wollte Sie nicht erschrecken."

Ihre Hände krallten sich in den Ausschnitt ihres Kleides und sie fühlte sich, als würde sie vor Angst gleich ersticken. Gleichzeitig suchte sie mit ihren Blicken nach etwas, womit sie sich verteidigen konnte – oder nach jemandem, der die beschützte. Aber sie erblickte bloß die leeren Felder. Niemand war da, der ihr helfen könnte. Sie war ganz allein mit dem Fremden.

„Was wollen Sie?" Ihre Stimme klang so rau, dass sie sie selbst nicht wiedererkannte.

„Ich … äh …" Der Mann neigte den Kopf. „Ich möchte … möchte Ihnen das hier geben."

Als der Mann den Arm hob, zuckte Lydia zusammen. Von seinem plötzlichen Auftauchen war sie so überrascht gewesen, dass sie den Gegenstand in seiner Hand gar nicht bemerkt hatte.

Verwirrt starrte sie auf das in violettes Geschenkpaper eingewickelte Päckchen. Dann warf sie dem Amish-Mann einen misstrauischen Blick zu. „Sind Sie ein Bekannter von Henry?“

Kurz nach Henrys Tod hatten Bekannte von Henry, vor allem Amish-Männer und *Englische* von seiner Arbeitsstelle und von der freiwilligen Feuerwehr, sie besucht, um ihr ihr Beileid und Bedauern auszusprechen. Von ein paar Männern kannte sie die Namen, weil Henry über sie gesprochen hatte, aber die meisten von ihnen waren ihr nicht bekannt. Sie hatte nie etwas von ihnen gehört. Es schien ihr beinahe so, als ob ihr Mann noch ein zweites, von ihr getrenntes Leben geführt hatte.

Aus Sorge um ihre Sicherheit hoffte sie, dieser Mann würde in dieses andere Leben von Henry gehören. Aber als er unter seinem Strohhut die Stirn krauszog, merkte sie, dass das nicht der Fall war. Wieder überrollte sie die Angst wie eine dunkle Welle.

„Henry?“ Die hellen Augen des Mannes blickten verwirrt. „*Nee*, ich kenne keinen Henry.“

„Nein?“ Sie merkte, wie sich ihre Hände zu Fäusten ballten.

„Nein. Ich bin erst vor ein paar Tagen wieder in diese Stadt gezogen. Ich bin Jonas. Jonas Hershberger, Ihr neuer Nachbar.“ Er wandte sich um und deutete auf das Anwesen, das links von ihrem Haus lag. Eine Reihe wild wuchernder Büsche trennte ihr Grundstück von dem alten Zuhause der Familie O'Malley. Das Haus hatte schon so lange leer gestanden, dass es für sie gar nicht mehr existierte. Nur selten beachtete sie das Nachbargrundstück.

„Ich nehme an, Henry ist Ihr Mann?“

Sie wollte etwas sagen, aber es kam zunächst kein Laut aus ihrem Mund. Einen Fremden ging es doch nichts an, wie es um sie stand, oder?

„Ja“, erwiderte sie. Herr, hilf mir, dachte sie bei dieser Lüge. „Ja, das ist er.“

„*Guud*. Dann lerne ich ihn bestimmt noch kennen“, bemerkte der Fremde. Es klang so, als ob er sich tatsächlich darauf freuen würde. Sie biss sich auf die Zunge, damit sie nicht mit der Wahrheit herausplatzte. „Aber erst mal möchte ich Ihnen das hier geben“, fügte er hinzu.

Sie reagierte mit einem entschlossenen Kopfschütteln. „Ich kann von Fremden doch keine Geschenke annehmen.“

Er zog die Augenbrauen hoch und sah sie mit einem seltsamen Blick an. „Nein, das ist nicht von mir." Ein schwaches Lächeln umspielte seine Lippen. „Mein Hund streunt gerne auf anderen Grundstücken herum. Und er hat die schlechte Gewohnheit, Sachen, die ihm nicht gehören, nach Hause zu schleppen."

Der Mann wirkte ehrlich, auch wenn er viel jünger war als Henry. In seinen Augen konnte sie sogar ein freundliches Funkeln entdecken. Aber dennoch klang seine Geschichte wenig glaubwürdig, vor allem deshalb, weil er nicht von einem Hund begleitet wurde und sie auch sonst keinen Vierbeiner sah.

„Er ist im Haus und hält ein Schläfchen." Der Mann – Jonas – musste ihre Zweifel gespürt haben. „Er ist erschöpft, weil er schon am frühen Morgen herumgestromert ist. Ich habe so eine Ahnung, dass er das hier vor Ihrer Tür gefunden hat." Wieder hielt er ihr das Päckchen hin. „Leider hat er das Papier ein bisschen zerkaut."

Nach all den Wochen, die seit Henrys Tod vergangen waren, konnte sie sich nicht vorstellen, wer ihr ein Geschenk vor die Tür gelegt haben könnte. Aber je eher sie das Päckchen entgegennahm, desto eher würde der Mann wieder gehen. Zumindest hoffte sie das. *„Danki."*

„Bitte sehr." Er tippte mit dem Zeigefinger an die Hutkrempe und trat einen Schritt zurück. Bestürzt stellte sie fest, dass er gar keine Anstalten machte wegzugehen. Stattdessen deutete er auf Flora und die Kutsche. „Sie wirkt sehr schreckhaft. Darf ich das für Sie erledigen?"

„Also, ich ..." Sie war innerlich zerrissen. Einerseits wollte sie ihn unbedingt loswerden, andererseits brauchte sie aber seine Hilfe. Sie war in einem inneren Zwiespalt. Doch in diesem Moment brauchte sie vor allem die Hilfe des Fremden. Vielleicht hatte Gott ihr diesen freundlichen Menschen ja geschickt, da konnte sie ihn doch nicht einfach so wieder wegschicken.

„Das wäre furchtbar nett von Ihnen." Endlich gab sie sich geschlagen.

Sie sah zu, wie Jonas geschickt einen Lederriemen mit dem anderen verband und gleichzeitig Floras Vertrauen und Zuneigung gewann. Zwischen jedem Arbeitsschritt strich er dem Pferd mit seinen kräftigen Händen über den Hals. Es schien fast so, als hatte das Tier diese Berührung lange vermisst.

Lydia konnte nur mit großen Augen staunen über die Veränderung, die mit Flora vor sich ging. Sie war auch überrascht, dass Jonas mit dem Anspannen und der Kutsche weniger Zeit brauchte als sie für das Zurechtlegen der Zügel und des Pferdegeschirrs. Er streichelte Flora ein letztes Mal, bevor er sich zu ihr umdrehte. „Jetzt ist alles bereit für die Fahrt."

„Tatsächlich. Sie haben es geschafft, Flora ganz schnell zu beruhigen." Sie konnte ihre Verblüffung nicht länger leugnen. „Vielen, vielen Dank für Ihre Hilfe. *Danki.*"

„Das ist doch gern geschehen ..." Er hielt inne und nickte ihr zu. Offenbar wartete er darauf, dass sie ihm ihren Namen nannte.

Sie zögerte kurz, atmete dann aus und tat ihm schließlich den Gefallen. „Lydia."

„Lydia." Sein Lächeln spiegelte sich in seinen Augen wider. „Freut mich, Sie kennenzulernen."

Als er ihr die Hand schüttelte, merkte sie sofort, warum Flora plötzlich so fügsam war. Schon diese kurze Berührung bewirkte, dass sie ruhiger wurde und sich sicherer fühlte.

„Ihnen noch einen *guude* Tag, Lydia." Er wollte schon weggehen, drehte sich aber noch einmal zu ihr um. „Ach ja, und ich werde ein ernstes Wörtchen mit Jeb sprechen, damit er von Ihrem Grundstück wegbleibt."

Sie merkte, dass seine Worte nicht ernst gemeint waren. Aber trotzdem errötete sie, weil sie nicht wusste, wie sie darauf reagieren sollte. Sie war es nicht gewohnt, dass jemand mit ihr herumalberte. Henry hatte sich nie so verhalten.

Sie drückte das Geschenk an die Brust und sah Jonas Hershberger mit wachsamem Blick nach, als er ihr Grundstück wieder verließ. Sie glaubte ihm zwar, dass er ihr neuer Nachbar war, aber weil sie sich in letzter Zeit so schwach und wehrlos fühlte, wollte sie sichergehen, dass er wirklich kein Betrüger oder Landstreicher war und tatsächlich in der Einfahrt seines Grundstücks auftauchte.

Erst als er aus ihrem Blickfeld verschwunden war, erinnerte sie sich an das Geschenk, das sie noch immer in der Hand hielt. Von wem es wohl war? Sie hatte nicht die geringste Ahnung.

Als sie das bereits ramponierte Geschenkpapier aufriss, hoffte sie, eine Karte zu finden. Das, was sie stattdessen entdeckte, ließ ihr Herz schneller schlagen.

Die Vierecke der kleinen Patchworkdecke wirkten auf den ersten Blick sehr schlicht und die Farben waren nicht so kräftig. Es herrschten gedeckte Blautöne vor, verwaschenes Weiß und hier und dort war ein dezentes Gelb zu sehen. Aber Lydia wusste, woher jedes einzelne Stoffstück stammte. Sie hatte Henrys Hemden selbst genäht. Und wenn sie sie gewaschen, aufgehängt und wieder in den Kleiderschrank geräumt hatte, hatte sie manchmal ihre Wange an den Stoff gedrückt. In diesen Momenten hatte sie eine unbestimmte Sehnsucht in sich verspürt, etwas, das sie nicht mit Worten ausdrücken konnte. Dieses dumpfe Gefühl kam jetzt zurück und damit auch der Schmerz.

„Oh, Henry“, flüsterte sie.

Mit beiden Armen drückte sie die Decke an sich. „Oh, Henry“, flüsterte sie wieder. „Ich kann einfach nicht glauben, dass du fort bist!“

Als ihre Tränen auf das Gewebe tropften, hielt sie die Decke von sich weg und rieb sie trocken. So etwas Wertvolles durfte sie doch nicht behalten, oder?

Zum zweiten Mal an diesem Morgen fühlte sie sich innerlich zerrissen. Sie packte das lila Papier um die Patchworkdecke, weil sie den Anblick nicht ertragen konnte. Das Geschenk wäre gut geeignet als warme Kniedecke, aber für jemand anderen, nicht für sie selbst.

Durch den Tränenschleier konnte sie kaum richtig sehen, als sie zur Rückseite der Kutsche ging. Sie öffnete den dort befestigten Holzkasten und legte das Päckchen zu Henrys anderen Sachen, die sie in den Bürgerladen bringen wollte. Sie vergrub das Geschenk förmlich unter den Kleidungsstücken, damit sie nicht in Versuchung geriet, es wieder herauszuholen.

Hoffentlich würde sie nie erfahren, von wem das Geschenk stammte. Und hoffentlich würde die Person, die sich die Mühe gemacht hatte, diese Decke zu nähen, niemals herausfinden, was damit geschehen war.

Sie zwang sich, den schwarzen Holzkasten abzuschließen. Mit noch immer tränennassen Augen ging sie um die Kutsche herum und holte tief Luft, um sich der anstehenden Aufgabe zu widmen. Dann stieg sie auf den Fahrersitz und griff nach den Zügeln.

Sie schnalzte mit der Zunge und klatschte mit den Zügeln auf den Rücken des Pferdes, damit es loslief. Aber trotz der Mühe, die sie sich gegeben hatte und der Hilfe ihres Nachbarn bewegte sich das störrische Tier keinen Zentimeter vom Fleck.

„Na, Flora? Soll das jetzt so weitergehen?“, fragte sie verärgert. „Ich weiß, ich bin nicht Henry, aber du musst trotzdem deine Arbeit machen.“

Obwohl sie das Pferd immer wieder bat, sich doch in Bewegung zu setzen, blieb Flora stehen. Frustriert sah Lydia zum Himmel hoch und stieß einen verzweifelten Seufzer aus. Sie brauchte Geduld, eine ganze Menge davon. Vielleicht übertrug sich ihre innere Anspannung auf das Tier, denn sie hielt die Zügel fest umklammert.

Schließlich ließ sie die Lederriemen los. Beide, Mensch und Tier, verharrten in Stille, während Lydia die Augen schloss und den Kopf sinken ließ. Sie versuchte, zur Ruhe zu kommen und die Geduld für einen zweiten Versuch aufzubringen. Plötzlich spürte sie einen sanften Wind, der ihrem Gesicht Kühlung zufächelte. Mit diesem Luftzug und der Ruhe kam die Erinnerung, wie ihr Mann es gemacht hatte … wie er die Zügel immer ganz leicht auf Floras Rücken hatte fallen lassen – nicht nur einmal, sondern zweimal, bevor sie losgefahren waren.

Lydia machte die Augen auf, griff wieder nach den Zügeln, hielt sie locker in den Händen und versuchte, es ihrem Mann nachzumachen. Ein leichter Klaps und noch einer. Und endlich gehorchte Flora.

Die Hufe des Pferdes klapperten, als es an der Kiesauffahrt entlanglief. Es schien sich jetzt zu entspannen und zu wissen, was zu tun war. Aber Lydia kam nicht zur Ruhe. Mit jedem Schritt, den das Tier machte, wuchs ihre innere Anspannung. Sie kamen vorbei an der Wäscheleine, dem Platz, wo sie immer Henrys frisch gewaschene Sachen aufgehängt hatte, und am Garten, wo sie gewöhnlich das Gemüse für ihr gemeinsames Abendessen geholt hatte.

Sie fuhr vorbei an dieser täglichen Routine, die nie wieder so sein sollte, wie sie war. Jetzt bot ihr jeder Tag eine Überraschung. An jedem neuen Tag musste sie sich etwas Neues erarbeiten. Und das gefiel ihr gar nicht. Sie wusste nicht, wie sie die Lage meistern sollte, nur, dass sie keine andere Wahl hatte.

Als Flora das Ende der Auffahrt erreichte, zog Lydia die Zügel an. Sie war erschrocken, weil alles so anders aussah ohne Henry an ihrer Seite. Die Felder erstreckten sich auf beiden Seiten der Straße bis zum Horizont. Und rechts lag die Straße, die nach Norden zum kleinen Städtchen führte und mal breiter, mal schmaler wurde, bis sie in der Ferne im nebligen Dunst zu verschwinden schien.

Ohne ihren Mann, der sich immer schützend vor sie gestellt hatte, erschien ihr die Welt vor ihrem Haus erschreckend groß, viel zu weiträumig, viel zu rätselhaft. Krampfhaft umklammerten ihre Hände die Zügel. Sie saß da und hörte das dumpfe Pochen ihres Herzens. Sie wollte nicht in diese Welt hinaus, und doch wollte sie diese Fahrt schnell hinter sich bringen.

*Ich muss es wenigstens versuchen …*

Vielleicht ging es ihr besser, wenn sie wieder das gleichmäßige Klappern von Floras Hufen hören würde. Vielleicht wirkte dieses Geräusch beruhigend, so wie früher. Wie damals, als sie sich in friedliche Tagträume flüchten konnte, als Henry noch die Zügel in den Händen hielt. Vergessen wären dann die Ängste der Vergangenheit und sie wäre wieder ein unwissendes Kind. Und sie könnte auch die Gegenwart vergessen … vergessen, dass sie als junge Frau ganz allein war.

Fest entschlossen, es wenigstens zu versuchen, drehte sie den Kopf nach links und suchte mit den Augen die Straße ab. Der Weg war frei. Sie lenkte Flora nach rechts und gab dem Pferd das Startsignal.

Zu ihrer Erleichterung gehorchte Flora sofort und trabte munter auf die Straße. Als sie den gleichmäßigen Rhythmus der Pferdehufe hörte, ließ die Spannung in Lydias Schultern ein wenig nach.

*Sei stark …*

Sie konnte, nein, sie *wollte* es schaffen.

„Braves Mädchen, Flora." Jetzt fiel ihr das Sprechen leichter. „Braves Mädchen."

# Kapitel 4

„Marisa ist gleich hier, Cole. Sie bringt dich zum Training", sagte Jessica und sah kurz auf. Sie war gerade dabei, blaugrüne Garne in einen Kasten zu sortieren. „Hast du dir auch die Zähne geputzt?"

Cole saß mitten im Laden auf der alten Sitzbank aus Eichenholz, einem Erbstück von Tante Rose, und war in ein Videospiel vertieft. Zumindest tat er so. Seine schmächtige Gestalt füllte den Sitz kaum aus. Deshalb konnte Jessica die in die Rückenlehne geschnitzten Worte gut erkennen. Aber sie wusste sowieso, was dort stand. Schon als Kind und auch später noch hatte sie oft genug auf dieser Bank gesessen. Sie kannte den Lieblingsspruch ihrer Tante auswendig. „Freunde sind wie Patchworkdecken. Sie halten immer warm."

„Cole", wiederholte sie, als sie keine Antwort bekam. „Deine Zähne. Hast du sie geputzt?"

Ihr Sohn nickte bloß, ohne hochzusehen.

Natürlich war ihr klar, warum ihr sonst so gesprächiger Sohn in letzter Zeit so einsilbig war. Er hatte ein Recht darauf, ein bisschen zu schmollen. Ging es ihr nicht oft genauso?

In letzter Zeit hatte sich bei ihnen beiden einiges verändert. Seitdem sie den Laden geerbt hatte und er in die erste Klasse gekommen war, verbrachten sie nicht mehr so viel Zeit miteinander. Und ihre gemeinsamen Abende hatten sich auch verändert. In der Abenddämmerung saßen sie oft am Küchentisch, Cole mit Hausaufgaben beschäftigt und Jessica mit liegen gebliebener Arbeit für den Laden.

Für Cole hatte sich auch ihre Wohnsituation gravierend geändert. Der Umzug aus der großen Wohnung in die kleine von Tante Rose, die direkt über dem Laden lag, war für ihn nicht leicht gewesen. Er hatte ein großartiges Zimmer aufgeben müssen, mit Weltraumdekor und Sternen an der Decke, die im Dunkeln leuchteten. Jessica versprach ihm, diese Sterne schon wieder anzubringen, sobald es um sie herum ruhiger würde.

Und natürlich war da diese große Lücke in ihrem Leben, der leere Platz, den Rose bisher eingenommen hatte. Oma Rose, wie

Cole seine Großtante immer genannt hatte und die für ihn wie eine liebevolle Großmutter gewesen war.

„Weißt du eigentlich, dass du mir schon lange keinen Witz mehr erzählt hast“, versuchte sie es wieder.

Doch Cole reagierte nur mit einem gleichgültigen Achselzucken und starrte weiter auf sein Videospiel.

Oft hatte er morgens einen Witz oder ein Rätsel für sie parat gehabt, etwas Lustiges aus einem der Bücher, die Tante Rose ihm zum Geburtstag geschenkt hatte.

„Soll das eine Anspielung sein, dass er eines Tages mal als Komiker arbeiten soll, Tante Rose?“, hatte Jessica ihre Tante spöttisch gefragt, als sie seinen siebten Geburtstag gefeiert hatten. Es war der letzte Geburtstag gewesen, den sie zusammen gefeiert hatten.

„Nein, natürlich nicht. Ich stelle ihn mir eher als Arzt vor“, hatte ihre Tante erwidert. „Als jemand, der ein gutes Herz hat und lieb und fröhlich zu seinen Patienten ist.“

Damals hatte Jessica begriffen, dass ihre Tante immer so gelebt hatte. Sie hatte ein Herz aus Gold gehabt.

„Nun, Colester.“ Sie sprach ihren Sohn erneut an. „Weil du in letzter Zeit keine Witze mehr erzählst, habe ich einen für dich.“

Endlich konnte er sich von seinem Spiel losreißen. Neugierig sah er zu ihr hoch.

„Ähem.“ Sie hüstelte dramatisch, um Zeit zu gewinnen, während sie sich den Witz in Erinnerung rief, den sie am frühen Morgen im Internet gefunden hatte.

„Also Cole, äh …: Welcher Vogel hat keine Flügel, keine Federn und keinen Schnabel?“

Sie sah ihm an, dass er eifrig nachdachte und sich mögliche Antworten überlegte. Schließlich gab er auf und schüttelte den Kopf.

„Der Spaßvogel!“ Sie grinste ihn an, voller Stolz über die lustige Scherzfrage.

„Mama, das ist doch nicht witzig.“ Aber trotzdem verzog sich Coles Mund zu einem Lächeln.

Sie musste seufzen. Nun ja, wenigstens war das schon besser als vorher. Es hatte sich gelohnt, im Internet nach Scherzfragen für Erstklässler zu suchen.

„Weißt du, manchmal ist ein Witz eben nur so witzig wie die

Person, die ihn erzählt." Mit einem Achselzucken legte sie den letzten Strang Wolle zurück in den Kasten. „Du bist eben viel besser im Witzeerzählen als ich." Doch von ihrem aufmunternden Lob ließ er sich nicht beeindrucken.

„Wann kommt Marisa denn?", fragte er stattdessen.

Der Laden sollte erst in einer halben Stunde öffnen. Aber sie hatte die Ladentür trotzdem schon aufgeschlossen, damit Marisa ihren Sohn hier abholen konnte und nicht erst die äußere Holztreppe zu ihrer Wohnung hochsteigen musste. Außerdem gab es im Laden immer etwas zu tun, auch in der Zeit, in der sie beide auf ihren Babysitter und ihre Lebensretterin warteten.

„Sie muss gleich hier sein."

Kaum hatte sie es ausgesprochen, als sie das helle Klingeln der Ladenglocke hörte. Erwartungsvoll blickten sie beide zur Tür. Ihr Sohn hoffte bestimmt, dass es Marisa war, denn er wollte unbedingt weg von all dem „Mädelszeugs", wie er die Kästen mit Wolle und anderem Handarbeitsmaterial nannte. Und Jessica reagierte jedes Mal mit einem ängstlichen Reflex, wenn die kleine Ladenglocke bimmelte. Natürlich war sie den Umgang mit Menschen gewohnt, denn sie hatte in einer Zahnarztpraxis am Empfang gearbeitet. Auch die Pressearbeit für die Praxis hatte ihr Spaß gemacht. Sie war für den Auftritt in den sozialen Medien verantwortlich gewesen und hatte auch ein paar clevere Marketingstrategien eingeführt. Aber hier im Laden gab es keinen Zahnarzt oder einen Vorgesetzen, mit dem sie sich austauschen oder einigen musste. Jetzt war sie nicht bloß für die Begrüßung und das Marketing zuständig. Jetzt war sie voll und ganz auf sich selbst gestellt.

Aber es war nicht Marisa oder eine Kundin für Jessica, die den Laden betrat, sondern Liz.

Jessica brachte kaum ein „Hallo" heraus, als Liz hereinschwebte, mit einer weißen Papiertüte in der Hand.

„Ich habe beim Bäcker gerade die allerersten Kürbismuffins der Saison erstanden. Sie sind noch ganz warm", berichtete Liz voller Stolz, an Cole gewandt, der sie und die Tüte mit großen Augen anstarrte. „Oh, schade." Urplötzlich machte Liz ein trauriges Gesicht. „Du siehst aus, als ob du gerade wegwillst." Mit einem Kopfnicken deutete sie auf seine Füße.

„Fußballtraining", erwiderte Cole mit einem Blick auf seine Fußballschuhe und Schienbeinschützer.

„Wie wäre es, wenn wir die bis nach dem Training aufheben? Denn mit vollem Bauch kannst du schlecht trainieren", schlug Liz vor.

„Danke, dass du sie vorbeigebracht hast." Bei dem höflichen Ton, den Cole anschlug, wurde es Jessica ganz warm ums Herz. Ihr gegenüber war er in letzter Zeit immer kurz angebunden gewesen.

„Das habe ich doch gern gemacht, Cole, und deine guten Manieren weiß ich auch zu schätzen."

Cole strahlte Liz an, während die ältere Frau ihm schmeichelte, als ob er ihr eigener Enkel wäre. Obwohl Jessica noch nicht so viel Kontakt zu Liz hatte, fand sie ihre Art immer ein wenig überschwänglich. Ihre runden Wangen schienen immer kirschrot zu leuchten, als ob sie ständig von etwas begeistert sei, und ihre Augen funkelten hinter ihren blau gefassten Brillengläsern.

„Für dich habe ich auch etwas." Liz reichte Jessica die Tüte von der Bäckerei und dann kramte sie in ihrer Umhängetasche. „Ich glaube, der gehört dir." Sie holte einen Lippenstift heraus. „Ich habe ihn im Auto gefunden, noch von unserem nächtlichen Ausflug. Er ist dir bestimmt aus der Handtasche gefallen. Ich weiß doch, wie gern du diese Farbe trägst."

„Oh, mein *Himbeersorbet.* Danke, Liz. Ich habe ihn schon gesucht. Aber du hättest doch nicht extra vorbeikommen müssen. Ich hätte den Lippenstift auch bei dir abholen können."

„Das ist doch keine große Sache. Der Laden liegt für mich auf dem Weg zur Arbeit."

Bei ihren letzten Treffen war Liz immer leger gekleidet gewesen. Jetzt trug sie zu ihrem marineblauen Blazer mit dem Logo einer Immobilienfirma eine weiße Bluse mit Rock und sah businessmäßig aus. Sie wirkte fast wie ein anderer Mensch.

„Hast du heute einen Termin?"

„Nein, ich will bloß ins Büro, um zu sehen, ob es dort etwas zu tun gibt – hoffentlich."

Sie zupfte an ihrem gestylten, kurz geschnittenen Haar, das getönt war. Im Farbton von Zuckerrübensirup. Mithilfe von Schaumfestiger saß es immer perfekt. „Aber eigentlich …" Liz zog eine Grimasse. „Macht es dir etwas aus, wenn ich kurz dein Bad benutze, bevor ich losfahre? Ich habe heute früh zu viel Tee getrunken."

„Klar. Komm mit nach oben. Cole, wir sind gleich wieder da." Doch der war schon wieder in sein Spiel vertieft.

Als Jessica mit Liz über die Hartholzdielen des Ladens ging, klackerten die spitzen Absätze von Liz' Pumps leise auf dem Holz. Obwohl sie sich nie besonders für Stricken oder das Nähen von Patchworkdecken interessiert hatte und ihre Tante sie auch nicht gedrängt hatte, diese Techniken zu lernen, war Liz schon immer stolz auf den Laden ihrer Tante gewesen. Von außen wirkte das Haus wie ein Schweizer Chalet, ähnlich wie andere Läden auf der Hauptstraße. Es passte zu dem Spitznamen von Sugarcreek: *die kleine Schweiz von Ohio.* Das Innere des Ladens machte seinem Namen alle Ehre. Die gesamte Einrichtung wirkte gemütlich und wie ein kleines Paradies für jeden, der gerne Handarbeiten machte. Auf der linken Seite standen Kästen und Körbe mit den unterschiedlichsten Garnen in herrlich bunten Farben, dicke Winterwolle und glitzernde und pastellfarbene Garne. Die rechte Seite füllten lange Regalreihen mit Stoffballen unterschiedlicher Qualität, bunt gemusterte, seidig glänzende Materialien und Stoffe mit interessanten Strukturen. Schaufensterpuppen aus Sackleinen trugen fertig gestrickte Jacken, Umschlagtücher und Schals. Musterexemplare von Patchworkdecken in verschiedenen Mustern zierten die freien Wände und hingen teilweise von der Decke herunter.

Im Mittelteil des Ladens war die Treppe, die zur Wohnung ihrer Tante auf der rechten Seite führte, verborgen hinter einer verschlossenen Tür, sodass die Kunden nicht wussten, dass es dort nach oben ging. Als Jessica und Liz sich auf den Weg nach oben machten, knarrten die Stufen der alten Holztreppe. Jessica musste daran denken, wie oft sie diese Treppe schon hoch- und runtergelaufen war.

Als kleines Mädchen war es für sie besonders aufregend gewesen, mit ihren Freundinnen durch den farbenfrohen Laden zu stolzieren. Sie hatte mächtig Eindruck schinden können, wenn sie vor dem Schild mit der Aufschrift „Nur für Personal" gestanden hatten und einfach durch die Tür gegangen waren.

Als sie mit zwanzig Mutter eines neugeborenen Säuglings gewesen war, war sie auch oft diese Stufen hoch- und runtergegangen.

Wenn sie beruhigend auf Cole eingeredet und versucht hatte, ihn in den Schlaf zu wiegen, hatte sie sich gefragt, ob sie jemals eine eigene Wohnung haben würde. Tante Rose hatte ihr schon damals versprochen, es würde sich schon alles regeln.

Jetzt war sie wieder hier … in einer anderen Phase ihres Lebens. Heute ging sie mit Liz, einer Frau, die überraschend ihre Freundin geworden war, die knarrende Treppe hoch.

Und jedes Mal wünschte sie sich, dass Tante Rose oben auf sie wartete.

„Vorsicht", warnte sie Liz, als sie die Tür zur Wohnung aufmachte. „Hier drin ist es ein bisschen eng."

Als Liz sich vorsichtig um Umzugskartons und abgestellte Beistelltische herum ihren Weg zum Badezimmer bahnte, ging Jessica in die Küche. Während sie die Muffins in Frischhaltefolie wickelte, kam Liz dazu.

„Noch mal danke für die Muffins, Liz. Cole mag sie sehr gern und ich auch."

„Kein Problem." Liz winkte ab und dann warf sie einen Blick auf die Ansammlung von Möbelstücken hinter ihnen. Jessica wusste genau, was Liz dachte, aber aus Höflichkeit nicht aussprach.

„Ich weiß. Ich habe noch genug zu tun. Ein paar Sachen habe ich schon entsorgt, aber es ist immer noch zu viel."

Es war seltsam. Als kleines Mädchen, das hier über dem Laden aufgewachsen war, hatte die Wohnung so geräumig auf sie gewirkt. Aber jetzt fiel es ihr schwer, auf dieser kleinen Fläche alle ihre Besitztümer unterzubringen.

„Ich muss mir genau überlegen, was ich behalten will – auch von dem, was Tante Rose mir hinterlassen hat." Sie seufzte, als sie wieder an ihr Dilemma denken musste. „Es ist nicht so leicht, wie ich es mir vorgestellt habe. Ich werde sentimental, wenn ich mich von etwas trennen muss, das ich mit Tante Rose oder Cole verbinde."

„Das braucht alles seine Zeit, Schätzchen." Liz nickte verständnisvoll. „Du findest schon noch heraus, was dir und Cole guttut."

„Bei manchen Sachen fällt es mir leichter. Natürlich brauche ich keine zwei Toaster oder Mixer." Mit einer Kopfbewegung deutete sie auf eine Kiste, die sie bereits vor einer Woche gepackt hatte und die noch immer in der Küche stand. „Diese Sachen will ich weggeben, denn Cole wird sich in nächster Zeit wohl nicht nach einer eigenen Wohnung umsehen."

„Das wollen wir doch nicht hoffen." Liz musste lächeln.

„Wenn unsere Kirche noch stehen würde, könnte ich die Sachen von Tante Rose für die Sammelaktion im Herbst spenden", sagte sie, aber dann schüttelte sie den Kopf. „Wie dumm von mir. Wenn das Gebäude noch da wäre, würde Tante Rose ja noch leben." Wieder spürte sie, wie der inzwischen vertraute, dumpfe Schmerz sich in ihr breitmachte.

Liz strich ihr sanft über die Wange. „Hey, das ist schon o.k. Ich kann es auch noch nicht so richtig glauben." Sie hielt inne und biss sich nachdenklich auf die Unterlippe. „Hör mal. Ich komme direkt am Bürgerladen vorbei. Da könnte ich die Kiste mit den Küchenutensilien mitnehmen."

„Ich hätte das schon selbst gemacht, aber momentan fühle ich mich hier an den Laden gekettet. Macht es dir wirklich nichts aus?"

„Nein, sonst hätte ich es dir nicht angeboten."

Es wäre gut, wenn schon eine Kiste aus dem Weg wäre. „Ich weiß das wirklich zu schätzen, Liz. Ich trage sie raus zu deinem Auto."

„Und was ist hiermit?" Liz zupfte an einem grünen Müllsack, der an der Kiste lehnte.

„Der kann auch mit. Da sind bloß Platzdeckchen, Stoffservietten und Tischdecken drin. Ich habe nicht genug Platz für das alles."

Als Liz den Müllsack nahm und sich Jessica die Kiste griff, war Coles Stimme von unten zu hören. „Mama, Marisa ist da." Dabei klang er schon viel aufgeräumter als noch vor ein paar Augenblicken.

Jessica war erleichtert. Schnell ging sie die Treppe runter, um ihm noch einen Abschiedskuss zu geben. Und ohne eine Umarmung wollte sie ihn nicht gehen lassen.

Plötzlich suchte die zugelaufene Katze ihre Nähe. Sie stolzierte über die Falten von Lydias Rock, während die junge Frau sich über das Gartenbeet beugte.

„Entschuldige, Kit, aber nicht jetzt."

Mit einer Handbewegung scheuchte sie die geschmeidige graue Katze sanft weg, bevor sie sich wieder dem vernachlässigten Salatbeet widmete. Die meisten Pflanzen waren in die Höhe geschossen. Spitze Blätter wuchsen in alle Richtungen. Nur ein paar Salatköpfe sahen essbar aus.

Sie verzog das Gesicht zu einer Grimasse, als ihr Blick über den chaotischen Garten wanderte, der ihr früher eine reiche Gemüseernte beschert hatte. Ihre Wangen färbten sich rot vor Scham. Sie hatte sich schon viel zu lange nicht um die Pflanzen gekümmert.

Die meisten Gemüsesorten waren ungenießbar geworden. In einem Eimer lagen heruntergefallene Tomaten, die von Schädlingen angefressen waren. Der unerwartete Aufruhr in ihrem Leben hatte auch dazu geführt, dass sie vergessen hatte, Steckrüben und Rote Bete für die Ernte im Spätherbst zu pflanzen.

Sie brauchte zwar nicht unbedingt das Gemüse aus ihrem Garten, denn für sie allein reichte ein Topf Suppe für eine ganze Woche. Außerdem waren ihre Vorratsschränke gut gefüllt. Gläser mit eingemachten Tomaten und Rote Bete standen in langen Reihen im Regal ihrer Speisekammer und in der Gefriertruhe lagen Beutel mit Erbsen und Bohnen.

Aber nachdem sie das Geld aus dem Briefumschlag von Mr Cohen immer wieder nachgezählt und ausgerechnet hatte, wie hoch ihre Ausgaben jeden Monat sein würden, entdeckte sie, dass ihr finanzielles Polster dünner war als erwartet.

Sie hatte vor, ihr Einkommen mit dem Verkauf von frischem Gemüse aufzubessern, bis sich ihr eine andere Möglichkeit bot, etwas Geld zu verdienen. Doch der chaotische Zustand ihres Gartens machte ihren Plan zunichte.

Trotzdem musste sie die Beete vom Unkraut befreien und im Gemüsegarten retten, was zu retten war. Hoffentlich vergab ihr der liebe Gott diese Verschwendung der Gaben, die ja von ihm kamen.

Sie kniete sich wieder hin und wollte weitermachen, als ein Schatten auf das Beet fiel.

„Oh!“ Sie warf einen Blick über die Schulter und umklammerte das Messer, das sie noch in der Hand hielt.

„Ich glaube, ich darf Sie nicht mehr erschrecken, stimmt's?“ Jonas stand über ihr.

„Das wäre *guud.* Mein Herz verträgt keine weiteren Überraschungen mehr“, erwiderte sie. Aber als sie zu ihrem Nachbarn hochsah, merkte sie bereits, wie sich ihr Pulsschlag normalisierte.

„Diesmal war ich mir sicher, dass Sie mich hören würden. Oder Jeb, wie er hechelt.“ Mit einer Kopfbewegung deutete er auf den braunweißen Collie, der ihn begleitete.

„Ach, das ist Jeb? Jeb, der Schnüffler, ja?“

Wie sie so im Beet kniete, war der Hund fast genauso groß wie sie. Und er war wohl auch so freundlich, wie er aussah. Als sie die Hand nach ihm ausstreckte, um ihn zu streicheln, kam er sofort zu ihr und leckte ihr das Gesicht. Lydia war so überrumpelt, dass sie das Gleichgewicht verlor und ins Wanken geriet. Sie musste sich mit den Händen abstützen, um nicht umzufallen.

„Aus, Jeb“, befahl Jonas dem Hund. „Aus. Das reicht.“ Als Jeb nicht auf ihn hörte, zog Jonas den Hund weg.

„Das tut mir leid“, sagte er entschuldigend.

„Er findet schnell neue Freunde“, erwiderte sie, während sie ihre *Kapp* geraderückte.

„Er scheint Sie zu mögen.“

„Na ja …“ Sie zog ihren Gartenhandschuh aus, um sich das Gesicht abzuwischen. „Bestimmt werden wir im Laufe der Zeit gute Freunde, Jeb.“ *Wir dürfen uns nur nicht so schnell so nahekommen,* dachte sie. „Machen Sie beide einen Spaziergang?“

„Nein, nein. Ich wollte Sie um einen Gefallen bitten, aber als ich an Ihre Haustür geklopft habe, hat niemand aufgemacht. Sie nicht und auch nicht Ihr Mann Henry. Doch dann habe ich Sie hier hinter dem Haus gesehen.“

Als er Henrys Namen nannte, fühlte sie sich, als ob er sie bei einer Lüge ertappt hätte. „Um welchen Gefallen wollen Sie mich denn bitten?“, fragte sie hastig.

„Mein Rechen ist abgebrochen. Ich habe versucht, ihn mit Draht zu flicken …“ Er kratzte sich an der Stirn. „Aber das hält nicht.“

„Ist das alles? Sie möchten einen Rechen ausleihen?“

„Ja.“

„Das ist kein Problem.“ Sie stand auf, erleichtert, dass es so einfach war und er nicht Henrys Hilfe brauchte. „Ich hole Ihnen einen aus dem Schuppen.“

Er nickte dankbar. Als sie in seine sanften Augen blickte, überlegte sie, ob sie ihm von Henry erzählen sollte, aber sie scheute davor zurück. Schließlich war es erst ihre zweite Begegnung mit dem neuen Nachbarn und sie war noch nicht bereit, mit ihm über ihren Verlust zu sprechen.

Wie bei der etwas erdrückenden Freundlichkeit des Hundes ging es ihr zu schnell. Sie wollte nicht mit einem fast Fremden über ihren verstorbenen Mann sprechen.

„Und Ihr Mann hat nichts dagegen?“, rief er ihr nach, als sie durch den Garten zum Schuppen ging.

Lydia drehte sich nicht zu ihm herum. Anstelle einer Antwort schüttelte sie bloß den Kopf. Sie war dankbar, dass er ihr Gesicht nicht sehen konnte und sie ihm nicht erneut in die Augen sehen musste.

Im Schuppen angekommen, nahm sie den Rechen von seinem Platz an der Wand. Ihr wurde bewusst, dass sie wenigstens in diesem Punkt nicht gelogen hatte. Henry hätte wirklich nichts dagegen, wenn Jonas sich den Rechen oder etwas anderes auslieh. Ihr Mann war immer großzügig gewesen, sogar zu Fremden. Er war auch sehr gesprächig gewesen.

Gesprächig – nur nicht im Umgang mit ihr …

Plötzlich stand Lydia da wie erstarrt. Das Herz schlug ihr bis zum Hals, als sie merkte, welche Richtung ihre Gedanken einschlugen. Sie durfte doch Henrys Beziehung zu ihr nicht infrage stellen … ihr Zusammenleben. Das, was sie miteinander verbunden … oder das, was sie voneinander getrennt hatte.

Das durfte sie nicht tun. Und das wollte sie auch nicht.

# Kapitel 5

*Wenn du schon nicht groß sein kannst, dann mach dich wenigstens nicht kleiner, als du bist.*

Liz saß am Küchentisch. Durch das Fenster schienen die goldgelben Strahlen der Nachmittagssonne. Vor ihr stand eine Tasse Tee. Sie musste lächeln, als sie den Spruch der Amish las, der ganz oben auf der linierten, elfenbeinfarbenen Seite ihres in lila Wildleder gebundenen Terminkalenders stand.

Obwohl sie schon fast ihr ganzes Leben in Sugarcreek lebte, bekam sie nie genug von den Weisheiten der Amish. Deshalb war sie am Anfang des Jahres begeistert gewesen, als sie in Mims Geschenkeladen auf der Hauptstraße den schönen Terminkalender entdeckt hatte. Neben den tiefsinnigen Lebensregeln hatten die Amish, die das Buch hergestellt hatten, an alles gedacht, was zu einem perfekten Terminkalender gehörte. Oder zumindest war er perfekt für Liz mit ihren vielen Aufgaben und Terminen.

Für jede Woche gab es eine Doppelseite, mit großen Terminblöcken für jeden Tag. Auf jede Woche folgte ein leeres Blatt für Notizen. Für jeden Monat gab es eine ausklappbare Doppelseite und an jedem Monatsbeginn stand ein Amish-Rezept. Viele dieser Rezepte waren ganz neu für Liz.

Es hatte in ihrem Leben eine Zeit gegeben, in der sie in ihrer Rolle als berufstätige Mutter und Ehefrau so sehr aufgegangen war, dass sie sich überfordert und überwältigt gefühlt hatte von den vielen Aufgabenlisten und den Haftnotizen, die in ihrer Küche herumgelegen, am Wandkalender geklebt oder in ihrer Handtasche gesteckt hatten. Es schien ihr, als ob das Leben an ihr vorbeigerast sei und sie niemals alle Punkte auf ihren Listen hatte erledigen können. Sobald sie eine Aufgabe bewältigt hatte, kamen zehn neue dazu.

Aber jetzt genoss sie es, wenn sie sonntags dasaß, während es sich Daisy, ihr Golden Retriever, zu ihren Füßen bequem machte und sie alles durchsah. Haftnotizen, Zettel und Terminkarten, die sie im Laufe der Woche gesammelt hatte, klebte sie jetzt in ihr Buch ein.

Ihr gefiel es, wie alles Ordnung, Struktur und ein klares Ziel erhielt. Sie listete alles auf, was ihr wichtig war, wie zum Beispiel Termine an der Arbeit, Besorgungen oder Anrufe, die sie erledigen musste, Telefonate, E-Mails, Verabredungen, Mahlzeiten, die sie zubereiten, und Strickarbeiten, die sie machen wollte.

Gerade wollte sie für Montag eintragen, dass sie Mr Hermann besuchen musste, den älteren Witwer in ihrer Straße, um nachzusehen, ob er den von ihr zubereiteten Brokkoli-Auflauf gegessen hatte, als ihr Handy auf dem Tisch vibrierte.

Sie rückte ihre Brille gerade, um besser sehen zu können. Dann musste sie lächeln, als sie das Foto ihrer Enkelkinder auf dem Display sah.

Als Liz nach dem Telefon griff und von ihrem Stuhl aufstand, hob Daisy den Kopf und folgte ihr ins Wohnzimmer.

Sie machte es sich auf ihrem dick gepolsterten Sofa bequem, denn das war der beste Ort, um den Anruf ihrer einzigen Tochter Amy so richtig auszukosten. „Hallo, Honigmäulchen." Obwohl Amy verheiratet und Mutter von zwei Kindern war, begrüßte Liz sie oft noch mit ihrem Spitznamen aus Kinderzeiten. „Was gibt es Neues?"

„Ach, nicht allzu viel. Ich rufe bloß an, um mal nachzuhören, ob bei dir alles in Ordnung ist."

„Um nachzuhören?" Liz lachte leise und lehnte sich in die weichen Sofakissen zurück. „Amy, du tust ja fast schon so, als ob ich eine alte schwache Frau bin. Du brauchst nicht bei mir ‚nachzuhören'. Hast du es noch nicht mitbekommen? Mittfünfziger sind die neuen Mittvierziger."

„Ich weiß, dass du nicht schwach bist, Mama. Aber ich … na ja, manchmal mache ich mir Sorgen um dich."

„Kein Grund zur Sorge. Ich sage dir Bescheid, wenn es so weit ist."

„Na ja, nicht direkt Sorgen. Es ist bloß …" Es folgte eine längere Pause. Liz merkte, dass ihre Tochter nach den richtigen Worten suchte. „Ich frage mich bloß, wie es dir *wirklich* geht, Mama."

„Wie es mir *wirklich* geht?" Liz wusste nicht so genau, was ihre Tochter von ihr hören wollte.

„Ja, also … Ich meine, du warst doch jeden Tag der Woche so aktiv in der Gemeinde – wenn du nicht im Maklerbüro gearbeitet hast. Du warst immer dort, hast gekocht und gebacken, für alle möglichen Anlässe und für viele Leute. Sie haben dir sogar einen Preis dafür verliehen. Wie war das noch? Für die fleißigste Köchin des letzten Jahres?"

„Das war nicht nur im letzten Jahr und es war eigentlich auch kein Preis, sondern ein Artikel im Gemeindeblatt." Eine halbe Seite hatte man über sie geschrieben. Das hatte Liz verlegen und stolz zugleich gemacht. Jetzt reagierte sie mit einem Stirnrunzeln, denn sie fragte sich, worauf dieses Gespräch hinauslief.

„Ach, ich habe bloß daran gedacht und … Du wirst doch jetzt nicht schrullig und fängst an, völlig fremde Leute zu dir nach Hause zum Essen einzuladen, oder?"

„Das klingt ganz so, als ob du dir Sorgen machst, Schätzchen."

„Nein, nicht wirklich", konterte ihre Tochter. „Nun, ich mache mir einfach Sorgen, wenn ich mir vorstelle, dass du herumfährst und nach verlorenen, hungrigen Seelen suchst. In den Nachrichten haben sie neulich von einer verrückten älteren Frau berichtet, die genau das getan hat." Die Worte sprudelten nur so aus ihr heraus und ihre Stimme klang dabei hektisch. „Die fremden Leute, denen sie helfen wollte, haben sie krankenhausreif geschlagen. Mama, bitte mach so was nicht oder ich kann nachts nicht mehr ruhig schlafen."

„Meinst du wirklich, dass die Frau verrückt war?" Liz biss sich auf die Unterlippe.

„Mama, darum geht es doch gar nicht."

„Du wohnst schon zu lange in der Nähe von großen Städten. Außerdem solltest du abschalten, wenn die Nachrichten kommen. Wer will denn diese schrecklichen Sachen noch sehen?" Liz lief es kalt über den Rücken, wenn sie bloß daran dachte. „Amy, du brauchst dir wirklich keine Sorgen zu machen."

Zumindest war Jessica der Meinung, dass ihr Sehvermögen nachts nicht ausreichte, um herumzufahren und nach hungrigen Seelen zu suchen. Aber das verschwieg sie Amy lieber, denn dann hätte ihre Tochter einen weiteren Grund zur Sorge gehabt. Stattdessen fügte sie bloß hinzu: „Denk dran, ich wohne in Sugarcreek. Hier gibt es so gut wie keine fremden Leute."

„Das kann ja sein, aber trotzdem war ich erleichtert, als sie herausgefunden haben, dass der Brand durch ein defektes Stromkabel im Heizungsraum verursacht worden ist", entgegnete Amy. „Ich kann es immer noch nicht glauben, dass zuerst von Brandstiftung die Rede war." Diese düstere Erinnerung sprach sie noch aus, bevor sie Liz bat, in der Leitung zu bleiben. „Mama, da kommt ein Anruf. Warte eine Sekunde." Es klickte. Amy hatte die Zustimmung ihrer Mutter einfach vorausgesetzt.

In der Zwischenzeit erinnerte Liz sich daran, wie fassungslos sie eine Woche nach dem Brand noch gewesen war. Sie war gerade in Millers Metzgerei gewesen, als sie wie gebannt aus dem Schaufenster gestarrt hatte. Schräg gegenüber, einen halben Straßenzug weiter, war die verbrannte Kirche zu sehen gewesen. Dieser Anblick verfolgte sie noch immer. Das Absperrband der Polizei, das um die geschwärzten Trümmer gespannt war. Das Grundstück, auf dem das Gebäude der Gemeinde gestanden hatte. Sie sah noch, wie ihre Freundin Rose, die für die Deko verantwortlich gewesen war, den Vorratsschrank in dem Kirchengebäude hatte durchsuchen wollen ... und nie mehr zurückgekehrt war.

„Es tut dir bestimmt sehr weh." Martha Millers Stimme hinter der Fleischtheke hatte gedämpft geklungen, während sie unter ihrer baumwollenen *Kapp* verständnisvoll genickt hatte.

„Oh, Martha, du hast ja so recht", hatte sie erwidert. „Jedes Mal, wenn ich dort vorbeigehe und alles ist voller Asche, dann ist es ... ich weiß nicht ..." Sie hatte den Kopf geschüttelt und ihrer Amish-Freundin einen Blick zugeworfen. „Ich fühle mich so traurig und so ... verloren." Und verletzt, als die Ermittler nicht sofort eine Ursache hatten finden können und Gerüchte über Brandstiftung die Runde gemacht hatten.

Zum ersten Mal hatte sie ihre Gefühle in Worte fassen können. Auch wenn sie bloß etwas besorgt hatte und über die vertrauten, kurvenreichen Straßen an malerischen Farmen und üppig grünen hügeligen Feldern vorbeigefahren war, war es für sie nicht mehr dasselbe gewesen. Ihre Welt war aus den Fugen geraten. Etwas Wichtiges fehlte ihr, vor allem ihre liebe Rose, die in den letzten Jahren für sie zu einer guten Freundin geworden war. Und natürlich litt sie unter dem Verlust ihrer Gemeinde, denn sie war ein fester Bestandteil ihres Lebens gewesen.

„Es ist nicht *guud*, wenn man sich in einem Städtchen wie Sugarcreek verloren fühlt", hatte Martha mit einem mitfühlenden Seufzer gesagt und Liz hatte ihr zustimmen müssen.

„Es ist ein seltsames Gefühl, so viel ist sicher. Andere Gemeinden in der Stadt haben uns zu ihren Gottesdiensten eingeladen und ich bin auch ein paarmal dort gewesen, aber ..."

„Es ist nicht dasselbe." Martha hatte für sie den Satz zu Ende gesprochen.

Und das war es auch nicht.

In dem abgebrannten Kirchengebäude waren sie und ihr Mann Karl getraut worden und dort hatten sie auch ihre geliebte kleine Tochter taufen lassen. Vor sechs Jahren war Amy dort als wunderschöne junge Braut vor den Altar getreten. Nur ein Jahr später hatte der Pastor dort die Trauerrede für Karl gehalten. Viele Gemeindemitglieder waren damals für sie da gewesen. Die Leute hatten ihr Halt gegeben und sie nicht allein gelassen, bis sie wieder auf dem Damm gewesen war.

Auch damals hatte sie sich lange verloren gefühlt. Ihr Alltag war nicht mehr bestimmt gewesen von den vielen Rollen, die sie ausgefüllt hatte. Karl war nicht mehr da gewesen. Amy und ihre Familie hatten damals an der Ostküste gelebt und so hatte sie kaum noch Gelegenheit gehabt, die Rolle einer aktiven Mutter und Großmutter zu spielen. Deshalb war sie zu einem engagierten Gemeindemitglied geworden – „überengagiert", hätte ihre Tochter dazu gesagt. Jede Stunde ihrer arbeitsfreien Zeit hatte sie in der Gemeinde verbracht. Aber als das Gebäude gebrannt hatte, war es, als ob eine Granate explodiert sei. Die Gemeinde, ihr Ort der Anbetung, war unter dieser Explosion zerborsten. Und mit dem Gebäude waren auch die vielen Aufgaben von Liz verschwunden.

Deshalb war ihre Küche für sie zur Komfortzone geworden, zu dem Ort, an dem sie sonntags die meiste Zeit verbrachte mit Backen und Kochen für Menschen, die ihre Hilfe brauchten.

„Mama, danke, dass du gewartet hast." Amys Stimme unterbrach ihre Grübelei. „Wie gesagt, auch wenn ich mir Sorgen um dich mache, weil du ganz allein bist, stelle ich mir nur ungern vor, wie du dasitzt und dir eine Kochshow nach der anderen im Fernsehen anschaust. Ganz allein."

Mit hochgezogenen Brauen griff Liz sofort nach der Fernbedienung und drehte die Lautstärke runter, bevor Amy noch mitbekam, wie recht sie mit ihrer Vermutung über die Kochshows hatte. Dann warf sie einen Blick auf Daisy, die sich an die lachsfarbene, von Liz selbst gestrickte Decke kuschelte. „Ich bin nicht allein, Amy."

„Wirklich?"

Hörte sie in der Stimme ihrer Tochter eine gewisse Aufregung oder Erleichterung? Liz war sich nicht sicher. Amy machte sich ständig Sorgen, seitdem sie selbst Kinder hatte.

„Oh. Sollen wir lieber Schluss machen?", fragte Amy. „Wer ist denn bei dir?"

„Daisy ist hier, genau neben mir." Liz streckte die Hand aus und streichelte das Tier, das vor einigen Jahren in ihrem Garten aufgetaucht war und sofort einen Platz in ihrem Herzen erobert hatte. Damals war die Hündin noch winzig klein gewesen. Liz hatte versucht, den Besitzer ausfindig zu machen. Als es ihr nicht gelungen war, war sie richtig erleichtert und dankbar dafür gewesen. Beinahe über Nacht hatte dieses Tier ihr Herz erobert.

„Na ja, dann hast du ja jemanden, auch wenn es nur ein Haustier ist. Und wie geht es Jessica? Hast du sie gesehen?", fragte sie schließlich nach ihrer ehemaligen Klassenkameradin.

„Ich behalte sie ständig im Auge. Sie hat im Moment sehr viel um die Ohren." Mit einem Stirnrunzeln hielt sie inne. „Ich habe dir doch gesagt, dass sie *Roses Woll- und Nähparadies* übernommen hat, oder?"

„Ja, natürlich. Schon mehrmals." Amy kicherte leise, aber Liz wusste, dass das eine Anspielung auf ihr schlechtes Gedächtnis war, nicht auf Jessicas Fähigkeiten. „Das ist bestimmt nicht leicht für sie. Ihre Tante fehlt ihr bestimmt sehr."

„Ja, das tut sie. Sie und Cole sind in die Wohnung über dem Laden gezogen und das ist eine große Umstellung für die beiden. Sie sieht immer noch die Sachen von Rose durch und ..." *Der Bürgerladen!* Sie hatte gestern vergessen, dorthin zu fahren! Sie musste wirklich alles aufschreiben, zumindest alles, was wichtig war.

„Das ist schon eine Menge Arbeit. Schön, dass du ihr unter die Arme greifen willst, Mama. Sagst du ihr, dass ich an sie denke?"

„Natürlich", antwortete Liz. Bevor ihre Tochter wieder anfing, sie zu bemuttern, oder sich Sorgen um Jessica oder andere Leute in Sugarcreek machte, lenkte sie das Gespräch schnell auf ihr Lieblingsthema. „Und wie geht es meinen Enkelkindern? Außer dass sie natürlich hinreißend sind wie immer?“

Ihr Blick fiel auf die vielen gerahmten Fotos von Ellie und Jack, ihre geliebten Enkelkinder, die sie überall im Haus aufgestellt hatte. Ihr Lieblingsfoto war im Frühjahr entstanden, als die Kinder aus New York hier zu Besuch gewesen waren. Sie war mit ihnen die Straße entlangmarschiert, bis sie beim Streichelzoo angekommen waren, um dort ein neugeborenes Ziegenjunges zu bewundern. Auf dem Foto beugten sich die beiden mit großen Augen über das flauschige Jungtier, sichtlich erfreut, dass sie die kleine Ziege streicheln durften.

Eine Zeit lang hatte dieses Foto den Kaminsims geziert, aber nicht lange. Es war einfach zu weit weg vom Sofa. Also stellte sie das Foto auf den Couchtisch, denn hier konnte sie jedes Grübchen in den Gesichtern ihrer Enkel sehen und ihre glänzenden Augen, als sie in die Kamera lächelten. Die beiden hatten das kastanienbraune Haar von ihrem Vater geerbt, aber die großen braunen Augen kamen eindeutig von der mütterlichen Seite der Familie.

„Habe ich dir schon gesagt, dass Ellie in einer Basketballmannschaft spielt?“

„Basketball? Mit vier Jahren?“

„Es ist eine Bambinimannschaft“, erklärte ihr Amy. „Die meiste Zeit stolpern sie übereinander, wenn sie über das Spielfeld laufen.“

„Und wie sorgst du dafür, dass Jack still sitzt, wenn er zusieht?“, fragte Liz, während sie sich den kleinen Wildfang vorstellte.

„Überhaupt nicht. Brian und ich wechseln uns ab und machen hinter der Tribüne mit ihm Ballspiele.“

„Du musst mir unbedingt Fotos schicken von Ellie in ihrem Spielertrikot.“

„Oh, keine Sorge. Nächste Woche können wir sie beim Fotografen abholen. Dann schicken wir dir eins zu.“ Die Stimme ihrer Tochter wurde sanfter. „Ach, übrigens, Mama, du denkst doch daran, dass wir zu Thanksgiving nicht kommen können? Wir fahren dieses Jahr zu Brians Eltern nach Connecticut.“

„Ja, klar doch. Natürlich.“ Liz schaffte es, ganz locker zu antworten, obwohl sie sich plötzlich matt und schwer fühlte. Amys Hinweis kam schließlich nicht überraschend. Zu Thanksgiving kamen sie nur jedes zweite Jahr, das wusste sie doch.

Sie erhob sich von ihrem Platz auf dem Sofa und ging in die Küche, Daisy folgte ihr auf dem Fuß. Ihr Ziel war die Keksdose. Vielleicht waren ein paar Haferkekse jetzt gar nicht so schlecht, als kleine Appetithappen vor dem Abendessen, etwas, das ihre plötzliche innere Leere füllte.

Aber als sie den Deckel aufmachen wollte, musste sie an ihren khakifarbenen Rock denken, den sie immer im Büro trug und der in letzter Zeit ein bisschen zu eng saß. Sie zwang sich, den Behälter wieder wegzustellen, und ging ans Küchenfenster. Weit weg von der süßen Versuchung. Als sie aus dem Fenster sah, konnte sie sehen, dass es nicht mehr lange dauern würde, bis die Sonne unterging. Dann wären die Bäume in ihrem Garten nur noch als schwarze Schatten zu erkennen, während die Blätter im Sonnenlicht noch teilweise rot leuchteten.

„Welche Farbe haben die Bäume in Connecticut zu Thanksgiving?“, fragte sie zerstreut. „Oder haben sie dann keine Blätter mehr?“

Doch statt einer Antwort war aus dem Telefonhörer nur ein dumpfer Schlag zu hören, gefolgt vom Jaulen eines Hundes.

„Wie bitte?“ Amys Stimme klang fahrig. „Was hast du gesagt, Mama?“

„Die Laubbäume in Connecticut. Sind sie –?“

„Mama, kannst du eine Minute warten?“

Liz hörte weitere, undefinierbare Geräusche – und dann eines, das sie erkannte. Ein Kind weinte. War es Jack? Oder Ellie? Sie wusste es nicht genau.

„Mama, kann ich dich zurückrufen in … Brian, kannst du bitte den Hund wegnehmen?“

„Amy, das klingt so, als ob deine Familie dich braucht. Du musst nicht zurückrufen. Euch allen eine gute Woche, hörst du?“

„Oh, in Ordnung. Dir auch, Mama.“

„Und gib meinen –“

… *Enkelchen einen Kuss von mir*, wollte sie noch sagen. Aber da hatte Amy bereits aufgelegt.

Einen Augenblick lang starrte Liz den Telefonhörer in ihrer Hand an. Sie wünschte, das Gespräch hätte nicht so abrupt aufgehört. Aber so war eben das Leben mit Kleinkindern. Sie wusste es aus eigener Erfahrung.

Aber in Amys Familie waren alle gesund und munter und dafür musste man dankbar sein, sagte sie sich, als sie zum Herd ging und in den Topf mit Hühnerreissuppe schaute. Sie hatte die Suppe für ihre Freundin Lucy aus der Kirchengemeinde gemacht. Nun, eigentlich machte sie das Essen für Denise, die Tochter von Lucys Tante. Die junge Frau war wegen Magenproblemen im Krankenhaus gewesen. Sie war gerade entlassen worden, aber noch immer nicht vollständig genesen. Liz' Suppe wirkte wahre Wunder bei Magenproblemen. Obwohl sie Denise nicht wirklich kannte, war sie Lucys Tante schon einmal begegnet. Sie war also keine vollkommen fremde Person, die sie von der Straße aufgelesen hatte, wie Amy befürchtete.

Liz rührte die Suppe um. Dann warf sie einen Blick auf die Uhr. Es war noch genügend Zeit, um zum Bürgerladen zu fahren und die Sache zu erledigen, anstatt sie auf ihre To-do-Liste zu setzen. Danach könnte sie die Suppe noch ein wenig köcheln lassen und es sich zusammen mit Daisy gemütlich machen, während sie in ihrem Terminplaner noch die Aufgaben für Freitag, Samstag und Sonntag eintrug.

Als sie den Herd ausgeschaltet hatte, wollte sie sich auf die Suche nach ihren Schuhen machen. Plötzlich hörte sie ein leises Plopp, so als würde etwas in ihre Teetasse fallen, die auf dem Küchentisch stand. Ein weiteres „Plopp" ließ den lauwarmen Tee hoch aufspritzen.

Sie ging zum Tisch, nahm die Tasse in die Hand und begutachtete den Inhalt. Sie war überrascht, als sie sah, wie ein kleines Stückchen Gips in dem rötlichen Tee schwamm und sich langsam rosa verfärbte. Stand es schon so schlimm um die Decke ihrer Küche?

Sie legte den Kopf in den Nacken und starrte auf die Risse, die sich an der Decke entlangzogen. Es wirkte harmlos angesichts der Tatsache, dass das Haus schon recht alt war und irgendetwas ständig repariert werden musste oder baufällig wurde. Außerdem sahen für sie die Linien im Gipsputz nicht anders aus als noch vor Kurzem.

Aber zum Glück sollte Lou Hager ihr schon bald zu Hilfe kommen. Sie hatte seinen Namen für Dienstagmorgen gleich in der ersten Zeile notiert. Deshalb schlug sie rasch ihren Terminplaner noch einmal auf, nahm ihren blauen Stift zur Hand und unterstrich den Namen des Handwerkers zwei Mal.

# Kapitel 6

„Hoffentlich machen wir nicht einen Riesenfehler, Liz." Jessica musste seufzen. Und sie hoffte auch, dass sie mit der erneuten Fahrt zu Lydias Haus nicht ihre Zeit vergeudeten.

Bei dieser Mission hatte sie darauf bestanden, am Steuer zu sitzen, sodass sie nicht um ihr Leben fürchten musste, als das Auto über unbeleuchtete Landwege fuhr. Diesmal hatte sie Cole auch schon ins Bett gebracht und die Ankunft des Babysitters abgewartet. Sie wollte nicht, dass ihr Sohn den Eindruck hatte, sie wolle ihn wieder allein zurücklassen.

„Das glaube ich nun wirklich nicht, Schätzchen." Liz' Stimme klang hoffnungsvoll und entschlossen. Wie üblich. „Zumindest hat der Mitarbeiter im Bürgerladen mir einen anderen Eindruck vermittelt. Das habe ich dir ja schon erzählt."

Jessica hatte einen ruhigen Sonntag genossen. Die Spaghettisoße hatte auf dem Herd vor sich hin gekocht und Jessica hatte ihre Stricknadeln mit einem kritischen Blick gemustert. Ihr war bewusst geworden, dass sie schon bald mit dem Üben würde anfangen müssen, als sie plötzlich auf der Außentreppe schwere Schritte gehört hatte.

Zunächst hatte sie gedacht, es sei der Vater von Coles Spielkamerad Tad, der ihren Sohn früher nach Hause brachte, weil mit ihrem Angelausflug zum Saisonende etwas schiefgelaufen war. Tads Vater war so nett gewesen, Cole einzuladen. Aber es war weder Tad noch sein Vater oder Cole gewesen, sondern Liz. Sie hatte das Geschenk dabeigehabt, das die beiden Frauen für Lydia Gruber angefertigt und ihr heimlich vor die Tür gelegt hatten. Im Bürgerladen hatte sie es entdeckt und wollte es der Witwe unbedingt wieder zurückbringen.

Bei ihrer Ankunft in der Wohnung hatte Liz große Augen gemacht und war so aufgeregt gewesen, dass sich ihre Stimme überschlagen hatte. Jessica hatte sie schnell in die Küche geführt und erst einmal Wasser für einen Kamillentee aufgesetzt, den sie noch von ihrer Tante hatte. Aber das beruhigende Getränk hatte nicht viel geholfen. Liz hatte zu einer stürmischen Erklärung angesetzt, wie sie zum Bürgerladen gefahren war, um Jessicas Sachen dort abzugeben. Und was hatte sie da gesehen, als sie ein paar Garn- und Stoffreste hatte durchsehen wollen? Einen Stapel Decken, und ganz oben hatte ihre besondere Patchworkdecke gelegen!

Sie sei so fassungslos gewesen, dass ein Mitarbeiter des Ladens zu ihr gekommen war und sie gefragt hatte, ob sie Hilfe brauchte. Offenbar war es derselbe Mann gewesen, der Lydia Gruber vor ein paar Tagen mit dem Pferd geholfen hatte. Erst später, als er ihre Sachen durchgesehen hatte, hatte er die noch teilweise in Geschenkpapier eingewickelte Decke gefunden. Natürlich hatte er sich gefragt, ob sie die Decke spenden wollte, aber im Laden hatte man nicht gewusst, wie man sie erreichen konnte. Das alles ergab einen Sinn – irgendwie.

„Trotzdem, Liz … was hatte die Decke in der Box von Lydias Kutsche zu suchen?“, wollte Jessica schon zum dritten Mal an diesem Abend wissen.

Liz nahm diese Frage zwar endlich wahr, hatte aber nicht sofort eine Antwort parat. „Hmm“, nuschelte sie, während Jessica das Auto fast zum Stehen brachte und rechts abbog. „Na ja, vielleicht …“ Liz hielt erneut inne. „Vielleicht wollte sie die Decke ihren Freundinnen zeigen.“

„Ja, das könnte sein.“ Jessica wollte es auch glauben, dass das Geschenk – oder zumindest die liebevolle Aufmerksamkeit, die damit verbunden war – für Lydia wertvoll genug war, um es zu behalten und mit ihren Freundinnen zu teilen. Aber warum hatte sie die Decke dann in die Kutsche gelegt. Und warum hatte sie nicht besser darauf aufgepasst?

„Moment mal.“ Sie warf ihrer Partnerin einen Blick zu. „Du hast die Decke doch nicht etwa bezahlt, oder?“

„Ich … nein. Unter diesen Umständen haben mir die netten Leute im Bürgerladen die Decke natürlich kostenlos überlassen, weil ich gesagt habe, dass ich sie der Eigentümerin zurückgeben will.“

„Oh.“ Jessica musste grinsen, denn sie wusste, was jetzt kommen würde. „Aber du hast sie trotzdem bezahlt?“

„Das musste ich doch“, gestand Liz. „Ich meine, ich wäre mir komisch vorgekommen, wenn ich die Decke einfach so mitgenommen hätte. Der Laden hätte damit ja auch Geld verdienen können.“

Jessica musste schmunzeln über die positive Einstellung von Liz und gleichzeitig wunderte sie sich über sie. Für Jessica hatte die schnell zusammengestückelte Decke, die eher eine Anfängerarbeit war, nicht den großen Reiz, den Liz dahinter sah. Vielleicht hatte Lydia Gruber die Patchworkdecke ja nicht gefallen. Vielleicht war das erste Geschenk, das sie heimlich übergeben hatten, ein Blindgänger gewesen. Ein Abfallprodukt. Sie konnte der Beschenkten keine Vorwürfe machen, wenn sie dieser Meinung war. Ihre Tante Rose hätte bestimmt ein schöneres Geschenk zustande gebracht.

Weil sie jedoch keinen konkreten Beweis dafür hatten, meinte Jessica auch, sie sollten noch einmal zum Hof der Grubers fahren für den Fall, dass Lydia die Decke nicht einfach hatte loswerden wollen. Dann hätte Lydia die Decke wieder und das erste gemeinsame Geschenk der Handarbeitsfrauen wäre ein Erfolg gewesen – jedenfalls ein denkwürdiger Erfolg. Lydia Gruber würde wissen, dass jemand an sie gedacht hatte. Nicht nur einmal, sondern zweimal.

Danach könnte Jessica dann nach Hause fahren mit dem Gefühl, die Welt sei in Ordnung, während sie die Küche aufräumte, das Essen für den nächsten Tag vorbereitete, die letzten Wäschestücke zusammenlegte, Rechnungen bezahlte, sich auf die Woche vorbereitete – und das alles noch vor ihrer Schlafenszeit.

Sie sah auf die Uhr, weil sie wissen wollte, ob sie noch immer im Zeitplan lag. So weit, so gut.

„Du schaust immer wieder auf die Uhr“, bemerkte Liz.

„Wirklich?“ Jessica tat erstaunt, aber sie fühlte sich ertappt. Es stimmte ja auch.

Liz lächelte sie an. „Ja, das ist so.“

„Na ja, ich habe noch einiges zu tun, wenn ich nach Hause komme.“

„Als berufstätige Mutter hat man nie genug Zeit, stimmt's?“, fragte Liz mitfühlend.

Jessica schüttelte den Kopf. „Leider.“

„Man ist immer hin- und hergerissen zwischen all den Aufgaben.“

Jessica war dankbar für das Verständnis, das Liz ihr entgegenbrachte. „Egal was oder wie viel ich mache, ich habe immer das Gefühl, es ist nicht genug. Bei Cole und jetzt auch beim Laden. Ich weiß nicht, wie Tante Rose das alles geschafft hat. Eigentlich ist es gut, dass ich nicht verheiratet bin. Ich möchte nicht das Gefühl haben, dass ich auch in einer Ehe nicht viel zustande bringe."

Liz lachte leise.

„Entschuldige. Das klingt bestimmt ziemlich konfus."

„Nein. Bloß wie eine Mutter, die sich um ihr Kind sorgt."

„Oh ja, das tue ich." Jessica konzentrierte sich auf die Straße. „Hoffentlich kriege ich alles auf die Reihe. Mein armer Kleiner hat schon Albträume."

„Es wird schon wieder. In letzter Zeit hat er sich auf viele neue Dinge einstellen müssen, mit dem Umzug und allem anderen", entgegnete Liz verständnisvoll.

„Ich weiß." Jessica hatte sich das auch schon gesagt. Trotzdem schien mit Cole etwas nicht zu stimmen. Sie wusste nur nicht, wo genau das Problem lag, und er wollte nicht offen mit ihr darüber sprechen. Noch nicht. Sie musste wieder an letzte Nacht denken, als er zu ihr ins Bett geklettert kam, aber da meldete sich Liz wieder zu Wort.

„Ist es nicht hier, Jessica? Die Quarterhorse Road?"

„Ja, stimmt." Die Straße, die nach links führte, kam ihr bekannt vor.

Als sie abbog, hoffte sie zum zigsten Mal, dass der Mitarbeiter des Bürgerladens recht hatte und sich das Geheimnis um Lydia Gruber und die in guter Absicht gefertigte Patchworkdecke auflösen würde.

„Jessica …" Liz beugte sich zu ihr herüber und riss sie aus ihrer Grübelei.

„Äh, ja?"

„Du hast etwas vergessen, Schätzchen."

„Was denn?"

„Die Scheinwerfer. Du musst sie ausschalten."

„Oh. Aber …" Sie setzte zu einem Protest an, aber das konnte sie nicht, denn Liz begann zu summen.

„Sie soll uns doch nicht bemerken."

Jessica stöhnte laut auf. Aber weil es ihr erklärtes Ziel war, dass ihre guten Taten nicht entdeckt wurden, tat sie ihre Pflicht und schaltete die Scheinwerfer aus in der Hoffnung, dass sie ihr Ziel trotzdem ohne Zwischenfälle erreichten.

Hinter Lydia schloss sich die Fliegengittertür mit einem Knall, der in der abendlichen Stille wie ein Donnerschlag klang. Sie stand auf der Veranda und zog ihr Dreiecktuch enger um die Schultern. Die junge Frau wusste nicht, was sie mit sich anfangen sollte. Aber in der kühlen Luft fühlte sie sich wohl, ja fast erleichtert. Hier ging es ihr viel besser als im Haus, denn dort kam sie sich vor wie eingesperrt und sie wusste auch nicht so recht, was sie mit ihrer Zeit anfangen sollte. Das ging schon seit Stunden so.

Wieder einmal war es einfach gewesen, nach ihrem frühen Abendessen die Küche aufzuräumen, vor allem, weil sie sich die ganze Woche lang von einem Topf Karottensuppe ernährt hatte. Mit dem Geschirrtuch in der Hand sah sie sich mehr als einmal in der Küche um, auf der Suche nach etwas, was sie sauber machen könnte. Leider brauchte sie nicht allzu lange, um einen Teller, einen Löffel und ein Wasserglas abzuspülen.

Weil ihr die Einsamkeit so wehtat, suchte sie zunächst im Wohnzimmer Zuflucht. Dort hatten sie und Henry fast jeden Abend zusammen verbracht. Die beiden hatten sich kaum beachtet und nur selten miteinander gesprochen. Er hatte gelesen, sie genäht oder gestrickt. Trotzdem hatte er ihr immer gegenübergesessen an jenen Abenden, während die Sterne am Himmel erschienen waren. Sie konnte noch seinen regelmäßigen Atem hören. Manchmal hatte er ihr sogar vorgelesen.

Der Klang seiner Stimme hatte das rhythmische Klicken ihrer Stricknadeln oder das Rascheln des Stoffes begleitet, wenn sie an einer Patchworkdecke gearbeitet hatte. Zumindest hatte beides eine beruhigende Wirkung gehabt. Aber meistens hatte Henry schweigend dagesessen. Trotzdem hatte sie sich beim Zusammensein in dem stillen Wohnzimmer ihrem Mann am nächsten gefühlt.

So sehr sie auch versuchte, bei ihrer Näharbeit ruhig sitzen zu bleiben, sie konnte diese Stille heute Abend nicht ertragen. Ihre

Finger wollten ihr nicht gehorchen und ihre Hände zitterten. Sie konnte keine Minute länger in dem totenstillen Haus bleiben.

Als sie zu einem Korbsessel ging, der in der Ecke der Veranda stand, klang sogar das laute Knarren der Holzlatten unter ihren Füßen wie himmlische Musik in ihren Ohren. Sie ließ sich auf dem Polster des Sessels nieder, schloss die Augen, holte tief Luft und horchte. Die Grillen zirpten, die Heuschrecken sangen ihr schwirrendes Liebeslied und in der Ferne hörte sie den schaurigen Ruf einer Eule.

*Oh, Herr, ich danke dir! Danke für die herrlichen, lauten Geräusche, die diese Geschöpfe machen!* Tränen der Dankbarkeit traten ihr in die Augen. *Du lässt mich wissen, dass du nahe bist. Danke!*

Ihr angsterfülltes Herz schlug jetzt langsamer, als sie sitzen blieb und die beruhigenden Geräusche der Nacht hörte. Sie wirkten auf sie wie ein Schlaflied und in sich spürte sie einen Frieden, den sie lange nicht mehr erfahren hatte.

Umso mehr erschrak sie, als sie ein neues Geräusch hörte, und zwar das Knirschen von Autoreifen auf ihrer Kiesauffahrt – ganz nahe.

Sie riss die Augen auf. In Sekundenbruchteilen waren die angenehmen Geräusche der Nacht weit weg. Sie starrte in die Dunkelheit und wartete, ja hoffte, auf Scheinwerferlicht. Vielleicht hatte sich ein Autofahrer verirrt und fuhr bloß in ihre Auffahrt, um sein Fahrzeug zu wenden.

Das Herz schlug ihr bis zum Hals, als sie sah, dass alles dunkel blieb. Weiterer Lärm durchdrang die Dunkelheit. Eine Autotür schlug zu. Dann eine zweite.

Plötzlich lösten sich zwei Gestalten aus dem Schatten. Vor Angst war Lydia wie gelähmt. Warum hatte sie bloß die Roseneibisch-Büsche am Geländer der Veranda zurückgeschnitten? Jetzt konnte sie sich nicht einmal vor den beiden Eindringlingen, die die Treppenstufen zur Veranda hochschlichen, verstecken.

Mit beiden Händen umklammerte sie die Armlehnen des Sessels, versuchte, ihre Angst herunterzuschlucken und ruhig zu bleiben. Vielleicht konnten die anderen sie nicht sehen. Vielleicht …

„Lydia!“, rief der erste Schatten laut.

„Lydia Gruber!“, bestätigte die zweite Frau. „Was machen Sie hier draußen?“

Die beiden Frauen schienen Lydia zu kennen. Im Lichtschein der Laterne vom Wohnzimmer konnte sie zwar etwas sehen, aber die Gesichter der beiden waren ihr trotzdem unbekannt. Sie kannte weder die junge, schlanke Frau mit dem langen, dunklen Haar noch die ältere, rundlichere mit den kurz geschnittenen braunen Haaren. Sie waren ihr so fremd wie der Sternenhimmel.

„Sie … äh … Sie sollten doch nicht hier draußen sitzen", sagte die ältere Frau, um klarzustellen, was sie mit ihrer Frage meinte.

Lydias Augen verengten sich. Sie war verwirrt. „Aber ich wohne doch hier."

„Ja, das weiß ich. Wir wissen das. Aber ich will damit sagen, dass …" Die Frau kratzte sich verlegen am Hinterkopf, während die jüngere der beiden Frauen Lydia einen besorgten Blick zuwarf.

„Ich hoffe, wir haben Sie nicht erschreckt, Lydia."

„Ich wäre nicht so erschrocken, wenn Sie mir sagen würden, wer Sie beide sind."

Die Englischen sahen sich an, dann schauten sie Lydia an und dann wechselten sie wieder einen Blick. Lydias Verwirrung wuchs sichtlich.

„Wir sind … äh …", murmelte die Ältere.

„Äh … hm …", die Stimme der Jüngeren klang ausweichend.

„Ach, was. Wir sollten es ihr erzählen", seufzte die Kurzhaarige.

„Ich weiß. Du hast recht." Die Langhaarige deutete mit dem Finger auf sich selbst. „Ich bin Jessica. Und das ist …" Mit einem Kopfnicken zeigte sie auf die andere Frau.

„Ich bin Liz. Liz Cannon. Und ich bin Immobilienmaklerin."

„Immobilienmaklerin?" Lydia wurde aus den beiden einfach nicht schlau. „Ich will mein Haus aber nicht verkaufen." Und wenn sie das vorhätte, würde sie bestimmt nicht eine Maklerin engagieren, die sich nachts auf ihrem Grundstück herumschlich.

„Oh nein." Liz schüttelte den Kopf. „Ich habe das bloß erwähnt, weil die Leute manchmal meinen, dass sie mich kennen, aber sie haben bloß mein Foto auf einem Schild gesehen, wenn ein Haus zu verkaufen ist. Aber deshalb sind wir nicht hier."

„Nein, ganz bestimmt nicht", fügte die andere Frau hinzu.

„Ich bin Jessica Holtz. Mir gehört der kleine Handarbeitsladen von Rose."

„Ach, du liebe Zeit." Lydia legte eine Hand auf ihr Herz. „Die Rose, die ..." Sie konnte nicht weitersprechen.

„Ja." Jessica nickte ernst. „Sie war meine Tante."

Lydia stand von ihrem Sessel auf und trat näher, damit sie Jessica in die Augen sehen konnte. Hatte sie nicht für die Familie von Rose gebetet? „Es tut mir sehr leid, dass Sie Ihre Tante verloren haben, Jessica."

Auf Jessicas Lippen zeigte sich ein schwaches Lächeln. „Danke. Uns tut es auch sehr leid, dass Sie Ihren Mann verloren haben, Lydia."

„Ja, ich habe auch so etwas erlebt. Ich weiß, was Sie gerade durchmachen", bemerkte Liz. „Deshalb sind wir ja hier."

„Wieder hier", ergänzte Jessica und zuckte zusammen, als hätte sie etwas Falsches gesagt.

„Sie waren schon einmal hier?" Und sie war nicht zu Hause gewesen? „Seltsam, dass ich nicht da war."

„Na ja, Sie ... wir ... irgendwie ...", stammelte Jessica und Liz unterbrach sie.

„Wichtig ist nur, dass wir etwas für Sie gemacht haben, Lydia, und Sie haben es wohl verloren."

„Ja, das ist das Wichtigste." Jessicas Gesichtszüge hellten sich auf. Sie schien erleichtert über die Wende, die das Gespräch genommen hatte. „Und wenn Sie es tatsächlich verloren haben, möchten Sie es vielleicht zurück haben."

*„Jaa?"* Lydia hatte keine Ahnung, wovon die beiden Frauen sprachen.

„Ja." Liz nickte, als sie in ihre Umhängetasche griff. „Lydia, das ist für Sie. Von uns."

Als Lydia das Geschenk entgegennahm, konnte sie selbst im dämmrigen Licht auf der Veranda die Decke erkennen, die sie zum Bürgerladen gebracht hatte. Fassungslos spürte sie wieder diese innere Zerrissenheit, wie an jenem Tag, als sie die Patchworkdecke zum ersten Mal gesehen hatte. Sie wollte so gern ein Andenken an Henry, aber dann wieder wollte sie das Richtige tun. Obwohl sie jetzt die Frauen, die die Decke angefertigt hatten, kennengelernt hatte, fragte sie sich, ob es auch richtig wäre, nicht ihre Gefühle zu verletzen.

„Oh, die Decke!“, rief sie aus. „Ich bin so froh, dass Sie sie gefunden haben!“

Sie verstand sich nicht so gut darauf, anderen etwas vorzumachen, aber offenbar konnte sie es doch besser, als sie dachte. Die beiden Frauen wechselten einen Blick und schienen gemeinsam einen erleichterten Seufzer auszustoßen.

„Das ist eine wunderbare Nachricht“, freute sich Jessica.

„Auf jeden Fall.“ Liz klatschte in die Hände. „Wissen Sie, ich war heute im Bürgerladen und ...“

„Und Sie haben dort die Decke gesehen.“ Lydia beendete den Satz.

Sie spürte die Hitze in ihrem Gesicht und war dankbar, dass die beiden Frauen im Dunkeln nicht ihre roten Wangen sehen konnten. Sie war so verloren in ihrem eigenen Schmerz gewesen, als sie die Decke in die Kutsche geworfen hatte. Deshalb hatte sie nicht daran gedacht, wie viel Zeit und Mühe es jemanden gekostet hatte, zuerst zur Versteigerung zu kommen und dann die Decke anzufertigen. Da man dem Stück ansah, dass es von Anfängern gefertigt war, hatten sich Jessica und Liz bestimmt schwer damit getan.

„Ja, ich habe die Decke gesehen.“ Liz sprach weiter. Sie war wirklich eine nette Frau, aber auch ziemlich gesprächig. „Und der Mitarbeiter im Laden meinte, Sie hätten Ärger mit Ihrem Pferd gehabt, als sie dort angehalten haben.“

„Flora.“ Lydia erinnerte sich noch sehr gut an das ängstliche Verhalten des Pferdes.

„Nein.“ Liz schüttelte den Kopf. „Der Mitarbeiter hieß Nick.“

„Ich habe von meinem Pferd gesprochen. Flora.“

„Ach so.“ Liz musste lachen. „Wie auch immer, Nick hat gesagt, Sie wollten die Decke bestimmt nicht zusammen mit den anderen Sachen spenden, weil sie immer noch in unserem Geschenkpapier gesteckt hat.“

„*Jaa*, also ...“ Lydia geriet ins Stottern, weil sie nicht noch einmal flunkern wollte. „Das ist wirklich sehr freundlich von Ihnen beiden“, brachte sie schließlich heraus. Das entsprach wenigstens der Wahrheit.

Die drei Frauen starrten sich an, während ein Nachtfalter sie umschwirrte und schließlich mit einem dumpfen Geräusch an die

Fensterscheibe flog. Jessica rieb sich die Arme, als ob ihr plötzlich kalt wäre. Liz trat von einem Fuß auf den anderen, als ob sie nicht wüsste, ob sie bleiben oder gehen sollte.

Lydia war es nicht gewohnt, Besuch zu haben. Deshalb wusste sie nicht so recht, was sie sagen sollte. „Wollt ihr … wollt ihr reinkommen?"

„Danke, Lydia, aber es ist schon spät", erwiderte Jessica. „Wir müssen wieder zurück."

„Aber dürfen wir dich um einen Gefallen bitten, bevor wir gehen?", fügte Liz hinzu.

Lydia reagierte mit einem Achselzucken und nickte, obwohl sie plötzlich ein flaues Gefühl im Bauch hatte. Schließlich wusste sie nicht, worum die andere Frau sie bitten wollte. „Klar."

„Bitte sag niemandem, dass wir hier gewesen sind." Liz beäugte Lydia über den Rand ihrer Brille hinweg.

„Ja, das würde uns sehr helfen", stimmte Jessica zu.

„Ach, ich …" Sie wollte schon sagen, dass sie nur wenige Leute kannte, denen sie von ihrem nächtlichen Erlebnis erzählen könnte, aber dann behielt sie das lieber für sich. „Das mache ich ganz bestimmt nicht", entgegnete sie schließlich. „Noch mal vielen Dank, Jessica und Liz. Danke, dass ihr an mich gedacht habt. Ich weiß, dass Patchworkdecken viel Zeit und Mühe kosten."

„Machst du denn auch Patchworkarbeiten?", fragte Jessica.

„Oh *jaa*." Sie musste lächeln. „Schon als kleines Mädchen. Ich weiß, dass es nicht leicht ist, und deshalb sage ich noch mal *Danki*."

Die beiden Frauen wirkten zufrieden, als sie sich umdrehten und gingen. Auch Lydia freute sich, dass die beiden so empfanden. Als sie die Treppe hinuntergehen wollten, entdeckte Lydia Jeb, den freundlichsten Hund in ganz Sugarcreek. Er wartete unten auf sie.

„Da hast du aber einen niedlichen Hund." Jessica streckte die Hand nach dem Tier aus.

„Oh, Jeb gehört nicht mir, sondern meinem Nachbarn. Er kommt mich aber oft besuchen."

„Ja, er macht gerne Besuche, wenn er weiß, dass er ungestraft davonkommt." Jonas kam plötzlich hinter einem der Roseneibisch-Büsche hervor. „Ich hoffe, er hat Sie nicht erschreckt", sagte er zu Jessica und Liz. „Oder Sie vollgesabbert."

„Oh nein", erwiderte Liz mit sanfter Stimme und kraulte Jeb hinter den Ohren. „Er ist so wie meine Daisy. Ein echter Schatz."

„Ja, er ist ein echter Schatz", wiederholte Jonas und Lydia sah ihm zu, wie er den Daumen in Jebs Halsband hakte. „Also gut, mein Schatz, es ist Zeit, dass wir nach Hause gehen", sagte er zu Jeb und brachte dadurch die Frauen zum Lachen.

„Bis bald, Jeb." Lydia winkte dem Hund zu. „Und noch mal vielen Dank, meine Damen", rief sie Jessica und Liz hinterher. Es war seltsam, aber jetzt wünschte sie, die beiden hätten sich entschlossen, noch ein wenig zu bleiben.

„Gern geschehen, Lydia." Jessica winkte zurück. „Wir hoffen, dass die Decke dir gute Erinnerungen an deinen Mann schenkt."

„Er war ein tapferer Mann", ergänzte Liz.

Lydia spürte, wie es ihr schwer ums Herz wurde, aber diesmal nicht so sehr wegen Henry, sondern wegen Jonas. Sogar in dem Schatten des Mondlichts konnte sie ihn erkennen. Sein Kopf flog herum und ihre Blicke begegneten sich. In seinen Augen lag eine Frage, vielleicht sogar ein leiser Vorwurf, weil sie ihm nicht die Wahrheit gesagt hatte.

Als sie wieder allein war, versuchte Lydia, zur Ruhe zu kommen, aber sie saß da und starrte die zusammengefaltete Decke an, die sie über die Lehne von Henrys Sessel gelegt hatte. Das Einzige, was sie sah, war der Ausdruck in den Augen ihres Nachbarn.

Ganz bestimmt war es an der Zeit, ehrlich zu sein zu Jonas, dem Mann, der zu ihr so freundlich und offen gewesen war. Sie musste einfach handeln, ohne darüber nachzudenken. Denn wenn sie es sich erst überlegte, würde sie es nicht tun und dann wäre die nächste Begegnung mit ihrem Nachbarn noch unangenehmer.

Abgesehen davon würde sie wieder die halbe Nacht lang wach liegen.

Zuerst holte sie eine Taschenlampe aus der Schublade ihres Küchenschranks. Dann machte sie leise die Haustür hinter sich zu. Sie durchquerte den seitlich am Haus gelegenen Garten. Dabei dachte sie daran, wie oft sie sich schon einen viel begangenen Trampelpfad zum Nachbarhaus gewünscht hatte. Das wäre ein sicheres Zeichen dafür gewesen, dass nebenan eine gute Freundin wohnte, die sie hätte besuchen können an Tagen, an denen sie Gesellschaft gebraucht hätte, oder an jenen Abenden, wenn Henry von der Arbeit und seinem Dienst in der freiwilligen Feuerwehr spät nach Hause gekommen war. Stattdessen hatte Mr. O'Malley ganz allein in seinem Haus gewohnt, bis er weggezogen war und das Nachbarhaus lange leer gestanden hatte.

Während sie sich im Licht ihrer Taschenlampe einen Weg durch die Büsche bahnte, erinnerte sie sich daran, dass sie nur ein paarmal allein zu Mr. O'Malleys Haus gegangen war, als der ältere Mann noch dort gewohnt hatte. Einmal musste sie eine seiner jungen Ziegen zurückbringen. Das Tier hatte sich losgerissen und sich das zarte Grün in ihrem Garten schmecken lassen. Das andere Mal war ein an ihn adressierter Brief in ihrem Briefkasten gelandet. Natürlich war sie nie nach Einbruch der Dunkelheit zu ihrem Nachbarn gegangen.

Endlich hatte sie den Garten von Jonas durchquert und lief den Fußweg entlang. Dann klopfte sie an die Haustür und wartete ab. Ihr Verhalten kam ihr seltsam und viel zu waghalsig vor, so ganz anders als ihr sonst so zurückhaltendes Wesen. Jonas war genauso überrascht wie sie, als er die Haustür aufmachte und sie sich gegenüberstanden.

„Lydia?" Die obere Hälfte seines Gesichts lag im Schatten. Dadurch wirkte er strenger als sonst. Oder war er verärgert über sie?

Sie verschränkte die Arme vor der Brust und richtete sich auf. „Es tut mir leid, wenn ich dich belästige, Jonas."

„Es ist schon sehr spät. Gibt es ein Problem?"

„*Jaa*, Jonas."

„Was ist los?"

„Ich habe dich angelogen", sagte sie geradeheraus.

Betreten sah er zu Boden. Dann hob er den Kopf und blickte ihr direkt in die Augen. Zum ersten Mal sah sie ihn ohne seinen Strohhut. Sein dunkles Haar war kurz geschnitten und betonte seine Stirn. Seine linke Augenbraue schoss in die Höhe, als er fragte: „Willst du reinkommen?"

„*Nee.*" Sie schüttelte den Kopf. Es fühlte sich nicht richtig an, allein mit einem fremden Mann im Haus zu sein. Und er schien das zu spüren. Deshalb trat er hinaus.

„Na gut." Er deutete auf den verputzten Treppenaufgang. „Möchtest du dich lieber setzen? Hier ist Platz für uns beide."

*„Danki."* Sie war erleichtert, dass er ihre Vorbehalte verstand, und so zog sie die Falten ihres Rocks gerade, bevor sie sich auf die Treppenstufe setzte. Ein paar Sekunden später kam Jeb und zwängte sich zwischen die beiden.

„Hier ist sogar Platz für uns drei", fügte er hinzu. Seine Stimme klang amüsiert.

Sie hatte mehr Vertrauen, weil dieser freundliche Hund zwischen ihnen beiden saß. „Jonas", begann sie.

Ihr Nachbar hob die Hand. „Lydia, du schuldest mir keine Erklärungen."

„Aber wenn wir gute Nachbarn sein wollen, ist das etwas anderes." Sie faltete ihre Hände und legte sie in den Schoß, dabei wanderten ihre Blicke überall hin, bloß nicht zu ihm. „Weißt du, es ist noch nicht so lange her, seit mein Mann – seit Henry – von mir gegangen ist. Er ist umgekommen, als die Kirche gebrannt hat, und ich muss erst noch mit dem Verlust fertigwerden. Das fällt mir immer noch unendlich schwer. Und an dem ersten Tag, als du vorbeigekommen bist, da –"

„Lydia, ich weiß von deinem Mann."

„Du weißt es?" Sie warf ihm einen verstohlenen Blick zu.

Er nickte. „Es tut mir wirklich leid, dass du deinen Mann verloren hast." Sogar im schummrigen Licht der Verandaleuchte konnte sie das Mitgefühl in seinen Augen erkennen. „Ich habe erst heute Morgen im Gottesdienst davon gehört. Aber ich wollte dir nichts sagen, sondern lieber warten, bis du dich stark genug fühlst, mit mir darüber zu reden." Er hielt inne und die innere Anspannung war in seiner Stimme zu hören, als er hinzufügte: „Ich muss mich auch entschuldigen, denn ich habe dich bestimmt erschreckt, als ich einfach so an deiner Scheune aufgetaucht bin."

„Also … *jaa*. Aber du hast dich doch schon dafür entschuldigt, Jonas. Und du konntest ja auch nichts dafür", erwiderte sie, obwohl sie sich nur zu gut daran erinnerte, welche Angst sie ausgestanden hatte. „Ich war so mit mir selbst, mit meiner Trauer beschäftigt, dass ich noch nicht einmal bemerkt habe, dass jemand hier in das Haus eingezogen ist. Dann, an dem Tag, als du mich im Garten ausfindig gemacht hast, wollte ich es dir schon erzählen, aber da … na ja, da hatte ich gerade etwas anderes im Kopf." Nach diesem Geständnis fühlte sie sich so erleichtert, dass sie einen tiefen Seufzer ausstieß.

„Möchtest du noch über etwas anderes reden?" Er pflückte ein stacheliges Blatt von einem Stechpalmenstrauch, der neben der Treppe stand, und dann zerrieb er es zwischen den Fingern.

„Ach, ich …" Sie wusste nicht so recht, was sie sagen sollte. Oder was er hören wollte. „Eigentlich nicht." Mit einem Achselzucken starrte sie in die stille Dunkelheit. „Es ist bloß so vieles anders, seitdem Henry nicht mehr ist, und an manches muss ich mich erst gewöhnen. Henry hat sich immer um alles gekümmert. Jetzt muss ich einen Weg finden, wie ich allein zurechtkomme und auch noch Geld verdiene. Sogar der Umgang mit Flora ist neu für mich", gab sie zu. „Du weißt gar nicht, wie sehr du mir da geholfen hast, Jonas. Ich habe immer Angst vor Pferden gehabt und ich weiß, dass sich meine Nervosität auf Flora übertragen hat. Ich hätte meine Angst schon seit längerer Zeit überwinden sollen und Henry hätte mir helfen sollen, mich wieder an Pferde zu gewöhnen. Aber er hat gerne alles selbst gemacht und immer auf seine Art. So ist er eben gewesen." Die Hitze stieg ihr in die Wangen, als sie merkte, wie viel sie redete. Warum erzählte sie nur so viel? Bestimmt hatte er schon genug von ihrem Gerede.

Aber als sie sich schon entschuldigen wollte und hoffte, sie hätte ihn nicht zu sehr belastet, drückte er ihr sanft die Hand. „Du sollst wissen, dass du Nachbarn hast, die du immer besuchen kannst, mit jedem Problem. Jeb und ich stehen dir zur Verfügung."

„Oh *jaa*, Jeb ist immer überall. Stimmt's, Kleiner?"

Ein leises Lachen entfuhr ihr, als sie die Arme um den Hund legte und mit dem Gesicht seinen Nacken liebkoste. Bevor sie wusste, wie ihr geschah, traten ihr die Tränen in die Augen. Ihr war nicht bewusst, dass sie so nah am Wasser gebaut war, aber sie konnte einfach nicht mehr aufhören, als sie von ihren Gefühlen überwältigt wurde. Der Gedanke, sie könnte ihre Trauer im warmen, seidigen Fell des Hundes vergraben, war tröstlich und schmerzlich zugleich. Sie weinte um Henry. Sie weinte um sich selbst, um das, was war und was hätte sein können. Sie weinte, weil die Nacht erfüllt war von der Freundlichkeit zweier fremder Frauen und von ihrem Nachbarn, der ihr tröstend die Hand gedrückt hatte.

Es dauerte ein paar Minuten, bis sie Jeb losließ und sich wieder aufrichtete. Als sie sich die Tränen abwischte, fühlte sie sich innerlich leer und gleichzeitig peinlich berührt von ihrem Gefühlsausbruch. „Tut mir leid, Jonas."

„Es tut dir leid, dass du Gefühle hast?", fragte er mit sanfter Stimme. „Das darf dir doch nicht leidtun."

„Es tut mir leid, dass Jeb jetzt ganz nass ist." Sie schniefte.

„Ach, damit kann er umgehen. Er hat schon Schlimmeres erlebt."

Schweigend saßen sie nebeneinander. Jetzt hörte sie auch wieder das friedliche Zirpen der Grillen und das beruhigende Schnarren der Heuschrecken.

„Gott ist *guud*, Lydia", sagte Jonas. Die Worte schienen zusammenhanglos zu sein, aber sie passten genau zu diesem Augenblick.

„*Jaa*, ich weiß, du hast recht." Ein letztes Mal streichelte sie Jeb, bevor sie entschlossen aufstand und sich den Rock glatt strich. „Also ... vergibst du mir?"

„Es gibt nichts zu vergeben. Alles ist *guud* zwischen uns, Nachbarin." Lächelnd sah er zu ihr hoch.

„Dann sollte ich jetzt gehen."

„Es ist stockdunkel. Jeb und ich begleiten dich zurück."

„Das ist schon in Ordnung. Ich habe eine Taschenlampe." Hastig holte sie die Lampe aus ihrer Schürzentasche und knipste sie an. „Ich komme schon klar", sagte sie und hielt die Taschenlampe wie eine Waffe in der Hand.

Sie konnte sehen, wie sich ein schwaches Lächeln in seinen Augen spiegelte. „Wenn du meinst. Dann wünsche ich dir eine gute Nacht, Lydia."

„*Danki*, Jonas."

„Komm schon, Jeb. Wir brauchen auch unseren Nachtschlaf." Mit diesen Worten stand Jonas von der Treppe auf und betrat seine offene Veranda. „Ach, noch etwas", rief er ihr zu. „Lydia, ich weiß nicht, was für einen Job du suchst ..."

Sie musste schmunzeln, als sie das hörte. „Ich weiß es selbst noch nicht."

„Nur, damit du es weißt. Letzte Woche habe ich in der Bäckerei ein Schild gesehen. Sie suchen eine Aushilfe."

*„Jaa?"* Sie schöpfte neue Hoffnung. „Ich danke dir. Morgen werde ich mal nachfragen. Gute Nacht, Jonas."

Er winkte ihr zu. Obwohl ihre Taschenlampe den vor ihr liegenden Weg beleuchtete, spürte sie, wie ihr freundlicher Nachbar ihr nachsah, als sie durch den Garten lief und ihr Haus betrat. Als sie die Tür hinter sich zumachte und alles, was sie heute erlebt hatte, hinter sich ließ, wusste sie, dass sie zur Abwechslung einmal richtig gut schlafen würde.

# Kapitel 7

„Diesmal wird es klappen, das verspreche ich Ihnen, Mrs Grisham." Jessica klemmte sich das Telefon zwischen Ohr und Schulter und machte sich Notizen, während sie gleichzeitig für eine Kundin vier Stränge dickes Strickgarn in die Kasse eintippte. „Ich sorge dafür, dass das richtige Garn so schnell wie möglich hier ist. Und bitte entschuldigen Sie meinen Fehler."

Sie legte die Hand über das Telefon, als Mrs Grisham weiterplapperte. Die Tüte mit dem Garn reichte sie der Kundin, die an der Ladentheke lehnte. „Danke für Ihren Einkauf und kommen Sie bald wieder", verabschiedete sie die ältere weißhaarige Dame

„Das machen wir immer." Die Kundin freute sich über die Aufmerksamkeit, die ihr entgegengebracht wurde. „Viele von uns kommen gern in Ihren kleinen Laden, wenn unsere Gruppe Ihr Städtchen besucht. Es ist heute bloß ein bisschen zu hektisch hier drin. Und der Kugelschreiber für das Gästebuch schreibt nicht. Normalerweise läuft hier alles viel reibungsloser." Ein wenig verunsichert sah sie sich im Laden um.

„Na ja, ich …"

Jessica brachte es nicht fertig, der Frau von Tante Rose zu erzählen und dem wahren Grund für all die kleinen Probleme und Verzögerungen. Einerseits befürchtete sie, sie könnte in Tränen ausbrechen. Andererseits wurde die Schlange an der Kasse immer länger und Mrs. Grisham hörte am Telefon einfach nicht auf zu reden.

„Wir freuen uns, wenn Sie trotzdem wiederkommen", sagte sie schließlich zu der Kundin.

Wenn sie doch bloß früher von der Busladung Frauen aus einem Seniorenzentrum in Columbus erfahren hätte, dann wäre sie besser vorbereitet gewesen auf das Trommelfeuer von Fragen, das auf sie einprasselte. Zumindest hätte sie den älteren Damen besser helfen können.

Aber jetzt stand sie wie festgenagelt an der Kasse, unfähig, etwas mehr Ordnung in das Chaos um sich herum zu bringen. Die Frauen belagerten den ganzen Laden und durchwühlten Schubladen und Kästen auf der Suche nach Wolle, Stricknadeln und Garn. Sie konnte auch nicht zu Marisa durchdringen. Die Schülerin stand am anderen Ende der langen Ladentheke an der Zuschneidestation. Sie tat ihr Bestes, um die Kundinnen so rasch wie möglich zu bedienen. Aber Jessica konnte sich auch nicht in Stücke teilen, sie musste die Einkäufe der Frauen in die Kasse eintippen, während sie mit dem Telefon in der anderen Hand versuchte, eine der besten Kundinnen des Ladens zu beruhigen.

„Ich habe verstanden, dass Ihre Gruppe das Garn für Ihr Projekt so schnell wie möglich braucht, Mrs Grisham." Sie widmete sich wieder der Anruferin. „Deshalb bin ich ja auch bereit, die Kosten für die Expresslieferung zu übernehmen."

„Ja, wir brauchen die Garne, Jessica – aber schon gestern." Die Stimme von Mrs Grisham wurde schriller. „Schließlich haben Sie uns versprochen, dass wir sie zu diesem Termin abholen können."

„Wenn ich sie per Express liefern lasse, sind sie ganz schnell da", schlug sie noch einmal vor. Sie fragte sich wieder, wie es zu dem Fehler bei der Bestellung hatte kommen können. Hatte sie Cole bei seinen Rechenaufgaben geholfen, während sie das Bestellformular ausgefüllt und dabei die Nummern der Farbpartien vertauscht hatte?

„Also gut ..." Mrs Grisham schien zu überlegen. „Sie müssen mich aber sofort anrufen, wenn das Garn da ist." Die Kundin ging auf Jessicas Angebot ein.

„Natürlich. Sobald die Ware da ist, melde ich mich bei Ihnen." Jessica lächelte ins Telefon. „Vielen Dank, Mrs Grisham. Und ... dieser Fehler wird nicht wieder passieren."

Obwohl es eine volle Viertelstunde gedauert hatte, bis Jessica die Kundin so weit hatte, dass sie auf die Lieferung wartete, fühlte es sich für sie wie ein kleiner Sieg an, als sie das Telefon endlich zur Seite legen konnte. Wie hatte es ihre Tante bloß geschafft, es allen recht zu machen?

Sie wollte gerade den nächsten Einkauf in die Kasse eintippen, als Marisa von der Seite an sie herantrat. Sie hatte Naturlocken, die sie hinter die Ohren gekämmt hatte, und ihre olivfarbene Haut war zart und makellos. Sie war ein äußerst hübsches Mädchen, das bewusst auf Make-up verzichtete. Mit ihren blaugrünen Augen sah sie Jessica verlegen an. „Du weißt, dass ich heute früher gehen muss? Eigentlich jetzt schon."

Jessica war froh, dass Marisa heute früher aus der Schule gekommen war und ihr deshalb früher als sonst im Laden hatte helfen können. Aber die Schülerin musste jetzt zurück zu einer Vorbereitungsveranstaltung für das College.

Wieder einmal hatte sie ihren Terminplan und den ihres Sohnes nicht im Griff. „Hmm ... bist du sicher, Marisa?" Sie machte einen Schritt auf die Schülerin zu und flüsterte: „Willst du wirklich aufs College gehen und das alles hier hinter dir lassen?" Ihre Stimme klang scherzhaft.

Marisa antwortete mit einem hellen Lachen: „Du machst Witze, oder?" Sie warf einen Blick in den Laden und schüttelte den Kopf, als sie die endlos erscheinende Schlange von Kundinnen sah. „Ich lasse dich jetzt nicht gern allein, das kannst du mir glauben."

„Das wird schon klappen. Du musst ja pünktlich sein." Jessica zog an den Bändern der Schürze, die Marisa sich umgebunden hatte. Marisa trug gerne die elfenbeinfarbene Schürze von Tante Rose, weil sie sich damit wie eine Handarbeitsexpertin fühlte, wenn sie Stoff abmaß und zuschnitt. „Jetzt lauf schon los, Mädchen. Mach, dass du wegkommst."

Es war Marisa sichtlich unangenehm, dass sie heute so früh Feierabend machte. Sie ließ sich Zeit, als sie die Schürze über ihre lockige Mähne zog. Es war wirklich der denkbar ungünstigste Zeitpunkt, Jessica allein zu lassen. Aber Jessica konnte ihr nicht böse sein. Sie wusste, was für ein Glück sie hatte, eine so gewissenhafte und engagiert arbeitende Aushilfe gefunden zu haben. Marisa wollte aufs College und dafür legte sie sich das hart erarbeitete Geld zurück. Und natürlich auch für ein Kleid für den Abschlussball, obwohl der erst im nächsten Frühjahr war.

Ein Hauch von Kirschblütenduft war zu spüren, als Marisa die Schürze ausgezogen hatte und sie Jessica reichte. Dann holte sie ihr Sweatshirt und ihren Rucksack aus dem Schrank am anderen Ende des Ladens.

Jessica holte tief Luft. Von ihrem Platz an der Ladentheke aus warf sie einen Blick auf die Schlange an der Kasse und dann auf das Gedränge am Zuschneidetisch. Gerade als sie die nächste Kundin abkassieren wollte, klingelte schon wieder das Telefon. „Jessica." Die Stimme von Mrs Grisham klang jetzt schon vertraut. Diese Kundin hielt sich nur selten mit Formalitäten auf. „Ich habe es mir anders überlegt."

„Sie meinen, ich soll eine andere Farbe bestellen?" Jessica griff nach einem Kugelschreiber und einem Notizblock neben der Kasse.

„Nein, ich habe es mir anders überlegt. Sie brauchen das Garn nicht noch einmal zu bestellen."

„Aber das ist doch kein Problem."

„Ja, schon … Aber der Laden in Coshocton hat genau das, was unsere Gruppe braucht, und deshalb kaufen wir alles dort ein."

Coshocton? Waren das nicht über 80 Kilometer für die Hin- und Rückfahrt? Wollte die Kundin wirklich die weite Strecke fahren, anstatt die Ware bei Jessica zu kaufen?

„Aber Sie brauchen deswegen doch nicht so weit zu fahren. Das Garn, das Sie brauchen, ist ganz schnell hier im Laden", versprach sie erneut. „Bitte geben Sie mir die Chance, meinen Fehler auszubügeln."

„Ich kann mich nicht darauf verlassen, dass das auch geschieht. Der Laden in Coshocton ist die bessere Lösung."

„Na gut … Wenn Sie meinen, Mrs Grisham."

Ihr wurde es schwer ums Herz, aber sie wusste, dass es keinen Sinn hatte, die Kundin umzustimmen, weil sie sich schon entschieden hatte. „Alles Gute für Sie."

Wie betäubt von dem Anruf legte sie auf. Gerade hatte sie eine Riesenbestellung verloren, aber sie musste versuchen, sich auf das Naheliegende zu konzentrieren. Sie wollte gerade die vor ihr stehende Kundin abkassieren, als sich eine Frau am Zuschneidetisch zu Wort meldete.

„Können Sie mir drei Meter davon abschneiden?", fragte sie und klopfte auf den Stoffballen, den sie auf den Tisch gelegt hatte. „Ich möchte noch zum Käseladen, bevor unser Bus abfährt." Jessica sah, dass die Frau einen Gehstock benutzte. Sie würde bestimmt etwas länger brauchen, bis sie den anderen Laden erreichen würde, und so wollte sie gerade zum anderen Ende der Ladentheke gehen.

„Und ich, Millie?" Die Brillenträgerin, die an der Kasse wartete, stemmte eine Hand in die Hüfte. „Du warst wenigstens schon im Geschenkeladen. Ich habe es noch nicht dorthin geschafft – vom Käseladen ganz zu schweigen."

„Oh, du musst unbedingt zum Geschenkeladen, Lucy", rief eine andere Frau aus der Schlange. „Sie haben wunderschöne Bilderrahmen dort und sie sind sogar um vierzig Prozent reduziert."

Jessicas Blick wanderte von einer Frau zur nächsten und dann über ihre Köpfe hinweg zur Standuhr neben dem Eingang. Wie viele Stunden musste sie noch durchhalten? Wie viele Stunden hatte sie noch die Kraft dazu? Mit einem Mal stand ihr all das vor Augen, was sie nach Ladenschluss noch zu erledigen hatte. Sie musste Cole vom Hort abholen, das Abendessen zubereiten, mit ihrem Sohn zusammen Hausaufgaben machen und ihn zum Fußballtraining fahren. Im Vergleich zu ihrer Arbeit im Laden klang das alles wie ein Kinderspiel.

Als sie sich von den negativen Gedanken so herunterziehen ließ, sah sie plötzlich vor dem Schaufenster ein bekanntes Gesicht.

„Meine Damen, ich weiß, dass Sie es eilig haben. Aber geben Sie mir eine Sekunde Zeit, bitte. Ich glaube, Ihre Rettung naht", verkündete sie. Sie eilte nach vorne zur Ladentür und hoffte inständig, dass sie mit ihrer Ankündigung recht behalten würde.

„Lydia!"

Lydia spürte eine Hand auf ihrer Schulter und hörte gleichzeitig, wie jemand ihren Namen rief.

Erschrocken darüber, dass jemand sie erkannte, drehte sie sich um. Vor ihr stand eine der beiden Frauen, die letzte Nacht auf ihrer Veranda gewesen waren.

„Jessica?" Sie traute ihren Augen nicht.

„Hast du vielleicht Zeit, mir im Laden auszuhelfen? Nur ganz kurz?" Jessica sah Lydia flehend an. „Eine ganze Busladung Frauen ist hier in der Stadt gelandet und mir wächst das alles über den Kopf." Sie gestikulierte verzweifelt mit ihren Händen. „In Wirklichkeit weiß ich nicht mehr ein noch aus."

„Ich weiß nicht, ob ich dir eine große Hilfe bin." Wenn Jessica als

Inhaberin des Ladens schon am Ende ihrer Weisheit war, wie sollte Lydia ihr dann helfen?

„Von dem, was du gestern Abend gesagt hast, weiß ich, dass es dir nicht schwerfallen wird. Ich bezahle dich auch."

„Darum geht es mir nicht, Jessica, aber ich muss ..." Sie warf einen Blick auf die Bäckerei, die weiter unten in der Straße war. Dann zögerte sie.

Weil sie unbedingt den Vorschlag aufgreifen wollte, den Jonas ihr letzte Nacht gemacht hatte, war sie früh aufgestanden. Nach einem leichten Frühstück verbrachte sie wie immer ihre Stille Zeit mit dem Herrn. Aber dann wurde ihr klar, dass die meisten Läden im Städtchen nicht schon bei Tagesanbruch geöffnet hatten. Deshalb hatte sie sich ein paar Stunden lang mit Arbeiten im Haushalt beschäftigt. Dann hatte sie sich zurechtgemacht und ein frisch gebügeltes marineblaues Kleid angezogen. Sie hatte bei Flora all ihren Mut zusammengenommen und hatte zum Einspannen weniger Zeit gebraucht als vorher, aber doch mehr, als sie vermutet hatte. Erst dann war sie in die Stadt gefahren, noch immer begeistert von ihrem Plan.

Als sie die Hauptstraße entlanggegangen war, hatte sich ihre Begeisterung jedoch gelegt. In all den Jahren, in denen sie und Henry in Sugarcreek gewohnt hatten, hatte er sie nur selten mit in das kleine Städtchen genommen. Sie hatte sich wie eine Fremde an einem fremden Ort gefühlt. Und je näher sie der Bäckerei gekommen war, desto stärker hatte sich ihr Magen zusammengezogen. Ihre Schritte waren langsamer geworden und ihr Herz hatte schneller geschlagen, als die Wirklichkeit sie eingeholt hatte. Sie hatte sich noch nie in ihrem Leben um eine Arbeitsstelle beworben. Sie hatte nicht gewusst, was sie erwartete, und in Gedanken hatte sie sich eine Frage nach der anderen gestellt.

Als sie vor dem Laden angesprochen worden war, fühlte sie sich plötzlich genauso verängstigt und verzweifelt wie Jessica.

Vielleicht wäre es gut, wenn sie kurz in Jessicas Laden aushalf. Dann konnten sich ihr Magen und ihre Nerven beruhigen, bevor sie zur Bäckerei ging.

„Gut, *jaa*. Ich helfe dir gerne kurz aus", antwortete sie.

„Oh, Lydia, du bist meine Rettung!"

Das hatte noch nie jemand zu ihr gesagt. Bevor sie sich versah, hakte Jessica sich bei ihr unter und führte sie in den Laden. Sofort war Lydia klar, warum ihre neue Bekannte mit den Nerven am Ende war. Sie traute ihren Augen nicht – so viele Frauen bevölkerten den Laden. Viele standen an der Theke mit Stoffballen oder Körben voller Strickgarn in den Händen. Andere durchstreiften den Laden oder hatten es sich auf einer Bank gemütlich gemacht und machten eine kleine Pause.

„Wie wäre es, wenn ich kassiere und du die Stoffe zuschneidest?", schlug Jessica vor.

Da Lydia keine Ahnung hatte, wie eine Registrierkasse funktionierte, war sie mehr als einverstanden mit diesem Vorschlag und so folgte sie Jessica und stellte sich hinter die Ladentheke. Sie fühlte sich fehl am Platze und unsicher.

Als sie heute Morgen aufgewacht war, war es ihr so schwer ums Herz gewesen. Diese innere Schwere würde sie noch lange Zeit begleiten. Die Aussicht auf eine bezahlte Arbeit, auf die Möglichkeit, die Zeit sinnvoll zu nutzen und auch finanziell über die Runden zu kommen, hatte sie zum ersten Mal mit Hoffnung erfüllt. Aber dass sie sich nun so unvermittelt in einer derartigen Situation wiederfand, auch wenn es nur vorübergehend war, überforderte sie ein wenig.

Mit einem scheuen Lächeln nickte sie der nächsten Kundin zu. „Wie … wie kann ich Ihnen helfen?" Obwohl sie diese Frage von Ladeninhabern und ihren Mitarbeitern schon viele Male gehört hatte, kamen ihr diese Worte aus ihrem eigenen Mund fremdartig vor.

„Ich hätte gern fünfeinhalb Meter von diesem Baumwollstoff." Offenbar hatte die zerbrechlich wirkende Frau Schwierigkeiten, als sie den schweren Stoffballen auf die Ladentheke hob. Lydia beugte sich so weit vor, wie sie konnte, und nahm der Kundin den Stoff ab. Die war viel zu sehr mit sich selbst beschäftigt, als dass sie merkte, wie schüchtern Lydia war. Ihre Hände zitterten, als sie den Stoff unter dem Meterstab glatt strich. Um das Gewebe mit der Schere abzuschneiden, brauchte sie eine ruhige Hand. Hoffentlich schaffte sie es.

„Ich will für meine Tochter einen Pullover stricken", wurde Lydia von einer anderen Frau unterbrochen, als sie versuchte, den Stoff gerade durchzuschneiden. „Diese beiden Garne sind von unterschiedlichen Marken. Kann ich sie zusammen verstricken?" Sie hielt ihr die beiden Knäuel entgegen.

Lydia zögerte und warf einen Blick auf Jessica. Aber die war gerade an der Registrierkasse beschäftigt. Lydia war auf sich allein gestellt. „Na ja." Sie versuchte, Zeit zu gewinnen. „Haben die Garne dasselbe Gewicht? Wenn ja, dann ist das eine *guud* – eine gute Sache. Aber Sie sollten trotzdem eine Maschenprobe machen. Dann können Sie sehen, ob Sie für beide Garne dieselbe Maschenzahl brauchen."

Die Frau auf der anderen Seite kam näher. „Ich habe auch eine Frage. Ich mache meiner Enkelin eine Patchworkdecke zur Hochzeit und jetzt sieht man die Rückseite durch den weißen Hintergrund der Oberseite."

„Tatsächlich?" Wieder sah Lydia in Jessicas Richtung, aber Jessica gab einer Kundin gerade ihr Wechselgeld. „Die Rückseite drückt sich durch, sagen Sie?" Sie musste kurz nachdenken. „Vielleicht liegt das an der Füllung, die Sie verwenden."

Als sie vorsichtig den Stoff zurechtschnitt, empfahl sie der Kundin eine Füllung von einem Hersteller, mit dem sie selbst immer gute Erfahrungen gemacht hatte, und hoffte, dass sie mit ihrem Vorschlag richtiglag.

„Oh weh." Die Kundin vor ihr seufzte. „Jetzt habe ich ganz vergessen, ein hellgrünes Garn für den Stoff mitzunehmen."

„Ich kann Ihnen das Garn heraussuchen, wenn Sie möchten."

„Ist das in Ordnung für Sie?" Die ältere Frau sah nach unten. „Meine Füße sind das viele Laufen nicht mehr gewöhnt. Die Beine schwellen mir an und ich bin immer so schnell müde."

Als Lydia mit dem Garn zur Ladentheke zurückkam, rief Jessica ihr zu: „Lydia, was meinst du? Ist dieses Garn für eine Decke geeignet?"

Lydia spürte den Blick von Jessica und der Kundin auf sich, während sie das Garn betrachtete. Ihr fielen die Pastellfarben auf. „Ist die Decke für ein Baby?"

„Für meinen Urenkel." Die Kundin nickte.

„In diesem Fall brauchen Sie ein dünneres Garn, damit die Decke nicht zu schwer wird."

„Können Sie mir beim Aussuchen helfen?"

„Also, ich ..." Sie kannte sich in dem Laden nicht aus und wusste nicht, wo sie suchen sollte. Normalerweise hatte Henry sie immer zu einem Discounter außerhalb der Stadt gefahren, wenn sie Material für ihre Handarbeiten einkaufen wollte. Aber Jessica und die Kundin sahen sie Hilfe suchend an, so als sei sie die Expertin. „*Jaa*, natürlich. Aber bitte lassen Sie mich erst die andere Kundin zu Ende bedienen."

Es kam ihr vor, als seien nur wenige Minuten vergangen, als der Laden sich allmählich leerte und nur noch ein paar Frauen da waren, die sich Saisonware anschauten. Als sie auf die Uhr sah, erschrak Lydia. Sie war gut zwei Stunden im Laden gewesen und die Zeit war wie im Nu verflogen.

„Eigentlich wollte ich dich gar nicht so lange aufhalten", entschuldigte sich Jessica bei ihr.

„Das ist schon in Ordnung", erwiderte Lydia. Sie war zwar müde, aber auch zufrieden mit ihrer Arbeit. „Es war eine neue Erfahrung für mich, die mir gutgetan hat."

„Ich glaube, das gilt für uns beide. Ganz ehrlich, ich weiß nicht, was ich ohne dich gemacht hätte." Jessica ging zur Kasse. „Hoffentlich macht es dir nichts aus, wenn ich dir Bargeld gebe." Sie öffnete die Kasse und holte ein paar Geldscheine heraus. Dann reichte sie Lydia das kleine Bündel, bevor diese reagieren konnte.

Lydia sah, dass es mehrere Zwanzigdollarscheine waren. „Das ist viel zu viel, Jessica", protestierte sie.

Jessica hob abwehrend eine Hand. „Du hast jeden Cent davon verdient. Wenn du nicht hier gewesen wärst, hätte ich heute Nachmittag längst nicht so viel verkauft. Die meisten Kundinnen hätten den Laden frustriert und ohne etwas zu kaufen wieder verlassen."

„Ich muss schon sagen, es war wirklich viel Betrieb." Sie holte tief Luft, als sie an das bunte Chaos dachte. „Die Frauen haben den Laden fast leer gekauft."

„Eine Kundin wollte sogar das Stickbild mit dem Spruch „Stricken ist Liebe" kaufen. Tante Rose hat es gemacht." Mit einem ungläubigen Lächeln schüttelte Jessica den Kopf. „Aber das will ich natürlich nicht verkaufen."

„Das kann ich verstehen." Lydia konnte nicht glauben, wie einfach es war, mit dieser neuen Bekannten zu reden, aber sie musste jetzt wirklich gehen. Schließlich hatte sie noch etwas Wichtiges zu erledigen. „Jetzt gehe ich aber. Ich muss ja noch zur Bäckerei."

„Noch mal vielen Dank, Lydia." Jessica streckte die Arme aus und drückte Lydia an sich. Die war ganz überrascht und konnte sich nicht mehr erinnern, wann sie zuletzt von jemandem umarmt worden war.

„Das ist doch … äh … gern geschehen", stammelte sie.

Als sie ein paar Haarsträhnen in ihre *Kapp* zurücksteckte und die Hauptstraße entlangging, war sie dankbar, dass dieser Tag so gut verlaufen war. Es war vielleicht besser, dass sie erst später zur Bäckerei ging. Bestimmt war der Laden ebenfalls von der Reisegruppe überrannt worden.

Die Glocke über der Ladentür der Bäckerei grüßte sie mit einem fröhlichen Bimmeln. Sie fühlte sich gleich wie zu Hause. In diesem Geschäft war sie erst ein paarmal gewesen. Deshalb hatte sie vergessen, wie sehr sie den Vanilleduft dieses Ortes und die Gestaltung des Ladens mochte. Die vorherrschenden Farben waren kräftige Rosa- und Grüntöne. Diese Dekoration erinnerte sie an die Pfingstrosen, die in jedem Frühjahr in ihrem Garten blühten. Im Laden gab es ausreichend Platz, um ein süßes Gebäckstück zu genießen oder den Tag ausklingen zu lassen. Auf den Tischen standen Blumenvasen und in einer Ecke waren gut gefüllte Bücherregale und bequeme Sessel.

Beinahe hätte sie sich hingesetzt und sich nach der Arbeit bei Jessica ein paar Minuten Ruhe gegönnt. Aber sie war ja aus einem bestimmten Grund hier.

„Kann ich Ihnen helfen?", fragte hinter der Vitrine eine weibliche Stimme auf Pennsylvania-Deutsch.

Lydia hatte den Eindruck, dass sie in einen Spiegel sah. Die beiden Frauen waren fast gleichaltrig. Sie trugen die gleiche Kapp und das gleiche marineblaue Kleid. Allerdings trug die Frau hinter der Theke eine grasgrüne Schürze, unter der sich ein Babybauch wölbte. „Leider ist nicht mehr viel übrig. Aber die Reste sind noch frisch von heute früh."

Jetzt, wo es darauf ankam, versagte ihr die Stimme – trotz ihrer Glanzleistung im Handarbeitsladen. „Ach nein. Ich … äh … ich bin Lydia. Ich möchte mich um eine Arbeitsstelle bewerben. Ist bei Ihnen eine Stelle frei?"

„Oh, das tut mir so leid. Die Stelle ist bereits besetzt."

„*Jaa?*" Trotz ihrer Enttäuschung zwang sie sich zu einem schwachen Lächeln.

„Eigentlich ist es meine Stelle. Ich bin Rebecca. Ich gehe in Mutterschaftsurlaub, aber es dauert noch eine Weile. Die Inhaberin des Ladens wollte bloß sichergehen, dass sie einen Ersatz für mich hat. Sie hat inseriert, aber nicht erwartet, dass sich so schnell jemand findet."

„Vielleicht bin ich ein bisschen spät dran."

„Am besten fragst du in den nächsten Wochen noch mal nach, denn vielleicht ändert sich ja etwas." Rebecca lächelte sie freundlich an. „Die Leute überlegen es sich manchmal anders, weißt du."

„Das stimmt. *Danki.*" Der Vorschlag ihrer neuen Bekannten machte ihr ein wenig Mut. „Danki, dass du dir Zeit für mich genommen hast."

Lydia wollte den Laden schon verlassen, als sie sich noch einmal umdrehte und die Vitrinen mit dem Gebäck betrachtete. Sie hatte seit Monaten nicht mehr gebacken und sie wusste nicht, wann sie zum letzten Mal etwas Süßes gegessen hatte. Sie ging noch einmal zur Theke. „Weißt du was: Ich hätte gern einen von diesen Krapfen."

„Möchtest du ihn hier essen oder mitnehmen?"

Sie sah sich im einladend dekorierten Laden um, aber sie wusste, dass sie nicht hierbleiben konnte. Sie musste nach Flora sehen. „Ich möchte ihn mitnehmen."

Rebecca packte den Krapfen in eine Tüte. „Das macht zweiundneunzig Cent, bitte."

Lydia holte die Geldscheine aus ihrer Schürzentasche und starrte darauf. Das war ihr erstes selbst verdientes Geld. Zum ersten Mal war sie für eine Arbeit bezahlt worden. Es war ein guter Anfang und dafür konnte sie wirklich dankbar sein. Wenn Flora es zuließ, würde sie noch weitere Läden aufsuchen und nachfragen, ob jemand eine Verkäuferin suchte.

Jessica brauchte eine Verschnaufpause. Deshalb setzte sie sich auf die aus Eichenholz geschnitzte Bank in der Mitte des Ladens. Noch immer brummte ihr der Kopf von dem Ansturm der vielen Kundinnen.

Als sie sich umsah, stellte sie fest, dass die vielen Besucherinnen ein ziemliches Chaos im Laden hinterlassen hatten. Hinter der Theke stapelten sich Stoffballen, andere lehnten an Regalen oder lagen dort, wo sie nicht hingehörten. Sie waren einfach von den Kundinnen zurückgelassen worden, weil sie es sich anders überlegt hatten.

Kästen, in denen sie normalerweise Strickgarn in einer bestimmten Farbe lagerte, enthielten jetzt ein buntes Durcheinander und der Arbeitstisch war über und über mit Ware bedeckt, die die Frauen zuerst aus den Regalen gezogen und dann einfach auf dem Tisch liegen gelassen hatten. Jessica würde alles wegräumen müssen.

Sicherlich hatte Tante Rose an manchen Tagen ebenfalls ein solches Durcheinander in ihrem Laden gehabt. Es war bloß seltsam, dass Jessica sich nicht mehr daran erinnern konnte. Sie hatte zu sehr in ihrer eigenen Welt gelebt, vor allem in ihrer Kindheit, als sie viel gespielt und sich so gerne verkleidet hatte. Es hatte für sie keine Rolle gespielt, ob es im Laden ordentlich gewesen war. Sie war glücklich gewesen, wenn sie das gold glitzernde Cape ihrer Tante und ihre kirschroten Stöckelschuhe hatte anziehen und im Laden herumtoben können.

„Kann ich diese Schuhe morgen in die Schule anziehen?“, hatte sie mehr als einmal gefragt.

„Nicht morgen“, hatte Tante Rose immer mit einem Lächeln geantwortet. „Aber irgendwann einmal. Irgendwann wirst du in meine Schuhe passen …“

Die Erinnerung tat Jessica so weh, dass ihr plötzlich die Tränen kamen. Sie konnte fast die Stimme ihrer Tante hören und auch ihr Versprechen. Aber es entsprach nicht der Wahrheit. Es stimmte einfach nicht. Sie hatte als Kind nicht in die Schuhe ihrer Tante gepasst und auch jetzt konnte sie nicht in ihre Fußstapfen treten.

„Ach, Tante Rose. Ich richte jetzt schon ein Chaos an.“ Sie sprach die Worte laut aus und sah sich dabei im Laden um, so als könne sie ihre Tante hier entdecken. Sie brauchte eine Aufmunterung von ihr.

Und auch ihr Verständnis. Jessica war bewusst, dass sie heute die vielleicht beste Kundin des Ladens endgültig verloren hatte.

Sie war noch nicht einmal fähig gewesen, alle Fragen der Kundinnen zu beantworten. Und sie konnte auch keine Kurse oder Workshops anbieten, denn sie war ja selbst auf Hilfe angewiesen. Die Feiertage standen praktisch schon vor der Tür und da würde es im Laden noch hektischer und chaotischer werden.

Sie musste unbedingt eine Mitarbeiterin einstellen. Aber ihre finanziellen Mittel waren knapp. Die Ersparnisse ihrer Tante deckten gerade so die Beerdigungskosten. Als alleinerziehende Mutter konnte Jessica selbst kaum etwas sparen. Da blieb nur wenig zusätzliches Geld übrig, um auf Dauer jemanden zu beschäftigen. Aber wohin würde es führen, wenn sie keine Mitarbeiterin hätte? Anders als Tante Rose konnte sie den Laden nicht alleine weiterführen. Wenn sie es doch versuchte, würde sie am Ende alles verlieren. Endgültig.

Sie brauchte Hilfe. Sie brauchte jemanden mit Fachkenntnissen, jemanden, dem ihre Kundinnen vertrauten.

Sie brauchte … Lydia.

Jessica schoss förmlich in die Höhe.

Wohin wollte Lydia gehen? Was hatte sie gesagt? Zur Bäckerei?

Sie eilte hinter die Theke, griff nach den Ladenschlüsseln und rannte nach draußen. Dann schloss sie die Tür hinter sich ab.

Mit einem leisen Angstgefühl klopfte Lydia an die Tür ihres Nachbarn Jonas. Dann trat sie zurück auf die oberste Stufe der Verandatreppe und wartete.

Gedämpfte Geräusche kamen von drinnen. Ein Stuhl, der zurückgeschoben wurde … Schritte. Sie hatte ihn wohl beim Abendessen gestört. Aber wenn das der Fall war, ließ er sich jedenfalls nichts anmerken, als er die Tür aufmachte und sie ansah.

„Hallo, Lydia“, grüßte er sie mit einem unbeschwerten Lächeln. „Was gibt es?“

„Du brauchst dir keine Sorgen zu machen“, erwiderte sie ernst. „Ich werde es mir nicht zur Gewohnheit machen, jeden Tag hierherzukommen.“

Er lachte leise. „Offen gestanden ist das die geringste von meinen Sorgen."

Sie spürte, wie sie rot wurde, als sie ihm die Tüte aus der Bäckerei hinhielt. Sie konnte sich nicht mehr erinnern, wann sie zum letzten Mal jemandem ein Geschenk gemacht hatte, außer natürlich Henry zu seinem Geburtstag. „Ich habe dir ein paar Zuckerplätzchen mitgebracht, Jonas."

„Ah, das sind meine Lieblingsplätzchen." Seine Augen leuchteten, als er die Tüte entgegennahm.

„Ich möchte dir damit *Danki* sagen", erklärte sie.

„*Jaa?* Ist es das, was ich denke? Du hast den Job?"

Sie schüttelte den Kopf. „*Nee*, leider nicht. Die Stelle war schon besetzt."

„Oh." Er reagierte mit einem Stirnrunzeln.

„Aber …" Sie konnte ihr breites Lächeln nicht mehr unterdrücken. „Ich habe stattdessen einen Job im Handarbeitsgeschäft."

„Du hast … Wirklich?" Sein Lächeln wurde zu einem breiten Grinsen. „*Guud* gemacht, Lydia!" Er lachte, als ob er sich ehrlich mit ihr freute. „*Guud* gemacht!"

„*Jaa*, ich fange morgen an." Sie konnte es selbst noch nicht fassen. „Und ich möchte dir danken, weil ich heute noch nicht mal in die Stadt gefahren wäre, wenn du mir letzte Nacht nicht diesen Vorschlag gemacht hättest. Und der Zeitpunkt hätte nicht besser sein können, weil heute eine Reisegruppe aus Columbus angekommen ist und die ganze Busladung Frauen den Handarbeitsladen gestürmt hat." Sie hielt inne, um die Sache näher zu erklären. „Der Laden gehört Jessica, der Frau, die letzte Nacht hier war."

„*Jaa?* Das ist ja ein seltsamer Zufall."

„Ich weiß. Sie hat mich durch ihr Schaufenster gesehen, als ich zur Bäckerei wollte. Da hat sie mich gebeten, ihr im Laden zu helfen, weil so viel Betrieb war, und –"

„Und das alles ist nach dem perfekten Zeitplan Gottes geschehen."

„*Jaa*, du hast recht. Das glaube ich auch. Es hat alles zum perfekten Zeitplan Gottes gehört, auch dein Vorschlag."

„Dann werde ich mir diese Plätzchen noch mehr als sonst schmecken lassen. Weißt du was …" Er öffnete die Tüte. „Ich fange jetzt schon an zu feiern."

Sie musste lachen, als er genüsslich in ein Plätzchen biss und seine Lippen voller Krümel waren.

„Die sehen wirklich *guud* aus", sagte sie.

„Die schmecken auch sehr lecker. Willst du auch eins probieren?"

„*Nee.* Ich gehe jetzt lieber." Mit einem Kopfschütteln ging sie langsam die Verandatreppe hinunter. „Wie du weißt, muss ich morgen früh zur Arbeit und es wird bestimmt ein langer Tag werden."

„Viel Glück an deinem ersten Tag." Er hielt das halb aufgegessene Plätzchen hoch. „Du wirst es schon schaffen, Lydia."

„Ich danke dir nochmals, Jonas … für alles."

Als sie sich durch die Büsche zwängte, sah sie, dass sich zwischen den beiden Grundstücken bereits ein Trampelpfad bildete. Jonas war für Lydia zwar nicht die Freundin von nebenan, die sie sich immer gewünscht hatte. Aber dennoch war Jonas Hershberger ein wirklich guter Nachbar. Und dafür war sie Gott dankbar.

# Kapitel 8

Liz warf einen prüfenden Blick in den Bräter, um sicherzugehen, dass der Eintopf, der auf ihrem Herd vor sich hin schmorte, genau auf den Punkt gar war. Sie rührte die dicken Fleischstücke mit einem Holzlöffel um, entschied sich aber dagegen, mit Salz und Pfeffer nachzuwürzen. Sie hatte schon zwei Mal abgeschmeckt und das Gericht war schmackhaft genug.

Sie sollte besser alles so lassen, wie es war. Aber sie war so aufgeregt, dass Jessica und Lydia zum Abendessen kommen wollten. Deshalb machte sie sich solche Umstände, sogar mit dem einfachen gemischten Salat, den sie zum Eintopf servieren wollte. Sie hatte sich auch noch die Zeit genommen, Apfelmus zu kochen und in die Stadt zu fahren, um einen Laib Amish-Brot zu kaufen.

In ihrem kleinen Häuschen gab es kein Esszimmer und so hatte sie den rustikalen Tisch in ihrer Küche besonders schön gedeckt mit ihrer kobaltblauen Leinentischdecke, den Platzdeckchen für besondere Anlässe und blauen Servietten im Paisley-Muster, die zu ihrem französischen Geschirr aus Keramik passten. Sie stellte den letzten Gegenstand auf den Tisch, eine kleine Kugelvase aus Glas mit kleinen Chrysanthemen. Dann trat sie zurück, um alles noch einmal zu betrachten. Sie hatte es gut hinbekommen. Der Tisch und die Küche wirkten so gemütlich, warm und einladend, wie sie es gehofft hatte. In dieser Atmosphäre würden sich ihre Gäste wohlfühlen.

Endlich konnte sie sich entspannt zurücklehnen, aber dann klingelte ihr Handy. Sie wollte erst gar nicht auf das Display schauen. Hoffentlich sagte Jessica nicht ab und hoffentlich konnte sie auch Lydia abholen. Sie freute sich nicht nur auf das gemeinsame Essen mit den beiden Frauen, sondern als neue Mitarbeiterin in *Roses Woll- und Nähparadies* hatte Lydia sich angeboten, nach dem Essen ihr Knowhow beim Stricken und Anfertigen von Patchworkdecken an Liz und Jessica weiterzugeben. Liz konnte es kaum erwarten, von einer echten, erfahrenen Amish-Frau Handarbeitstipps zu bekommen.

Sie nahm das Telefon aus der Ladestation.

„Hallo?“, meldete sie sich zaghaft und befürchtete schon, Jessicas Stimme zu hören.

„Liz? Ich bin es, Lou Hager.“

„Ach, Lou. Du bist es.“ Ihre Schultern entspannten sich. Es war ihr Handwerker. „Meine Küche und ich freuen uns, wenn du morgen kommst.“

„Äh … deshalb rufe ich an. Ich hätte mich schon eher melden sollen, aber ich habe erst jetzt daran gedacht. Ich bin in einem Krankenhaus bei Youngstown. Gestern wurde meine Mutter eingewiesen. Sie ist schwer krank und meinem Vater geht es auch nicht besonders. Ich musste hinfahren, um mich um die beiden zu kümmern.“

„Oh, Lou, das tut mir so leid.“

„Ja, also ich werde es nicht schaffen, morgen bei dir vorbeizukommen und mit der Decke anzufangen. Ganz ehrlich … Ich weiß nicht, wann ich wieder zurückkomme. Es könnte sein, dass es paar Tage oder auch ein paar Wochen dauert.“

Sie hatte Lous Namen bereits letzte Woche aus ihrem Terminkalender gestrichen, als er absagen musste, weil sein Hund krank geworden war. Offenbar machte er gerade eine schlimme Zeit durch. Der Mann tat ihr leid.

„Natürlich, Lou. Das verstehe ich doch“, erwiderte sie. „Deine Eltern brauchen dich jetzt. Sie stehen an erster Stelle.“

„Liz, wenn du einen anderen Handwerker beauftragen musst –“

Sie unterbrach ihn. „Diese alte Decke hat jetzt so lange durchgehalten. Ich bin sicher, dass sie es noch eine Weile macht.“

Sie hatte keine Ahnung, welchen Handwerker sie sonst anrufen könnte oder wer zuverlässig und gut arbeitete. Außerdem war Lou schon mit ihr und Karl in die Schule gegangen und meistens hatten sie ihn mit Reparaturen beauftragt. Wenn jemand in Sugarcreek einen Handwerker brauchte, dann war Lou immer der Erste, der genannt wurde,

„Ich komme zurück, sobald hier alles wieder normal läuft. Aber ich meine es ernst, Liz. Wenn du einen anderen Handwerker beauftragen willst, kann ich das gut verstehen.“

„Ich habe dich schon verstanden. Ich werde dich und deine Familie in meine Gebete einschließen, Lou.“

„Das weiß ich, Liz. Danke.“

Als sie aufgelegt hatte, beäugte sie die Küchendecke mit einem kritischen Blick. Sie war froh, dass Jessica und Lydia so locker waren und nicht zu den Leuten gehörten, bei denen sie einen guten Eindruck machen musste. Leider hatte sie sich schon so sehr an die Risse im Deckenputz gewöhnt, dass sie diese Stellen schon gar nicht mehr beachtete. Sie hatte ganz vergessen, wie schlimm die Decke aussah, als sie die beiden Frauen zu sich eingeladen hatte.

Aber jetzt, als sie genauer hinsah, entdeckte sie, welch einen Anblick die Küchendecke bot. Bildete sie sich das nur ein oder waren die Risse im Putz mehr geworden? Ihr Blick war noch immer nach oben gerichtet, als es klingelte.

Daisy lag in einer Ecke der Küche und genoss die Vielfalt an guten Düften. Sie nutzte jede Gelegenheit, bei Liz um eine kleine Kostprobe zu betteln, mit einem flehenden Blick aus ihren großen braunen Augen. Aber als die Türglocke bimmelte, sprang sie auf und folgte Liz zur Haustür.

„Unser Besuch ist da, Daisy Duke“, summte Liz leise, als die beiden zur Haustür gingen. Sie warf noch einen letzten prüfenden Blick auf jedes Kissen, jeden Teppich und jedes Deckchen. Alles war ordentlich und lag dekorativ am richtigen Ort.

„Hallo, ihr beiden, kommt rein.“ Sie begrüßte Jessica und Lydia mit einer Umarmung. Die beiden Frauen, die durch die Tür kamen, waren etwa gleich alt, aber vom Aussehen her hätten sie nicht unterschiedlicher sein können.

Jessica trug Jeans und wirkte mit ihren hochhackigen braunen Stiefeln größer als sonst. Sie hatte dunkles, fast schwarzes Haar, das weich ihr Gesicht umschmeichelte und ihr auf die Schultern fiel. Sie trug eine hüftlange olivgrüne Cordjacke. Ein karamellfarbener Pullover lugte unter der Jacke hervor und vervollständigte ihren lässigen, modischen Look.

Lydia dagegen hatte ihr Haar wie immer unter ihrer *Kapp* versteckt. Man konnte seine schöne rotbraune Farbe nur erahnen, denn ein paar Strähnen ringelten sich im Nacken. Die dunkelgraue Jacke, die sie über ihrem pflaumenblauen Kleid trug, war aus weichem Twill-Gewebe und viel weiter als die von Jessica. Die einzige Gemeinsamkeit zwischen den beiden Frauen bestand darin, dass ihre Hände nicht leer waren.

„Du liebe Zeit, was habt ihr Mädels da alles mitgebracht? Ich habe euch doch gesagt, dass ihr euch keine Umstände machen sollt!"

„Nach einem langen Arbeitstag hat Lydia trotzdem noch die Zeit und Energie aufgebracht, nach Hause zu gehen und frittierte Blaubeertaschen zu machen." Jessica ließ ihrer neuen Mitarbeiterin den Vortritt. Ihre Augen blickten noch immer überrascht drein.

„Frittierte Fruchttaschen!" Liz klatschte begeistert in die Hände. „Die habe ich seit Ewigkeiten nicht mehr gegessen. Mein Karl hat sie so gern gemocht, aber ich muss zugeben, dass ich nie versucht habe, ihm welche zu machen."

„Henry hat sie nicht gemocht. Er wollte lieber einen richtigen Kuchen", fügte Lydia hinzu. Dann errötete sie, als ob sie schon zu viel Persönliches von sich preisgegeben hätte. „Aber ... äh ... sie sind gar nicht so schwer zu machen. Und ich hatte die Beeren schon gewaschen, bevor ich heute früh zur Arbeit gefahren bin."

„Eins habe ich schnell durchschaut: Lydia ist viel zu bescheiden." Jessica musste lächeln. Dann hielt sie eine rosarote Tasche mit dem Logo des Handarbeitsladens hoch. „Das Beste, was ich zustande gebracht habe, ist eine kleine Auswahl aus dem Laden für die Handarbeitslektionen, die Lydia uns freundlicherweise angeboten hat. Und dann war ich noch kurz in der Eisdiele und habe Vanilleeis gekauft." Mit einem Kopfnicken zeigte sie auf das Päckchen in der anderen Hand.

„Ihr beiden seid die Besten." Liz lächelte. „Jess, die Tasche kannst du hierlassen." Sie deutete auf die schwarz lackierte Bank, die in der Diele stand. „Und dann verstauen wir erst mal die ganzen Leckereien." Dabei führte sie ihre Gäste in die Küche.

„Ich habe gar nicht gewusst, dass du in dieser Straße wohnst", plapperte Jessica munter weiter, während sie Liz folgte. „Ich habe diese Häuschen hier schon immer gemocht. Sie sind so putzig."

„Ich wohne hier schon seit fast fünf Jahren." Als Liz den Nachtisch in den Kühlschrank geräumt hatte, schlüpfte Jessica aus ihrer Jacke. Liz sah, wie Lydia der anderen Frau einen Blick zuwarf und dann ihrem Beispiel folgte.

„Hier. Ich nehme sie euch ab." Sie streckte die Arme nach den Jacken aus. Ihr fiel auf, dass Lydia den Rock ihres Kleides glatt strich und dann ihre Hände rieb, als wären sie kalt. Die junge Frau wirkte nervös und Liz hätte sie am liebsten beruhigt, aber sie spürte selbst eine gewisse Unruhe in sich.

Obwohl sie schon so lange in Sugarcreek wohnte, viele Amish-Leute kannte und ihre Kultur wirklich schätzte, hatte sie noch nie jemanden aus dieser Gemeinschaft zu sich nach Hause eingeladen. Sie wollte, dass Lydia sich bei ihr so richtig wohlfühlte und natürlich auch Jessica, aber Jessica wirkte sehr entspannt.

„Das, was da auf deinem Herd steht, riecht einfach köstlich, Liz", seufzte Jessica.

„Danke für das Kompliment, aber es ist bloß ein Eintopf."

„Sie sagt, es ist *bloß* ein Eintopf", erklärte Jessica ihrer Mitarbeiterin mit einem verschwörerischen Lächeln. „Als ob es keine große Sache ist. Aber Liz ist eine der besten Köchinnen in der ganzen Region. Und backen kann sie wie ein Profi. Sie ist so etwas wie Paula Deen und Betty Crocker in einer Person."

*„Jaa?"* Lydia zog die Augenbrauen hoch. „Paula wer?"

„Oh." Jessica biss sich auf die Unterlippe. „Das ist bloß eine Frau, die im Fernsehen … ach es spielt keine Rolle." Sie blinzelte, als ob ihr etwas ins Auge geflogen wäre. Auch Liz kniff die Lippen zusammen. „Liz hat in der Gemeinde bei jeder Feier gekocht. Und was das Backen betrifft, waren wir Kinder in der Schule immer hellauf begeistert, wenn ihre Tochter Geburtstag hatte. Amy hat immer die leckersten Minitörtchen mitgebracht. Wir haben sie in Sekundenschnelle aufgefuttert."

„Danke für die Komplimente, Jess." Liz lächelte. „Aber ich habe bloß sagen wollen, dass ich Eintopf gemacht habe und nicht irgendwas Ausgefallenes. Für mich ist ein Eintopf Essen für die Seele, gerade in dieser Jahreszeit."

„Essen für die Seele kann eine sehr *guude* Sache sein, glaube ich", erwiderte Lydia schüchtern und mit gesenktem Kopf. *„Danki*, dass du mich eingeladen hast."

„Ja, Liz, vielen Dank", fügte Jessica hinzu.

„Ich freue mich wirklich, dass ihr gekommen seid." Das meinte sie ehrlich. „Und wenn ihr beide Hunger habt, steht alles bereit. Wir brauchen nicht abzuwarten. Warum setzt ihr euch nicht an den Tisch und dann können wir uns beim Essen weiter unterhalten."

Während Jessica und Lydia am Tisch Platz nahmen, brachte Liz rasch die beiden Jacken in das Arbeitszimmer nebenan und legte sie auf das kleine Zweiersofa. Als sie zurück in die Küche kam, sah sie, dass ihre Gäste es sich schon bequem gemacht hatten und sich unterhielten. Daisy hatte sich zu ihren Füßen niedergelassen. Plötzlich wurde ihr ganz warm ums Herz.

Ihr kamen die Tränen, als sie daran dachte, wie glücklich Rose gewesen wäre, wenn sie diese Szene sehen könnte. Und sie selbst ... auch sie war glücklich. Seit dem Brand in der Kirche hatte sie versucht, wieder Fuß zu fassen, aber sie fühlte sich entwurzelt. Jetzt war ihr Haus voll und das Herz ging ihr über. Vielleicht war dieser einfache Akt der Freundlichkeit Lydia gegenüber mehr als ein guter Anfang, denn sie war damit dem Beispiel ihrer Freundin Rose gefolgt.

Ermutigt und erfreut stellte sie den Apfelbrei und die Salatschüsseln auf den Tisch, dann den Brotkorb. Schließlich füllte sie den Eintopf in eine große Suppenterrine aus weißem Porzellan. Ein köstlicher Duft verbreitete sich in der Küche.

„Und jetzt, meine Damen ...“ Liz ließ sich auf einem Stuhl nieder und warf einen Blick auf ihre Gäste. „Sollen wir ein stilles Gebet sprechen, jede für sich, bevor wir anfangen?“ Sie wusste, dass es bei den Amish so Sitte war.

Kaum hatte sie diese Frage gestellt, als über ihren Köpfen ein unheimliches Knacken ertönte. Als sie nach oben blickten, lösten sich nach und nach ein paar kleine Stückchen Gipsputz von der Decke und fielen herunter. Plötzlich war es, als ob der Gips regelrecht herunterregnete. Er fiel auf die Tischdecke, einige Brocken plumpsten in den Eintopf, auf den Apfelbrei, das Brot und die Salate. Und dann stürzte ohne Vorwarnung die Lampe aus gebürstetem Stahl wie ein Bleigewicht von der Decke. Etwa dreißig Zentimeter über dem Tisch blieb der Leuchtkörper hängen und schwang wie ein Requisit aus einem Gruselfilm hin und her.

Während der Gipsregen sich weiter auf den Tisch ergoss, sprangen die drei Frauen panisch auf und flohen ins Wohnzimmer, die verschreckte Daisy hinter ihnen her.

„Es ist alles gut, Daisy. Es ist alles gut.“ Liz beugte sich herunter, legte den Arm um die Hündin und drückte sie beschützend an sich. Als sie das Geschehen vom Nebenzimmer aus beobachteten, traute Liz ihren Augen nicht.

Die Küchendecke erzitterte wie von einem Erdbeben. Jetzt flogen größere Stücke Putz zu Boden. Schließlich kam das große Finale, als ein ganzer Block in der Größe ihres Küchenherdes mit einem lauten Krachen auf den Fliesenboden fiel. Liz konnte es nicht fassen. „Oh nein. Du liebe Güte! Ist das jetzt wirklich passiert?"

Weißer Staub verbreitete sich überall und aus dem geplanten, harmonischen Abend wurde ein ungeplanter Albtraum. Als Daisy sich kräftig schüttelte, um sich von den kleinen Gipsstücken zu befreien, wandte sich Liz ihren Gästen zu. Um die beiden Frauen machte sie sich mehr Sorgen als um ihre demolierte Küche. „Ist alles in Ordnung mit euch?"

„Keine Sorge, Liz", berichtete Jessica, während sie ihren Pulli ausklopfte. „Mir geht es gut."

„*Jaa*, mir auch." Lydia starrte auf das Chaos in der Küche. „Aber deine arme Küche … und unser Abendessen."

„Wenigstens sind die Blaubeertaschen und die Eiscreme sicher im Kühlschrank verstaut. Das hoffe ich wenigstens." Als Liz das ganze Ausmaß des Schadens erfasste, war sie nicht mehr so zuversichtlich. „Hier sieht es aus wie in einem Katastrophengebiet." Darüber musste Jessica lachen.

„Was ist daran denn so witzig?" Liz zog eine Grimasse.

„Nichts. Gar nichts. Entschuldige. Es ist nur … na ja, du siehst aus wie … ich weiß nicht … wie der Geist vom letzten Weihnachtsfest oder so ähnlich. Du hast so viel von dem weißen Zeug im Haar. Und dein Gesicht …" Jessica kicherte, als sie näher trat und Liz die Putzstückchen aus dem Haar klaubte. „Und wie ist dein Gesicht so weiß geworden?"

„Hmm … lasst mich nachdenken", erwiderte Liz spöttisch. Dann entspannte sie sich ein wenig und musste jetzt ebenfalls lachen.

„Weißt du …" Lydia legte den Kopf schief und grinste. „Mit weißem Haar siehst du richtig gut aus, Liz."

„Ich verspreche dir eines: Dieses Haar wird nicht so bald weiß. Erst, wenn meine Friseurin sich weigert, die grauen Haare abzudecken."

„Ich bin froh, dass ich mir darüber keine Gedanken machen muss." Lydia zupfte an den Bändern ihrer *Kapp*.

„Dein Haar mag in Ordnung sein, aber auf deinem Häubchen hast du genug Gips, um selbst eine Decke zu verputzen“, spöttelte Liz und streckte die Hand aus nach den Gipsstückchen in Lydias *Kapp*.

Jessica war wesentlich größer als die beiden anderen Frauen und warf einen kritischen Blick auf sie. „Jaja, ihr zwei bietet einen netten Anblick.“

„Du lachst …“ Lydia musste lächeln. „Aber du hast dich noch nicht von hinten gesehen.“

„Wirklich? Was ist denn mit meinem Pullover?“ Jessica versuchte, über die Schulter zu blicken.

„Keine Sorge. Ich mache das für dich“, bot Lydia ihr an.

Sie standen in einem kleinen Kreis, während sie sich gegenseitig die Gipsstückchen aus den Kleidern und Haaren fischten.

„Nennt man das im Tierreich nicht gegenseitige Körperpflege?“ Liz dachte laut nach. „Wie bei Löwinnen, die sich gegenseitig sauber machen.“

„Oder Affen“, erwiderte Jessica mit einem leisen Schnauben.

„Ich glaube, ich fühle mich lieber wie ein Pavian.“ Lydia wischte über Jessicas Rücken.

„Meinst du die Paviane im Streichelzoo auf der Farm in Walnut Creek? Sie sind einfach hinreißend. Unter den Exoten dort sind sie Coles Lieblingstiere.“

„Ich … äh … ich war noch nie auf der Farm“, sagte Lydia leise. „Sondern habe bloß in einem Buch Bilder von Pavianen gesehen.“

„Du warst nie auf der Farm? Da muss man doch bloß die Straße entlanggehen.“ Liz war überrascht, und als sie Jessicas Blick begegnete, merkte sie, dass die andere Frau auch verblüfft war.

„*Nee*, da war ich noch nicht.“ Lydias Stimme wurde leiser. „Henry hat mir immer wieder versprochen, mich dorthin mitzunehmen. Aber er war meistens zu beschäftigt. Deshalb hat es nie geklappt.“

„Wie gesagt, Cole ist furchtbar gern dort“, meinte Jessica. „Wir würden uns freuen, wenn du mal mitkommen könntest.“

Die drei Frauen schwiegen, als sie sich endlich von den Gipsstückchen und dem Staub befreit hatten, so gut es ging.

„Wir hätten das draußen erledigen sollen.“ Jessica schüttelte den Kopf. „Jetzt ist auch noch dieses Zimmer schmutzig.“

„Das spielt keine Rolle." Liz zupfte ein letztes Staubkörnchen von Lydias Schulter. „Ich habe die ganze Nacht Zeit, hier sauber zu machen."

Jessica sah sie an. „Du meinst, *wir* haben die ganze Nacht Zeit."

„Nein, nein. Ich hole jetzt eure Jacken." Liz bewegte sich auf Zehenspitzen durch den Staub auf dem Küchenboden. „Dann verschwindet ihr beiden von hier und seht zu, dass ihr euch etwas zu Essen besorgt." Sie geriet ins Wanken, als sie versuchte, auf den Gipsresten zu balancieren.

„Liz, du wirst uns nicht los, bloß weil diese blöde Decke runtergekommen ist. Wir lassen dich doch nicht allein mit diesem Chaos."

„*Nee*, das machen wir nicht." Lydia krempelte die Ärmel ihres Kleides hoch. „Wo hast du deinen Besen?"

„Und deine Müllsäcke?", fragte Jessica.

„Also, Mädels ..."

Sie versuchte, die beiden zum Weggehen zu überreden, aber es war zwecklos. Im Nu hatte Lydia in der Speisekammer einen Besen gefunden und Jessica hatte unter der Spüle die Müllsäcke ausfindig gemacht.

„Also gut." Liz gab nach. „Aber ich schicke euch nicht mit leerem Magen nach Hause. Ich bestelle uns jetzt gleich eine Pizza."

„Bevor ich mich schlagen lasse ...", sagte Jessica, während sie einen Müllsack aus der Schachtel zog.

*„Jaa."* Lydia stemmte eine Hand in die Hüfte. „Bevor auch ich mich schlagen lasse ..."

Liz war sich nicht sicher, ob diese Redewendung in Lydias Mundart überhaupt vorkam, aber das spielte jetzt keine Rolle. Als sie die Nummer von Antonios Pizzeria in ihr Telefon eintippte, konnte sie es nicht fassen, dass sie über diesen misslungenen Abend lächelte, anstatt laut zu heulen.

# Kapitel 9

Nach der stundenlangen Arbeit bei Liz war Jessica todmüde, als sie wieder zu Hause war. Sie legte ihre Handtasche und ihre Schlüssel auf den Küchentisch und stellte die Schachtel mit den Pizzaresten in den Kühlschrank. Ihr kam es so vor, als sei sie hundert Jahre lang weg gewesen.

Glücklicherweise schien hier zu Hause alles ruhig zu sein, alles bis auf ein leises Murmeln, das aus dem Fernseher kam. Sie folgte dem Geräusch bis ins Wohnzimmer. Dort fand sie Marisa schlafend auf dem Sofa, eingewickelt in Tante Roses schokoladenbraune Strickdecke. Das Mädchen hatte wohl auch einen harten Tag hinter sich, vermutete Jessica. Sie hatte sich noch nicht einmal bewegt, als Jessica den Raum betrat.

„He, Marisa." Sie rüttelte das Mädchen sanft an der Schulter. „Ich bin wieder da."

„Hä?" Langsam machte Marisa ein Auge auf, blieb aber wie unbeweglich liegen. Sie brauchte eine Weile, bis sie wusste, wo sie war.

„Du bist bei Cole", erinnerte sie Jessica.

„Oh … ja, klar. Stimmt." Jetzt waren beide Augen offen und sie schob die gestrickte Decke weg. „Ist es richtig spät, oder was?"

„Später, als ich dachte. Ich hätte dir eine SMS schicken sollen, aber ich war so mit dem Drama bei Liz beschäftigt und dann habe ich auch noch Lydia nach Hause gefahren. Ehrlich gesagt: Ich habe dich ganz vergessen." Sie fühlte sich ein bisschen, als sei sie der Teenager und Marisa die Mutter, als sie versuchte, ihr zu erklären, warum sie sich den ganzen Abend nicht bei dem Mädchen gemeldet hatte.

„Drama?" Marisa riss erstaunt die Augen auf.

Jessica musste lächeln. „In der Küche von Liz ist die Decke runtergekracht. Wir hatten erst mal ganz schön Angst."

„Ihre Decke ist runtergekommen? Im Ernst?"

„Ja, das hat uns einen ganz schönen Schrecken eingejagt."

„Das kapier ich nicht. Wie kann denn eine Decke runterfallen?"

„Völlig chaotisch, das kannst du mir glauben." Bis die Küche von Liz wieder halbwegs sauber gewesen war, war die Pizza schon kalt geworden. Aber die drei hatten trotzdem ein Stück vertilgt. „Liz versucht schon seit Wochen, einen Handwerker für die Reparaturarbeiten zu bekommen, aber der Typ hat wohl ständig andere Probleme und ist deshalb nicht gekommen. Also ist es mit der Decke immer schlimmer geworden und –"

„Das ist ja völlig verrückt."

Jessica beugte sich vor, um auf dem Couchtisch das ebenfalls immer schlimmer werdende Chaos aus herumliegenden Büchern, Wolle, Strickgarn, Briefen, Papieren und Spielen zu ordnen. „Wie ist es mit Colester heute Abend gegangen? War alles okay?"

„Ja, klar doch." Marisa gähnte ausgiebig. „Wir haben zusammen seine Hausaufgaben gemacht und dann haben wir Karten gespielt. Als er im Bett war, haben wir abwechselnd eine Geschichte gelesen. Er ist dann glücklich eingeschlafen. Hier war kein Drama."

„Ich kann dir gar nicht sagen, wie sehr mich das freut. Ich bin total erschossen."

„Ich auch." Marisa musste wieder gähnen. „Und ich hab morgen eine Prüfung, für die ich noch lernen muss." Sie wollte schon aufstehen, aber dann hielt sie inne. Ihr Gesicht hellte sich auf. „Ach, noch was. Möchtest du das Kleid sehen, das ich mir für den Abschlussball ausgesucht habe?"

„Natürlich will ich das." Jessica sank neben dem Babysitter auf das Sofa. Sie fühlte sich ein bisschen wie die ältere Schwester des Mädchens – ihre viel ältere Schwester, so müde wie sie war. Aber die Aussicht, ein schönes Kleid betrachten zu können, munterte sie ein bisschen auf.

„Ich bin wirklich begeistert von diesem Kleid." Marisa holte ihr Smartphone aus der Hosentasche. „Letztes Jahr hatte ich mir ein Kleid geliehen. Aber mein letzter Ball hier soll fantastisch sein und ich will auch fantastisch aussehen."

„Es ist nie zu früh im Schuljahr, um an den Abschlussball zu denken, findest du nicht auch?"

Marisa reagierte mit einem Achselzucken. „Daran erinnert sich jeder. Danach machen wir unseren Abschluss und dann gehen wir unsere eigenen Wege. Wenigstens gehe ich dann meinen Weg."

Der Teenager war voller hoffnungsvoller Pläne. Genauso wie Jessica in dem Alter. „Du arbeitest hart, Marisa. Und du bist klug. Ich bin sicher, dass du es zu etwas bringen wirst."

„Das habe ich auch vor", erwiderte Marisa. Sie wischte über das Display ihres Handys, bis sie zu dem Bild kam. „Warte, bis du dieses Kleid siehst. Es ist wirklich fantastisch."

So wie der Preis des Kleides, dachte Jessica, als sie auf das Telefon starrte. „Es ist umwerfend, Marisa, wirklich. Und das Rot wird dir unglaublich gut stehen."

„Meinst du wirklich? Ich finde auch, dass die Farbe mir steht. Es ist bloß ziemlich schmal geschnitten. Aber das ist eine gute Sache, denn dann muss ich ein bisschen abnehmen." Sie sah an sich herunter. Ihr Körper wirkte eher rundlich als schlank, aber sie hatte trotzdem eine gute Figur. „Das heißt, ich muss auf Süßigkeiten verzichten."

„Müssen wir das nicht alle?", entgegnete Jessica schuldbewusst, denn sie war immer noch satt von Lydias Blaubeertaschen. „Bevor ich es vergesse … Es war furchtbar nett von dir, dass du mir an diesem verrückten Tag im Laden ausgeholfen hast." Etwas mühsam stand sie vom Sofa auf. „Dafür schulde ich dir noch deinen Lohn, auch für heute Abend. Am besten hole ich dir einen Scheck."

„Ach ja, wir haben nächste Woche unser Mädchen-Football-Spiel für den Abschlussball und nach der Schule trainieren wir dafür", sagte Marisa, als sie Jessica in die Küche folgte. „Aber wenn du mich brauchst, schick mir einfach eine SMS. Ich werde versuchen, mich freizuschaufeln."

„Du bist die Erste auf meiner Liste." Jessica nickte. „Eigentlich bist du auch die Einzige auf meiner Liste." Dabei suchte sie in ihrer Handtasche nach dem Scheckheft. Marisa ließ sich lieber einen Scheck geben, damit sie das Geld nicht zu leicht ausgab.

„Gut. Ich muss schließlich das Kleid bezahlen."

„Das Kleid … und Schuhe."

„Klar doch, Schuhe auch."

„Und Ohrringe."

„Und eine Halskette?" Marisa wirkte nachdenklich.

„Bei diesem Ausschnitt würde ich dir zu einer Kette raten."

„Da hast du wohl recht. Und ich brauche auch ein kleines Handtäschchen."

„Das könnte ich dir leihen."

„Wirklich? Das wäre ja toll … Oh!" Marisa riss plötzlich die Augen so weit auf, dass Jessica dachte, sie wollte ihr eine pikante Klatschgeschichte aus dem Friseursalon ihrer Tante erzählen. „Ich kann es nicht fassen, dass ich vergessen habe, dir die große Neuigkeit des Abends zu berichten."

„Neuigkeit des Abends?" Jessica sah sie fragend an.

„Ja, hier ist ein Typ vorbeigekommen."

„Ein Typ?"

„Ja, ich dachte erst, du wärst das, weil du deinen Schlüssel oder was anderes vergessen hast und es geklingelt hat, kurz nachdem du weg warst. Aber dann war es ein Typ. Ein richtig heißer Typ."

„Du sagst immer ‚Typ', Marisa. Wer war das? Hat er gesagt, was er will?"

„Er wollte bloß wissen, ob du zu Hause bist. Er hieß Drake. Oder Dirk. Oder … nein. Derek."

„Derek? Derek war *hier*?" Es war verrückt. Jessicas Herz schien einen Schlag auszusetzen, als sie diesen Namen hörte. Sie war fassungslos, als sie nach der Lehne eines Küchenstuhls griff, um nicht das Gleichgewicht zu verlieren.

„Also kennst du ihn", folgerte Marisas aus ihrer Reaktion.

„Ich … äh … ich kannte ihn, ja."

„Vielleicht möchtest du ihn ja wieder kennenlernen, Jessica. Wie gesagt, er war wirklich –"

„Heiß."

„Ja, sogar für einen so alten Typen."

„Das glaube ich dir." Langsam erholte sie sich von ihrem Schock und zwang sich, sich auf das Naheliegende zu konzentrieren. Neun Dollar pro Stunde mal achteinhalb Stunden … „Hat er … äh … hat Derek erwähnt, ob er noch mal vorbeikommen will?"

Marisa schüttelte den Kopf. „Und er hat auch keine Telefonnummer dagelassen."

„Okay. War nur so eine Idee", erwiderte sie so lässig, wie sie konnte, während sie den Scheck ausstellte. „Bitte sehr. Noch ein bisschen Geld für dein Budget für den Abschlussball."

„Super." Marisa faltete den Scheck zusammen und steckte ihn sich in die hintere Hosentasche. „Jeder Dollar hilft. Und wenn ich mit einer Gruppe gehe und nicht mit einem Jungen, der mich einlädt, muss ich auch noch meine Eintrittskarte und das Essen bezahlen."

„Ein teures Unterfangen. Na ja, bis dahin vergeht ja noch etwas Zeit. Wer weiß, vielleicht bist du dann ja bis über beide Ohren verliebt." Bei dem Gedanken musste sie lächeln.

„Warst du denn damals in deinen Tanzpartner bis über beide Ohren verliebt?"

„Ich? Ach, ich ..." Jessica spürte, wie ihre Wangen ganz heiß wurden. Sie war überrascht, dass sie so reagierte. „Das ist doch schon eine halbe Ewigkeit her, Marisa." Aber trotzdem stieg vor ihrem geistigen Auge das unvergessliche Bild von dem achtzehnjährigen Derek Reeves auf, herausgeputzt in einem Smoking, den ihre Tante für ihn geliehen hatte. Sogar damals zog er mit seinem guten Aussehen die Blicke der meisten anderen Mädchen auf sich. Offenbar hatte sich das bis heute nicht geändert. „Meinen Tanzpartner von meinem Abschlussball hast du heute kennengelernt."

Sie merkte, wie es in Marisas Gehirn arbeitete, als sie versuchte, einen Zusammenhang herzustellen. „Ach ja? Ist es etwa der Kurier von UPS, der regelmäßig in den Laden kommt? Der flirtet ständig mit dir."

„Paul Haskell?" Jessica musste lachen. „Der flirtet doch mit jeder Frau. Nein, er hat heute Abend vor meiner Tür gestanden."

„Du meinst doch nicht etwa den heißen Typen?"

Jessica nickte. „Aber wir waren bloß gute Freunde."

„Und das ist alles?" Marisa blickte enttäuscht drein.

„So gut wie", antwortete Jessica ausweichend und verschränkte die Arme vor der Brust. Sie wollte nicht mehr sagen. In Wahrheit waren sie und Derek nie „bloß gute Freunde" gewesen. Seit der Mittelstufe waren sie unzertrennlich gewesen. Und vielleicht wäre aus dieser Freundschaft noch mehr geworden, wenn der Abschluss nicht gewesen wäre. Danach hatte er die richtigen Entscheidungen getroffen und war seinen Weg gegangen. Sie hatte eine falsche Richtung eingeschlagen. Die Jahre waren vergangen, die Dinge hatten sich verändert und schließlich waren sie nicht mehr die besten Freunde gewesen.

„Also hast du in der Oberstufe keinen Freund gehabt?", wollte Marisa wissen.

„Keinen festen Freund." Den hatte sie nicht gebraucht, solange Derek noch da gewesen war und ihr immer zur Verfügung gestanden hatte.

In ihrer Schulzeit hatten ihre Freunde Derek den Spitznamen „Mann für alles" gegeben, weil er alles für Jessica gemacht hatte, und sie waren neidisch darauf gewesen, welche Rolle er in ihrem Leben gespielt hatte. Aber hatte er wirklich eine Wahl gehabt? Nach allem, was ihre Tante für ihn getan hatte?

Obwohl Dereks Eltern noch gelebt hatten, hätte man ihn eher als Waisenkind betrachtet als Jessica. Sein Vater war ein stadtbekannter Trinker gewesen, gewalttätig und ohne jedes Verantwortungsgefühl. Es war ein Wunder, dass seine Mutter sich das alles hatte gefallen lassen. Und keiner hatte verstehen können, warum sie sich gegen ihren Sohn gestellt hatte, auf die Seite ihres Mannes.

Diese Ungerechtigkeit hatte Tante Rose jedes Mal furchtbar wehgetan.

Deshalb war Derek in ihrem Laden immer willkommen gewesen. Sie hatte ihm kleinere Reparaturarbeiten übergeben, damit er sich ein bisschen Geld verdienen konnte. Sie hatte ihn mit in die Gemeinde genommen und ihn so oft zu sich zum Essen eingeladen, dass jede Mahlzeit zu seinem Lieblingsessen geworden war.

„Wie waren denn die Abschlussbälle damals?", wollte Marisa wissen und biss sich sofort auf die Unterlippe. „Entschuldige, ich will damit nicht sagen, dass du alt bist oder so."

Jessica konnte ein Grinsen nicht unterdrücken. „Du hast doch recht. Es ist tatsächlich schon lange her, aber ich kann mich immer noch gut daran erinnern." Jene Nacht im Mai vor so vielen Jahren hatte sie noch lebhaft vor Augen. Es war alles noch da, als sei es erst gestern gewesen.

„Und?" Marisa blickte sie erwartungsvoll an.

„Wir alle hatten natürlich tolle Klamotten an. Mein Kleid war lang und aus glänzendem blauem Satin. Ich fand es richtig schön, so wie du deins auch schön finden wirst."

„Weißt du noch, ob er – der heiße Typ – das Kleid auch toll fand?"

„Ich glaube schon. Er hat es beiläufig erwähnt."

In Wirklichkeit hatte Derek ängstlich besorgt gewirkt, als er sie in dem Abendkleid gesehen hatte, das nur von Spaghettiträgern gehalten wurde. Er war so anders gewesen. Wegen seines Familienlebens war er immer eine Kämpfernatur gewesen. Sprachlich hatte er es mit jedem Erwachsenen aufnehmen können und keine Situation hatte ihn überfordert. Aber in jener Ballnacht hatte er nervös gewirkt, während er ihr auf der Beifahrerseite des Autos die Tür aufgehalten hatte. Er war fast linkisch gewesen, als er versucht hatte, sie zu führen. Er hatte ihr die Hand gereicht, damit sie mit ihren hochhackigen Schuhen nicht stolperte. Seine Handfläche war kalt und schweißnass gewesen.

Aber im Laufe der Nacht, als die Stunden nur so dahingeflogen waren, war etwas Überraschendes geschehen. Sie hatten sich plötzlich zueinander hingezogen gefühlt. Sie hatte es nicht fassen können, dass Derek an nur einem Abend vom Jungen zum Mann geworden war. Er musste das Gleiche für sie empfunden haben, denn er hatte sie angesehen, als sei sie das erstaunlichste Geschöpf, dem er jemals begegnet war. Und das alles war geschehen, bevor man sie zur Ballkönigin gekrönt hatte.

„Und natürlich habt ihr getanzt." Marisa begann mit ihrer eigenen Version von Jessicas Ballnacht.

„Ja, klar. Und das hat Spaß gemacht. Und dann, na ja, dann hat er mich nach Hause gebracht." Sie kam direkt zum Punkt.

„Oh nein." Marisas Stimme klang enttäuscht. „Und er hat dir noch nicht mal einen Gutenachtkuss gegeben? Obwohl du so ein tolles Kleid anhattest? Er wollte nicht mehr als bloß deine Freundschaft? Was für eine Pleite!"

„Na ja, sagen wir mal, er hat versucht, mich zu küssen", gab Jessica zu.

„Und du hast ihn nicht gelassen?"

„Habe ich das behauptet?" Umständlich packte Jessica ihren Kugelschreiber und ihr Scheckheft in die Handtasche, weil sie sich nur zu gut erinnerte, wie es wirklich gewesen war.

Sie hatte nicht eine Sekunde gezögert, als sie und Derek am Elternhaus ihrer Freundin angekommen waren. Dort sollten alle Mädchen nach dem Ball übernachten. Anstatt sich auf der Veranda zu verabschieden, hatte er sie die Stufen heruntergezogen und sie zu einem ruhigen Ort neben dem Haus geführt.

Unter einem Rosenbogen, umgeben vom süßen, berauschenden Duft gerade erst erblühter Fliederbüsche, im sanften Mondlicht, hatten sie dagestanden, sich an den Händen gehalten, sich angeblickt, als hätten sie sich zum ersten Mal gesehen.

Noch immer konnte sie spüren, wie ihr Herz zum Zerspringen geklopft hatte in Erwartung des ersten Kusses, wie all die Jahre der Unschuld verschmolzen waren mit einer seltsamen, vorher nie gekannten Leidenschaft. Sie hatte leicht die Lippen geöffnet und sich nichts so sehr gewünscht wie diesen Kuss. Er hatte den Kopf geneigt und gerade seine Lippen auf ihre legen wollen. Aber dann …

„Was ist passiert?", fragte Marisa.

„Wie?" Etwas unsanft landete Jessica wieder in der Gegenwart.

„Willst du mir nicht erzählen, was passiert ist?"

„Äh, ja. Wir standen also neben dem Elternhaus einer Freundin, hielten uns an den Händen und er wollte mich gerade küssen. Aber als er mich in den Arm nehmen wollte, stolperte er über den Gartenschlauch, der auf dem Boden lag, und fiel auf mich drauf." Beim Gedanken an diesen „Unfall" musste sie kichern. „Mit seiner vollen Länge von einem Meter achtzig. Und dann berührten sich nicht sanft unsere Lippen, sondern seine Zähne krachten in meine."

„Du machst Witze." Marisa zuckte voller Mitgefühl zusammen, aber ihre Augen blitzten amüsiert.

„Nein, leider nicht. Durch den Stoß sind wir wieder zur Besinnung gekommen, aber die Stimmung war natürlich hinüber. Wir standen bloß da, rieben uns über die Lippen und hatten einen Lachkrampf."

„Das ist echt lustig. Ihr wart bestimmt so was wie besondere Freunde." Marisa hielt inne. Jetzt blickte sie nachdenklich drein. „Und dann? Habt ihr zwei noch … na ja, du weißt schon? Es noch mal probiert? Wart ihr zusammen?"

„Zusammen?" Jessica tat ahnungslos.

„Na ja, ich meine, habt ihr euch schließlich geliebt oder war das nur beim Abschlussball?"

„Du bist aber neugierig heute Abend, weißt du das?" Jessica warf Marisa einen gespielt bösen Blick zu, aber die Schülerin fing bloß an zu kichern. „Und im Gegensatz zu dir brauche ich altes Mädchen jetzt meinen Schönheitsschlaf. Außerdem willst du doch noch für eine Prüfung lernen."

„Ich kapier ja schon." Marisa lächelte. „Das Ganze ist zu persönlich." Sie holte ihre Jeansjacke, die sie über den Küchenstuhl gehängt hatte, und machte sich auf den Weg zur Haustür.

„Ach, noch etwas", rief Jessica ihr hinterher. „Hat Derek gesagt, wie lange er in der Stadt bleibt?"

„Nein. Aber wenn er wieder hier auftaucht und ich da bin, soll ich ihm dann deine Telefonnummer geben oder so?"

Jessica nickte. „Klar, bitte mach das."

„Wie gesagt, vielleicht könntest du ihn ja wieder neu kennenlernen."

Jessica musste schmunzeln. „Danke für den Tipp, Mutter Marisa."

„Ich tu nur mein Bestes." Mit einem Achselzucken griff sie nach der Türklinke.

„Und schick mir eine SMS, damit ich weiß, dass du gut zu Hause angekommen bist."

„Geht klar." Marisa winkte ihr beschwichtigend zu, während sie durch die Tür schlüpfte.

Jessicas Haar war noch feucht, als sie ins Bett kroch. Sie fühlte sich zu erschlagen, um es ganz trocken zu föhnen, obwohl es dann am Morgen bestimmt nur schwer zu bändigen wäre. Als sie sich unter ihrer Daunendecke zusammenrollte, spürte sie, wie gut ihren müden Knochen die weiche Wärme tat. Obwohl sie dringend Schlaf brauchte, überschlugen sich ihre Gedanken. Ständig musste sie an Derek denken und an seinen überraschenden Besuch.

War er noch immer hier in der Stadt? Würde er noch einmal vorbeikommen? Warum hatte er sich nicht vorher bei ihr gemeldet und gesagt, dass er gern vorbeikommen würde?

Zuletzt hatte sie ihn vor drei Jahren gesehen und selbst da war er nur kurz in Sugarcreek gewesen. Er war von Wisconsin gekommen, um nach dem Tod seiner Mutter sein Elternhaus zu verkaufen. Er hatte Tante Rose einen Besuch abgestattet und sich sogar Zeit genommen und mit Cole, der damals vier gewesen war, Ball gespielt. Zu viert hatten sie dann noch zusammen gegessen. Es hatte einen leckeren Schmorbraten gegeben, eines seiner Lieblingsgerichte, die Tante Rose ihm gern gekocht hatte.

Aber dann, nach diesem kurzen Besuch, hatte Jessica nichts mehr von ihm gehört – bis seine Beileidskarte angekommen war, kurz vor der Beerdigung von Tante Rose. Er hatte geschrieben, dass er gerne gekommen wäre, wenn er hätte Urlaub nehmen können. Leider war er der leitende Ermittler in einem Fall gewesen, der damals vor Gericht verhandelt wurde, und deshalb hatte er nicht kommen können.

Obwohl sie ihn gerne wiedergesehen hätte, hatte sie nicht unbedingt erwartet, dass er die lange Fahrt nach Ohio auf sich nahm, um Tante Rose die letzte Ehre zu erweisen. Sie hatte gewusst, dass er eine ganz besondere Beziehung zu ihr gehabt hatte, und ganz bestimmt hatte er auf seine Weise um ihre Tante getrauert.

Und doch … Jetzt, da er die strapaziöse Reise nach Sugarcreek unternommen hatte, kamen ihr seltsame Gedanken, die sie sich sonst nicht erlaubte. Sie fragte sich, ob er so aussah wie immer und ob sie sich in seinen Augen vielleicht verändert hatte. Sie dachte daran, was sein könnte, wenn damals, vor langer Zeit, alles anders gekommen wäre …

Es war dumm, überhaupt an so etwas zu denken. Außerdem brauchte sie ihren Schlaf.

Sie kuschelte sich noch tiefer in ihre Daunendecke, schloss die Augen und versuchte, an etwas Schönes, Beruhigendes zu denken. Vielleicht an eine saftig grüne Wiese? Oder doch lieber an etwas Blaues … wie das türkisfarbene Meer unter einem sonnigen blauen Himmel und das Rauschen der Brandung …

„Mama?" Plötzlich rief Cole laut nach ihr. „Mammi?"

Jessica schlug die Augen auf und sprang hektisch aus dem Bett. Ihre nackten Füße landeten auf dem Boden. Dann hastete sie aus ihrem Zimmer und eilte zu ihrem Sohn.

„Ich bin hier, Cole. Es ist alles in Ordnung, mein Schatz."

Ihr wurde es schwer ums Herz, als sie ihren Kleinen sah, wie er ängstlich in seinem Bett kauerte, die Decken bis zum Kinn hochgezogen. Seine Augen waren so groß wie der Vollmond, der mit seinem Licht das Kinderzimmer erhellte. Cole hatte die bebenden Lippen zusammengepresst.

„Alles ist gut, mein Kleiner", sagte sie und strich ihm sanft übers Haar. Er wirkte beunruhigt. „Hast du schlecht geträumt?"

Starr vor Furcht brachte er kaum ein Nicken zustande. Es tat ihr weh, ihn so zu sehen. Tagsüber wollte er immer ihr lustiger, tapferer Junge sein. Aber in letzter Zeit quälten ihn nachts schreckliche Ängste. Sie ließ sich auf dem Bett nieder, legte sich neben ihn und hielt ihn fest in ihren Armen, damit er sich endlich entspannen konnte.

„Ich hab geträumt, dass es gebrannt hat." Als er den Kopf zu ihr drehte, spürte sie seinen warmen Atem auf dem Gesicht. „Und Sparky konnte nicht aus seinem Haus raus."

„Sparky?" War das eine Figur aus einem der Kinderfilme, die er so gerne sah? Sie konnte sich nicht erinnern.

„Der Feuerspürhund. Er ist bei uns in der Schule gewesen, in der Brandschutz-Woche. Wir durften ihn alle streicheln."

„Ach, *dieser* Sparky." Wie konnte sie das vergessen? „Pass auf, wenn es piept" – unter diesem Slogan hatte die Brandschutz-Woche stattgefunden. Zu den Übungen in der Schule hatte auch die Prüfung aller Rauchmelder im Haus von Tante Rose gehört. Außerdem gab es jetzt einen Fluchtplan für den Brandfall. „Cole, ich bin mir sicher, dass es Sparky gut geht", beruhigte sie ihren Sohn. „Ganz bestimmt, mein Schatz."

Aber er verhielt sich so, als hätte er sie gar nicht gehört. „Es hat nicht gepiept, als Sparky geschlafen hat."

„Das war doch bloß ein Traum, Colester. Die Feuerwehrleute im Feuerwehrhaus sorgen doch immer dafür, dass die Rauchmelder dort piepen, wo Sparky schläft, genauso wie in deinem Zimmer." Sanft strich sie ihm das Haar aus der Stirn. „Wir haben doch alles überprüft und es hat gepiept", wiederholte sie. Bestimmt war die Sorge um Sparkys Sicherheit ein Ausdruck seiner Ängste. „Du hast es doch auch gehört, weißt du noch?"

„Mhm, hmm."

„Siehst du das kleine Lichtchen am Rauchmelder? Das wie ein kleiner grüner Knopf aussieht?" Sie deutete auf das Gerät an der Zimmerdecke.

„Äh, ja."

„Das bedeutet, dass alles gut funktioniert."

Jetzt konnte er sich endlich entspannen und hatte plötzlich den Mut, die Decken zurückzuwerfen. Er knipste die Nachttischlampe an und stellte sich im Bett auf.

„Cole, was machst du denn? Jetzt wird nicht gespielt. Es ist Schlafenszeit. Jetzt", verkündete sie streng.

„Ich weiß. Ich will bloß das hier sehen." Er streckte den Arm nach dem Traumfänger aus, der über dem Kopfende seines Bettes hing. Als sie ihn herunterholte, sprang er der Länge nach auf die Matratze, mit dem Traumfänger in der Hand. Im Licht der Nachttischlampe betrachtete er ihn eingehend.

Jessica hatte ihm letzte Woche den Traumfänger besorgt. Als er eines Abends im Bett lag, hatten sie die Geschichte von den Ureinwohnern Amerikas gelesen und dass sie glaubten, dass gute und schlechte Träume in der Luft schwebten. Nach einer ihrer Legenden ließ der Traumfänger angenehme Träume durch das Loch in der Mitte hindurch, die beim Schlafenden ankommen sollten. Die schlimmen Träume dagegen wurden in dem gefangen, das um das Loch herumgespannt war. Sie sollten bei Tageslicht verschwinden.

Cole war an jenem Abend von dieser Legende begeistert und gleichzeitig beruhigt gewesen, als sie den Traumfänger feierlich über dem Kopfende seines Bettes befestigten. Aber jetzt schien er sich nicht mehr so sicher zu sein.

„Ich kann nicht sehen, dass er die bösen Träume gefangen hat." Dabei untersuchte er jeden Teil des runden Netzes ganz genau.

„Einen Traum kann man auch nicht sehen", versuchte Jessica ihm zu erklären.

„Soso." Cole sah seine Mutter an, als ob sie nicht ganz bei Trost wäre.

„Ich kann sie aber sehen, wenn ich schlafe. Deshalb habe ich ja solche Angst."

Sie konnte nicht leugnen, dass in diesen Worten eine gewisse kindliche Logik steckte. Deshalb wusste sie nicht so recht, wie sie darauf reagieren sollte.

„Also …" Sie hielt inne, eigentlich war sie viel zu müde, um sich auf diese Diskussion einzulassen.

„Vielleicht … ist es wie … wenn jemand Baseball spielt."

Er warf ihr einen fragenden Blick zu.

„Fängst du jeden Ball, den man dir zuwirft?", fragte sie.

Er schüttelte den Kopf.

„Aber wenn du das Fangen trainierst, dann wirst du immer besser, stimmt's?"

Er nickte zustimmend.

„Vielleicht braucht der Traumfänger ja auch noch ein bisschen mehr Training."

Nachdenklich starrte er auf den Traumfänger in seiner Hand. Nach einer Weile stand er auf und befestigte ihn wieder an seinem Haken an der Decke. Er hatte sich scheinbar ihre Worte zu Herzen genommen.

„Okay. Jetzt mach es dir gemütlich. Ich decke dich warm zu."

„Richtig fest", erwiderte er.

„Richtig fest." Sie legte ihm die Decken fest um seinen kleinen Körper, so wie er es gern mochte. Dann beugte sie sich vor, rieb nach Eskimoart ihre Nasenspitze an seiner und gab ihm einen Gutenachtkuss auf die Stirn. „Ich hab dich lieb, Colester."

„Ich hab dich auch lieb, Mami."

Gerade als sie das Licht ausknipsen wollte, schoss seine Hand unter den Decken heraus und umklammerte ihren Arm.

„Bleibst du hier?" Er wusste, welche Wirkung seine himmelblauen Augen hatten, mit denen er sie so flehendlich ansah.

Als sie die Strickdecke vom Fußende des Bettes aufhob und sich neben ihrem Sohn niederließ, wünschte sie ihm noch einmal süße Träume. Plötzlich musste sie wieder an ein anderes Paar himmelblaue Augen denken und an jene Mainacht vor so vielen Jahren, als sie unter dem Rosenbogen gestanden und gewartet hatte … auf den Kuss, der nicht kam.

# Kapitel 10

Lydia stand mitten im Laden und verabschiedete zwei Kundinnen. Die Frauen waren ihr fremd gewesen, als sie hereingekommen waren, aber jetzt fühlte es sich fast so an, als seien sie gute Bekannte. „Danke für Ihren Besuch, meine Damen."

„Vielen Dank, dass Sie uns bei unserer Suche nach einfachen Strickmustern für Decken geholfen haben, Lydia."

„Das habe ich doch gern gemacht." Es berührte sie, dass sich die Kundin ihren Namen gemerkt hatte.

„Wenn wir Probleme beim Stricken haben, können wir dann wiederkommen?", fragte die andere Frau.

„*Jaa*, natürlich", antwortete Lydia mit einem strahlenden Lächeln, das immer breiter wurde. „Bitte kommen Sie, wenn Sie Hilfe brauchen."

Lydia sah den beiden Frauen nach, wie sie mit Taschen voller Wolle den Laden verließen. Sie konnte es noch immer kaum glauben, dass Jessica ihr in den letzten Stunden die Verantwortung für *Roses Woll- und Nähparadies* übertragen hatte.

Als Jessica erwähnt hatte, sie müsste weg, um bei dem Fußballspiel von Coles Mannschaft dabei zu sein und ihn danach zur Geburtstagsfeier eines Freundes zu fahren, war Lydia starr vor Schreck gewesen. Sie hatte noch nie in ihrem Leben Verantwortung übernehmen müssen, zumindest nicht für etwas, was über ihre Arbeit im Haushalt und im Gemüsegarten hinausging. Das waren die einzigen Bereiche, die Henry ihr zugestanden hatte. Und sogar dort hatte er sie immer kritisiert …

Sie spürte, wie ihr Lächeln schwächer wurde, als sie daran dachte, dass sie ihm nichts hatte recht machen können. Die Gemüsepflanzen im Garten standen nicht in einer schnurgeraden Reihe. In der Speisekammer waren zu viele Gläser mit eingemachten Tomaten und zu wenige mit Roter Bete. Und wann würde sie endlich lernen, die Eier so zuzubereiten, wie er sie mochte?

Immer hatte er gesagt, er wolle ihr doch nur helfen. Und das hatte sie ihm auch glauben wollen. Aber warum war sie sich dann immer so hilflos und unfähig vorgekommen, wenn er etwas zu ihr gesagt hatte?

Das alles wollte sie hinter sich lassen. Deshalb sah sie sich im Laden um und dachte daran, wie gut bisher alles lief, auch in Jessicas Abwesenheit. Bestimmt hatte der Herr ihre Gebete gehört. Sie hatte keine Schwierigkeiten mit der Registrierkasse oder dem Kartenlesegerät und der Herr hatte ihr bisher nur freundliche Kundinnen vorbeigeschickt.

Mit einem erleichterten Seufzer bahnte sie sich einen Weg in den mittleren Teil des Ladens. Bevor sie etwas anderes machte, wollte sie das Chaos beseitigen, das sie und ihre letzten Kundinnen am Arbeitstisch hinterlassen hatten. Sie schob die gepolsterten Stühle zurück an den Tisch. Dann sammelte sie die Musterbücher ein, die über den ganzen Tisch verteilt waren. Plötzlich trat Jessica von hinten an sie heran. Sie erschrak.

„Ich kümmere mich darum, Lydia." Jessica klopfte ihr sanft auf die Schulter. „Du hast heute schon genug getan. Geh ein bisschen an die frische Luft und entspanne dich, bevor Liz hier auftaucht und wir dich wieder einspannen."

Seitdem sie bei Liz statt der geplanten Stricklektion eine Reinigungsaktion durchgeführt hatte, bot Lydia nach Ladenschluss Jessica und Liz an, ihnen im Geschäft alles Erforderliche beizubringen. Aber bis dahin dauerte es noch etwa zwanzig Minuten.

„Es macht mir nichts aus, hier zu arbeiten, bis wir schließen."

„Ich weiß, aber mir macht es was aus." Jessica musste lachen. „Sieh dich doch mal um. Die Kästen sind ordentlich gefüllt. Die Fenster sind blitzblank geputzt. Ich habe gerade gesehen, wie glücklich die beiden Kundinnen den Laden verlassen haben." Jessica hätte noch mehr aufzählen können. „Und das Beste ist: Ich konnte zu Coles Fußballspiel gehen, zum ersten Mal überhaupt in dieser Saison. Ich habe schon ein schlechtes Gewissen. Du verdienst wirklich eine Pause." Sie lächelte Lydia an.

„Aber ..." Lydia zögerte. Wohin sollte sie denn gehen? Und was sollte sie machen?

„Geh einfach raus und mach einen Spaziergang", schlug Jessica vor. „Glaub mir, du wirst froh darüber sein. Das Wetter ist herrlich."

Bevor sie wusste, wie ihr geschah, nahm Jessica ihr die Musterbücher aus der Hand. Sie holte ihre Jacke aus dem Kleiderschrank, der hinten im Laden stand, schlüpfte hinein und ging hinaus auf die Straße.

Jessica hatte recht. Es war wirklich ein wunderschöner Tag. Obwohl es schon spät am Nachmittag war, verbreiteten die Sonnenstrahlen noch eine angenehme Wärme. Aber trotzdem fiel es Lydia schwer, das schöne Wetter zu genießen. Die Bürgersteige des Städtchens waren für sie noch kein vertrautes Terrain. Als sie die kleine Welt des Ladens verließ, fühlte sie sich fehl am Platz. Sie wusste nicht so recht, welche Richtung sie einschlagen sollte. Sie ging nach rechts, denn dieser Weg kam ihr bekannt vor. Ein paar Minuten später stand sie vor dem Ort, den sie nach dem Handarbeitsladen am besten kannte: die Bäckerei.

„Hallo, da bist du ja wieder."

Es war schön, Rebecca wiederzusehen. Lydia wusste nicht so genau, ob ihre neue Bekannte samstags arbeitete.

„*Jaa.* Wie geht es dir, Rebecca?"

„Meine Nachfolgerin hat es sich leider nicht anders überlegt. Im Moment haben wir keine freien Stellen."

„Das ist schon okay. Stell dir vor, ich arbeite jetzt in *Roses Woll- und Nähparadies.*"

An jenem Nachmittag, als sie aus der Bäckerei gekommen und Jessica sie abgefangen hatte, um ihr einen Job anzubieten, war sie wie betäubt gewesen, weil sie es noch immer nicht hatte fassen können. Deshalb hatte sie Rebecca auch nichts von dieser glücklichen Wendung erzählt, obwohl sie noch einmal im Laden gewesen war, um für ihren Nachbarn Jonas die Plätzchen zu kaufen.

„Das ist doch wunderbar!" Rebecca schien sich wirklich für sie zu freuen. „Die Frau, die den Handarbeitsladen betreibt, kommt manchmal hierher. Sie scheint sehr nett zu sein. Ich habe gehört, dass sie die Nichte von Rose ist. Stimmt das?"

„*Jaa.*" Lydia nickte feierlich.

„Ach …" Rebecca seufzte. „Es ist so tragisch, dass der Brand in der Kirche zwei Menschen das Leben gekostet hat. Die Verwandten der beiden tun mir so leid – die Nichte von Rose und die Witwe des Feuerwehrmanns."

Lydia zögerte. Sie war sich nicht sicher, ob sie etwas sagen sollte. Aber der Vorfall mit Jonas und ihr Schweigen kamen ihr in den Sinn. Sie wollte nicht wieder den gleichen Fehler machen. „Die Witwe … das bin ich."

Zunächst sah Rebecca sie verblüfft an. Dann senkte sie verlegen den Kopf. „Bitte entschuldige, Lydia."

„Schon gut. Das konntest du ja nicht wissen."

„Du und dein Mann – habt ihr *Kinner*?"

„Nein, leider nicht." Noch während sie diese Worte aussprach, spürte Lydia in sich diese vertraute Wehmut, diese innere Leere in ihrem Herzen, dort, wo die Liebe zu einem Kind hätte sein sollen.

Aber Henry hatte keine Kinder haben wollen. Davon wollte sie Rebecca lieber nichts erzählen, denn dann hätte die andere Frau nach dem Grund gefragt. Oder vielleicht nicht? Sollten andere Leute es etwa nicht wissen wollen? Lydia wollte es doch auch wissen …

Hastig wechselte sie das Thema. „Ich habe ganz vergessen, wann dein Baby kommt."

„Um Weihnachten herum." Rebecca lächelte. Sie wirkte erleichtert, dass sie wieder über ein schöneres Thema sprechen konnte.

„Das ist nicht mehr so lange."

„*Nee*, die Zeit vergeht schnell", erwiderte sie und öffnete die Rückseite einer Vitrine. „Ich weiß nicht, was du gerne kaufen möchtest. Aber heute ist Samstag und wir schließen bald. Ich habe hier ein paar Zitronenschnitten, die ich dir kostenlos mitgeben kann. Ach ja, und ein paar Schoko-Karamellstangen noch mit dazu. Die halten sich nicht mehr bis Montag."

„*Jaa?* Das ist sehr nett von dir. *Danki*. Heute Abend helfe ich Jessica und einer anderen Frau beim Stricken. Die beiden freuen sich bestimmt über etwas Süßes."

„Weißt du, wie man Babyschühchen macht?", fragte Rebecca, während sie eine Schachtel mit Leckereien füllte. „Ich muss das unbedingt lernen."

„Schühchen habe ich noch nicht gestrickt. Aber dafür kann ich Socken stricken und das ist so ähnlich. Soll ich dir zeigen, wie es geht?"

„*Jaa*." Rebeccas Augen leuchteten. „Vielleicht können wir uns mal während der Mittagspause treffen. Mein Mann möchte, dass ich für das Baby so viel wie möglich selber mache. Er hat einen guten Job, aber wir haben schon drei *Kinner*. Und ich sage dir, mein kleiner Matthew hat jetzt schon einen Appetit wie ein Teenager. Manchmal verdrückt er sogar mehr als mein Mann."

Lydia war wie benebelt und nahm kaum wahr, wie Rebecca munter über ihre Kinder weiterplapperte, während sie die Backwaren einpackte. Als sie die Bäckerei verließ und zum Handarbeitsladen ging, war auf dem Bürgersteig keine Menschenseele zu sehen.

Sie hörte bloß noch den Klang von Henrys zornig erhobener Stimme, als sie ihn fragte, ob sie Kinder haben sollten. Und wieder spürte sie, wie sehr sie seine Reaktion verletzt hatte.

Immer und immer wieder.

Sie hatte ihn nie infrage gestellt, sondern alles so gemacht, wie er es wollte. Immer hatte sie auf ihn gehört. Aber hatte er jemals auf sie gehört? Hatte er ihr jemals zugehört, wenn sie ihm sagte, wie sehr sie sich ein Kind wünschte?

In ihren ersten gemeinsamen Jahren war er über ihre Enttäuschung, dass sie keine Familie gründeten, einfach hinweggegangen und hatte so getan, als ob der Zeitpunkt dafür bald kommen würde und sie nichts überstürzen sollte. Aber als ein Jahr nach dem anderen vergangen war und sie ihre Sehnsucht und Sorge erneut zum Ausdruck gebracht hatte, hatte sich sein Verhalten geändert. Wie ein Mann, der Schuld auf sich geladen hatte, hatte er ihr nicht mehr in die Augen sehen oder ein tröstendes Wort sagen können. Er war schweigsam geworden und hatte ihre Nähe scheinbar gemieden. Immer hatte es etwas Wichtiges zu tun gegeben, in der Scheune oder in der Stadt. Alles war wichtiger gewesen als ihre Bedürfnisse und Wünsche.

Vielleicht hätte sie mit ihren Fragen aufgehört, wenn er ihr eine Antwort gegeben hätte. Aber kein einziges Mal hatte er ihr einen Grund für sein Verhalten genannt. Scheinbar hatte er kein einziges Mal gemerkt, wie sehr sie sich ein Kind wünschte, wie sehr sie sich danach sehnte, ein Baby in den Armen zu halten, es großzuziehen und ihm ein Zuhause zu geben – so wie sie Henry ein Zuhause geschaffen hatte. Als sie nachts im Bett die Arme nach ihm ausgestreckt hatte, hatte er nur selten ihre Zärtlichkeiten erwidern wollen. Im Gegensatz zu anderen jung verheirateten Frauen, die sie manchmal hatte flüstern hören, hatte sie keine interessanten Details aus ihrem Eheleben zu berichten gehabt.

Vor einem Jahr hatte sie Henry zum letzten Mal ihre Frage gestellt. Diesmal war er nicht schweigsam und verschlossen gewesen, sondern war vor Zorn explodiert. Sein Gesicht hatte sich zu einer hässlichen Grimasse verzogen, als er ihr befohlen hatte, ihn nie wieder zu fragen, ob sie eine Familie gründen könnten. In einem ungewohnt barschen Tonfall hatte er sie darauf hingewiesen, dass er der Hausherr war. Er war ihr Herr und Meister und ihn durfte sie niemals infrage stellen.

Seine harten Worte waren so verletzend gewesen und hatten so gar nicht seinem Wesen entsprochen. Aber sie hatten Lydia für immer zum Schweigen gebracht. Nie wieder hatte sie ihm die Frage nach einer Familie gestellt. Bisher hatte sie die Erinnerung an Henrys Verhalten verdrängt, so wie er ihre Sehnsucht nach einem Kind beiseitegeschoben hatte.

Aber jetzt war es anders. Was würde sie darum geben, wenn sie die Gründe für sein Verhalten kennen würde. Sie wollte sich nicht immer wieder die Frage nach dem „Warum" stellen.

Als sie am Eingang zum Handarbeitsladen stand, holte Lydia tief Luft. Sie musste sich zusammenreißen, denn Jessica und Liz sollten nicht wissen, was ihr gerade durch den Kopf ging. Aber offenbar gelang ihr das nicht so gut, denn als sie den Laden betrat, wechselten die beiden anderen Frauen einen Blick.

„Alles in Ordnung?", fragte Liz.

*„Nee."*

„Was ist denn passiert?", wollte Jessica wissen.

„Ich … ich …" Sie konnte ihren beiden neuen Freundinnen doch nicht alles erzählen – oder doch?

„Komm her und setz dich erst mal hin." Liz berührte sie am Ellbogen und führte sie zum Arbeitstisch.

An diesem Arbeitstisch war sie vor einer knappen Stunde noch fröhlich mit ihren Kundinnen beschäftigt gewesen, aber jetzt wollte sie sich einfach nur noch auf einen Stuhl fallen lassen. Die Erinnerung an Henry, der voller Zorn seine Stimme erhoben und diese verletzenden Worte zu ihr gesagt hatte, schien ihr alle Kraft zu rauben. Genauso war es an jenem Abend auch gewesen.

Sie konnte nicht mehr länger stehen. Ihr fehlte einfach die Energie.

Während Jessica Lydia aus der Jacke half, nahm Liz ihr die Schachtel mit den Gebäckstückchen ab und stellte sie auf den Tisch.

„Ich verstehe das nicht. Was ist dir denn in der Bäckerei passiert?“, fragte Jessica mit einem Blick auf die Schachtel.

„Oh *nee. Nee.* Rebecca hat mir die Sachen sogar geschenkt.“

„Wie fühlst du dich?“ Jessica musterte Lydia prüfend. „Du siehst blass aus.“

„Gleich geht es mir wieder besser, *danki*.“

„Du wirst doch nicht krank?“ Liz legte Lydia die Hand auf die Stirn.

„Nein, ich war ...“ Ihr Blick ging zwischen den beiden Frauen hin und her. Sie war sich nicht sicher, ob sie ihnen alles erzählen sollte. „Ich habe bloß über ... über Henry nachgedacht.“

„Oh, Lydia ...“ seufzte Jessica. Dieser tiefe, wehmütige Seufzer drückte das aus, was Lydia selbst empfand.

„Weißt du was?“ Jessica nahm beide Hände der jungen Witwe und drückte sie sanft. „Ich mache uns allen einen schönen Kamillentee. Der wird dir bestimmt helfen.“

Lydia merkte, dass Jessica nicht so recht an ihre eigenen Worte glaubte. Aber Lydia fühlte sich schon ein wenig besser, weil sich die Freundin so sehr um sie bemühte.

Während Jessica die Treppe hochging, rückte Liz sich einen Stuhl neben Lydia zurecht und reichte ihr die Hände. „Ach, Lydia, ich kann dich so gut verstehen. Ich weiß, was du gerade durchmachst.“ Die Berührung ihrer Hände war warm und beruhigend und Liz schwieg einen Moment, bevor sie fragte: „Wie lange wart ihr denn verheiratet?“

„Acht Jahre.“ Acht lange Jahre hatte sie mit einer Frage gelebt, auf die er ihr nie eine Antwort gegeben hatte. Tränen traten ihr in die Augen.

Liz ließ ihre Hände los und zog sie an sich, wie eine Mutter ihr Kind umarmen würde. Aber in dieser Geste lag so viel mehr als in der Umarmung ihrer eigenen Mutter vor acht Jahren, als sie aus ihrem Elternhaus fortgeschickt worden war. Liz verstand sie und sie wollte Lydia zeigen, wie sehr sie sie mochte.

„Das ist einfach eine zu kurze Zeit, stimmt's?", sagte Liz schließlich. „Obwohl die Zeit nie zu lang ist, wenn man seinen besten Freund verliert. Karl und ich waren schon auf dem College befreundet und wir waren sechsundzwanzig Jahre verheiratet, bevor er vor fünf Jahren starb. Und mir kam unsere Ehe trotzdem nicht lang genug vor."

Liz streckte die Hand aus und steckte eine lose Haarsträhne zurück in Lydias *Kapp*. „Und wenn man seinen Ehemann verliert … Das ist schlimmer als der Verlust des besten Freundes. Man will doch ein Leben lang zusammen sein und zusammenwachsen. Auch wenn wir uns nicht in allem einig waren, sind Karl und ich auch mit unseren Meinungsverschiedenheiten zusammengewachsen."

„Du und dein Mann wart euch nicht immer einig?" Und trotzdem waren sie gute Freunde?

Liz musste lachen. „Machst du Witze? Aber die Kommunikation ist der Schlüssel zu allem, findest du nicht auch? Kommunikation, Kompromisse und … Küsse. Das hat mir schon meine Mutter mit auf den Weg gegeben. Und natürlich konnte Karl es nicht ertragen, wenn wir uns uneinig waren."

„Du meinst, er wurde auch mal wütend?" Lydia musste ihr diese Frage einfach stellen. Vielleicht hatte sie Henry ja falsch beurteilt?

„Ja, klar." Liz nickt zustimmend. „Aber oft war Karl einfach nur wütend auf sich selbst und das war natürlich gut für mich. Nach einem Streit kam er dann oft mit einem riesigen Blumenstrauß nach Hause und bat mich um Vergebung. Männer meinen nämlich, dass sich mit Blumen alle Probleme lösen lassen." Sie lächelte. „Aber eins ist sicher: Blumen tun nicht weh."

Offenbar ging Liz davon aus, dass es in Lydias und Henrys Ehe ähnlich zugegangen war. Aber ihre gemeinsame Zeit war ganz anders gewesen. Lydia wäre schon glücklich gewesen, wenn Henry ihr bloß die Hand gehalten und ihr den wahren Grund für ihre erzwungene Kinderlosigkeit genannt hätte. Wenn er ihr erklärt hätte, warum er sie nicht als Mutter seiner Kinder haben wollte. War sie nicht klug genug? Gefiel ihm ihr Aussehen nicht? Sie hatten zwar das Bett miteinander geteilt, aber vielleicht hatte er sie zu abstoßend gefunden, um Zärtlichkeiten mit ihr auszutauschen.

Lydia spürte wieder, wie ihr die Tränen in den Augen brannten. Sie war dankbar, als Jessica die Treppe herunterkam, in der Hand ein Tablett mit drei Bechern Tee. Auch an Servietten, Gabeln und Teller hatte sie gedacht.

Jessicas Blick war jedoch so mitfühlend, dass es Lydia schwerfiel, die Tränen zu unterdrücken. Außerdem hatte sie bei so viel Mitleid ein schlechtes Gewissen, denn bestimmt glaubte Jessica, sie würde um eine verlorene Liebe trauern …

Noch trauriger war aber, dass … ja, dass sie das Wesen der Liebe infrage stellte.

Aus Dankbarkeit für die von Herzen kommende Freundlichkeit, die Jessica ihr entgegenbrachte, zwang Lydia sich zu einem Lächeln. „*Danki* für den Tee, Jessica."

„Rose hat ihren Kamillentee geliebt", bemerkte Liz, als sie mit ihrem Stuhl an den Tisch heranrückte. „Du wirst deiner Tante immer ähnlicher, Jess."

„Da ist der Wunsch der Vater des Gedankens", erwiderte Jessica, während sie die Becher und Teller herumreichte, bevor sie sich selbst an den Tisch setzte.

Lydia spürte die beruhigende Wirkung, die der warme Becher Tee auf sie hatte. „Ich habe ein schlechtes Gewissen, weil ich euch beim Stricken helfen soll und jetzt verbringt ihr eure Zeit damit, mir zu helfen." Sie rümpfte die Nase.

„Ich habe überhaupt kein schlechtes Gewissen." Jessica musste lächeln. „Je länger ich mich vor dem Stricken drücken kann, desto besser."

„Du strickst nicht gern?" Lydia blies in ihre Tasse.

Jessica schüttelte den Kopf. „Aber trotzdem will ich diesen Laden nicht aufgeben. Tante Rose war die einzige Verwandte, die Cole und ich hatten. Dieser Laden gehört sozusagen zur Familie. Er war das Baby meiner Tante und hier haben wir unsere Wurzeln. Deshalb tue ich alles, damit der Laden überlebt. Selbst wenn ich dafür Stricken lernen muss." Sie lächelte.

Lydia konnte leicht nachvollziehen, was Jessica meinte. Der Laden war wie ein lebendiges, atmendes Wesen, sogar ihr kam das so vor. So schnell war er für sie zu einem warmen Nest geworden, zu einem Ort der Heilung, an dem sie sich allmählich an diese erstaunliche Freundschaft unter Frauen gewöhnte, Schritt für Schritt. Sie dankte Gott jeden Morgen dafür, dass sie hier arbeiten durfte.

„Und wisst ihr, was ich am besten finde?“ Jessica sah Liz und Lydia an. „Bei euch beiden brauche ich nicht so zu tun, als würde ich gerne stricken und wäre eine Expertin für Patchworkdecken. Ich bin dankbar für Tante Roses Idee, sich zusammenzutun und anderen mit Handarbeiten eine Freude zu machen. Ich hätte euch sonst gar nicht kennengelernt.“

In Lydia erwachte plötzlich der Wunsch, sie könnte auch so offen reden wie Jessica und den beiden Frauen erzählen, was sie heute Abend wirklich bewegte. Aber das konnte sie nicht. Sie war noch nicht bereit dazu. Vielleicht würde dieser Moment nie kommen.

„Was verbirgt sich denn hinter der Idee von deiner Tante Rose?“ Lydia nahm eine Serviette und tupfte sich damit die Augen ab. Sie war froh, ihre Gedanken in eine andere Richtung lenken zu können.

„Eigentlich wollten wir dir das erzählen, als wir bei mir zu Hause waren“, meldete sich Liz zu Wort. „Aber als die Decke heruntergekommen ist, sind wir nicht mehr dazu gekommen.“

Lydia kniff die Augen zusammen. „Beinahe hätte ich es vergessen.“ In ihrer Schürzentasche suchte sie nach einem Zettel. „Ich weiß nicht, ob du schon jemanden gefunden hast, der die Decke repariert ...“

„Wenn ich noch einen oder zwei Monate warten will, kann ich eine Menge Leute finden“, erwiderte Liz.

„Als Jonas mir einen geliehenen Rechen zurückgebracht hat, habe ich ihm von deiner Küchendecke erzählt.“ Sie reichte Liz den Zettel. „Er hat den Namen und die Adresse von seinem Onkel aufgeschrieben und mich gebeten, sie dir zu geben. Er meint, sein Onkel kann alles reparieren. Wenn du ihn aufsuchst, kannst du dich auf Jonas berufen.“

„Jonas, dein Nachbar? Er scheint wirklich nett zu sein.“

„*Jaa*, soweit ich weiß, ist er sehr fleißig.“ *Und nett*, wollte sie hinzufügen, aber sie traute sich nicht, es laut auszusprechen.

„Er ist auch ein Geschenk des Himmels“, sagte Liz. „Sag ihm Danke von mir.“

„Das mache ich.“

„Habt ihr schon diese Karamellstangen probiert?“, fragte Jessica. „Die sind fantastisch.“

Lydia drehte sich zu ihr um. „Kannst du gleichzeitig essen und mir von der Idee deiner Tante Rose erzählen, von dem gemeinsamen Handarbeiten für einen guten Zweck?"

„Eigentlich ..." Jessica schwieg kurz. „Eigentlich hat Liz mir davon erzählt. Sie und Tante Rose waren in geheimer Mission unterwegs. Ich habe es leider nicht geschafft, so etwas zusammen mit meiner Tante zu machen. Liz, willst du es nicht lieber erklären?"

„Es ist mir eine Ehre", entgegnete Liz.

Lydia blickte erwartungsvoll drein, während Liz ihre Gabel hinlegte, die Hände auf dem alten, abgenutzten Eichenholztisch faltete und sich feierlich räusperte. „Es war einmal", begann sie, „eine wunderbare Frau namens Rose. Sie war nach einer Blume benannt und das war ein sehr passender Name, denn Rose brachte jeden Menschen in ihrer Umgebung zum Blühen." Liz lächelte, so als ob sie sich an ein gemeinsames Erlebnis mit Rose erinnerte.

„Rose hatte ein kleines Paradies, in dem sich Frauen trafen, wenn sie schöne Dinge für liebe Menschen anfertigen wollten", erzählte Liz weiter. „Es war der richtige Ort, denn Rose machte ebenfalls Dinge für Menschen, die sie gern hatte ... und die sie kaum kannte. In ihrem eigenen Leben konnte kommen, was wollte, aber nie vergaß sie, dass andere um sie herum litten oder Hoffnung brauchten. Ein Geschenk der Hoffnung, hat Rose immer gesagt, kann einem Menschen weiterhelfen ..."

Als Liz weitersprach und ihre schönen Worte über Rose die Stille des Raums erfüllten, warf Lydia einen Blick auf Jessica, um mit ihr ein Lächeln zu teilen. Stattdessen sah sie in Jessicas Augen Tränen, die ihr die Wangen herunterliefen.

Lydia zögerte ... aber dann konnte sie nicht anders. Bevor ihr bewusst wurde, was sie tat, streckte sie den Arm aus und strich Jessica tröstend über die Hand.

Sie fühlte sich seltsam hilflos ... ungelenk.

Aber zum ersten Mal in ihrem Leben hatte sie eine Freundin, die sie trösten konnte.

# Kapitel 11

Als Liz die Idee von Tante Rose zum gemeinsamen Handarbeiten vorgestellt hatte, versuchte Jessica, ihre Gefühle wieder in den Griff zu bekommen. Während sie sich beruhigte, redete Liz weiter und versprach der fasziniert zuhörenden Lydia, dass sie bald in geheimer Mission unterwegs sein würden. Dann griffen die drei Frauen nach den Nadeln und machten sich an ihr jeweiliges Strickprojekt.

Nur Jessica sah hilflos zu, wie ihr ein Knäuel rosafarbene Wolle vom Schoß glitt, lautlos vom Stuhl herunterfiel und eine pastellfarbene Spur hinterließ, während es über das dunkle Parkett des Ladens rollte.

Sie wollte schon nach dem Wollknäuel greifen, aber ihre Hände umklammerten je eine Stricknadel der Stärke zehn. Damit fühlte sie sich so unbeholfen wie mit den Essstäbchen, die sie im China-Restaurant von Sugarcreek einmal probiert hatte. Sie hatte Angst, die Stricknadeln loszulassen, denn dann könnte sie ja eine Masche verlieren.

Stricken war eindeutig nicht ihr Ding.

Ihre Tante, die fast alle Handarbeitstechniken wie ein Profi beherrscht hatte, hatte Jessica immer wieder das Stricken beibringen wollen, als sie noch ein Kind war. Aber die Stricknadeln wollten ihr einfach nicht gehorchen. Sie legte den Faden vor die Nadel, wenn er nach hinten sollte. Sie nahm eine Masche von der rechten statt von der linken Nadel auf und sie ließ Maschen fallen, während sie mit den Nadeln kämpfte und sie ihre Fehler korrigieren wollte.

Grenzte es nicht an Dummheit, sich stundenlang dieser Quälerei auszusetzen, wenn man gerade in Sugarcreek in jeden beliebigen Laden gehen und dieselben Sachen in besserer Qualität fertig kaufen konnte?

Diese Meinung hatte sie vertreten, bis sie den Laden ihrer Tante geerbt hatte. Jetzt übernahm sie die Verantwortung für etwas, was Tante Rose ins Leben gerufen hatte. Und sie wollte alles daransetzen, um das Geschäft weiterzuführen, selbst wenn es sie mehr als nur ein paar Startschwierigkeiten kosten würde.

„Au weh!“, stöhnte sie, als sich wieder eine rebellische Masche selbständig machte und ihr von der Nadel glitt.

„Warte, ich nehme sie wieder auf.“ Lydia legte ihre Stricknadeln zur Seite und griff nach Jessicas Strickzeug. Da sie ein echter Profi war, hatte sie in Sekundenschnelle die Masche aufgenommen und Jessica konnte weiterstricken.

„Vielleicht ist es besser, wenn du dich entspannt zurücklehnst“, schlug Lydia vor, als sie Jessica die Nadeln zurückgab. „Deine Schultern wirken so verspannt, wenn du dich so verkrampft vorbeugst.“

„Sie wirken so, weil sie so sind.“ Jessica lächelte ihrer Lehrmeisterin zu. „Ich hab es dir doch gesagt. Du weißt nicht, worauf du dich einlässt.“

„Na, na, du machst es doch schon ganz gut, Jess. Oder was meinst du, Lydia?“, fragte Liz, während sie virtuos mit ihren Stricknadeln hantierte.

„Danke, dass du mir Mut machen willst, Liz. Aber ich kann nicht sagen, dass das hier gut läuft“, wendete Jessica ein. „Oder auch nur annähernd gut.“

Sie hatte sich entschlossen, für ein junges Mädchen einen Schal zu stricken, also etwas, was sich einfach und schnell anfertigen ließ. Aber Stricken war für Jessica weder einfach noch schnell, sondern kompliziert und mühsam. Sogar das Anschlagen von Maschen musste Lydia ihr mehrmals erklären. Als sie dann endlich die Maschen auf der Nadel hatte und mit dem Stricken anfing, wurde es aber nicht besser, sondern schlimmer. Mal zog sie den Faden zu fest, dann wieder ließ sie zu locker, und so waren die Reihen schief und krumm.

Nachdem sie sich ernsthaft Mühe gegeben und eine ganze Reihe zustande gebracht hatte, riskierte Jessica einen Blick, um zu sehen, wie die beiden anderen Frauen zurechtkamen. Lydia arbeitete an Babyschühchen. Dafür benutzte sie so winzige Stricknadeln, dass Jessica sich nicht vorstellen konnte, wie Lydia sie überhaupt halten konnte. Mit der Einfassung der Weste, die Liz strickte, ging es ebenfalls schnell voran. Es war unerklärlich, aber die Kante war schon um ein bis zwei Zentimeter gewachsen.

„Sieh dich bloß an“, verkündete sie mit einer Kopfbewegung auf Liz’ Hände. „Du legst ja eine Rekordgeschwindigkeit hin mit diesen Stricknadeln.“

„Ach, Schätzchen. Ich habe diese Weste schon so oft gestrickt. Für meinen lieben Mann. Für meinen Schwiegersohn. Sogar für Amy und meine Enkelkinder. Ich kann das Muster auswendig.“ Mit einem Schulterzucken tat sie Jessicas Kompliment ab.

„Aber ich darf dir trotzdem helfen, wenn du dir mal eine neue Anleitung für einen Pullover vornimmst, oder?“, fragte Lydia.

„Ja, ich werde es mir überlegen“, antwortete Liz ausweichend.

„Also bist du jetzt nur hier, um mir moralischen Beistand zu leisten?“, fragte Jessica.

Ihre Freundin nickte lächelnd. „Es gibt keinen Ort, an dem ich lieber wäre.“

„Also, ich brauche jede Hilfe, die ich kriegen kann“, gab sie zu.

„Lass dir Zeit, Jessica. Finde deinen eigenen Rhythmus.“ Lydia klang wie ein Guru, aber sie war ja auch ein echter Strickprofi.

„Glaub mir, das würde ich so gern tun.“ Sie seufzte.

Sie versuchte, sich zurückzulehnen und zu entspannen, wie Lydia es ihr vorgeschlagen hatte. Aber es dauerte bloß ein paar Sekunden, bis sie sich wieder dem Wollchaos auf ihrem Schoß widmete. Sie war dankbar für eine Ablenkung, als die Glocke über der Ladentür bimmelte.

„Ich habe wohl vergessen, den Laden abzuschließen.“

Liz und Lydia sahen bloß kurz hoch, als Jessica ihr Strickzeug auf den Tisch legte, von ihrem Stuhl aufsprang, über das Band aus rosafarbener Wolle hüpfte und schnurstracks nach vorne in den Laden lief.

Und dann blieb sie abrupt stehen, als sie ihn sah.

Es war Derek.

Immer wieder hatte sie an ihn denken müssen, seitdem Marisa ihr erzählt hatte, dass er vorbeigekommen war. Sie hatte sich schon gefragt, ob er die Stadt bereits verlassen hatte. Aber dann hatte eine der Mütter beim Fußballspiel erwähnt, dass sie ihn an jenem Morgen gesehen hätte. Dann hatte sie lang und breit geschildert, wie gut er aussah. Als sie sich hinter einem mit Handarbeitsbüchern gefüllten Ständer versteckte und ihn beäugte, musste Jessica zugeben, dass die Mutter recht hatte.

Obwohl der Herbst inzwischen Einzug gehalten hatte, schien er das nicht bemerkt zu haben oder keine Jacke zu brauchen. Mit abgewetzten Jeans und einem kurzärmeligen olivgrünen T-Shirt brachte er den Glanz des Sommers mit. Die von Sonnenstrahlen ausgebleichten bernsteinfarbenen Strähnen in seinem hellbraunen Haar und die goldenen Überreste von Sonnenbräune auf seinen Unterarmen verstärkten noch diesen Eindruck. Und seit wann waren seine Arme so muskulös?

„Ist jemand zu Hause?", rief er und sah sich im Laden um.

Ihn von Weitem zu beäugen war eine Sache, aber seine Stimme zu hören ein andere. Denn dadurch wurde seine Anwesenheit hier noch greifbarer.

„Ich … äh, ich bin gleich da", schrie sie laut. Sie wollte Zeit gewinnen, denn im Vergleich zu ihm musste sie schrecklich aussehen. Seit heute früh hatte sie nicht mehr in den Spiegel geschaut und war den ganzen Tag lang nicht zur Ruhe gekommen, vom Fußballspiel von Coles Mannschaft ganz zu schweigen.

Er hatte sie noch nicht entdeckt. Deshalb huschte sie leise zurück zu ihren Freundinnen.

„Es ist Derek", flüsterte sie. Beim Klang dieses Namens ließen die beiden Frauen ihre Stricknadeln sinken.

„Das gibt's doch nicht." Liz musste grinsen.

„Derek?", fragte Lydia mit einem Stirnrunzeln.

„Ihr Tanzpartner beim Oberstufen-Abschlussball", informierte Liz ihre neue Freundin.

Jessica musterte Liz skeptisch. Hatte sie tatsächlich ein so gutes Gedächtnis?

„Deine Tante hat diesen Jungen geliebt wie einen eigenen Sohn." Liz zuckte mit den Schultern. „Die Sache mit dem Abschlussball war eine von ihren Lieblingsgeschichten."

„Oh."

„Und, willst du nicht mit ihm reden?" Lydia kam wie immer gleich zur Sache.

„Natürlich will ich das. Aber wie sehe ich aus? Ist mein Haar eine Katastrophe? Und ich habe seit heute Morgen keinen Lippenstift benutzt."

„Streich dein Haar einfach hinter das linke Ohr. Fahr dir mit der

Zunge über die Lippen. Und unter deinem rechten Auge ist ein kleiner Fleck von deiner Wimperntusche", riet ihr Liz.

Jessica folgte ihrem Rat. „Ist es jetzt besser?"

„Du bist so hübsch wie immer", sagte Lydia.

Jessica wusste, dass ihre Amish-Freundin sie niemals anlügen würde, aber ihre Vorstellung von hübsch stimmte wahrscheinlich nicht ganz mit ihrer eigenen überein.

Dennoch holte sie tief Luft, als sie ihre weiße Bluse in den Bund ihrer Jeans steckte. Dann machte sie sich noch einmal auf den Weg nach vorne. Er stand geduldig da, die muskulösen Arme vor der Brust verschränkt, während er den Raum mit den Augen absuchte.

„Derek?" Sie tat so, als sei sie überrascht. „Bist du es wirklich?"

„Jessica." Seine Stimme klang tief und gelassen wie immer, als er die Arme ausbreitete.

Seine Umarmung war für sie so normal und natürlich wie damals, vor vielen Jahren.

Als sie beide zurücktraten, musterte er sie anerkennend.

„Du siehst toll aus, Jess."

„Und du bist wie immer ein Charmeur." Sie zupfte noch einmal an ihrem Haar.

„Also, hast du dich von meinem Charme beeindrucken lassen? Bei dir musste ich ehrlich sein, denn du hast mich schon immer durchschaut."

Sie musste lachen. „Wenigstens eine Person, die nicht auf dich reingefallen ist."

„Ich bin froh, dass du hier bist." Er sah sich im Laden um. „Als ich reingekommen bin, war ich mir nicht sicher, ob jemand da ist."

„Na ja." Sie steckte die Hände in die Hosentaschen ihrer Jeans und richtete sich auf – mit eingezogenem Bauch, wie ihre Tante es ihr beigebracht hatte. „Der Laden ist geschlossen, aber ich habe vergessen, die Tür abzuschließen. Ich sitze hinten mit zwei Freundinnen zusammen. Wir stricken."

„Du strickst?" Seine blauen Augen blickten überrascht.

Sie reagierte mit einem Achselzucken. „Ja, genau. Ich will es lernen."

„Hmm. Deine Kenntnisse in Marketing und deine Erfahrung mit den sozialen Medien sollten doch genügen, um diesen Laden zu betreiben. Ich habe schon gehört, dass dein Fachwissen dem neuen Zahnarzt hier sehr geholfen hat und seine Praxis gut läuft."

„Also, ich …" Sie wusste nicht so recht, wovon sie sich mehr geschmeichelt fühlte, von seinem Kompliment über ihr Wissen, das sie sich in den letzten Jahren in Abendkursen angeeignet und in der Zahnarztpraxis umgesetzt hatte, oder davon, dass er sich an diese Einzelheiten erinnerte. Schließlich war es schon ein paar Jahre her, als sie bei seinem letzten Besuch in Sugarcreek darüber gesprochen hatten.

„Ich denke, es kann nicht schaden, wenn man etwas vom Stricken versteht." Sie schenkte ihm ein schwaches Lächeln.

Er nickte zustimmend und wechselte das Thema. „Wie geht es dir? Und was macht Cole? Ich habe ihn kurz gesehen, als ich hier vorbeigekommen bin."

„Es geht uns so weit gut. Es ist natürlich schwer ohne Tante Rose." Sie holte tief Luft. „Aber wir werden es schon schaffen."

Er machte einen Schritt auf sie zu und hob den Arm. Sie dachte schon, dass er nach ihrer Hand greifen wollte, aber stattdessen fasste er sich ans Kinn. Er rieb sich über die Stoppeln seines Dreitagebarts. „Ich habe so ein schlechtes Gewissen, weil ich es nicht geschafft habe, zur Beerdigung zu kommen. Ich wollte unbedingt da sein, Jess. Für Rose. Für dich."

„Derek, das ist schon in Ordnung." Das meinte sie wirklich ehrlich. „Ich weiß doch, wie viel dir Tante Rose bedeutet hat. Ich kann es ja immer noch nicht fassen, dass du jetzt hier bist. Das wäre wirklich nicht nötig gewesen."

„Doch … es ist aber nötig."

„Wirklich? Warum denn?" Hoffentlich brachte er keine schlechten Nachrichten. Sie befürchtete das Schlimmste und so ließ sie sich hinter ihm auf die kleine Bank fallen. „Ist etwas passiert?"

„Nein. Es ist eher so, dass ich hier bin, um etwas Schlimmes wiedergutzumachen. Mit der Vergangenheit abzuschließen."

Neugierig sah sie zu ihm hoch. „Was meinst du damit? Was ist denn los?"

„Ich bin umgezogen – hierher nach Sugarcreek."

Vor Überraschung fiel ihr die Kinnlade herunter, während sich ihre Gedanken überschlugen. Hatte sie richtig gehört? „Du bist hierhergezogen? Wie … für immer?"

„Solange man mich hier haben will." Derek lachte leise und setzte sich zu ihr auf die Bank.

„Ich kann es nicht fassen." Die Nachricht kam endlich bei ihr an. „Das ist ja großartig."

„Ich bin froh, dass du das sagst. Zuerst war ich mir nicht sicher, was du davon hältst."

„Entschuldige, aber ich bin zunächst einfach überrascht. Du warst so lange weg. Und es ist schon komisch … Ich meine, ich hatte keine Ahnung. Aber es ist schön." Sie streckte den Arm nach ihm aus und zog ihn in eine freundschaftliche Umarmung. „Wirklich schön."

„Gut …" Er rieb sich die Hände. „Ich spiele schon seit meinem letzten Besuch hier mit dem Gedanken, hierher zurückzukommen, und habe deswegen im Büro des Sheriffs immer wieder nachgefragt, ob ein Hilfssheriff gesucht wird. Es hat sich lange nichts getan, aber jetzt geht Sheriff Blackwell in den Ruhestand, Sam Lane übernimmt seinen Posten und die Stelle des Hilfssheriffs wird frei. Und so …"

„Und so hat es endlich geklappt."

„Ja, und ich bin froh darüber, denn vielen Leuten in Sugarcreek schulde ich noch etwas. Viele haben mir dabei geholfen, erwachsen zu werden und … zu überleben."

Von so viel Offenheit und Ehrlichkeit war sie gerührt. „Derek, natürlich haben sie dir geholfen. Das ging ja gar nicht anders." Sie sah ihm in die Augen. „Ich meine, du bist so ein liebenswerter Mensch." Sie lächelte über seinen Versuch, ihr Kompliment mit einem Lachen abzutun.

„Außerdem bist du immer dankbar gewesen. Du hast nichts als selbstverständlich angenommen", fügte sie hinzu. „Und du warst schon immer eine Kämpfernatur. Deshalb nimmt auch jeder Anteil an deiner persönlichen Geschichte."

Ein Blick auf ihn sagte ihr, dass er mit den schlimmen Erlebnissen seiner Kindheit abgeschlossen hatte. Er hatte seinen Frieden gefunden und das zeigte sich an seiner Gelassenheit und inneren Würde. Trotzdem las sie in seinen Augen eine gewisse Demut, als er den Kopf senkte. „Rose hat zu den Menschen gehört, die mir geholfen haben."

„Ich weiß und es ist lieb von dir, dass du das sagst, Derek."

„Es ist die Wahrheit. Egal – ich wollte bei dir vorbeikommen und dir von meinem Umzug erzählen, bevor du es von anderen hörst."

Als sie den neben ihr sitzenden Mann betrachtete, spürte sie, wie sehr sie sich freute über die Nähe, die immer noch zwischen ihnen vorhanden war, und darüber, dass er ihr die Nachricht von seinem Umzug selbst überbringen wollte. Gleichzeitig empfand sie eine leise Traurigkeit über all die Jahre, in denen sie sich fern gewesen waren. Damals, in ihrer Kindheit und Jugend, hatten sie alles miteinander besprochen, selbst die kleinsten Dinge. Vor langer, langer Zeit hatte er ihr sogar geholfen, den richtigen Fahrradkorb auszusuchen.

„Danke." Sie klopfte ihm sanft auf das Knie. „Das bedeutet mir viel. Wirklich."

Er lehnte sich zurück und legte die Arme auf die Rückenlehne der Bank. „Mensch, diese Bank weckt Erinnerungen in mir."

„Als wir in der Mittelstufe waren, hast du sie gebeizt, stimmt's?"

„Ja, obwohl es nicht nötig war." Er lachte leise. „Auf diese Art hat Rose mich beschäftigt und dafür gesorgt, dass ich nicht in Schwierigkeiten geraten bin. Außerdem hatte sie einen Grund, mir Geld zuzustecken und mir zu zeigen, wie wohl man sich fühlt, wenn man eine Arbeit gut gemacht hat."

Er erwähnte nicht, wie sie beide einmal hier gesessen und bis spät in die Nacht geredet hatten, bis sie schließlich den Kopf auf seinen Schoß gelegt hatte und eingeschlafen war. Vielleicht erinnerte er sich nicht mehr daran … und an ihre vielen anderen Gespräche.

„Na ja …", sagte er nach einem kurzen Schweigen. „Ich gehe jetzt besser. Schließlich will ich dich nicht vom Stricken abhalten."

„Oh, ich wünschte, du würdest mich die ganze Nacht lang davon abhalten." Diese Worte waren kaum heraus, als ihre Wangen tiefrot wurden.

Er warf ihr einen Blick zu und grinste breit. „Keine Angst, Jess. Ich weiß, dass du das nicht so gemeint hast. Du bist sonst immer viel diskreter gewesen."

„Oh … diskret im Sinne von raffiniert?", fragte sie mit gespieltem Entsetzen. „Ausgerechnet du musst so etwas sagen, Derek. Du warst doch derjenige, der die Bibliothekarin immer übers Ohr gehauen hat, wenn du deine Bücher zu spät zurückgebracht hast. Ach ja, und da war auch noch die Kassiererin in der Schulkantine. Diese Frauen haben dir alles durchgehen lassen."

„Du vergisst aber auch gar nichts, oder?" Er musste lachen. „Vielleicht können wir uns ja mal treffen und in Erinnerungen schwelgen."

„Das wäre schön. Möchtest du mal zum Essen kommen?", fragte sie spontan, als sie beide gleichzeitig von der Bank aufstanden. „Ich kann bloß nicht so gut kochen wie Tante Rose."

„Dein gegrillter Käsetoast war doch ganz passabel."

„Also, heute bringe ich schon etwas Besseres zustande."

„Warum? Den Käsetoast habe ich noch in guter Erinnerung."

Er hatte recht. Es war eine gute Erinnerung an eine Zeit voller Unschuld und Hoffnung auf eine glückliche Zukunft.

Es war in einer Winternacht gewesen. Derek war wieder einmal aus seinem Elternhaus ausgesperrt worden. Weil er nicht gewusst hatte, wohin er sonst gehen sollte, hatte er kleine Steinchen an die Fensterscheibe von Jessicas Zimmer geworfen, um sie zu wecken. Ohne zu zögern, hatte sie ihn ins Haus gelassen. Während sie damit beschäftigt war, für ihn einen gegrillten Käsetoast als Mitternachtsimbiss zuzubereiten, hatte sie ihm von dem Brief erzählt, den sie an jenem Tag von der Universität des Staates Ohio bekommen hatte. Man hatte ihr einen Studienplatz zugesagt.

Sie hatte abgewartet, bis sie es ihm endlich erzählt hatte, denn es hatte so endgültig geklungen. Im nächsten Herbst würde sie von hier – und von ihm – weggehen. Ihr eigener innerer Kampf hatte sich auf seinem Gesicht widergespiegelt, als er die Nachricht gehört hatte. Aber weil er trotzdem erfreut für sie gewesen war, hatte er sich zusammengenommen und ihr gratuliert. Dann hatte er aus dem Fenster gesehen. Draußen waren die ersten Schneeflocken des Jahres gefallen.

Ohne einen Gedanken an warme Kleidung zu verschwenden, hatte er ihre Hand gepackt und sie waren die Außentreppe hinuntergehuscht. Bei einem wilden Tanz unter den dicken Schneeflocken hatte sich ihre Angst vor der Trennung scheinbar in Luft aufgelöst. Sie waren zusammen gewesen und allein das hatte sich wie eine unausgesprochene Verheißung angefühlt, dass am Ende alles gut sein würde.

„Okay", stimmte sie zu. „Gegrillter Käsetoast. Das klingt wunderbar."

„Das klingt nicht nur so, das ist es auch." Er nickte. Dann beugte er sich vor und gab ihr einen flüchtigen Kuss auf die Wange. Plötzlich spürte sie ein seltsames Kribbeln, das sich weiter ausbreitete.

„Gute Nacht, Jess."

„Bis bald, Derek", brachte sie noch heraus.

An der Ladentür drehte er sich noch einmal um und sah sie an. „Schließ lieber die Tür hinter mir ab."

„Ja, Herr Hilfssheriff." Sie musste lächeln, weil er so besorgt wirkte. „Das mache ich."

Sie hätte ihm noch mehr sagen können, bevor er den Laden verließ. Zum Beispiel hätte sie ihm erzählen können, dass ihr durch seinen überraschenden Besuch klar geworden war, wie sehr er ihr gefehlt hatte. Aber warum so viele Worte machen? Sie wusste nur, dass es ihr jetzt noch schwerer fallen würde, sich auf ihre Strickversuche zu konzentrieren.

# Kapitel 12

In den letzten Wochen erschienen allmählich die Kürbisse auf den Bürgersteigen und vor den Geschäften in der Hauptstraße. Manche von ihnen waren dem Messer entgangen und prangten in ihrer natürlichen Pracht, während andere als ausgehöhlte Kürbisgesichter entweder eine drohende Grimasse oder ein lustiges Grinsen zur Schau trugen. Normalerweise hätte Liz sich über den Anblick gefreut, hätte ihr Auto abgestellt und wäre den Fußweg entlanggebummelt, um sich die vielen verschiedenen Gesichter anzusehen. Sie liebte diese Jahreszeit. Aber heute hatte sie keine Zeit für herbstliche Freuden.

Zunächst hatte es so ausgesehen, als ob es eine gute Woche werden würde, als sie am Sonntag alles in ihren Terminplaner eingetragen hatte. Aber dann kam alles ganz anders.

Es war nicht nur die Küchendecke, die täglich mehr in sich zusammenzufallen schien. Als sie heute früh ins Büro kam, musste sie feststellen, dass ein größerer Hausverkauf jetzt doch nicht zustande kam. Sie war enttäuscht, denn sie hatte das junge Ehepaar einen guten Monat lang beraten und ihnen die unterschiedlichsten Anwesen gezeigt. Jetzt erfuhr sie, dass die beiden sich doch gegen einen Umzug nach Sugarcreek entschieden hatten.

Danach schaffte sie es zwar noch pünktlich zu ihrem Zahnarzttermin für eine Zahnreinigung. Sie genoss es beinahe, schweigend im Behandlungsstuhl zu sitzen und die sanfte, entspannende Musik zu hören, während die Fachkraft ihre Arbeit machte. Aber als man ihr mitteilte, dass sie eine neue Krone brauchte, obwohl die jetzige erst zwei Jahre alt war, merkte sie, wie frustriert sie war.

Glücklicherweise hatte Lydia ihr am Wochenende den Namen und die Adresse des handwerklich geschickten Onkels ihres Nachbarn gegeben. Da Lydia meinte, ihr Nachbar sei ein hart arbeitender, zuverlässiger Mann, hoffte sie, dass der Onkel die gleichen Eigenschaften hatte. Wenigstens zeigte sich hier ein kleiner Hoffnungsschimmer. Liz fuhr auf der Hauptstraße in nördliche Richtung und bog vor der Ausfahrt auf die Bundesstraße rechts ab.

Nach einem Straßenzug fuhr sie nach rechts in die schmale Straße namens Trader Lane.

Sie wohnte zwar schon ihr Leben lang in Sugarcreek und arbeitete seit Jahren als Immobilienmaklerin, aber trotzdem war ihr der kleine Laden neben der Autowerkstatt von Mr Tuttle unbekannt. Allerdings hing über der Ladentür auch kein Schild und im Schaufenster deute nichts darauf hin, welche Waren im Laden verkauft wurden. Es gab auch keinen Hinweis, ob das Geschäft geöffnet war. Deshalb war sie überrascht, als sie merkte, dass die Ladentür offen war. Der Laden war jedoch menschenleer und das kam für sie weniger überraschend.

Aber es machte ihr nichts aus. Mit einem kurzen Blick überflog sie all die handgefertigten Möbelstücke. Der Laden war voll davon. Als ihr der Duft von frisch gesägtem Holz und Möbelpolitur in die Nase stieg, fühlte sie sich hier gleich zu Hause. Diese Duftmischung mochte sie seit ihrer Kindheit besonders gern. Wenn sie damals bei ihren Großeltern zu Besuch gewesen war, hatte ihre Großmutter sie oft mit einem Glas Eistee und einem Teller Haferkekse zu ihrem Großvater in die Werkstatt geschickt.

Jetzt freute sie sich über die Ablenkung. Langsam schlenderte sie durch den Laden. Licht und Schatten fielen wechselweise durch die Fensterscheiben. Die warmen Sonnenstrahlen schienen auf die glänzende Oberfläche der Tische, Stühle und Schreibtische. Jedes Möbelstück war ein Unikat. Sie blieb stehen, fuhr mit der Hand über die spiegelglatte Fläche eines Beistelltischchens aus Kirschholz und bewunderte die schöne Maserung des Holzes und die handwerklich perfekte Arbeit. Gerade dachte sie daran, wie schade es sei, dass sie keinen neuen Tisch brauchte, als eine männliche Stimme sie aus ihrer Grübelei riss.

„Kann ich Ihnen helfen?"

Sie drehte sich um und sah einen Mann in ihrem Alter. Er fuhr sich über sein Flanellhemd und versuchte, die Sägespäne loszuwerden. Die Kundin schien ihn weniger zu kümmern.

„Oh ja. Ja. Ich bin auf der Suche nach …" Sie tastete suchend in der Tasche ihres Blazers mit dem Logo der Immobilienfirma herum. Endlich fand sie das zerknitterte Blatt Papier. „Daniel Kauffman", las sie vor. „Jonas Hershberger hat mich hierhergeschickt."

„Ah, Jonas." Die Augen des Mannes leuchteten auf. Endlich gab er die Jagd nach den Sägespänen auf und holte stattdessen ein Halstuch aus der Gesäßtasche seiner Jeans. „Ich habe ihn schon länger nicht mehr gesehen." Mit einem breiten Lächeln wischte er sich die Hände an dem Tuch ab. „Wie geht es ihm denn?"

„Gut." Liz nahm an, dass Jonas den Laden ab und zu aufgesucht hatte. Von daher schien der Mann ihn zu kennen. „Das vermute ich zumindest." Als sie ihn vor Lydias Haus getroffen hatte, schien mit ihm noch alles in Ordnung zu sein.

„Das freut mich zu hören." Der Mann steckte das Tuch wieder in seine Tasche. „Das ist eine gute Sache."

„Ja, das ist es wohl." Aus Höflichkeit schwieg sie kurz, bevor sie weitersprach. „Wissen Sie denn, wo Daniel sein könnte?"

„Oh ja, das weiß ich."

Seine direkte Antwort gab ihr Grund zur Hoffnung. „Wirklich? Können Sie mir sagen, wo ich ihn finden kann?"

„Er ist hier", antwortete er.

„Na, prima! Darf ich Sie bitten, ihn zu holen?", fragte sie mit einem Blick auf die kleine Werkstatt am hinteren Ende des Ladens.

„Das ist nicht nötig."

Bis jetzt war alles ein bisschen zu einfach gewesen, viel zu einfach. Liz seufzte und holte tief Luft, bereit, sich durchzusetzen.

„Hören Sie, wenn die Möbelstücke hier Beweise Ihrer Fertigkeiten sind, dann sind Sie ein großartiger Handwerker, Sir. Die Stücke sind sehr kunstvoll gefertigt."

„Nicht alle Möbelstücke stammen von mir", gab er zu. „Ich arbeite auch mit anderen Möbelbauern zusammen, auf Teilzeitbasis. Aber danke für das Kompliment." Seine Augen glänzten. „Das ist sehr nett von Ihnen."

„Es entspricht ja der Wahrheit." Sein ehrlich geäußerter Dank verblüffte sie und einen Augenblick lang war sie etwas durcheinander. „Aber … äh … trotzdem hat Jonas gesagt, ich soll nach seinem Onkel fragen. Nach Daniel. Er meint, er kann alles reparieren. Und … ja, es wäre nett, wenn Sie ihn jetzt holen könnten. Bitte."

Der Mann nickte. „Wie gesagt, es ist nicht nötig, ihn zu holen. Weil ich es bin. Ich bin Daniel."

„Wie?" Erstaunt riss sie die Augen auf. „Aber ich dachte …" Sie tat noch nicht einmal so, als wäre sie diskret, als sie den Mann – Daniel – von oben bis unten musterte. Jetzt war sie erst recht verwirrt. Er trug eine locker sitzende Jeans. Ein rot kariertes Flanellhemd. Sein Gesicht war glatt rasiert und seine Haare waren modisch kurz geschnitten. Wie konnte ein Onkel von Jonas so herumlaufen und nicht schwarze Hosen mit Hosenträgern und ein einfarbiges Hemd tragen?

„Sind … sind Sie sicher?", fragte sie. Sein Lachen wirkte ansteckend und so spürte sie, wie ihre Lippen sich zu einem schwachen Lächeln verzogen.

„Ja. Ganz sicher. Entschuldigen Sie, dass ich Sie ein bisschen zum Narren gehalten habe. Aber es war nicht böse gemeint."

„Na ja, ich bin davon ausgegangen, dass ein Onkel von Jonas ein …"

„… Amish sein muss." Er sprach den Satz zu Ende. „Und Sie liegen richtig mit Ihrer Vermutung." Er hielt inne und fügte in einem ernsteren Tonfall hinzu: „Möchten Sie lieber einen Amish-Mann als Handwerker?"

„Wissen Sie …" Jetzt wurde ihr Lächeln zu einem breiten Grinsen. „Ich glaube nicht, dass meine Zimmerdecke den Unterschied merkt."

„Ah, ich weiß, wovon Sie reden. Mit Decken habe ich dieselbe Erfahrung gemacht."

Schon jetzt gefiel ihr sein Sinn für Humor. „Ach übrigens, ich bin Liz Cannon." Sie reichte ihm die Hand und er drückte sie leicht, bevor er sie wieder losließ.

„Und womit kann ich Ihnen dienen, Liz?"

„Ach, Daniel Kauffman, vielleicht tut es Ihnen noch leid, diese Frage gestellt zu haben."

„Ist es so schlimm?" Er zuckte zusammen.

„Es ist die Decke in meiner Küche, ziemlich schlimme Sache. Ich kann nicht einmal mehr kochen."

„Manche Leute wären froh darüber." Seine Mundwinkel bogen sich nach oben.

„Aber ich nicht."

„Sind in einem Badezimmer ein Stockwerk höher vielleicht die Leitungsrohre defekt?"

„Leider nicht", antwortete sie mit einem betroffenen Kopfschütteln. „Meine Hausversicherung kommt nicht für den Schaden auf."

„Das ist bedauerlich. In welcher Straße wohnen Sie denn?"

„In der Trellis Lane. Warum?"

„Sind das die kleinen Häuser, die in den Dreißigerjahren gebaut wurden?"

„Ja", antwortete sie. Sie kam sich vor wie bei einem Arzt, der eine Liste mit Symptomen abhakte.

„Das erklärt alles. Diese Zimmerdecken sind nicht für die Ewigkeit gemacht."

In ihrem Beruf war sie schon in so vielen Häusern gewesen, dass sie bestätigen konnte, was er sagte. Viele Eigenheime entsprachen nicht mehr den heutigen Standards für den Hausbau. Sie hätte schon vor Jahren die Initiative ergreifen und die Küche bautechnisch auf den neuesten Stand bringen müssen. Aber ihr war immer etwas anderes dazwischengekommen. „Und ... können Sie mir helfen?", fragte sie zaghaft.

„Bestimmt. Aber natürlich muss ich mir die Sache erst ansehen."

„Und wie schnell können Sie bei mir vorbeikommen?"

Er sah sich im Laden um. Bestimmt dachte er gerade an all die anderen Projekte in seinem Auftragsbuch. Gespannt wartete sie auf seine Antwort.

„Sagen wir, sobald ich hier hinten ein paar Sachen verstaut und die Türen abgeschlossen habe. Ist Ihnen das schnell genug ?", fragte er mit einem Augenzwinkern.

Am liebsten hätte sie den Mann umarmt, aber natürlich hielt sie sich zurück. Stattdessen drückte sie ihre Handtasche an sich. „Ich warte draußen", sagte sie freudig erregt. „Sie können mir bis zu meinem Haus nachfahren, wenn das für Sie in Ordnung ist."

„Das ist prima. Der sicherste Weg zum Ziel ist zu wissen, wohin man geht." Er zitierte ein Amish-Sprichwort, das sie schon irgendwo gelesen hatte – wahrscheinlich in ihrem Terminplaner.

Sie musterte ihn prüfend, als sie hinausging. Wie gerne würde sie etwas über seine Vergangenheit und seine Herkunft erfahren. Aber vor allem war sie dankbar, dass sie endlich jemanden gefunden hatte, der bereit war, ihr bei ihrem Problem mit der Küche zu helfen.

# Kapitel 13

Die Laterne warf ein warmes Licht auf die Kaminuhr. Von ihrem Platz auf dem Zweiersofa aus konnte Lydia die Uhrzeit sehen.

Es war zwanzig vor zehn.

Zehn Minuten über die Schlafenszeit.

Zumindest wäre die von Henry verordnete Schlafenszeit vor zehn Minuten gewesen. Würde sie jemals in der Lage sein, abends auf die Uhr zu sehen, ohne daran zu denken?

Henry würde es bestimmt nicht gutgeheißen haben, wenn er sie jetzt sehen könnte, vollständig angezogen, die Augen auf das Fenster gerichtet, das zur Einfahrt zeigte. Sie wartete schon seit zwanzig Minuten auf Jessica und Liz, die sie abholen wollten. Er hätte diese Verabredung nicht nur missbilligt, sondern er hätte ihr streng *verboten*, sich mitten in der Nacht mit ihren Freundinnen herumzutreiben und sich auf fremde Grundstücke zu schleichen, auch wenn es einem guten Zweck diente.

Die Schlafenszeit war ein ehernes Gesetz, ohne Diskussion. Angeblich war es nur zu ihrem Besten.

Oder … hatte er diese Routine festgelegt, um seine Ruhe vor ihr zu haben?

Dieser Gedanke lastete in letzter Zeit schwer auf ihr.

Jedes Mal, wenn sie sich im Wohnzimmer umsah, wurde ihr bewusst, wie es um ihr Zusammenleben mit Henry wirklich bestellt gewesen war. Ihre gemeinsam verbrachten Stunden hatte sie durch eine rosarote Brille gesehen. Aber die Wirklichkeit hatte ganz anders ausgesehen. In Henrys Alltag hatte sie als Mensch nur eine Nebenrolle gespielt.

Wenn er abends von der Arbeit nach Hause gekommen war, hatten sie sich zuerst zu einem eiligen Abendessen zusammengesetzt. Dann war jeder von ihnen den jeweiligen Arbeiten im Haus oder in der Scheune nachgegangen. Sie hatten noch in der Bibel gelesen und sich dann zum Schlafengehen und für den nächsten Tag fertig gemacht.

Wie oft war sie abends mit dem brennenden Wunsch zu Bett gegangen, jemanden zu haben, mit dem sie bis in die Nacht hinein reden könnte ... jemanden, mit dem sie beten könnte, wenn Ängste aus der Vergangenheit sie am Einschlafen hinderten ... jemanden, der sie in den Armen hielt, weil er sich nach ihrer Nähe sehnte?

Als ihre Gefühle sie zu überwältigen drohten, holte sie tief Luft, um diese Gedanken abzuschütteln und neue Kräfte zu sammeln.

Seit geraumer Zeit war ihr Tag nicht mehr um halb zehn zu Ende, dachte sie und fühlte sich dabei sogar ein bisschen rebellisch. Sie wünschte, sie könnte Henry sagen, dass es ihr trotz der langen Abende gut ging, sogar sehr gut. Ihr Leben war spannend geworden und sinnvoll und sie konnte sich endlich nützlich machen, besonders heute Abend, während sie darauf wartete, dass ihr nächtlicher Ausflug begann.

Ja, sie war auch ein bisschen nervös. Als Jugendliche hatte sie nie ihr Elternhaus verlassen, um beim *Rumspringe* ein bisschen Freiheit zu genießen. Heute Abend sollte sie sich in das größte Abenteuer ihres bisherigen Lebens stürzen.

Plötzlich, als sie das Knirschen von Autoreifen auf ihrer Kiesauffahrt hörte, spürte sie, wie ihr Herz schneller schlug und ein Adrenalinstoß ihre düsteren Gedanken vertrieb. Sie fühlte sich wie ein junges, leichtsinniges Schulmädchen, als sie die braune Papiertüte vom Stuhl nahm und zu ihren Freundinnen hinausrannte. Trotzdem vergaß sie nicht, die Haustür abzuschließen.

Vom Fenster auf der Beifahrerseite aus winkte Liz ihr schon zu und Jessica entschuldigte sich bei ihr, als sie auf den Rücksitz des Geländewagens schlüpfte.

„Tut mir leid, dass wir so spät kommen."

„Ich habe die ganze Zeit gehofft, dass ihr doch noch kommt." Lydia machte es sich bequem und legte sich die Papiertüte auf den Schoß.

„Ich wollte nicht wegfahren, bevor Cole eingeschlafen ist, und das hat heute sehr lange gedauert." Jessica fuhr vorsichtig die Auffahrt hinunter. „Und dann hat sich Marisa auch noch verspätet."

„Und ich hatte heute Abend eine Hausbesichtigung." Liz drehte sich zu ihr um.

„Hat es mit dem Verkauf geklappt?"

„Leider nicht." Liz zog eine Grimasse. „Ich habe fast den ganzen Nachmittag und auch noch den Abend mit einem Ehepaar verbracht. Und dann haben sie mir gesagt, dass ein Cousin der Frau ebenfalls in der Immobilienbranche arbeitet und ihre Familie verärgert ist, weil sie nicht ihn engagiert haben. Und was ist das Ende vom Lied? Sie lassen mich zuerst die Arbeit machen und jetzt wollen sie doch den Cousin beauftragen."

„Das muss für dich eine große Enttäuschung sein." Lydia war voller Mitgefühl für ihre Freundin. „Ich bin überrascht, dass du nach einem solchen Tag trotzdem mitmachst."

„Glaub mir, der Gedanke an ein schönes, heißes Bad ist mir auch schon gekommen", gab Liz zu. „Aber ich kann doch jetzt nicht abspringen. Schließlich war es meine Idee. Meine Probleme sind doch gar nichts im Vergleich zum armen Norm Fletcher. Die Sache mit seinem Sohn ist einfach furchtbar für ihn."

„Moment mal." Jessica klopfte auf das Lenkrad. „Jetzt erinnere ich mich an die Fletchers. Sie waren doch auch Mitglieder unserer Gemeinde? Und Ryan war ein paar Jahre jünger als ich, oder?"

Liz nickte. „Die Familie gehörte sehr lange zu unserer Gemeinde, bis Norms Frau mit einem anderen Mann aus der Gemeinde durchgebrannt ist. Seitdem ist Norm nie wieder zum Gottesdienst gekommen."

Lydia konnte das gut verstehen. Gott möge ihr vergeben, aber sie brachte es auch kaum fertig, ohne Henry zu den Gottesdiensten zu gehen, obwohl sie es im Vergleich zu Norm Fletcher viel leichter hatte. „Wie hast du denn von Mr Fletchers Sohn erfahren?"

Liz drehte sich wieder zu Lydia herum. „Im Lebensmittelladen bin ich einer Nachbarin von Norm begegnet. Vor vielen Jahren habe ich weiter unten in der Straße in ihrem Auftrag ein Haus verkauft. Sie hat mir erzählt, dass Ryan in einem Militärkrankenhaus in Deutschland auf der Intensivstation liegt."

„Wo war er denn stationiert?" Jessicas Stimme klang neugierig.

„Ich habe keine Ahnung." Liz schüttelte den Kopf. „Sie sagte bloß, dass Norm eine schlimme Zeit durchmacht, und das ist ja auch verständlich. Er ist im Ruhestand, lebt ganz allein und um seine Gesundheit steht es auch nicht gut. Er wartet sehnsüchtig darauf, dass es Ryan wieder besser geht und er nach Hause kommt."

„Ich hoffe sehr, dass alles gut wird …" Jessicas Stimme wurde leiser. „Ich habe für ihn einen Schal mitgebracht."

„Du hast einen ganzen Schal gestrickt?", fragten Lydia und Liz wie aus einem Mund.

„Das wäre schön! Ihr beiden seid zwar tolle Lehrmeisterinnen, aber eine Weltklassestrickerin habt ihr aus mir nicht gemacht – noch nicht." Jessica musste lachen. „Es ist ein taupe und grau gestreifter Schal, den Tante Rose gestrickt hat. Ich habe ihn in ihrer Schatzkiste gefunden."

Mit einem Lächeln dachte Lydia daran, wie sie eines Morgens zusammen mit Jessica hinten im Laden die antike Zedernholztruhe durchforstet hatte. Die Truhe war bis zum Rand gefüllt mit unglaublich schönen, handgestrickten Stücken und Patchworkdecken, die Rose angefertigt und aufgehoben hatte – vielleicht als Vorrat für Gelegenheiten wie diese.

„Und was habt ihr beiden Mädels mitgebracht?", fragte Jessica.

„Als ich in der Gemeinde noch im Cateringteam war, hatte Norm immer eine Vorliebe für warme Getränke", erklärte Liz. „Deshalb habe ich ihm ein Körbchen mit verschiedenen Tee- und Kaffeesorten und ein paar Aromasirups zusammengestellt."

„Das passt ja gut zu meiner Spende", meldete sich Lydia. „Ich habe nicht so genau gewusst, was ich machen soll. Deshalb habe ich ein Glas von meiner Erdbeerkonfitüre mitgebracht. Und dann habe ich noch Erdnussbutter gemacht und ein Sauerteigbrot gebacken."

Jessica hob anerkennend den Daumen ihrer rechten Hand. „Das klingt lecker, Lydia."

„Weißt du wirklich, wie man Erdnussbutter selber macht?", fragte Liz.

„Da kannst du hundertprozentig sicher sein." Lydia musste lachen. „Meine *Maam* hat mich schon früh im Haushalt eingespannt. Da war ich noch ein Kind. Ich bin ja in Pennsylvania aufgewachsen. Die selbst gemachte Erdnussbutter gehört zu den ersten Rezepten, die ich ausprobieren wollte."

„Von Erdnussbutter kann ich nicht genug bekommen", gestand ihr Liz. „Das musst du mir auch beibringen, sobald meine Küche wieder in Ordnung ist. Oh weh. Frittierte Blaubeertaschen und Erdnussbutter. Da wird es wieder nichts mit meiner Diät."

Lydia lachte.

„Hast du mir nicht erzählt, dass deine Mutter noch in Pennsylvania wohnt, Lydia?", fragte Jessica.

„*Jaa*, in Lancaster County. Meine jüngere Schwester ist auch dort."

„Und was hat dich nach Sugarcreek verschlagen, so weit weg von zu Hause?", wollte Liz wissen.

Es war seltsam, dass Sugarcreek ihr viele Jahre lang so weit weg von ihrem Zuhause in Pennsylvania vorgekommen war. Aber jetzt fühlte es sich genau umgekehrt an. Jetzt war Pennsylvania so weit weg, ein Ort, den sie nicht mehr kannte.

„Meine *Maam* hat mich nach dem Tod meines Vaters mit Henry hierhergeschickt", sagte sie frei heraus.

Daraufhin schwiegen Liz und Jessica. Sie waren zu höflich, um weitere Fragen zu stellen, aber Lydia konnte spüren, dass sie mehr wissen wollten. Vielleicht war es die Enge und die erzwungene Nähe im Auto, vielleicht auch die undurchdringliche Dunkelheit draußen vor dem Fenster – sie wusste nicht, warum, aber sie wollte sich ihren Freundinnen mitteilen und ihnen ihre Geschichte erzählen.

„Meine *Maam* dachte, es ist das Beste, wenn ich heirate und mit ihm wegziehe. Vielleicht dachte sie, dass sie dann einen Esser weniger hat." Sie wäre lieber zu Hause geblieben, um ihrer Mutter zu helfen, aber offenbar hatte ihre Mutter ganz andere Pläne. *Maam* hatte sich so schnell auf die Suche nach einem Ehemann für Lydia gemacht, dass es ihr vorkam, als hätte sie ihren Vater und ihr Zuhause gleichzeitig verloren. Lange Zeit konnte sie diesen doppelten Verlust nicht verwinden.

„Ich war gerade achtzehn geworden und Henry war neunundzwanzig."

„Hörst du oft von deiner Mutter?", fragte Jessica.

„Oh *jaa*. Hin und wieder schickt sie mir einen Brief." Es waren längst nicht so viele Briefe wie die, die sie an ihre Mutter schrieb. „Meine jüngere Schwester schreibt mir auch manchmal. Alle zwei Wochen verliebt sie sich in jemand Neues. Ich hoffe, sie wartet noch ein bisschen, bis sie heiratet. Schließlich ist sie erst neunzehn."

„Ich war zweiundzwanzig, als ich geheiratet habe, und ich dachte, ich wüsste alles, was man wissen muss", sagte Liz.

„Und du musst auch noch sehr jung gewesen sein, als du Coles Vater geheiratet hast, Jessica."

„Ich?" Jessica nickte. „Ja, ich war wirklich noch sehr jung. Neunzehn, um genau zu sein, und viel unreifer, als du dir vorstellen kannst. Wie sich herausstellte, gehört meine Ehe wohl zu den kürzesten in der gesamten Menschheitsgeschichte."

„Jessica, das tut mir leid. Ich habe das nicht gewusst." Sie hatte Jessica bloß in ihr Gespräch einbeziehen wollen, aber nicht neugierig sein oder schlimme Erinnerungen wecken wollen.

„Das braucht dir nicht leidzutun, Lydia. Es war alles meine Schuld. Ich war einfach dumm gewesen." Jessica drehte sich zu Liz um. „Tante Rose hat dir bestimmt erzählt, was ich für Dummheiten gemacht habe."

„Nein." Liz schüttelte den Kopf. „Rose und ich haben über vieles gesprochen, aber nicht über dich. Wahrscheinlich meinte sie, du solltest deine Geschichte selbst erzählen. Sobald du dazu bereit bist."

„Arme Tante Rose." Jessica seufzte. „Ich habe dieser Frau viel Kummer gemacht." Ihre Stimme wurde schwächer, als sie das Auto über die menschenleere Straße lenkte. „Aber sie war immer so liebevoll. Ja, das war sie."

Es wurde still im Auto und Lydia fühlte sich unwohl. Sie wünschte, sie hätte Jessica nicht nach Coles Vater gefragt. Obwohl sie hoffte, dass Liz auf ihre offene, lustige Art das Schweigen brechen würde, schien auch die ältere Frau nicht zu wissen, was sie sagen sollte.

Sie war überrascht, als Jessica das Schweigen brach. Offenbar hatte sie das Bedürfnis, endlich über alles zu reden.

„Ich habe das wohl noch nie laut ausgesprochen ... aber an dem Abend, als meine Eltern den Autounfall hatten, war ich trotzig und aufsässig, bevor sie weggefahren sind." Sie setzte den Blinker und bog nach links ab – auf eine stockdunkle Straße. „Ich war so frech gewesen, dass ich auf meine kindliche Art glaubte, für meine Frechheit bestraft worden zu sein und dass meine Eltern wegen mir nie wieder nach Hause gekommen sind."

„Oh, Jessica." Lydia empfand tiefes Mitleid mit ihrer Freundin.

„Du Arme", seufzte Liz.

„Und als Tante Rose mich dann bei sich aufgenommen hat, war ich nur noch ein braves Kind. Ich habe mich immer gut benommen, immer aufgepasst, dass ich nie in Schwierigkeiten geraten bin. Ich war gut in der Schule und beim Sport, ich habe hart gearbeitet und immer mein Bestes gegeben. Aber als ich dann im College war … Tante Rose hat immer zu mir gesagt: ‚Vergiss nie, wer du bist. Vergiss nie, dass du ein Kind Gottes bist.' Aber als ich von Sugarcreek weg war und mich auf dem Uni-Campus einlebte, da habe ich nicht einfach so vergessen, dass ich ein Kind Gottes bin. Es war eher so, dass ich es unbedingt vergessen wollte."

„Hin und wieder geht es uns doch allen so", meinte Liz.

„Ja, klar, aber bei mir war es besonders krass." Sogar im dämmrigen Inneren des Autos konnte Lydia sehen, wie Jessica den Kopf schüttelte.

„Als ich im zweiten Studienjahr Sean kennengelernt habe", fuhr Jessica fort, „hat sich das Gute in mir ins Gegenteil verkehrt. Dieser Mann hat auf mich gewirkt wie eine Droge. Nach und nach wurde ich süchtig nach ihm und nach seiner Art zu leben. Es war wie ein Kick für mich, mit ihm zusammen zu sein, und dafür habe ich Dinge getan, die ich nie für möglich gehalten habe. Ich habe Vorlesungen und Seminare geschwänzt, meine Leistungen sind rapide schlechter geworden. Ich habe angefangen zu trinken, mehr als gut für mich war, und ich habe mit ihm geschlafen …"

„Meinst du nicht, dass viele junge Menschen in dieser Zeit ihres Lebens vom richtigen Weg abkommen?", unterbrach sie Liz.

*„Jaa"*, stimmte Lydia zu. „Manchmal passiert es auch, dass Teenager es in den Jahren des *Rumspringe* zu wild treiben und sie ganz vom Weg abkommen."

„Ich bin dann noch einen Schritt weitergegangen, oder besser gesagt Sean und ich. In den Frühlingsferien sind wir nach Las Vegas gefahren – zusammen mit einem anderen verrückten Pärchen, das wir kaum kannten. Unser toller Plan? Wir wollten heiraten. Die beiden Verrückten sollten als Trauzeuge und Brautjungfer fungieren. Als wir dort angekommen waren, habe ich Tante Rose angerufen und ihr alles gesagt. Verständlicherweise sagte sie kaum ein Wort. Sie bot mir bloß an, mir ein Ticket für den Rückflug nach Hause zu kaufen. Das habe ich natürlich abgelehnt."

Jessica schwieg kurz. Lydia konnte sich vorstellen, wie sie sich bei der Erinnerung an diesen Anruf fühlte.

„Aber egal …“ Jessica blickte starr nach draußen auf die Straße, als sie weitererzählte. „Am Abend vor der Spontantrauung haben Sean und sein Freund noch so eine Art Junggesellenabschied gefeiert. Es war schon traurig, als er am nächsten Tag verkatert zu unserer Schnelltrauung gekommen ist und ich mit einer Braujungfer dastand, deren Namen ich mir nicht merken konnte.“

Sie hielt inne, offenbar um sich an die Einzelheiten zu erinnern. „Sechs Wochen später entdeckte ich, dass ich schwanger war. Sean hat sofort sein Studium hingeschmissen und sich aus dem Staub gemacht. Als Nächstes habe ich vom Anwalt seiner Familie gehört. Er hat mir Dokumente für die Annullierung unserer Ehe geschickt und die arme Tante Rose musste mich wieder bei sich aufnehmen.“ Wieder schüttelte sie den Kopf. Ihre Stimme klang angespannt, als sie weitererzählte. „Ich weiß, es war besser so, aber nur, weil ich so dumm war, muss Cole jetzt ohne Vater aufwachsen. In seinem Leben wird es keinen Mann geben, der ihn lieb hat. Und das ist das Schlimmste.“

Lydia spürte den Schmerz in Jessicas Worten. „Und was ist mit den Eltern von Sean?“, fragte sie schließlich.

„Bloß nicht“, erwiderte Jessica mit fester Stimme. „Es ist paradox, aber sie haben geglaubt, dass ich die Böse war und einen schlechten Einfluss auf ihren Sohn hatte. Dass ich mich ihm aufgedrängt habe. Obwohl Sean sich nie so verhalten hat, stammt er aus einer wohlhabenden Familie an der Nordostküste. Und natürlich wollten seine Eltern nicht, dass er sich seine Zukunft ruinieren ließ, schon gar nicht von einem Bauerntrampel aus Ohio und einem Kind, das womöglich gar nicht von ihm war. Ich habe die Sache auf sich beruhen lassen.“ Sie seufzte. „Cole sollte nicht wissen, dass es Menschen gibt, die nichts mit ihm zu tun haben wollen, obwohl sie ein Teil seines Lebens hätten sein können. Ich musste nie mit einem solchen Wissen aufwachsen und ich will auch nicht, dass Cole so aufwächst.“

Lydia fragte sich, was Jessica ihm eines Tages erzählen würde, wenn er alt genug war, um nach seinem Vater zu fragen.

„Trotz allem hast du einen wunderbaren kleinen Jungen großgezogen“, sagte Liz beschwichtigend.

„*Jaa*, er hat mir neulich sogar beim Auspacken von Paketen geholfen“, stimmte Lydia ihr zu. „Er ist wirklich ein lieber Junge.“

Jessica warf ihr durch den Rückspiegel einen Blick zu. „Ich glaube, so langsam gewöhnt er sich an alle Veränderungen, die er durchmachen musste."

Lydia war erleichtert, als sie merkte, dass Jessicas Stimme ein bisschen zuversichtlicher klang.

„Mensch, ist mir das peinlich", sagte Jessica, als sie das Auto um eine Kurve lenkte. „Ich habc auf dem ganzen Weg hierher geredet wie ein Wasserfall."

Lydia war das gar nicht aufgefallen. Der Fahrer, der sie fast jeden Tag zur Arbeit brachte, ein älterer Mann namens George, redete auch sehr viel, wenn er mit seinem Auto über die kurvigen Straßen zur Stadt fuhr. In seiner Freizeit beobachtete George Vögel und Lydia war fasziniert von seinen Geschichten. Er meinte, sie sei eine gute Zuhörerin. Nach den schweigsamen Jahren mit Henry interessierte es sie, was andere Leute zu erzählen hatten.

Als sie aus dem Fenster sah, war sie überrascht, dass die Straßen und Häuser ihr irgendwie bekannt vorkamen. „Sind wir nicht in der Nähe von deinem Haus, Liz?"

„Ja, die Straße, in der ich wohne, liegt nur zwei Parallelstraßen entfernt."

Lydia beugte sich vor, um besser sehen zu können. „Ich kann kaum glauben, dass ihr beide den weiten Weg gefahren seid, um mich abzuholen."

„Du glaubst doch nicht, dass wir das hier ohne dich durchziehen, oder?", fragte Jessica.

„Schließlich hast du dich ja auch für Tante Roses Idee vom gemeinsamen Handarbeiten begeistern lassen, Lydia." Liz sah sie über den Beifahrersitz hinweg an und lächelte ihr zu.

Die Worte der beiden Frauen taten ihr gut. Sie drückte ihr Päckchen an die Brust, als Jessica die Scheinwerfer ausschaltete, am Straßenrand parkte und den Motor abstellte. Als sie gerade mit ihren Geschenken aussteigen wollten, hielt Lydia sie zurück. „Wartet."

Die beiden drehten sich um und sahen sie erstaunt an. „Wenn du nervös bist, Lydia, dann kann ich das gut verstehen", sagte Jessica schließlich. „Ich hatte richtiges Lampenfieber, als ich mit Liz zum ersten Mal unterwegs war."

„*Jaa*, ich bin ein bisschen nervös", gab Lydia zu. „Aber ich finde auch … vielleicht sollten wir ein Gebet sprechen, selbst wenn es ein stilles Gebet ist."

„Das ist eine sehr gute Idee", erwiderte Liz.

Als die Frauen ihre Köpfe neigten, betete Lydia nicht nur für Norm und Ryan Fletcher um Heilung, sondern sie dankte auch für die sternenklare Nacht und die beiden Frauen, die in ihr Leben getreten waren.

Sekunden später hob Jessica den Kopf. „Sind wir bereit, meine Damen?", fragte sie.

So leise wie möglich schlugen sie die Autotüren zu. Lydia folgte Jessica und Liz, als sie sich auf Zehenspitzen über die stille Straße zu Norm Fletchers Anwesen schlichen.

Sie erreichten die Einfahrt und Lydia dankte gerade für das Mondlicht, das ihnen den Weg zeigte. Plötzlich wurde es noch heller. Zwei Lichter am anderen Ende der Einfahrt flammten auf. Das allein war noch nichts Ungewöhnliches, bis sie die nächsten Schritte in Richtung Haus gingen. Mitten auf der Einfahrt ging eine ganze Reihe von Scheinwerfern an. Wie erstarrt blieben die Frauen stehen.

Unsicher, was sie als Nächstes tun sollten, warfen sie sich ängstliche Blicke zu. Schließlich übernahm Liz das Kommando. Sie winkte Lydia und Jessica zum Fußweg. Mit neuem Mut huschten die drei in diese Richtung. Aber bei jedem Schritt flammten erneut Lichter auf, im Wechsel auf jeder Seite des Fußwegs.

„Das ist doch verrückt!", zischte Jessica.

„Ich weiß, aber wir sind fast da", flüsterte Liz zuversichtlich.

Die vordere Veranda war schon in Sicht. Im Stillen betete Lydia dafür, dass man sie nicht erwischte. Denn als die drei Frauen nacheinander ihre Geschenke auf die Veranda legten, funkelten und strahlten noch mehr Lichter. Scheinwerfer über der Haustür warfen ihr Licht direkt auf sie und blendeten sie.

„Dieses Grundstück ist voller Fallen", flüsterte Jessica.

„Überall Bewegungsmelder." Liz winkte wieder. „Schnell, nicht dass Norm an die Tür kommt und uns sieht!"

Lydia rannte förmlich um ihr Leben, als die drei durch den Garten von Mr Fletcher auf die menschenleere Straße flohen. Zum Glück hatte Jessica die Autotüren offen stehen lassen. Mit wild klopfendem Herzen ließ sie sich auf den Rücksitz fallen. „Du liebe Zeit!“ Sie versuchte, ruhig zu atmen. „Was für ein Schreck. Beim nächsten Mal bete ich dafür, dass es keine Bewegungsmelder gibt.“

Auch die beiden anderen Frauen waren ganz außer Puste, aber trotzdem mussten sie laut lachen, als Jessica den Motor anließ und losfuhr.

„Da kann ich nur noch Amen sagen, Lydia“, erwiderte Liz. Sie hatten ihre Mission erfüllt und verschwanden in die dunkle Nacht.

# Kapitel 14

Liz saß an ihrem antiken Schreibtisch und fuhr ihren Laptop hoch, bereit, ihre E-Mails durchzusehen, wie sie es jeden Morgen machte. Dabei bemerkte sie, dass eine neue Nachricht eingegangen war. Leider.

„Oh, Daisy. Das ist nicht gut. Gar nicht gut."

Wie eine gute Freundin reagierte die Hündin sofort auf den düsteren Klang ihrer Stimme. Sie stand von ihrem Platz an der Glasschiebetür auf und legte sich zu Liz' Füßen nieder.

„Das ist kein guter Start in den Tag", sagte Liz mit einem Seufzer zu ihrer tierischen Vertrauten.

Aber hier war sie, die E-Mail eines Kunden mit einer Nachricht, die ähnlich klang wie die vom Tag vorher:

> … Obwohl wir Ihnen dankbar sind für Ihr Engagement und die Mühe, die Sie sich in den letzten Monaten gemacht haben, haben wir uns entschieden, nun doch in unserem Haus zu bleiben. Nochmals vielen Dank für Ihre Hilfe, Liz, aber zum jetzigen Zeitpunkt wird es nicht zu einer Zusammenarbeit kommen.

Zum jetzigen Zeitpunkt. Der gerade äußerst ungünstig war, weil sie momentan keine anstehenden Verkäufe zu verzeichnen hatte und auch keine neuen Kunden in Aussicht. Ganz zu schweigen von der Welt, die über ihr zusammengebrochen war. Nun ja, zumindest die Decke in ihrer Küche, die aber ein bedeutender Teil ihrer Welt war. Die Reparatur würde sie eine Menge Geld kosten. Auch hier war der Zeitpunkt äußerst ungünstig, denn ihre Ersparnisse verkrümelten sich so schnell wie der Putz an ihrer Küchendecke.

„Und warum besitzen die Leute nicht mehr den Anstand, um zum Telefonhörer zu greifen und anzurufen? Aber nein. Es ist ja bequemer, eine SMS oder E-Mail zu schreiben. So erfährt man heute von seinem Schicksal", beklagte sie sich wieder bei Daisy. „Gibt es heute überhaupt noch anständige Menschen auf dieser Welt?"

Da kam es wie gerufen, dass es an ihrer Haustür klingelte.

Wie erwartet, stand Daniel Kauffman auf ihrer Veranda. Heute sollte er seinen ersten vollen Arbeitstag bei ihr verbringen, um das Chaos in ihrer Küche zu beseitigen. Aber sie hatte nicht erwartet, dass der vielseitige Handwerker sie mit einer Tüte aus der Bäckerei und einem Styroporbecher begrüßte. Aus dem Becher strömte ihr verheißungsvoller Kaffeeduft entgegen.

„Guten Morgen, Liz Cannon." Mit einem Lächeln hielt er ihr seine Mitbringsel entgegen. „Ich habe Ihnen ein bisschen was mitgebracht."

„Oh, Daniel, wie nett von Ihnen!" Sie sah ihm in die haselnussbraunen Augen, die sogar um diese Uhrzeit schon blitzten. Dann schüttelte sie den Kopf, so sehr rührte sie seine Aufmerksamkeit. „Das wäre aber nicht nötig gewesen." Kaum hatte sie diese Worte ausgesprochen, wurde es ihr schon viel leichter ums Herz. Sie war dankbar für diese freundliche Geste. Ihre Lippen umspielte ein Lächeln, als sie ihm den Becher und die Tüte abnahm. „Ich weiß das zu schätzen, mehr, als Sie sich wahrscheinlich vorstellen können." Das entsprach voll und ganz der Wahrheit, denn ihr Start in den Morgen war alles andere als gut gewesen.

„Ich war schon in der Bäckerei, um mir ein Muffin zu holen." Er zuckte mit den Schultern. „Und weil ich den Zustand Ihrer Küche kenne, habe ich mir schon gedacht, dass Sie auch einen mögen."

„Danke, dass Sie an mich gedacht haben", erwiderte sie. Sie hatte zwar bereits in ihrem Teekessel Wasser gekocht und sich einen schnellen Haferbrei gemacht, den sie im Wohnzimmer gegessen hatte. Aber das behielt sie für sich. Außerdem trank sie lieber Kräutertees als Kaffee, aber auch das blieb lieber ungesagt.

„Das habe ich doch gern getan", meinte er. „Ich hole erst mal ein paar Sachen." Er deutete hinter sich auf den Kleinlaster, der vor dem Haus parkte. „Und dann lege ich los."

„Aber ich möchte das bezahlen." Sie hielt die Tüte und den Kaffeebecher hoch. „Wieviel schulde ich Ihnen? Ich hole nur schnell meine Geldbörse."

Sein Lächeln war so entspannt wie der Klang seiner Stimme. „Nicht nötig, Liz. Das habe ich Ihnen spendiert. Außerdem werden Sie in den nächsten Wochen noch genug Geld ausgeben müssen."

„Das ist mir schon klar! Und genau das ist es …“ Sie wollte ihm schon ihr Herz ausschütten, aber dann hielt sie sich zurück und biss sich auf die Unterlippe. „Ich meine … äh … da ist etwas, was ich mit Ihnen besprechen muss, Daniel. Bevor Sie Ihre Sachen aus dem Auto holen. Möchten Sie nicht hereinkommen, damit wir zuerst miteinander reden können?“

„Klar, das geht in Ordnung.“ Er sah nach unten und musterte die Sohlen seiner Stiefel, bevor er ihre Diele betrat. Der Eingangsbereich wirkte plötzlich viel kleiner, als er dort stand. „Gibt es ein Problem?“

„Ich hoffe nicht. Aber offen gestanden habe ich mit der Bank noch nicht alles geklärt. Daran ist allerdings nicht die Bank schuld. Es liegt an mir. Ich überlege hin und her, welcher Weg der beste ist“, erklärte sie. Oder eher, welchen Weg sie sich leisten könnte – entweder einen Sofortkredit oder einen Kredit für Renovierungsarbeiten. „Wie auch immer, Sie sollen wissen, dass ich alles so machen möchte, wie Sie es vorgeschlagen haben. Sie haben so viele wunderbare Ideen für den Umbau meiner Küche und ich möchte Sie auch damit beauftragen, aber –“

Daniel hob die Hand, um ihren Redefluss zu stoppen. „Es wird alles so laufen, wie es laufen soll, Liz.“

Er wirkte so ruhig und gelassen, ganz anders als sie. Sie war innerlich aufgewühlt. „Wie bitte?“

„Ich mache mir keine Gedanken über das Projekt und Sie brauchen sich auch keine Sorgen zu machen“, erwiderte er sachlich. „Wir wissen, dass die Decke unbedingt neu angelegt werden muss. Das ist eine Tatsache und da fange ich an. Und ich weiß auch, dass Sie gerne einen neuen Fußboden hätten, neue Schränke, einen neuen Anstrich und so weiter. Wenn dafür Geld übrig ist, kann ich das alles auch machen. Wenn nicht, dann können Sie sich für die anderen Projekte ein bisschen mehr Zeit lassen. Ich habe ja auch schon erwähnt, dass es auch andere Möglichkeiten gibt, Kosten einzusparen und trotzdem einen Großteil dessen, was Sie möchten, umzusetzen.“

Als Daniel gestern zu ihr nach Hause gekommen war, hatte er sich schnell einen Überblick verschafft. Er schien alles im Griff zu haben und genau das brauchte Liz auch. Zunächst hatte er noch mehr Putz von der Decke heruntergeholt, um die Ursache des Problems herauszufinden. Er hatte entdeckt, was beide schon vermutet hatten. Die ursprünglichen Nägel waren nicht lang genug und so hatte im Laufe der Zeit der Deckenputz nicht genügend Halt gehabt. Dann hatte er erklärt, wie er die Reparaturen vornehmen wollte und wie hoch er die Kosten einschätzte.

Danach hatte er sich eigentlich wieder auf den Weg machen wollen, aber stattdessen hatte er sie darauf hingewiesen, dass der gesamte Bereich, auch ihr Arbeitszimmer hinter der Küche, eine Zeit lang nicht betreten werden dürfte. Schließlich hatte er ihr im Wohnzimmer beim Umräumen geholfen.

Sie hatten reibungslos zusammengearbeitet, so als ob sie das schon ihr Leben lang getan hätten. Ihren antiken Schreibtisch hatten sie ins Wohnzimmer transportiert, damit sie einen Arbeitsbereich hatte. Daniel hatte aus der Garage sogar einen kleinen Kühlschrank geholt, den Amy ihr noch aus ihrer College-Zeit hinterlassen hatte, und ihn ins Wohnzimmer gestellt, sodass Liz darin etwas zu trinken und ein bisschen Obst aufbewahren konnte.

Liz hatte gedacht, dass er sich daraufhin verabschieden würde, aber stattdessen hatten sie noch eine volle Stunde dagestanden und sich über ihre Traumküche unterhalten. Die ganze Zeit hatte Daniel Vorschlage gemacht, wie sie sich diesen Traum erfüllen könnte. Es hatte den Anschein gehabt, als wäre es sein eigenes Haus und er hätte deswegen an diesem Projekt so viel Interesse.

„Aber Daniel“, sie sah zu ihm hoch. „Ich bin mir sicher, dass Sie noch andere Kunden und andere Aufträge haben. Bestimmt müssen Sie erst einmal einen Arbeitsplan aufstellen.“

Wie konnte dieser Mann ohne Planung arbeiten? Sie wäre dazu nicht fähig gewesen.

„Hören Sie, Liz.“ Seine Augen blickten freundlich, aber trotzdem besorgt. „Sie wirken auf mich wie eine kluge und kompetente Frau. Bestimmt finden Sie heraus, was für Sie und Ihr Budget das Richtige ist. Wahrscheinlich wissen Sie es sogar schon. Sie sollten nur ein wenig mehr Vertrauen in sich selbst und Ihre Entscheidungen haben. Deshalb gilt hier das Motto ‚Das Wichtigste zuerst‘. Wir fangen heute mit dem Wichtigsten an. Und dann sehen wir, was als Nächstes dran ist.“

„Aber ich …“ Sie war so verblüfft von seinen Worten, dass es ihr erst einmal die Sprache verschlug. Sie konnte sich nicht mehr daran erinnern, wann ein Mann ihr das letzte Mal ein solches Kompliment gemacht hatte. Und von einem Mann wie Daniel bedeutete es ihr sehr viel.

Schon bei ihrer ersten Begegnung in seinem Laden war ihr aufgefallen, was für ein versierter und erfolgreicher Handwerker er war. Darüber hinaus spürte sie auch, dass er aufrichtig war und ein gutes Herz hatte.

Seine aufmunternden Worte machten ihr Mut. Unwillkürlich richtete sie sich auf und straffte die Schultern.

„Ich … äh … also gut. Ich informiere Sie, sobald ich kann, Daniel.“

„Ich weiß, dass Sie das tun werden.“ Er neigte den Kopf zur Seite. „Wenn das alles ist, Liz, möchte ich jetzt anfangen. Oder wie es meine Vorfahren, die Amish, ausdrücken würden: *Deine Arbeit zu planen ist wichtig, aber es ist besser, sie zu tun.*“ Dabei lächelte er sie an.

Von diesem Motto hatte sie noch nie gehört, aber sie musste darüber nachdenken. Als Daniel sich auf den Weg zu seinem Kleinlaster machte, wusste sie, dass auch sie mit ihrem Start in den Tag beginnen und alle damit verbundenen Entscheidungen treffen sollte. Aber: das Wichtigste zuerst. Das hatte Daniel doch gerade vorgeschlagen. Für sie bedeutete das, zunächst die mitgebrachten Leckereien zu genießen.

Sie stellte den Kaffeebecher auf ihren Schreibtisch. Als sie einen Blick in die Tüte von der Bäckerei warf, traute sie ihren Augen nicht. Ein Guten-Morgen-Muffin. Natürlich konnte Daniel nicht wissen, dass das ihr Lieblingsmuffin war. Und natürlich würde er nie erfahren, dass er an diesem Morgen erneut ein Lächeln auf ihr Gesicht gezaubert hatte.

Liz konnte sich beim Autofahren kaum konzentrieren, aber zum Glück kannte sie den Weg zur Bank wie im Schlaf. Ihre Gedanken wanderten hin und her zwischen schönen Erinnerungen aus der Vergangenheit und der weniger angenehmen Gegenwart.

Eins stand fest: Sie war besser dran als viele andere Frauen. In ihrer Ehe war sie vom Schicksal begünstigt gewesen. Natürlich hatte sie immer hart gearbeitet, zu Hause und im Beruf. Natürlich hatte Karl sie nicht wie ein Porzellanpüppchen behandelt und sie vor allen Härten des Lebens beschützt.

Und doch konnte sie sich glücklich schätzen. Jahrzehntelang hatte sie einen liebevollen Partner an ihrer Seite gehabt, jemanden, mit dem sie alles hatte teilen können, die Höhen und Tiefen des Lebens, alle guten und weniger guten Zeiten. Und wenn Entscheidungen getroffen werden mussten, hatten sie und Karl das Für und Wider abgewägt, bis sie eine gemeinsame Lösung gefunden hatten. Sie waren auch füreinander da gewesen, wenn sie die Konsequenzen ihrer Entscheidungen hatten tragen müssen oder sich daran freuen konnten.

Obwohl seit dem Tod von Karl bereits einige Jahre vergangen waren, fehlte er ihr immer noch. Manchmal war es sehr belastend, so ganz allein zu sein, besonders wenn es um finanzielle Fragen ging.

Sie kannte Daniel nicht gut genug, um mit ihm offen über ihre finanzielle Situation zu sprechen. Aber es war seltsam. Als sie daran dachte, wie er ihr sein Vertrauen aussprach und ihr Mut machte, wurde sie innerlich ganz ruhig. Je näher sie dem Bankgebäude kam, desto deutlicher sah sie den vor ihr liegenden Weg. Und als sie auf den Parkplatz fuhr, stand ihre Entscheidung fest. Sie wollte den Kreditrahmen nutzen. Daniel hatte recht und ihr Bauchgefühl hatte sie von Anfang an in diese Richtung gewiesen. Sie könnte immer wieder kleinere Beträge abheben, je nachdem, wie viel sie sich leisten konnte.

Eine knappe Stunde später waren alle erforderlichen Dokumente unterschrieben. Der Herbstwind schien nicht mehr so kühl zu sein, als sie das Bankgebäude verließ und zum Parkplatz ging. Plötzlich fühlte sie sich leichter, zufrieden mit ihrer Entscheidung, und sie spürte einen tiefen inneren Frieden. Und sie kannte auch den Grund dafür. Es lag an Daniel, der ihr mit nur einer verständnisvollen Bemerkung ihr Selbstvertrauen zurückgegeben hatte.

Ihr wurde ganz warm, als sie an ihren neuen Bekannten dachte, an seine Aufmerksamkeit, an die Art, wie er ihr Mut gemacht hatte. Und dann noch der Guten-Morgen-Muffin … Sie würde ihm gern danken, und zwar so, wie sie es am besten konnte – mit einem guten Essen. Aber wie konnte sie für ihn etwas Gutes kochen, wenn ihre Küche außer Betrieb war?

Kaum hatte sie sich diese Frage gestellt, wusste sie auch schon die Antwort. Vor lauter Begeisterung hüpfte sie fast zu ihrem Auto, stieg ein und holte ihr Telefon aus der Handtasche.

„Hallo, Jessica", sagte sie hastig, als ihre Freundin abnahm. „Kann ich bei dir vorbeikommen und eins von deinen Schneidbrettern ausleihen?"

Am anderen Ende der Leitung entstand eine kurze Pause. „Was willst du denn mit einem Schneidbrett?" Jessica war verblüfft.

„Na ja, und dann brauche ich noch eine Rührschüssel und eine Bratpfanne. Und hast du zufällig ein bisschen Worcestersoße im Haus? Kann ich mir davon ein paar Tropfen ausleihen?"

„Ausleihen?" Jessica hob eine Augenbraue.

„Ja, also … verwenden."

„Liz, meine Küche ist deine Küche", erwiderte Jessica wohlwollend.

„Wenn ich an deiner Stelle wäre, würde ich drei Luftsprünge machen, wenn meine Küche außer Betrieb wäre. Dann hätte ich eine super Ausrede, nicht kochen zu müssen. Aber du Superköchin hast deine wahre Berufung verfehlt."

Das war nicht das erste Mal, dass ihr das jemand sagte. Sollte sie jetzt froh sein, dass sie eine Berufung hatte, oder traurig, weil sie diese offenbar verfehlt hatte? Nun, jetzt war keine Zeit für Grübeleien.

„Ich bin erst mal für ein paar Stunden im Büro. Kann ich danach bei dir vorbeikommen?" Liz ließ den Motor an und fuhr vorsichtig aus der Parklücke.

„Das klingt doch gut. Lydia und ich sind da, wenn du kommst", antwortete Jessica.

Jetzt hatte sie endlich so etwas wie einen Plan. Liz fuhr zuerst ins Büro der Immobilienfirma Recency. Sie hoffte, am Telefon ein paar Aufträge an Land zu ziehen, aber nach ein paar Stunden gab sie auf. Sie wollte sich ihre gute Stimmung nicht ganz verderben lassen, sondern an etwas Schönes denken, zum Beispiel daran, dass sie für Daniel etwas kochen wollte. Bei einem kurzen Zwischenstopp im Lebensmittelladen kaufte sie Putenhackfleisch, Brötchen und Gemüse. Dann fuhr sie weiter zum Handarbeitsladen.

Bei Jessica zu kochen war natürlich etwas ganz anderes als bei ihr zu Hause in ihrer eigenen Küche. Aber sie fand sich trotzdem schnell zurecht. Sie hackte gerade Zwiebeln und rote Paprika, als Jessica und Lydia eine kurze Pause machten und vom Laden zu ihr heraufkamen.

„Was kochst du denn Schönes?" Lydia sah ihr neugierig über die Schulter.

„Meine ganz speziellen Putenhacksteaks."

„Ah ..." Jessica deutete mit einer Kopfbewegung auf die rot-weißen Häufchen auf dem Schneidbrett. „Wie viele willst du denn machen? Soll das für die ganze Nachbarschaft reichen?"

„Nein, bloß vier Stück", antwortete Liz. Sie hielt den Atem an, denn sie wusste, welche Frage als Nächstes kommen würden.

„Soso, vier Stück? Willst du sie einfrieren? Oder sind die alle für dich?"

„Nein." Sie gab eine einsilbige, aber ehrliche Antwort.

„Und für wen sind sie dann?", bohrte Jessica lächelnd weiter.

Liz widmete sich den Zwiebeln und versuchte, ihre Antwort so beiläufig wie möglich zu geben. „Für Daniel."

„Für den Handwerker?" Jessica tat so, als sei sie schockiert.

„Den Onkel von Jonas?" Lydia war tatsächlich überrascht.

„Ja, einerseits ist er sein Onkel, aber andererseits ist er so ganz anders als Jonas."

Jessica und Lydia sahen sich verdutzt an. Deshalb setzte Liz zu einer weiteren Erklärung an.

„Ich meine, Daniel ist kein Amish-Mann, aber er hat trotzdem noch sehr viele wunderbare Charakterzüge der Amish-Leute."

„Das ist furchtbar nett, dass du so etwas sagst." Lydia musste lächeln.

„Ich bin überrascht, dass er kein Amish ist." Jessica klaubte ein Stückchen Paprika vom Schneidbrett und kaute es geräuschvoll. „Und du machst ihm Hacksteaks, weil ...? Ist seine Küche auch außer Betrieb?"

Wieder wechselten Lydia und Jessica einen Blick. Dabei blitzten ihre Augen.

Liz spürte die Hitze in ihren Wangen, während sie nach der richtigen Antwort suchte. Sollte sie ihren Freundinnen von seinen

Komplimenten erzählen und davon, wie er ihr bei ihrer finanziellen Entscheidung geholfen hatte? Oder sollte sie es einfacher darstellen? Sie entschied sich für die zweite Variante.

„Weil er mir einen Muffin mitgebracht hat."

Plötzlich musste Jessica husten. Sie verschluckte sich an dem Stückchen Paprika und bekam einen richtigen Hustenanfall.

Liz gab ihr schnell ein Glas Leitungswasser. „Ist es wieder gut?", fragte sie die Freundin besorgt.

„Ich glaube schon." Jessica hob das Kinn und räusperte sich kurz. „Aber Liz, was läuft denn da zwischen dir und dem Handwerker? Das klingt ja so, als sei es jetzt schon etwas Ernstes."

„Du bist ja drollig, Jess." Liz winkte ab. „Ich kenne Daniel doch kaum …"

„Und trotzdem … füttert ihr euch schon", stichelte Lydia mit einem verdächtigen Funkeln in ihren Augen.

„Wir füttern uns nicht. Ich revanchiere mich nur für seine nette Geste. Und bei ihm ist es sowieso anders, weil er ein Verwandter von deinem Nachbarn ist, Lydia. Deshalb habe ich das Gefühl, ihn schon länger zu kennen. Wie einen guten Freund, nicht mehr."

„Jetzt versuch dich nicht rauszureden, Liz", spöttelte Jessica.

„Es gibt nichts rauszureden." Liz öffnete die Packung mit dem Putenhackfleisch, gab es in eine große Schüssel und fügte die gehackten Zwiebeln und Paprikawürfel hinzu.

„Ganz wie du meinst, Liz." Jessica lachte leise und Liz merkte, wie sie bei diesen Andeutungen wieder errötete. Dabei war das dumm von ihr, aber trotzdem verständlich. Schließlich hatte es in ihrem Leben nur Karl gegeben. Seit ihrer Teenagerzeit hatte sie keinen anderen Freund gehabt.

„Wenn es dir nicht gefällt, dass ich hierherkomme und deine Küche benutze, kann ich dich beruhigen. Ich werde mir vielleicht einen tragbaren Grill zulegen."

„Soso, einen tragbaren Grill. In dieser Jahreszeit?"

„Es war nur so eine Idee. Diese Geräte sind nicht teuer und ich könnte mir damit ein frühes Weihnachtsgeschenk machen."

„Und du könntest auch Kebab machen – für dich und –"

Liz unterbrach Jessica, bevor sie weitersprechen konnte.

„Müsst ihr zwei nicht wieder in den Laden?"

„Wir gehen ja schon." Jessica hakte sich bei Lydia unter.

Aber als die beiden Freundinnen nach unten gingen und Liz mit ihren Gedanken allein ließen, merkte sie, wie sie schon wieder rot wurde.

Liz kam erst am späten Nachmittag nach Hause. In ihrem Auto duftete es köstlich nach Putenhacksteaks und gebackenen Süßkartoffelstücken. Sie war erleichtert, als sie sah, dass Daniels Kleinlaster noch immer vor ihrem Haus stand. Sie wäre enttäuscht gewesen, wenn er bereits weggefahren wäre. Dann hätte sie Jessica mit ihrem spontanen Überfall umsonst belästigt – obwohl Jessica und Lydia sich über ihren Besuch gefreut hatten.

Daisy begrüßte ihr Frauchen mit einem freudigen Schwanzwedeln. Liz hatte jedoch den Verdacht, dass die Hündin eher begierig darauf war, an den Plastiktüten zu schnuppern. Als sie die Tüten auf einem Bücherregal vor Daisy in Sicherheit gebracht hatte, lockte sie die temperamentvolle Hündin nach draußen, damit sie ihr Geschäft machen konnte. Dann kam sie wieder herein und betrachtete die Plastikplanen, mit denen die beiden Eingänge zu ihrer Küche zugehängt waren.

Die Planen waren heute Morgen bestimmt transparent und sauber gewesen, bevor Daniel mit seiner Arbeit begonnen hatte. Jetzt waren sie milchig weiß wie eine mit Kreide verschmierte Schultafel. Sie waren so stark verschmutzt, dass sie kaum erkennen konnte, was sich auf der anderen Seite befand. Deshalb sprang sie vor Schreck zurück, als Daniel den Plastikvorhang plötzlich zur Seite zog.

„Oh", keuchte sie. Erschrocken hob sie beide Hände.

„Entschuldigung. Ich wollte Sie nicht erschrecken." Er zog sich die staubbedeckte Schutzbrille von den Augen und ließ sie um seinen Hals baumeln. „Ich dachte, ich hätte etwas gehört."

„Ja, das haben Sie – mich." Sie lächelte ihn an. „Wie läuft es da drin?"

In seinen Augenwinkeln zeigten sich feine Fältchen, als er zurücklächelte. „Ich habe gerade Feierabend gemacht. Möchten Sie mal schauen?"

„Es sieht bestimmt aus, als hätte eine Bombe eingeschlagen."

„So ähnlich." Er zog den Vorhang ganz zurück. Der Anblick, der sich ihr bot, hatte mit ihrer Küche keine Ähnlichkeit mehr. Die Decke war freigelegt, große weiße Blöcke stapelten sich in einer Ecke, Plastikplanen lagen herum und alle Oberflächen sahen aus, als seien sie schneebedeckt.

„Wow. Hier haben Sie aber alle Hände voll zu tun."

„Es ist nicht so schlimm, wie es aussieht."

„Das ist gut, denn es sieht schrecklich aus", erwiderte sie, als sie den Plastikvorhang wieder zuzog. „Hat Daisy Ihnen Probleme gemacht, während ich weg war?"

„Nein, überhaupt nicht. Sie ist ein braves Mädchen." Er zog das inzwischen vertraut wirkende Halstuch aus seiner Tasche und wischte sich das Gesicht ab.

„Sie haben immer noch was hier oben." Sie deutete auf seinen Haaransatz. „Alles ist weiß."

„Das ist mein Haar."

„Oh nein." Sie musste lachen, weil sie in seinem dunklen Haar noch nichts Weißes und nur sehr wenig Grau bemerkt hatte, bloß seine Schläfen waren vornehm ergraut.

„Ich weiß schon, wo ich den Abend verbringen werde."

Sie sah ihn fragend an.

„Unter der Dusche." Er sah an seinen staubbedeckten Hosen herunter. „Ich sollte so schnell wie möglich weg von hier, sonst trage ich den Schmutz noch in Ihre Diele und Ihr Wohnzimmer. Wenn es für Sie in Ordnung ist, lasse ich bloß mein Werkzeug und ein paar andere Sachen in der Küche."

„Das geht schon klar. Oh!" Sie hob den Zeigefinger. „Noch etwas." Sie ging zu den Bücherregalen, um die Plastiktüten mit dem Essen zu holen. „Ich habe etwas für Sie." Sie reichte ihm eine der Tüten. „Einen Happen zu essen."

„*Jaa*? Wirklich? Ein Abendessen?" Seine Stimme klang erfreut. Er steckte sich das Halstuch in die Tasche und nahm die Tüte entgegen.

„Also ..." Sie versuchte ein lässiges Achselzucken. „Ich war bei einer Freundin und habe dort für sie gekocht. Und da habe ich ein bisschen mehr gemacht." Sie argumentierte genauso wie er heute Morgen.

„Es duftet köstlich und ich freue mich schon darauf. Vielen Dank."

„Kein Problem."

„So, dann bin ich morgen wieder da." Er nickte ihr mit seinem staubbedeckten Kopf zu.

„Das klingt doch gut." Mit einem Lächeln begleitete sie ihn zur Tür. Sie spürte, wie sehr sie sich darauf freute, ihren Handwerker wiederzusehen.

„Oh!" Er war schon fast zur Tür hinaus, als er stehen blieb und sich umdrehte. „Wir müssen jetzt nicht ins Detail gehen, aber wie ist es denn heute bei der Bank gelaufen?"

„Sehr gut."

„Sehen Sie, das habe ich Ihnen doch gesagt." Entdeckte sie da ein Aufflackern von Bewunderung in seinen Augen? „Ich habe nicht daran gezweifelt, dass Sie es hinbekommen, Liz."

„Danke, Daniel. Als sie die Tür hinter ihm zumachte, wünschte sie, sie hätte mehr gesagt, wie viel seine Worte ihr bedeuteten und wie gut es ihr getan hatte, dass wieder jemand auf ihrer Seite war.

Und sie hätte es schön gefunden, wenn er geblieben und mit ihr zusammen zu Abend gegessen hätte.

# Kapitel 15

„Cole, kannst du bitte die Tür aufmachen?“ Jessica füllte gerade das letzte Blech Gespensterplätzchen in die Dose, die für den Gruselkarneval in der Schule bestimmt waren, als es an der Tür klingelte. Bestimmt war es Derek. Plötzlich wurden ihre Wangen so warm wie das Backblech, das sie in der Hand hielt.

Sie konnte sich nicht daran erinnern, dass ihre Wangen geglüht hatten, als Derek vor vielen Jahren an ihre Tür geklopft hatte, aber jetzt war es anders. Jedes Mal, wenn sie im Laufe dieser Woche an Derek dachte, reagierte sie auf diese Art.

Sie versuchte, dieses Gefühl abzuschütteln. Deshalb warf sie einen Blick ins Wohnzimmer. Dorthin hatte Cole sich zurückgezogen und geduldig ein paar Comics angeschaut, während er auf den Beginn der Festlichkeiten wartete. Natürlich hatte er ihre Bitte gehört. Er hatte sich die Spiderman-Maske über das Gesicht gezogen und rannte zur Haustür. Seine roten Schuhüberzieher dämpften das Quietschen seiner Turnschuhe auf dem Fußboden.

„Wow! Das ist ja Spiderman!“ Derek gelang es, aufrichtig überrascht und verblüfft zu wirken, als Cole die Tür aufmachte. „Entschuldige die Störung, Spiderman. Ich habe wohl am falschen Haus geklingelt. Ich wollte zu Cole Holtz.“

„Aber das bin ich doch.“ Die Maske dämpfte das Kichern ihres Sohnes. Jessica musste schmunzeln.

„Wirklich?“

Jessica klappte den Deckel der Keksdose zu und ging ins Wohnzimmer. Sie beobachtete, wie Derek sich vorbeugte und Cole genauer betrachtete. Dann neigte er sich nach rechts und dann nach links. Er überlegte hin und her, während er ihren Sohn prüfend musterte. Sie musste sich die Hand auf den Mund legen, um ein lautes Lachen zu unterdrücken.

Endlich hob Cole seine Maske hoch.

„Tatsächlich.“ Derek machte einen Satz nach hinten und legte mit gespielter Überraschung die Hand auf die Brust. „Du bist es wirklich."

„Das hab ich doch gesagt." Cole schlug spielerisch nach Dereks Bein, aber Derek wehrte den Schlag rasch mit seiner Hand ab.

„He, sei vorsichtig mit deinen Superkräften, Kumpel. Du könntest jemanden verletzen. Stimmt's, Mutter von Spiderman?" Er warf Jessica einen Blick zu. „Ich habe nicht gewusst, dass du einen Superhelden großziehst."

„Er ist wirklich mein Supersohn."

Es freute sie – besonders für ihren Sohn –, dass Derek so gut mit Kindern umgehen konnte. Den ganzen Morgen über hatte sie schon das Gefühl gehabt, als ob etwas fehlen würde. Und dieses Gefühl täuschte sie nicht. Es fehlte nicht etwas, sondern jemand. Ihre Tante Rose, die für Cole Oma Rose war. Seit Cole in der Vorschule war, hatte sie ihn und Jessica jedes Jahr zum Gruselkarneval begleitet.

„Cole ist schon ganz aufgeregt", wandte sie sich an Derek. „Schon seit heute früh sitzt er wie auf heißen Kohlen."

„Aha. Ich glaube, das hat er von seiner Mama."

Sie warf ihm einen fragenden Blick zu und er sah ihr direkt in die Augen.

„Sag bloß, du erinnerst dich nicht mehr?" Jetzt wirkte er richtig vergnügt. „Deine Mama hat sich, als sie noch zur Schule ging, ein gruseliges Kostüm angezogen", sagte er zu Cole, „und dann ist sie hinter Türen oder Möbelstücken hervorgesprungen, um mich zu erschrecken."

Sie wusste nicht, ob sie diese Erinnerung peinlich oder witzig finden sollte. „So etwas habe ich gemacht?"

„Ich glaube, sie wollte mich verscheuchen", flüsterte er Cole zu.

„Mami hat versucht, dich zu verscheuchen?" Ihr Sohn wirkte verwirrt.

„Ja, klar, aber es hat nicht funktioniert. Ich bin immer noch da." Derek musste über seinen eigenen Scherz lachen.

„Ich wollte dich nicht verscheuchen, es war nur … es hat dir doch nichts ausgemacht."

Das entsprach der Wahrheit. Während andere aus ihrem Freundeskreis damals vielleicht meinten, sie sei komisch oder „uncool", und nicht verstehen wollten, dass sie sich bloß ein bisschen amüsieren wollte, hatte Derek es einfach hingenommen. Wie bei allem, was sie getan hatte.

So war es ihr auch mit ihrer verpatzten Einladung zum Essen gegangen. Erst als die Woche fast um gewesen war, hatte sie einen Blick auf den Kalender geworfen und festgestellt, dass der Gruselkarneval am selben Tag stattfand wie das vereinbarte Essen. Darum hatte sie Derek gefragt, ob sie nach der Party zusammen essen könnten. Auch das war für ihn kein Problem gewesen. Er hatte sie sogar gefragt, ob er sie zum Gruselkarneval begleiten dürfe.

„So, seid ihr jetzt fertig?“ Derek klatschte in die Hände. „Vielleicht halten wir auf dem Weg zur Schule an und lassen dich an einem Hochhaus hochklettern, Spiderman.“

Bei diesem Vorschlag leuchteten die Augen ihres Sohnes auf, auch wenn er genau wusste, dass es nicht ernst gemeint war. Und damit war die Sache klar. Ihr bester Freund aus Kindertagen war Coles neuer bester Freund. Auf dem ganzen Weg plapperte er ununterbrochen und erzählte Derek Witze, die er sich früher immer für seine Oma Rose aufgespart hatte.

Während sie zuhörte, wie Cole weiterplapperte, war Jessica dankbar, dass ihr Sohn sich so wohlfühlte und fast wieder der Alte war.

„Was machst du, wenn du Dracula, Frankensteins Monster und das Ding aus dem Sumpf triffst?“, fragte er Derek.

„Ich weiß nicht.“

„Hoffen, dass sie zu einem Maskenball gehen!“

„Ha, der ist gut“, sagte Derek und damit motivierte er Cole zu weiteren Scherzfragen.

„Wo macht ein Skelett Urlaub?“

„Das weiß ich nicht, aber wetten, dass du es weißt“, erwiderte Derek.

Cole reagierte mit einem lebhaften Kopfnicken. „Am Toten Meer!“

Ihr fiel auf, dass Derek es wunderbar gelang, sich ganz auf ihren Sohn einzustellen. Aber nach der vierten Scherzfrage schaltete sie sich ein und schlug Cole vor, sich die anderen Fragen für die Heimfahrt aufzuheben.

Derek sah mit einem entspannten Lächeln zu ihr herüber, als ob sie solche Augenblicke mit Cole schon oft erlebt hätten. Sie sah aus dem Fenster, weil sich ihre Gedanken überschlugen. Sie wollte sich nicht vorstellen, wie es gewesen wäre, wenn … oder wie es sein könnte … Deshalb war sie froh, als sie bei der Schule ankamen und auf den Parkplatz fuhren.

In der Eingangshalle der Schule drängten sich die Eltern zusammen mit Ballerinen, Gespenstern, Bräuten, Monstern und vielen weiteren Superhelden.

Als sie die Plätzchen am großen Büfett abgegeben hatte, stellte sie sich in die lange Warteschlange am Empfang, um Tickets für die Spiele zu kaufen. Derek und Cole warteten, bis sie an der Reihe war. Sie sah, wie sie auf die unterschiedlichen Kostümierungen deuteten und sich köstlich amüsierten. Als sie fertig war, gesellte sie sich zu ihnen – mit einer Papierschlange aus Tickets, die fast so lang war wie Cole groß.

Ihr Sohn war begierig darauf, alle Tickets zu verwenden, und so griff er nach ihrer und Dereks Hand. Dann bahnten sie sich zu dritt mit Cole in der Mitte einen Weg durch die überfüllten Flure. Unterwegs machten sie halt in verschiedenen Klassenzimmern und konnten bei den Spielen mitmachen und Preise gewinnen. Das Beste war jedoch ein Spiderman-„Tattoo“, das er sich auf die Wange malen ließ.

„Ich will noch raten, wie viele Kürbiskerne im Glas sind“, verkündete er.

„Das ist immer in der Bibliothek, glaube ich“, erwiderte Jessica. „Am Ende des Gangs müssen wir nach links.“

„Mami hat letztes Jahr richtig geraten“, wandte sich Cole an Derek.

„Ach ja?“ Er sah über Coles Kopf hinweg zu ihr herüber und hob eine Augenbraue. „Und was hast du gewonnen?“

„Du meinst, neben der Bewunderung meines leicht zu beeindruckenden Sohnes?“ Sie lächelte. „Ich habe Zuckerwatte gewonnen und nicht bloß die rosafarbene, sondern auch die blaue.“

„Aber Zuckerwatte hast du doch noch nie gemocht.“ Er beugte sich näher zu ihr. „Konntest du diesen Preis denn wenigstens gegen einen anderen austauschen?“

Sie war überrascht, dass er sich an solche Kleinigkeiten erinnerte. „Nein, es war Zuckerwatte oder gar nichts. Da staunst du, was?“

„Ich bin beeindruckt von dir. Das bin ich schon immer gewesen."

Sein Blick ruhte auf ihr und in seinen Augen schien noch etwas anderes als Anerkennung zu glänzen. Aber sie nahm an, dass Derek Reeves bloß seinen üblichen Charme versprühte. Deshalb tat sie seine Bemerkung mit einem Achselzucken ab, als sie weiter Richtung Bibliothek gingen. Sie hatten gerade das Ende des Gangs erreicht, als Rob Mitchell, ein früherer Mitschüler, ein großer, kräftiger Mann mit einer entsprechend sonoren Stimme, von der anderen Seite laut hinter ihnen herrief.

„Derek! Jessica!", brüllte er.

Sie und Derek winkten ihm zu und wollten es bei einem freundlichen Gruß belassen. Aber Rob drängte sich durch die Leute, ohne darauf zu achten, dass er andere dabei anrempelte.

„Na, diesen Anblick sieht man nicht alle Tage", dröhnte sein lautes Organ, während er ihre Dreiergruppe in Augenschein nahm.

„Ja, das ist Cole." Jessica legte ihrem Sohn die Hände auf die Schultern. „Ist er nicht ein toller Spiderman?"

„Nö, die Rede ist nicht von Spiderman. Hier laufen viele von ihnen herum." Rob winkte mit seiner großen Pranke ab. „Ich rede von euch beiden. Seit wann seid ihr wieder zusammen?"

„Äh, wir …" Jessica schüttelte den Kopf und warf Derek einen Blick zu, während Cole sich auf die Unterlippe biss. Das war ein sicheres Zeichen für seine Verwirrung.

„Wir machen heute bloß die Runde mit Cole", sagte Derek schließlich zu Rob. Und weil er seit seiner Kindheit viel Übung darin hatte, unbequemen Fragen auszuweichen, stellte er Rob schnell eine Gegenfrage, die ihn ablenkte.

Im Laufe des Nachmittags war Rob jedoch nicht der Einzige, der davon ausging, dass sie beide wieder zusammen waren. Bevor sie das Schulfest verließen, begegneten sie noch anderen Ehemaligen, die alle davon ausgingen, dass sie schon immer ein Paar gewesen seien. Andere wieder warfen ihnen bloß wissende, verstohlene Blicke zu, als ob ihr Geheimnis bei ihnen sicher sei, obwohl es gar kein Geheimnis gab.

Derek wirkte dabei vollkommen ungerührt und gelassen. Er brachte es fertig, den Gesprächen immer eine andere Wendung zu geben. Aber Jessica konnte mit diesen bohrenden Fragen und Anspielungen nicht so entspannt umgehen. Sie musste unbedingt mit Derek darüber reden.

Sie wartete ab, bis sie zusammen gegessen hatten und Cole es sich im Wohnzimmer mit einem neuen Video auf dem Sofa bequem gemacht hatte. Dann ging sie in die Küche, wo Derek schon den Tisch abräumte.

„Derek, das brauchst du nicht zu machen." Sie versuchte, ihm die Schüsseln abzunehmen, aber er schaffte es schneller zur Spüle als sie.

„Das ist doch eine Kleinigkeit." Er zuckte mit den Schultern. „Dein Chili war wirklich gut, genauso gut wie der Käsetoast."

„Na ja … Entschuldige, dass wir so spät gegessen haben." Sie lehnte sich an die Arbeitsplatte. Zunächst wusste sie nicht so recht, wie sie das Thema anschneiden sollte. „Es war ein ziemlich hektischer Tag in der Schule, findest du nicht auch?"

„Machst du Witze? Cole ist ein toller Bursche, Jess. Wir haben so viel Spaß zusammen gehabt", fügte er hinzu. Das war ihr Stichwort.

„Auch wenn die Leute so getan haben, als ob wir zusammen sind? Ich meine … du weißt schon …" Sie legte beide Hände zusammen. „*Richtig* zusammen."

Er reagierte mit einem seltsamen Lächeln. „Und das beschäftigt dich?" Er verschränkte die Arme vor der Brust, lehnte sich an die Spüle und sah ihr direkt in die Augen. „Ich habe geglaubt, dass du auch jede Menge Spaß gehabt hast."

„Ja, das habe ich auch. Aber dieses Gerede … Warum können die Leute sich nicht um ihren eigenen Kram kümmern?"

„Wir sind hier in einer Kleinstadt, Jess. Das weißt du doch. Die Leute brauchen was zum Reden." Er tat die Sache mit einem lässigen Achselzucken ab. „Und diesmal waren eben wir das Tagesgespräch."

„Aber warum müssen die Leute über uns reden?", wollte sie wissen. „Klar, wir waren gute Freunde, aber doch nie mehr als das. Und jetzt … jetzt hat sich alles verändert. Wir haben uns verändert."

„Wirklich? Meinst du, wir sind so anders als früher?" Er stieß sich von der Spüle ab und stand kerzengerade da.

„Natürlich, Derek. Und warum auch nicht? Sieh uns doch an und das Leben, das wir heute führen."

Er sah zu Boden und dann hob er den Kopf. „Ich weiß nicht, Jess. Ich glaube, du reagierst zu heftig auf das alles, meinst du nicht auch?"

„Warte erst mal die nächsten Wochen ab. Denn das Gerede ist noch nicht zu Ende." Sie schüttelte den Kopf, obwohl sie wünschte, es wäre anders. „Die Leute denken bestimmt, dass du jetzt, nach dem Tod von Tante Rose, hierher zurückgekommen bist, um mich zu ‚retten'. Und ich ..." Ihre Stimme wurde schwächer, weil sie plötzlich von einem Ansturm der Gefühle überrascht wurde. „Ich will nicht, dass du so denkst, Derek. Das ist dir gegenüber nicht fair. Du fängst hier gerade erst ein neues Leben an und die Leute wollen dir jetzt schon vorschreiben, wie dieses Leben auszusehen hat."

Und dann könntest du dich von ihnen vertreiben lassen.

Aber als ihr dieser Gedanke kam, machte er einen Schritt auf sie zu, fasste sie an den Händen und hielt sie fest.

„He, Jess, es ist alles okay", sagte er leise. „Du regst dich auf wegen einer Nichtigkeit." Er wartete einen Augenblick, damit sie sich beruhigen konnte, bevor er weitersprach. „Weißt du, es ist schon lange her – ich glaube, ich war acht Jahre alt –, da habe ich gelernt, dass die Leute sowieso denken, was sie denken wollen. Ich habe keinen Einfluss darauf und du auch nicht."

Sie nickte, weil sie wusste, dass er recht hatte. Das hatte auch auf sie zugetroffen, als sie nach Sugarcreek zurückgekehrt war, unverheiratet und schwanger. Damals hatte sie den Leuten einen guten Grund für ihren Tratsch gegeben, aber sie hatte es auch verdient.

„Und ich verspreche dir eins. Wegen mir brauchst du dir keine Gedanken zu machen." Er drückte ihre Hände ein bisschen fester. „Ich bin hierher zurückgekommen, nicht weil ich es muss, sondern weil ich es will."

Sie nickte wieder und flüsterte heiser: „Gut, in Ordnung." Dabei lief ihr eine Träne über die Wange.

„Und das, was du zuletzt gesagt hast ... dass wir uns so stark verändert haben. Ich habe immer gedacht, auf uns – dich und mich – trifft zu, was auf dem einen Autoaufkleber steht."

„Wie meinst du das?"

„Ich meine den Aufkleber, der wie eine Hundepfote aussieht und auf dem steht: *Wer rettet hier wen?*"

„Oh, Derek!" Jetzt sprudelte das Lachen aus ihr heraus. Am

liebsten wäre sie ihm um den Hals gefallen, so froh war sie, dass er wieder ein Teil ihres Lebens war. Aber sie hielt sich zurück und verschränkte stattdessen die Arme vor der Brust. „Du hast recht. Das ist ja so wahr."

Obwohl Tante Rose ihr ein behütetes Leben ermöglicht hatte, ein Leben, für das sie dankbar war, hatte sie in ihrer Kindheit auch Schicksalsschläge und Unglück erfahren, genau wie Derek. Deshalb verstanden sie und Derek sich so gut.

„Du hast mir so sehr gefehlt." Sie war gefangen zwischen Lachen und Weinen. „Du bist so … so …" Sie sah zu ihm hoch, weil ihr die richtigen Worte fehlten.

„So toll? Wunderbar? Gut aussehend?", ergänzte er mit einem verschmitzten Grinsen.

„Ich würde ja sagen alles zusammen, wenn dir das nicht zu Kopf steigen würde."

„Das wird es nicht, versprochen. Sag es ruhig."

„Du bist heute wirklich ganz wunderbar mit Cole umgegangen. Manchmal können kleine Jungs ziemlich anstrengend sein – mehr noch als große Jungs."

Seine Augen blitzten vor Heiterkeit. „Nun, ich habe ja auch Übung im Umgang mit kleinen Jungs. In Wisconsin habe ich mit sozial benachteiligten Kindern gearbeitet – in einem Kung-Fu-Zentrum nicht weit weg von meiner Wohnung."

„Du kannst Kung-Fu? Und was sagt deine Schulter dazu?"

„Wie … meine Schulter?" Er sah sie verdutzt an.

„Ja, deine rechte Schulter. Du hast doch die Mädels immer gebeten, sie mit Schmerzgel einzureiben. Nach dem letzten Spiel der Football-Saison hattest du solche Schmerzen, dass du befürchten musstest, sie würde nie mehr richtig heilen."

Plötzlich färbte sich sein Gesicht rosa.

„Oh, Derek Reeves." Sie schüttelte den Kopf. „Du bist ja so ein Schuft."

*„War"*, korrigierte er sie. „Ich war ein Schuft. Und ich sollte jetzt lieber gehen, bevor wir weiter in Erinnerungen schwelgen."

Er zog den Reißverschluss seiner grauen Fleecejacke hoch. „Außerdem brauche ich meinen Schlaf wie Spiderman. Morgen habe ich Frühschicht."

Jessica folgte ihm, als er die Küche verließ. Sie blieben beide einen Moment lang stehen und betrachteten den friedlich auf dem Sofa schlummernden Cole.

„Dein Cole ist ein echtes Juwel, Jess", sagte Derek, als sie die Haustür erreichten.

„Ja, das ist er. Noch mal danke, dass du heute dabei warst, Derek."

„Wie gesagt, ich habe es wirklich genossen. Aber ..." Er tippte ihr mit dem Zeigefinger auf die Nasenspitze. „Jetzt bist du mir etwas schuldig."

„Etwas schuldig?" Sie lachte leise.

„Blackwell feiert am nächsten Samstag seine Abschiedsparty."

„Und wie kann ich dir da helfen? Einen Anzug aussuchen? Eine Krawatte?"

„Ob du es glaubst oder nicht, ich ziehe mich schon eine Zeit lang ohne fremde Hilfe an", erwiderte er mit gespieltem Spott in der Stimme. „Nein, ich brauche eine Begleiterin."

„Eine Begleiterin?" Sie tat entsetzt. „Sag bloß, dass es dir noch nicht gelungen ist, die Mädels in dieser Stadt wieder für dich zu gewinnen?"

Er winkte lässig ab. „Kurz und gut, du schuldest mir etwas. Bist du dabei?"

„Klar." Sie sah ihm direkt in die Augen. Seine schönen hellblauen Augen. „Wozu hat man schließlich Freunde?"

„Prima." Er machte die Tür auf. Ein Schwall eiskalter Luft strömte herein und kühlte Jessicas heiße Wangen. „Ich rufe dich an und gebe dir die genaue Uhrzeit durch."

„Das klingt doch gut." Sie nickte und wippte mit den Füßen. „Pass auf dich auf, Hilfssheriff", sagte sie und meinte jedes Wort ernst.

„Wie immer." Er nickte ihr zum Abschied zu.

Als sie Tür abgeschlossen hatte, tappte Jessica leise ins Wohnzimmer zurück und ließ sich neben ihrem schlafenden Sohn auf dem Sofa nieder. Nach diesem ereignisreichen Tag träumte er bestimmt von Superheldentaten und Superhelden. Sie schloss die Augen und musste lächeln.

Ja, sie lächelte.

# Kapitel 16

Lydia war froh, dass sie vor dem Gottesdienst genügend Zeit eingeplant hatte, um Flora vor die Kutsche zu spannen. Das Pferd machte es ihr wieder einmal nicht leicht. Ja, Flora schien sich sogar über sie zu ärgern.

„Flora, altes Mädchen, du glaubst es mir vielleicht nicht, aber mir haben unsere Kutschfahrten wirklich gefehlt." Lydia stand mit dem Zaumzeug in den Händen da. In den letzten Minuten hatte sie alles getan, um dem Pferd zu schmeicheln. Flora dagegen schüttelte kräftig den Kopf, so als ob sie zwar jedes Wort von Lydia verstand, ihr aber nicht glaubte.

„Es ist wirklich wahr", versuchte Lydia es von Neuem. „Ich denke, du verstehst es inzwischen. Ich kann dich nicht jeden Tag mit in die Stadt nehmen, wenn ich arbeite. Das würde dir gar nicht gefallen. Ein hübsches Mädchen wie du sollte nicht den ganzen Tag lang auf dem Parkplatz herumstehen."

Sie streckte die Hand aus und strich sanft über Floras Mähne. „Heute ist Sonntag und heute können wir endlich zusammen sein. Willst du das etwa nicht?"

Allmählich schienen ihre honigsüßen Worte eine beruhigende Wirkung auf Flora zu haben. Aber erst als von der Einfahrt her der Hufschlag eines Pferdes zu hören war, stand die Stute still.

„Und ist Flora brav heute?", rief Jonas ihr von seiner Kutsche aus zu. „Vielleicht möchtest du mit mir zum Gottesdienst fahren."

„*Danki*, Jonas, aber ich glaube, wir zwei Mädchen sollten heute Morgen ein bisschen Zeit miteinander verbringen. Ich hoffe, ihr zwei Jungs nehmt es mir nicht übel." Sie nickte ihm und dem Hengst zu.

Gutmütig wie er war, musste Jonas lachen. „Brauchst du Hilfe beim Einspannen?"

„*Nee*, aber trotzdem vielen Dank. Solange wir beide nicht die Geduld verlieren, ist alles gut."

„Okay.“ Sie konnte sehen, dass seine dunklen Augen besorgt blickten, aber anstatt ihr eigenes Bemühen kleinzureden, nahm er sie beim Wort und tippte grüßend an die Krempe seines schwarzen Filzhuts. „Dann sehe ich euch beide bei den Keims“, sagte er, bevor er seine Kutsche wendete und Richtung Straße fuhr.

Lydia wusste nicht, ob es am anderen Pferd und Floras Instinkt, ihm zu folgen, lag, aber plötzlich war die Stute nicht mehr so bockig. Sie blieb ruhig stehen, während Lydia ihr das Zaumzeug anlegte, und ließ sich im Nu vor die Kutsche spannen.

Das Tier schien sogar die frühmorgendliche Ausfahrt zu genießen. Es trabte gemächlich die Straße entlang, während goldgelbe Blätter von den Bäumen auf den Weg fielen. Lydia dagegen spürte, wie sich ihr Magen zusammenzog, je näher sie dem Anwesen der Familie Keim kamen. Als sie Flora in die Einfahrt des Grundstücks lenkte, knöpfte sie sich die Jacke auf und zog an den Bändern ihrer Kapp, weil ihr plötzlich unangenehm warm war.

Es war nicht richtig, dass sie eine solche Angst vor der Zeit der Anbetung im Gottesdienst hatte und sich unwohl fühlte unter Menschen, die ihren Glauben teilten … Sie fühlte sich so fehl am Platze, dass sie hätte heulen können. Dabei hatten ihr die Nachbarn nichts zuleide getan. Nein, es lag an ihr selbst.

Henry hatte nach dem Gottesdienst nie zum Mittagessen bleiben wollen, um mit den anderen Leuten zu plaudern. Es war selten vorgekommen, aber wenn, dann hatte er dafür gesorgt, dass ihr Aufenthalt nur von sehr kurzer Dauer war.

Wenn der Gottesdienst jedoch auf ihrem Anwesen stattfand, war Henry der freundlichste und großzügigste Gastgeber gewesen. Aber am nächsten Sonntag, wenn Lydia gehofft hatte, dass sie endlich einmal länger bleiben und die anderen Mitglieder ihrer Gemeinschaft besser kennen lernen könnte, hatte Henry wieder das Sagen gehabt. Gleich nach dem Gottesdienst hatte er sie mit sich zur Kutsche gezogen und war nach Hause gefahren, damit sie „einen ruhigen Sonntagnachmittag genießen“ könnten.

Und wie ruhig diese Sonntage gewesen waren! Er hatte sich in der Scheune mit irgendeiner Kleinigkeit beschäftigt, während sie im Haus gesessen und sich danach gesehnt hatte, mit jemandem reden zu können.

*Eins muss ich dir sagen, Henry: Ich kann es nicht mehr so machen, wie du es immer wolltest.*

Jetzt wurden ihr die Sonntagnachmittage lang und sie fühlte sich unendlich einsam. Das lag nur daran, dass sie die anderen Teilnehmer des Gottesdienstes nicht so gut kannte, wie sie es sich immer gewünscht hatte. Sie fühlte sich aus dieser kleinen Gemeinschaft ausgeschlossen. Niemand hatte sie angesprochen, denn die anderen meinten bestimmt, dass sie allein bleiben und in Ruhe gelassen werden wollte. Man war ihre Zurückhaltung ja gewohnt.

Aber heute sollte sich das ändern. Hoffentlich verlor sie nicht vorher die Nerven und musste den Gottesdienst Hals über Kopf verlassen. Deshalb hatte sie auch das Angebot von Jonas ausgeschlagen und war selbst gefahren.

Als sie Flora neben den anderen Kutschen angebunden hatte, machte sie sich auf den Weg zur Scheune der Keims. Diese Familie hatte schon so häufig die Gottesdienste auf ihrem Anwesen abgehalten, dass ihr die Umgebung vertraut war und sie sich nicht erst zurechtfinden musste. Wie üblich war die Scheune für die Gebetszeit leer geräumt und Holzbänke aufgestellt worden. Auf der einen Seite saßen die Frauen mit ihren Häubchen und auf der anderen Seite, ihnen gegenüber, die Männer, die ihre Hüte abgelegt hatten. In der Mitte war der freie Platz für den Prediger. Ein paar kleine Jungen saßen auf den Stufen, die auf den Heuboden hinaufführten, und blickten auf den Gottesdienstraum herab.

Als Lydia auf einen freien Platz am Ende einer Bank schlüpfte, war die Frau rechts von ihr in ein Gespräch mit einer anderen Gottesdienstbesucherin vertieft. Sie schien sie gar nicht zu bemerken. Aber kurz bevor der Gottesdienst begann, entdeckte sie Jonas in der Gruppe der Männer. Ihr Nachbar lächelte ihr zu, und obwohl er weit entfernt von ihr saß, konnte sie die Wärme in seinem Blick spüren.

Diese freundliche Geste riss sie aus ihrer Grübelei. Jetzt konnte sie sich auf den Gottesdienst konzentrieren und ihren mächtigen und gütigen Gott loben. Hatte er sie nicht sicher hierhergebracht? Und sie war unter Freunden. Aber würde sie den Mut aufbringen, endlich Freundschaften zuzulassen? Gott war immer bei ihr, das wusste sie. Und heute brauchte sie seine Hilfe, denn sie wollte nicht frühzeitig nach Hause flüchten. Sie wollte hierbleiben und die Menschen, die Gott genauso liebten und anbeteten wie sie, näher kennenlernen.

Als der Gottesdienst drei Stunden später zu Ende war und die Männer für das Mittagessen Tische in die Scheune trugen, rebellierte ihr Magen wieder. Lydia nahm allen Mut zusammen und ging zu einem der Tische. Dort hantierte eine Frau, von der sie nicht einmal den Namen wusste, mit Tellern und Besteck.

„Kann ich dir helfen?" Obwohl sie nervös war, klangen diese Worte so natürlich, als würde sie im Handarbeitsgeschäft eine Kundin ansprechen.

„*Jaa*, das wäre *guud. Danki*, dass du gefragt hast." Die Frau lächelte sie an. „Am besten fängst du auf der einen Seite an und ich auf der anderen." Sie reichte Lydia Teller und Servietten. „Zusammen decken wir die Tische im Nu und alle können anfangen zu essen. Ich glaube, ich habe während des Gottesdienstes ein paar knurrende Mägen gehört."

„Das kann meiner gewesen sein." Lydia verteilte die Teller auf dem Tisch. „Aber bitte verrate mich nicht."

Die andere Frau lachte. „Ich verrate dich nicht, wenn du mich nicht verrätst. Übrigens, ich bin Sarah."

„Hallo, Sarah. Ich bin Lydia." Sie hielt kurz inne. „Meine Schwester heißt auch Sarah."

„*Jaa?*" Sarah hörte kurz mit ihrer Arbeit auf. „Ist sie jünger oder älter als du?"

„Jünger."

„Ich habe auch eine jüngere Schwester." Sarah lächelte sie an. Plötzlich war das Eis zwischen ihnen gebrochen. Die beiden unterhielten sich angeregt, während sie die Teller verteilten.

Als sie mit dem Decken fertig waren, ging Sarah weg, um nach ihren Kindern zu sehen. Lydia wusste genau, was sie als Nächstes zu tun hatte, und genau davor graute ihr.

Sie setzte einen Fuß vor den anderen, ein entschlossener Schritt folgte auf einen furchtsamen, während sie den Windungen des Fußwegs von der Scheune zum Haus der Familie Keim folgte. Dort waren die anderen Frauen mit der Zubereitung des Mittagessens beschäftigt.

Die Haustür stand bereits offen, als sie dort ankam. Trotzdem zögerte sie. Sie hatte Angst vor einer peinlichen Stille, sobald sie über die Schwelle ging. Die anderen Frauen würden geschäftig hin und her eilen. Schließlich kannten sie sich alle, wussten, was zu tun war und wohin sie gehörten. Sie dagegen würde sich wie eine Außenseiterin fühlen.

Natürlich konnte sie dieser unangenehmen Situation auch ausweichen, indem sie jetzt sofort nach Hause fuhr.

Aber dort würde sie sich allein und mutlos fühlen und sie wäre wütend auf sich selbst, weil sie es nicht wenigstens versucht hatte.

Als sie noch einmal diese Möglichkeiten gegeneinander abgewogen hatte, ging sie schließlich ins Haus. Und alles war genau so, wie sie es sich vorgestellt hatte. Sie ging an fleißig arbeitenden Frauen vorbei und bahnte sich einen Weg in die Mitte der Küche, weil sie sehen wollte, was es für sie zu tun gab.

Wie erwartet traf sie dort auf weitere Frauen, die in alle Richtungen hasteten und sehr beschäftigt waren. Was sie nicht erwartet hatte, war die Art, wie man sie begrüßte.

„Lydia?"

Sie war keine zehn Sekunden in der Küche, als Ruth Keim aufsah und sie bemerkte. Sofort stellte die ältere Frau die Rührschüssel zur Seite und kam auf sie zu. „Lydia!", sagte sie wieder. Ihre Überraschung verwandelte sich in Entzücken. Sie nahm Lydia fest in die Arme. „Du bleibst wirklich zum Mittagessen, *jaa*?"

Lydia nickte.

„Oh, *danki*, lieber Gott." Dabei umarmte Ruth Lydia noch einmal. „Unsere Gebete sind erhört worden. Stimmt's, Abby?"

Ruths Tochter Abigail stand an der Spüle. Sie schälte gerade Gurken. Auf den freudigen Ausruf ihrer Mutter hin ließ sie ihre Arbeit liegen und trocknete sich die Hände an ihrer Schürze ab.

„Wir freuen uns so sehr, dass du hier bist, Lydia." Und auch Abigail begrüßte Lydia mit einer Umarmung.

Lydia spürte einen Kloß im Hals, weil sie zutiefst gerührt war, dass diese Frauen an sie gedacht, ja sogar für sie gebetet hatten. Sie brachte die inzwischen so vertrauten Worte kaum heraus. „Kann ich … kann ich … euch helfen?"

„Kannst du helfen?" Abigail nahm ihre Hand. „Und ob du das

kannst. Du glaubst doch nicht, dass wir dich gehen lassen, ohne dass du hier mithilfst?"

Abigail legte Lydia den Arm um die Schultern und zog sie zum Küchentisch. Sie deutete auf die Servierplatten, die daraufstanden. „Könntest du erst mal die belegten Brote ein Mal durchschneiden, damit sie für alle reichen?", fragte sie.

„Das mache ich doch gerne." Lydia lächelte Abigail an. „Sehr gerne sogar", erwiderte sie und jedes Wort kam direkt aus ihrem Herzen.

Lydia war noch satt von dem späten Mittagessen nach dem Gottesdienst und erfüllt von den Begegnungen mit den anderen Frauen. Deshalb hatte sie keinen großen Appetit auf ein Abendessen. Als sie ein wenig Rührei gegessen und eilig die Küche aufgeräumt hatte, machte sie es sich im Wohnzimmer mit ihrer Strickarbeit in einem Sessel bequem.

Das zweite Paar Babyschühchen, das sie gerade strickte, wurde noch hinreißender als das erste. Durch ihre Arbeit im Handarbeitsladen entdeckte sie ständig neue Muster und Anleitungen, die ihr gefielen und die sie gerne ausprobieren wollte. Der Geburtstermin ihrer Freundin Rebecca rückte immer näher und so würden die gestrickten Schühchen bald zum Einsatz kommen. Seitdem sie regelmäßig in die Bäckerei ging, um mit Rebecca zu plaudern, war ihr die Freundin ans Herz gewachsen. Deshalb wollte sie ihr und dem sehnsüchtig erwarteten Baby etwas Gutes tun.

Aber jedes Mal, wenn sie auf die Anleitung sah, fiel ihr Blick wie zufällig auf dieselbe Stelle, auf die Decke, die über die Lehne von Henrys Sessel drapiert war. Die Decke, die Jessica und Liz aus den Hemden ihres Mannes genäht hatten.

Diese Decke ließ ihr keine Ruhe.

Sie ließ die Stricknadeln sinken, starrte die Decke an und dachte wieder einmal über ihren Mann nach.

Die schöne Zeit, die sie mit den anderen Gottesdienstbesuchern verbracht hatte, hatte sie als etwas ganz Besonderes empfunden. Warum hatte Henry nach dem Gottesdienst nie zum Essen bleiben wollen, um die Gemeinschaft mit den anderen zu genießen?

War er etwa von ihr als Ehefrau enttäuscht gewesen? Hatte er sich vielleicht für sie geschämt? Oder hatte er ganz andere Gründe für seine Menschenscheu gehabt?

So vieles ergab keinen Sinn, vieles klang in ihren Ohren unglaubwürdig. Ihr war vorher noch nie bewusst geworden, dass sie genug hatte von den verletzten Gefühlen und der Geheimnistuerei, von der Trauer um jemanden und dem Zusammenleben mit einem Mann, den sie nie wirklich gekannt hatte.

# Kapitel 17

Liz drehte sich im Bett um und warf einen verzagten Blick auf die Uhr, die auf ihrem Nachtschränkchen stand. Es war zwanzig nach sieben. Der Wecker hatte pünktlich um fünf vor sieben geläutet, aber sie war liegen geblieben. Sie hörte kaum das flüsternde Geräusch des Nieselregens auf der Fensterscheibe, während sie auf die Schattenbilder an der Decke des Schlafzimmers starrte. Aber der Anblick war nicht sehr erbaulich. Und sie bekam dort auch keine Antwort auf ihre Fragen.

So empfand sie in den letzten Wochen ihr ganzes Leben.

Es war beunruhigend, denn es war vollkommen aus dem Takt geraten.

Zunächst hatte sie dieses Problem auf die Turbulenzen in ihrer Küche geschoben. Sie fühlte sich ruhelos und nicht ausgelastet, wenn sie nicht kochen konnte.

Aber Daniel war ja jeden Tag hier, um die alte Decke ganz zu entfernen und eine neue einzuziehen. Sie war zuversichtlich, dass sie in ihrer Küche schon bald wieder würde kochen können. Er war tatsächlich ein begnadeter Handwerker, genauso wie Lydias Nachbar ihn geschildert hatte.

Trotzdem verdrängte diese Zuversicht nicht die tief sitzende Beklommenheit, die an Liz nagte, diese Ahnung, dass nicht nur ihre Küche reparaturbedürftig war.

Sie lag viele Nächte lang wach, grübelte und betete im Dunkeln, weil sie nicht wusste, ob sie sich mit ihrer Arbeit als Immobilienmaklerin über Wasser halten konnte. Im letzten Jahr hatte sie mehr in ihren Job investiert als jemals zuvor – mit mehr Einträgen in den sozialen Medien, mit mehr Telefonaten. Sie hatte alles Mögliche versucht, um neue Kunden zu gewinnen. Obwohl diese Strategien bei den Kollegen im Büro erfolgreich waren, schienen sie bei ihr nicht zu greifen.

Ihre Aussichten auf gute Umsätze waren mehr als düster. Aber … Wenn sie von ihrer Arbeit als Immobilienmaklerin nicht mehr leben konnte, was sollte sie stattdessen tun? Schließlich wurde sie nicht jünger. Sie hatte nur sehr wenige Alternativen. Zumindest fielen ihr keine anderen Möglichkeiten ein.

Aus diesem Grund lag sie immer noch im Bett – eine halbe Stunde, nachdem ihr Wecker geklingelt hatte.

„Ich weiß einfach nicht mehr weiter, Daisy. Die Puzzleteile meines Lebens passen überhaupt nicht mehr zusammen."

Als die Hündin ihren Namen hörte, erhob sie sich von ihrem Platz am Fußende des Bettes und kuschelte sich an Liz.

„Danke, altes Mädchen." Sie seufzte. „Und mach dir keine Sorgen. Es wird alles gut. Ich komme aus diesem dunklen Loch wieder raus. Das habe ich immer geschafft."

Aber anstatt aufzustehen, blieb sie einfach liegen. Sie suchte verzweifelt nach einer Lösung für ihr Problem, aber in ihr war eine Leere wie auf den Seiten ihres Terminplaners in letzter Zeit. Plötzlich warf sie einen Blick auf die Uhr. In einer Viertelstunde würde Daniel hier sein, bereit, mit der Arbeit zu beginnen.

„Raus aus den Federn!", sagte sie zu Daisy. Aber als sie endlich aus dem Bett krabbelte, wusste sie nicht, was sie anziehen oder für wen sie sich zurechtmachen sollte. Sie hatte keine Ahnung, was sie den ganzen Tag lang machen sollte. Bis auf eine kurze Stippvisite im Handarbeitsladen wollte ihr nichts einfallen.

Dass sie nichts mit sich anzufangen wusste, war vollkommen untypisch für sie. Sie holte eine schwarze Sporthose aus dem Kleiderschrank zusammen mit einem verwaschenen blassrosa T-Shirt. Und weil es im Haus noch ein wenig kühl war, zog sie ihr Lieblingsstück von einem Bügel herunter – eine abgetragene, lilafarbene Kapuzenjacke.

Als sie schnurstracks ins Bad eilte, erschrak sie vor ihrem eigenen Spiegelbild. Sie sah aus, als hätte sie die ganze Nacht im Kampf mit einem Grizzlybären verbracht.

Als sie sich hastig die Zähne geputzt hatte, spritzte sie sich eiskaltes Wasser ins Gesicht, in der Hoffnung, ihre übernächtigte Haut ein wenig aufzufrischen. Aber als sie ihr Gesicht trocken tupfte, merkte sie, dass diese Maßnahme nicht viel geholfen hatte.

Also musste jetzt Feuchtigkeitscreme her. Richtig viel. Und dann ein bisschen Farbe. Sie begann mit fünf Tupfen Make-up, das sie gut verteilte. Auf die Lippen kam ein bisschen weinroter Lippenstift, auf die Wangen pinkfarbenes Rouge. Jetzt noch ein wenig braunschwarze Wimperntusche, bevor sie ihre Augen hinter ihrer Brille versteckte. Dann fuhr sie sich mit beiden Händen durch die Haare, damit die Spitzen schön hochstanden. Sie war noch nicht ganz fertig damit, als es klingelte.

*Daniel!*

Munter sprang Daisy vor ihr die Treppenstufen hinunter. Sie freute sich mittlerweile auf die täglichen Besuche des Handwerkers genauso sehr wie Liz. In der Diele wedelte die Hündin erwartungsvoll mit dem Schwanz und Liz wusste genau, was das Tier empfand. Der Tag verlor seine Düsternis, als sie die Tür aufmachte und in das freundlich lächelnde Gesicht von Daniel sah.

„Hallo, Liz."

„Hallihallo!", erwiderte sie und bemerkte, wie frisch er aussah. Mit seinen glatt rasierten Wangen, dem grün karierten Hemd, der sauberen Jeans und einem Duft nach Früchten und frischer Luft war Daniel weit entfernt von dem staubbedeckten Handwerker, der abends ihr Haus verließ.

Daisy war weniger geduldig als ihre menschlichen Freunde. Beim Anblick eines Eichhörnchens im Vorgarten flitzte sie um ihre Beine herum und sprang mit einem großen Satz aus der Tür.

„Puh! Nächster Versuch." Liz lachte leise. Sie war froh, dass Daisy sie in ihrem Eifer nicht umgestoßen hatte.

„Guten Morgen."

„Es ist ein guter Morgen." Daniels Lächeln erhellte jeden seiner Gesichtszüge, als er vor ihr stand, eine große Papiertüte in der einen und zwei Kaffeebecher in der anderen Hand. Sonst hatte er immer nur einen für sie dabei. „Ich wollte heute früh mal etwas anderes mitbringen." Er hob die weiße Tüte hoch. „Es ist eine Quiche. Hoffentlich mögen Sie das."

„Aber klar doch. Das klingt wunderbar!", entgegnete sie. Jetzt wünschte sie, sie wäre heute früher aufgestanden, anstatt grübelnd im Bett zu liegen. Dann hätte sie sich besser zurechtmachen können. Aber er schien es gar nicht zu bemerken, wie nachlässig sie geschminkt war.

„Gut!" Er schwieg kurz und wirkte plötzlich erstaunlich unsicher. „Es ist nur … äh … ich konnte die Quiche nicht unterwegs vertilgen, so wie ich es immer mit den Muffins aus der Bäckerei mache, und deshalb –“

„Wir können sie doch gemeinsam essen.“

Er sah erleichtert aus. „Ich habe gehofft, dass es Ihnen nichts ausmacht.“

Meinte er das etwa ernst? Sie freute sich über die Gelegenheit, die sich ihr bot. Wenn sie schon kein selbst zubereitetes Frühstück mit ihm teilen konnte, konnte sie wenigstens ihre Gastfreundschaft anbieten. „Stellen Sie einfach alles auf den Couchtisch und ich hole ein paar Sachen aus der Küche.“

In der Küche ging sie auf Zehenspitzen über den staubbedeckten Boden und sammelte alles Nötige ein. Wenige Minuten später war sie wieder im Wohnzimmer und deckte den Couchtisch mit ihren besten blauen Platzsets, cremeweißen Tellern, zwei Wassergläsern und ihrem besseren Besteck. Sie legte noch ein keilförmiges Kuchenmesser dazu. Natürlich hatte sie alles gründlich gespült und ausgeschüttelt, damit sie ihr gemeinsames Frühstück gips- und staubfrei genießen konnten.

Daniel setzte sich auf den Boden, lehnte sich mit dem Rücken an das Sofa und streckte die Beine aus. Bevor sie sich zu ihm setzte, holte sie einen kleinen Karton mit Orangensaft aus dem Mini-Kühlschrank und füllte ihre Gläser. Dann verteilte sie die köstlich duftende Quiche auf die Teller.

Daniel senkte den Kopf zu einem stillen Gebet. Liz machte es ihm nach, bevor sie Daniels leckeres Mitbringsel probierte.

Wenn es nicht den ganzen Morgen geregnet hätte, wäre der Anblick vor ihrer Terrasse einladender gewesen. Aber am Futterspender für Vögel ließ sich keiner ihrer gefiederten Freunde blicken. Die gelben und bronzefarbenen Chrysanthemen, die sie um die Terrasse herum gepflanzt hatte, ließen die Köpfe hängen. Aber dafür war es im Wohnzimmer von Liz gemütlich und alles war gut. Sehr gut sogar.

„Das ist richtig schön.“ Sie sah von ihrem Teller auf. „Und die Quiche ist fantastisch. Einfach köstlich.“

„Das finde ich auch“, erwiderte er, während er es sich schmecken ließ.

„Wo haben Sie die her? Und warum weiß ich nicht, dass es so etwas Leckeres gibt?"

„Das ist keine Bildungslücke. Die Quiche ist von Annabelle in Millersburg. Das liegt wohl eher nicht auf Ihrer Strecke."

„Das stimmt." Sie nippte an ihrem Kaffee, an den sie sich inzwischen gewöhnt hatte – wie an ihren neuen Bekannten – und der ihr immer besser schmeckte. „Was wollen Sie heute in der Küche machen?"

„Heute ist ein großer Tag im Leben Ihrer Küche. Phase eins geht zu Ende und ich bereite alles vor, damit ich die neue Decke setzen kann."

„Sie haben wirklich hart gearbeitet, Daniel."

„Ja, aber ich komme gut voran." Seine Augen glänzten vor Stolz. „Und wie ist es bei Ihnen? Was haben Sie heute vor?"

Sie genoss seine Gesellschaft und das Frühstück, das er mitgebracht hatte, aber plötzlich fühlte sie sich bei seiner Frage wieder so antriebslos wie vorher, als sie so lange im Bett gelegen hatte. Ihr wurde es schwer ums Herz, als sie daran dachte, was der Tag ihr bringen – oder besser gesagt, nicht bringen würde. „Ich weiß nicht so recht und das fühlt sich schon sehr seltsam an."

„Gehen Sie nicht ins Büro?"

Sie seufzte und betrachtete die leere Gabel, die sie noch in der Hand hielt. „Ich weiß nicht. Heute ist Donnerstag. Ich war gestern dort und auch die Tage davor. Aber es tut sich nichts – nichts zum Guten." Sie schüttelte den Kopf und berichtete ihm von ihrer Notlage. „Ein geplanter Verkauf ist nicht zustande gekommen. Dann habe ich von einem Kunden ein Angebot für ein Haus erwartet, aber plötzlich kann sich das Ehepaar nicht zum Verkauf entschließen. Ich weiß, dass ich dringend neue Kunden gewinnen muss, aber im Büro kann ich mein Problem nicht lösen. Ich weiß sowieso nicht, wie die Lösung aussehen soll."

Hilflos zuckte sie mit den Schultern. „So langsam mache ich mir Sorgen. Die Sache bereitet mir schon schlaflose Nächte", gab sie zu. Normalerweise wäre es ihr peinlich gewesen, so viel von sich preiszugeben. Aber er schenkte ihr ein sanftes, mitfühlendes Lächeln.

„Wenn man selbständig ist, hat man es nicht leicht. Es ist schwer, wenn man warten muss, bis sich alles zum Guten wendet", erwiderte er. „Aber auf die eine oder andere Art passiert das dann doch."

„Normalerweise denke ich genauso. Wirklich. Aber diesmal ... diesmal bin ich mir nicht so sicher. Ich bin einfach nicht so zuversichtlich wie sonst." Sie seufzte. „Ich bete, dass sich alles zum Guten wendet, aber je mehr ich bete, desto schlimmer wird es."

„Manchmal sieht es ganz so aus." Er nickte zustimmend. „Und in der Zwischenzeit fällt es uns schwer abzuwarten und Gott zu vertrauen, dass seine Pläne gut sind und er den richtigen Zeitpunkt kennt. Meistens haben wir mit ihm nicht so viel Geduld wie er mit uns." Seine Stimme klang scherzhaft und deshalb musste Liz lächeln.

„Da haben Sie vollkommen recht." Verlegen stocherte sie in ihrer Quiche herum. „Bitte entschuldigen Sie, Daniel, dass ich Sie mit meinen Problemen belastet habe. Aber es musste einfach mal raus. Danke, dass Sie mir zugehört haben. Das ist furchtbar lieb von Ihnen."

„Wir alle haben unsere weniger guten Tage", bestätigte er. „Aber nach Ihrem Fitnesstraining fühlen Sie sich bestimmt besser." Er deutete mit einer Kopfbewegung auf ihre Sportkluft. „Sie gehen heute bestimmt noch ins Fitnessstudio, oder?"

„Das könnte ich machen, wenn ich dort angemeldet wäre. Ein bisschen Bewegung würde mir guttun." Sie sah an sich herunter. Obwohl sie schon immer Größe 42 getragen hatte, war ihre Figur schon einmal straffer gewesen.

„Oh, ich meine bloß, weil Sie Sportsachen tragen. Ich wollte aber nichts unterstellen." Er versuchte, seine Bemerkung herunterzuspielen. „Sie sehen so gut aus wie immer."

Sie musste lächeln. Es war nett von ihm, so etwas zu sagen, obwohl es nicht stimmte. Überhaupt nicht. Jetzt erinnerte sie sich daran, dass sie noch nicht einmal dazu gekommen war, das Haar am Hinterkopf zu stylen. Verstohlen ging sie mit den Fingern durch die flachen Stellen.

„Ja, also ..." Sie warf einen Blick auf die Glastür, die auf die Terrasse führte. „Ich könnte ja einen Regenspaziergang machen." Sie aß den letzten Bissen von der Quiche und legte ihre Gabel hin.

„Bestimmt. Oder ..."

„Sagen Sie es ruhig. Ich bin offen für Vorschläge", erwiderte Liz, während sie die Reste der Quiche abdeckte und das Besteck einsammelte.

„Sie könnten mir auch hier helfen."

„Wirklich? Meinen Sie?" Dann hätte sie wenigstens ein Ziel für den heutigen Tag.

„Ein weiteres Paar Hände und Augen könnte ich noch gut gebrauchen."

„Und Sie sind sich sicher, dass ich Ihnen eine Hilfe bin? Ich kenne mich zwar in einer Küche aus, aber vom Renovieren habe ich keine Ahnung."

Er nickte bloß kurz. „Sie werden schon klarkommen."

„Dann bin ich die richtige Frau für Sie!", platzte sie heraus.

Als er mit einem Schmunzeln reagierte, merkte sie, dass ihre Worte doppeldeutig waren. „Oh, Entschuldigung, ich wollte bloß sagen –"

Er hob die Hand, um sie am Weiterreden zu hindern. „Sie brauchen sich nicht zu entschuldigen, Liz." Seine Stimme klang beruhigend. „Ich bin froh, dass Sie mithelfen wollen. Obwohl Sie sich das vielleicht noch anders überlegen, wenn Sie erst einmal mit mir zusammenarbeiten."

„Das gilt aber auch umgekehrt für Sie." Sie musste lachen.

Die Arbeit war monoton und ermüdend und der Hammer wurde ihr manchmal zu schwer, als sie zusammen mit Daniel viele Hundert rostige Nägel aus den Holzlatten entfernte. Daniel hatte beim Abschlagen des alten Deckenputzes die Nägel freigelegt.

Aber selbst wenn es eine Schinderei war, empfand sie die Zusammenarbeit mit Daniel als angenehm. Sie konnten ungezwungen miteinander reden, aber auch schweigen. Außerdem achtete er darauf, dass sie regelmäßig eine Pause einlegten, um ihre Nackenmuskeln nicht überzustrapazieren. Sie wollte nicht früher als er mit der Arbeit aufhören, schließlich fühlte es sich gut an, einmal ein konkretes Ergebnis ihrer Anstrengungen sehen zu können, selbst wenn es bloß ein Haufen rostiger Nägel war.

Sie machten nur eine kurze Mittagspause und aßen ein Erdnussbutterbrot mit Marmelade. Dann kehrten und putzten sie die Küche, um die nächste Phase einzuläuten. Die letzte.

„Wann wird alles fertig sein?“, fragte Liz, während sie und Daisy zusahen, wie Daniel sein Werkzeug wegpackte.

Seine braunen Augen blickten nachdenklich, bevor er antwortete. „Vielleicht noch eine gute Woche, aber nicht unbedingt volle Arbeitstage. Ich muss zwischendurch warten, bis eine Schicht trocken ist, damit ich die nächste auftragen kann.“

„Ach!“ Sie hatte nicht damit gerechnet, dass er mit der Arbeit schon so bald fertig sein würde. Natürlich war sie froh, ihre Küche wieder in Gebrauch zu nehmen, denn sie fehlte ihr schon. Aber nach der Renovierung würde ihr noch etwas anderes fehlen: Daniel. Sie hatte sich an ihn gewöhnt. „Das geht ja ruckzuck.“

Sie spürte einen seltsamen Schmerz und ihr kamen noch seltsamere Gedanken. Am liebsten würde sie in der nächsten Woche einen oder sogar mehrere Hausverkäufe abschließen, damit sie ihn mit weiteren Projekten beauftragen könnte.

„Ja, die Zeit vergeht schnell.“ Er klappte den Werkzeugkasten zu und stand auf. „Ich bin da und wieder weg, bevor Sie es merken.“

Während er in seiner Hosentasche nach den Autoschlüsseln suchte, beugte sich Liz zu Daisy hinunter und streichelte die Hündin, um so ihre innere Unruhe zu überspielen.

„Danke für alles, Daniel. Fürs Zuhören, dafür, dass ich dir helfen konnte. Und für die Quiche.“

„Ach ja, die Quiche.“ Er spielte mit dem Schlüsselanhänger, den er in der Hand hielt.

„Du kannst den Rest mit nach Hause nehmen.“ Sie wollte zum Kühlschrank gehen.

„Nein, halt, Liz.“ Er hob eine Hand. „Das habe ich nicht gemeint. Ich habe bloß gedacht, dass …“ Er wich ihrem Blick aus, als ob er nachdenken müsste. „Weil dir die Quiche von Annabelle so gut geschmeckt hat, habe ich gedacht, du magst vielleicht auch eins von ihren anderen Menüs.“

„Gute Idee. Ich muss unbedingt mal in dieses Restaurant gehen.“

„Das solltest du auf jeden Fall machen“, stimmte er ihr zu. „Wie wäre es nächste Woche Freitag?“ Jetzt sah er ihr direkt in die Augen.

Seine Frage kam für sie so überraschend, dass sie nicht wusste, wie sie diese Einladung auffassen sollte. War das eine Verabredung oder nur ein zwangloses Treffen unter Freunden? Oder wollte er mit ihr den Abschluss der Deckenrenovierung feiern? *Spielt das denn eine Rolle?* Sie hatte ein gemeinsames Essen mit Daniel in Aussicht, dem nettesten Mann, den sie jemals kennengelernt hatte. Warum stellte sie die Frage nach dem Warum?

„Das wäre schön, Daniel."

„Ja, das denke ich auch, Liz." Aber noch während er diese Worte aussprach, merkte Liz, wie überrascht er war, dass er den Mut hatte, sie zu einzuladen.

# Kapitel 18

„Du bist ein talentierter Fotograf, Derek", rief Jessica ihm zu, als sie in ihren hochhackigen Riemchensandaletten dastand und ein weiteres gerahmtes Foto an der Wand seines Wohnzimmers bewunderte. „Dieser Sonnenuntergang ist fantastisch. Wirklich schön."

„Nicht so schön wie manches andere, was ich gesehen habe", antwortete er und stieß einen leisen Pfiff aus, während er aus seinem Schlafzimmer kam und sich seine anthrazitfarbene Anzugjacke zuknöpfte.

Als sie an seiner Eigentumswohnung eingetroffen war, hatte er die Tür für sie offen gelassen, weil er sich hatte beeilen müssen. Auf der Arbeit hatte es Komplikationen gegeben und deshalb hatte seine Schicht länger gedauert als geplant. Eigentlich hatte er bei ihr vorbeikommen und sie zur Abschiedsparty abholen wollen. Stattdessen hatte sie ihm angeboten, ihn bei sich zu Hause abzuholen, damit er genügend Zeit hatte, sich für die Party umzuziehen. Jetzt war sie froh darüber, denn sie konnte sich nicht vorstellen, wie er wohl ausgesehen hätte, wenn er nicht in Eile gewesen wäre. Als sie ihn in seinem maßgeschneiderten Anzug sah, wurde sie ganz rot vor Verlegenheit. Erst recht, als er sie musterte und seine Augen anerkennend glänzten.

„Ich … äh …", stammelte sie. „Ich glaube kaum, dass ein kleines Schwarzes schöner ist als dein herrliches Foto von schneebedeckten Feldern bei Sonnenuntergang."

„Äh … das hängt ganz davon ab, wer das Kleid trägt." Sein Lächeln wurde breiter. „Und du hast sogar deine Rubin-Ohrringe angelegt." Den Schmuck hatte ihre Tante ihr vor vielen Jahren zum Schulabschluss geschenkt.

„Ich finde, sie passen gut zum Kleid." Schon beim Anlegen der Ohrringe hatte ihr das festliche Glitzern der Rubine und Brillanten und die unaufdringliche Eleganz der Steine gefallen.

„Das stimmt." Er lächelte sie an. „Du siehst toll aus, Jess."

„Danke, äh … du aber auch", stotterte sie schüchtern, so als ob sie sich noch nie ein Kompliment gemacht hätten. Warum war sie nur so aufgeregt? Um ihre Unsicherheit zu überspielen, drehte sie sich rasch wieder zur Wand mit dem Foto um. „Ist das in Wisconsin aufgenommen?"

„Das? Oh nein." Er trat dicht zu ihr und sie spürte, wie der Duft seines Eau de Cologne ihre Sinne verwirrte. „Ich habe das Foto im Urlaub gemacht. Als ich in Vail zum Skilaufen war."

„Ich habe gar nicht gewusst, dass du Ski läufst." Sie drehte sich zu ihm um.

„Mmh. Ich habe eine Weile gebraucht, aber ich habe festgestellt, dass Skilaufen nicht so gefährlich ist wie Bergsteigen", erwiderte er mit einem ironischen Lächeln.

„Ach, Bergsteigen auch?"

„Damit hättest du nicht gerechnet?"

Jedes Mal, wenn sie mit ihm zusammen war, schien sie etwas Neues zu erfahren über diesen Mann, den sie durch und durch zu kennen meinte. Er half benachteiligten Kindern, machte atemberaubend schöne Fotos, Reisen in den Westen …

Als er seine Brieftasche und die Autoschlüssel vom Couchtisch nahm, fragte sie sich, ob es in seinem Leben noch mehr gab, was sie nicht wusste.

„Was ist? Du siehst mich so komisch an. Sitzt dieses Ding hier vielleicht schief?" Er zerrte am Knoten seiner Krawatte.

„Sie war perfekt, aber jetzt ist sie verrutscht. Komm her, ich richte sie dir wieder."

Sie winkte ihn zu sich heran. Aber im selben Moment bereute sie es schon. Die ganze Woche über, jedes Mal, wenn er anrief oder eine Nachricht hinterließ, hatte sie schon der Klang seiner Stimme in Verwirrung gebracht. Sie hatte vergessen, was sie gerade erledigen wollte, weil sie plötzlich in Erinnerungen schwelgte. Und jetzt war er ihr so nah, dass sie seinen Atem auf dem Gesicht fühlen konnte. Als sie den Krawattenknoten wieder zurechtrückte, versuchte sie, ihre Hände ruhig zu halten und auf ihren hohen Absätzen nicht ins Schwanken zu geraten.

„Du hast doch gesagt, dass du dich ohne fremde Hilfe anziehen kannst. Jetzt muss ich als deine Begleiterin fungieren und dich auch noch anziehen", sagte sie spöttisch, weil sie dem Ganzen eine spielerische Note geben wollte.

„Du schuldest mir noch etwas, weißt du noch? Nach unserem gemeinsamen Tag beim Schulfest."

„Dann sind wir ja quitt." Mit gespielter Resignation zuckte sie mit den Schultern. „Und ich bin hier fertig." Mit spielerischer Leichtigkeit klopfte sie ihm auf das Revers seines Jacketts. Noch bevor sie einen Schritt zurücktreten konnte, nahm er ihre Hand und hielt sie fest.

„Also, in Wirklichkeit … Ich würde nicht behaupten, dass wir quitt sind, bis der Abend zu Ende ist. Vielleicht bin ich dann derjenige, der dir etwas schuldet." Verlegen zog er eine Augenbraue hoch. „Oh, das habe ich ganz vergessen. Rob ist heute Abend auch auf der Party."

„Was, Rob, das Großmaul? Oh, Derek …" Sie stöhnte schließlich laut auf.

„Ja, tut mir leid. Ich weiß, dass du nicht gerne zum Gesprächsthema wirst. Und ich muss dir zustimmen: Rob hat schon immer ein lockeres Mundwerk gehabt."

Sie hatte nicht daran gedacht, dass Rob im Stadtrat war und deshalb an der Feier teilnehmen würde. Wenn er sie wieder zusammen sah, würde bis zum Ende der Veranstaltung die halbe Stadt glauben, dass sie und Derek ein Paar waren. Also warteten noch weitere Peinlichkeiten auf sie und Gerüchte. Hoffentlich führte das Ganze nicht so weit, dass Derek ihr in Zukunft aus dem Weg ging. Aber momentan schien ihn die Aussicht auf weiteres Gerede nicht zu stören. „Du hast recht." Sie entzog ihm ihre Hand. „Aber jetzt schuldest du mir etwas, Hilfssheriff Reeves, und zwar eine ganze Menge." Sie drohte ihm spielerisch mit dem Finger.

„Das werde ich schon hinbekommen." Sein Lächeln spiegelte sich in seinen blauen Augen wider.

Als Derek sie aus der Wohnung führte und sie Seite an Seite zu seinem Wagen gingen, merkte sie wieder einmal, dass er nicht mehr der schüchterne, linkische Junge war, der sie vor vielen Jahren zum Abschlussball abgeholt hatte.

Aber als sie im Auto saßen und zum Manor Lake Veranstaltungszentrum fuhren, war er wieder ganz der Alte, mit dem man über alles reden konnte und der sie so gut verstand, auch wenn sie einen Gedanken nicht aussprach.

„Fährst du oft nach Vail zum Skilaufen?“, erkundigte sie sich, aber nicht, weil es sie interessierte, wo er Urlaub machte. Vielmehr wollte sie wissen, wen er in den Urlaub mitgenommen hatte.

„Ich war nur ein paarmal dort“, erwiderte er ungezwungen, ohne ins Detail zu gehen. Und schon wechselte er das Thema. „Kann Cole Ski laufen?“

„Nein, dazu hatte er noch keine Gelegenheit.“ Sie fragte sich, wie Derek es wohl damit ging, dass er ungebunden war und alle Freiheiten hatte zu tun und zu lassen, was er wollte. Für jemanden, der aus schwierigen Verhältnissen kam, hatte er schon viel gesehen und unternommen. Viel mehr als sie.

„Mit dem Skilaufen sollte man so früh wie möglich anfangen. Ich bin schon ziemlich sportlich. Trotzdem habe ich ganz schön lange gebraucht, bis ich es gelernt habe. Das hat mich eine Menge Nerven gekostet.“ Mit einem Lächeln sprach er weiter. „Wir könnten mit Cole mal nach Mansfield fahren. Vielleicht in den Weihnachtsferien.“

„Die meinst das Skigebiet Snow Trails?“

„Ja, man braucht nur eine gute Stunde bis dorthin. Vielleicht gefällt es ihm ja. Und dir auch.“

„Das wäre toll, Derek. Aber dann stehe ich ja schon wieder in deiner Schuld“, warf sie zum Spaß ein.

„Das ist ja auch mein Plan.“

Sie dachte zurück an die Zeiten, als sie im Sommer nach einer Woche im Tennislager zurückgekehrt war und kaum zum Luftholen gekommen war, weil sie sämtliche Neuigkeiten hatten austauschen müssen. Ihr kam es so vor, als hätte die Fahrt nur ein paar Minuten gedauert, als sie die Einfahrt zum Veranstaltungszentrum hochfuhren.

„Unser alter Tummelplatz“, murmelte Derek.

„Ja, hier hat sich nicht viel verändert.“

Aus allen Fenstern des im Stil einer großen Blockhütte gebauten Hauses schien warmes goldenes Licht, das mit dem Schein des Mondes wetteiferte. Seine kühlen Lichtstrahlen spiegelten sich in dem See, der direkt neben dem Gebäude lag. Hohe Kiefern standen an jeder Ecke des Gebäudes. Für Jessica wirkten die Bäume wie große, fürsorgliche Türhüter, die diesen Ort bewachten.

„Ich bin froh darüber, dass sich manche Dinge nicht ändern", sagte Derek.

„Ich weiß, was du meinst. Mir geht es genauso."

Als sie ausstiegen, verbreiteten die Kiefernnadeln, die überall auf dem Boden lagen, ihr ganz besonderes, würziges Aroma. Aus dem großen Kamin des Veranstaltungszentrums stieg Rauch auf. Sein vertrauter, holziger Duft hieß sie willkommen.

„Bist du bereit?" Wie ein echter Gentleman hielt Derek ihr den Arm hin.

„So bereit wie immer." Jessica legte ihren Arm in seinen. Aber mit jedem Schritt, den sie machten, wurde ihre innere Unsicherheit größer. Das riesige Blockhaus am See hatte sich nicht verändert, aber eine innere Stimme sagte ihr, dass doch etwas anders war. Und sie hatte keine Ahnung, worauf sie sich einließ.

„Ich habe gehört, dass eine sehr nette Amish-Frau bei dir im Laden arbeitet", sagte eine der jungen Frauen in der Gruppe, die sich um Jessica herum gebildet hatte.

Die Party war angenehmer verlaufen, als Jessica zunächst erwartet hatte. Seitdem sie ihr Studium abgebrochen und plötzlich als alleinerziehende Mutter dagestanden hatte, hatte sie kaum Gelegenheit gehabt, sich mit ihren ehemaligen Mitschülerinnen zu treffen. Die wenigen, die noch in Sugarcreek wohnten, waren zur Beerdigung ihrer Tante gekommen und danach hatte es keine weiteren Begegnungen gegeben. Aber jetzt konnten sie bei einem freudigeren Anlass das Versäumte nachholen.

„Oh, sie ist mehr als nur nett", erwiderte Jessica. „Lydia kennt sich mit Stricken und Patchworkdecken viel besser aus als ich. Sie gibt sogar Kurse wie Tante Rose damals. Dadurch habe ich mehr Zeit für den ganzen anderen Kram. Ich bin unglaublich dankbar, dass wir zwei zusammengekommen sind."

„Apropos zusammenkommen …" Ihre Freundin Beth warf über die Schulter einen verstohlenen Blick auf Derek, der sich gerade mit ein paar jungen Männern unterhielt. „Rob verbreitet Gerüchte über dich und unseren neuen Hilfssheriff."

Da diese Neuigkeit für sie nicht überraschend kam, antwortete Jessica mit freundlicher, aber fester Stimme: „Und es sind auch bloß Gerüchte, Beth. Nichts weiter als Robs Klatsch und Tratsch."

„Er ist schon ein komischer Typ", warf eine andere ehemalige Schulfreundin ein und lachte dabei. „Wenn die Zeitung es erlauben würde, hätte er seine eigene Klatsch-Kolumne."

„Ich weiß nicht so recht." Beths Augen blitzten. „Zwischen dir und Derek ist aber immer noch etwas Besonderes."

„Wenn du meinst, dass wir schon lange gute Freunde sind, dann stimmt das." Jessica reagierte auf die Bemerkung von Beth mit einem lässigen Achselzucken.

Beth kicherte leise und die anderen jungen Frauen beließen es bei einem höflichen Lächeln.

„Nein, ich meine etwas Besonderes. Etwas ganz Besonderes."

„Also ehrlich, ich weiß nicht, was du meinst ..." Ohne zu wissen, was sie tat, warf sie quer durch den überfüllten Raum einen Blick auf Derek, der sich genau in diesem Moment umdrehte, so als könne er spüren, dass ihre Augen auf ihm ruhten. Als er sie anlächelte, lächelte sie zurück. Was hätte sie auch sonst tun sollen?

Als sie sich wieder den anderen Frauen zuwandte, merkte sie, dass alle diese kleine Szene mitbekommen hatten. Jessica spürte, wie sie errötete.

„Äh, ja." Beth sah sie mit einem wissenden Blick und einem Schmunzeln an. „Ihr beide hattet schon immer diese besondere Verbindung und habt euch auch ohne Worte verstanden, so wie gerade eben. Da genügt ein Blick. Oder ein Lächeln."

Jessica schüttelte den Kopf. „Du liest zu viele Liebesromane, Beth." Aber innerlich wusste sie ganz genau, wovon Beth sprach. Sie spürte es, wenn Derek da war ... und sein Lächeln sagte ihr, dass es ihm mit ihr genauso ging.

„Ach, komm schon, Jessica, daran ist doch nichts Schlimmes." Beth lächelte sie an. „Im Gegenteil, es ist doch schön."

„Aber es ist nicht so, wie du denkst. Nicht so ernst wie deine Beziehung zu Jason." Sie hatte von Derek gelernt und so gab sie dem Gespräch eine andere Wendung. „Stimmt es, dass ihr zwei gerade erst euren achten Hochzeitstag gefeiert habt? Fast ein Jahrzehnt – das ist erstaunlich. Wie geht es ihm denn? Und euren Mädchen?"

Während Beth ihr das Neueste von ihrer Familie berichtete, war Jessica froh, dass sie den Spekulationen über Derek und sie so geschickt ausgewichen war. Jetzt konnte sie ganz entspannt mit ihren ehemaligen Mitschülerinnen sprechen. Aber dann wurde plötzlich das Lied von *Sugarland* gespielt.

In dem lauten Stimmengewirr, das den Raum erfüllte, konnte sie die Melodie zunächst nicht richtig hören. Aber dann kam der Refrain … Obwohl ihr das kindisch vorkam, reagierte ihr Körper fast panisch auf die Musik. Plötzlich brauchte sie frische Luft, so schnell wie möglich. Und einen großen Abstand von der Vergangenheit, damit die Gegenwart wieder einen Sinn bekam.

„Bitte entschuldigt mich einen Moment. Ich muss dringend an die frische Luft." Sie schlängelte sich durch die Grüppchen der Feiernden. Ohne Jacke ging sie durch den Nebeneingang hinaus in den eisigen Novemberabend. Sie wollte nur noch weg, so weit weg wie möglich. Deshalb schlich sie sich über die Dachterrasse und nahm die Stufen hinunter zur unteren Terrasse.

Was erwartete sie eigentlich? Wie konnte sie vor der Vergangenheit fliehen, wenn der See direkt vor ihr lag? Dieser Ort war so eng verbunden mit ihren Teenagerjahren und deshalb zog er sie immer wieder in seinen Bann.

An wie vielen Sommerabenden war sie hier mit all ihren Freundinnen gewesen? Mit ihrem Gekicher und Geschrei hatten sie die Wildgänse verscheucht, während sie vorsichtig ihre Zehenspitzen in das kalte Wasser getaucht hatten?

Ein paar Jungs hatten sie nach einer Verabredung hierher mitgenommen. Sie hatten mehr von ihr gewollt, als sie ihnen damals hatte geben wollen, und so hatte sie von ihnen verlangt, sie sofort nach Hause zu fahren, wenn ihre Mütter nichts davon erfahren sollten.

Aber am lebendigsten war die Erinnerung an die Zeiten, die sie und Derek hier gemeinsam verbracht hatten. Wie oft hatten sie sich hierher an den See geflüchtet? Hier hatten sie sich gegenseitig Mut gemacht, wie das echte Freunde tun: einander zuhören, miteinander lachen, gemeinsam schweigen und Heilung finden für verletzte Gefühle.

Einfach füreinander da sein, während im Autoradio die heiß geliebte Countrymusic lief … Lieder wie „Want To" von *Sugarland*.

Jedes Mal, wenn die Melodie im Radio erklungen war und sie wie ein Lasso eingefangen hatte, hatten sie ihre spöttischen Kommentare über den Text abgegeben. In dem Lied ging es um Freundschaft oder mehr, wenn man nur den Sprung wagte.

Meistens hatte einer von ihnen den anderen in den See geschubst und vorbei war es gewesen mit der Spannung, die die Andeutung in dem Liedtext zwischen ihnen erzeugte. Hatten sie zu viel Angst davor gehabt, ihre Freundschaft aufs Spiel zu setzen, wenn sie weitergegangen wären? Hatten Sie Angst gehabt, einander ganz zu verlieren?

Oder … hatte Derek nicht gewollt, dass aus ihrer Freundschaft mehr wurde?

Jessica verschränkte die Arme vor der Brust. Es war kalt und sie hatte eine Gänsehaut. Wie oft hatte Derek sie in das eiskalte Wasser des Sees geschubst und danach am Ufer hinter ihr gestanden und ihr die Arme gerieben, damit ihr wieder warm wurde? Manchmal so kräftig, dass sie aufgeschrien hatte, weil ihre Arme plötzlich knallrot waren und brannten wie Feuer.

Ein sehnsüchtiges Lächeln lag auf ihren Lippen. In Gedanken war sie noch immer in der Vergangenheit. Plötzlich spürte sie seine Nähe. Er stand hinter ihr und legte ihr sein Jackett über die Schultern. Er wärmte sie, wie er es immer getan hatte, nur diesmal viel sanfter.

„Alles in Ordnung mit dir?", fragte er leise.

„Ja, klar … ich habe nur …

Er zog das Jackett enger um sie und sie blickte ihn an. Als sie sah, wie er die Augenbrauen hochzog, wusste sie, dass er auf eine Erklärung wartete. Aber sie konnte doch unmöglich die Worte aussprechen, die ihr auf der Zunge lagen. Deshalb drehte sie sich um. Am liebsten hätte sie jetzt einen Stein genommen und ihn über den dunklen See hüpfen lassen. Er hatte es ihr beigebracht, in einer Sommernacht vor vielen Jahren. Dieses einfache Kunststück hatte meistens zu tief gehenden Gesprächen geführt. Aber nie hatten sie darüber gesprochen, was zwischen ihnen war. Oder auch nicht war.

Aber heute Abend würden sie keine Steine über das Wasser hüpfen lassen.

„Fragst du dich manchmal, ob alles auch ganz anders hätte kommen können?“, fragte sie mit leiser Stimme, den Blick auf das Wasser gerichtet, so als ob sie gerade einen Stein auf die Oberfläche geworfen hätte.

Kaum hatte sie diese Worte ausgesprochen, da dachte sie an Cole. Natürlich würde sie es niemals bereuen, ihren Sohn geboren zu haben. Aber bevor sie diesen Satz hinzufügen konnte, beantwortete Derek ihre Frage.

„Das habe ich mich früher oft gefragt.“ Seine Stimme klang ruhig. Obwohl er es zugegeben hatte, wusste sie nicht, was genau er damit meinte. Seine Eltern? Seinen Platz in der Welt? Oder ihre Freundschaft?

Wieder einmal hatte sie die Frage nach der Art ihrer Beziehung absichtlich offen gelassen.

„Manchmal frage ich mich das heute noch.“ Er lehnte sich an das Geländer der Terrasse und sah auf den See hinunter. Die Hände waren gefaltet und hingen locker über dem Holzbalken. Sie fragte sich, ob er auch gerne einen Stein über das Wasser springen lassen wollte. Aber da sprach er schon weiter: „Aber gerade jetzt, Jess, ist alles gut. Es ist gut, einfach hier zu sein.“ Er starrte auf den Halbmond, der wie ein Stück Zitrone am Himmel hing.

Sie betrachtete ihn. Seine klassischen Gesichtszüge strahlten Zufriedenheit aus. Plötzlich verspürte sie den starken Wunsch, ihn zu küssen. Aber wie jedes Mal in solchen Augenblicken wusste sie nicht, ob er auch so empfand wie sie. In den Jahren, die sie gemeinsam verbracht hatten, hatte er nie etwas in diese Richtung gesagt. Und wie damals hatte sie auch jetzt zu große Angst, ihm deswegen Fragen zu stellen.

Und wenn sie versuchen würde, ihn zu küssen, wenn sie die Initiative ergriff, dann würde sie alles in diesen Kuss hineinlegen. Dann wäre es kein freundschaftliches Küsschen auf die Stirn, dann würden ihre Lippen nicht nur flüchtig seine Wange berühren. Es wäre ein Kuss, der nicht mehr aufhören, der zu weiteren Küssen führen würde. Und wer weiß, was danach noch geschah …

Plötzlich spürte sie ein Frösteln, das sie davon abhielt, ihre Fantasien weiterzuspinnen.

„Ist dir kalt?“ Er stieß sich vom Geländer ab und legte seine Arme um sie – beschützend wie immer.

*Jetzt nicht mehr … schließlich bist du ja da.*

Sie wollte diese Worte laut aussprechen. Sie wollte sich enger an ihn schmiegen. Aber sie fiel wieder in den alten Rhythmus zurück, den Rhythmus ihrer Vergangenheit. Sie hatte Angst davor, alles komplizierter zu machen. Angst, dass sie nicht mehr wie bisher füreinander da sein würden.

„Mir geht es gut", sagte sie stattdessen, als auch sie zum Himmel hinaufsah und versuchte, sich mit der Gegenwart auszusöhnen.

# Kapitel 19

Lydia lag noch im Bett. Ihr wäre es lieber gewesen, wenn sie von einem Geräusch geweckt worden wäre, vor Tagesanbruch, als der Himmel vor ihrem Schlafzimmerfenster noch fast schwarz war. Aber alles war ruhig. Geweckt hatten sie die beunruhigenden Gedanken über Henry, die sie drängten, endlich zu handeln, damit sie zur Ruhe kommen konnte.

Trotzdem kämpfte sie noch mit sich. Doch nach einer Stunde im Bett, in der sie sich hin und her gewälzt hatte, gab sie endlich auf. Sie konnte sowieso nicht mehr schlafen. Und zur Ruhe kommen würde sie auch erst, wenn sie endlich handelte. Sie musste das tun, worüber sie schon seit Stunden nachdachte.

Zuerst zündete sie die Laterne auf ihrem Nachttisch an. Dann zog sie sich die warmen Socken an, die sie immer griffbereit hatte, und legte sich ein warmes Dreieckstuch um die Schultern, bevor sie in die Küche ging.

Sie nahm den Korb mit ihrem Schreibzeug von der Arbeitsplatte und ging damit zu dem schweren, aus Eichenholz gefertigten Küchentisch. Dann setzte sie sich, nahm ein leeres Blatt Papier heraus und starrte es an. Schließlich griff sie nach einem Kugelschreiber und begann mit dem Brief, den sie in Gedanken bereits formuliert hatte, seitdem sie vor Tagesanbruch die Augen aufgeschlagen hatte.

*Lieber Henry,*
*wieder habe ich eine schlaflose Nacht hinter mir, weil ich über dich und unsere Ehe nachgedacht habe. Wieder beginne ich den Tag mit einem schlechten Gewissen wegen dieser Gedanken. Mit jedem Tag, der vergeht, fällt es mir schwerer, mich an schöne Zeiten in unserer Ehe zu erinnern. Deshalb schreibe ich dir jetzt.*
*Ich kann mich nicht erinnern, dass wir jemals zusammen gelacht oder Seite an Seite gearbeitet haben. Ich weiß auch nicht mehr, wann du einmal deine Arme beschützend um mich gelegt hast. Ich*

*habe vergessen, ob auf deinen Lippen ein Lächeln gelegen hat, wenn du morgens neben mir aufgewacht oder wenn du abends nach Hause gekommen bist.*
*Stattdessen habe ich Fragen, auf die ich keine Antwort habe. Es kommen immer neue Fragen dazu. Ich frage mich, warum du dich mit Zärtlichkeiten so schwergetan hast. Warum du dich nicht an meiner Liebe freuen konntest. Warum du nicht mit mir zusammen ein Kind großziehen wolltest. Warum du mich wie eine Magd behandelt hast und nicht wie eine Geliebte und Partnerin.*
*Ich wollte ein Leben lang mit dir zusammen sein, Henry. Ein glückliches, gesegnetes Leben an deiner Seite führen, als Partnerin. Ich wollte alles mit dir teilen, aber du …*

Plötzlich erstarrte ihre Hand und sie hielt inne. Wieder meldete sich bei ihr das schlechte Gewissen. Was tat sie da? Warum überschüttete sie ihren verstorbenen Mann mit Vorwürfen?

Als sie noch im Bett gelegen hatte, hatte sie es für eine gute Idee gehalten, einen Brief an Henry zu schreiben, weil sie dringend ein Ventil für ihre Gefühle brauchte. Aber jetzt merkte sie, dass ihr das Schreiben gar keine Erleichterung verschaffte. Im Gegenteil, es fühlte sich falsch an und war nicht der Mühe wert. Schon zu Lebzeiten hatte ihr Mann nie auf ihre Fragen reagiert. Warum dachte sie, sie würde jetzt Antworten bekommen?

Sie warf den Kugelschreiber hin, nahm das Blatt Papier in die Hand und zerknüllte es mit beiden Händen. Dann ließ sie sich wieder auf den Küchenstuhl fallen und starrte aus dem Fenster.

Teile des Sprossenfensters waren noch mit einer dünnen Eisschicht bedeckt. Bald würden die Strahlen der Sonne, die über den froststarren Feldern aufging, alles wegschmelzen. Die winterliche Landschaft draußen war ein schöner Anblick und trotzdem konnte sie sich nicht daran freuen. Denn in ihrem Haus spürte sie eine seltsame Leere an diesem Morgen. In ihrer Küche war es zu ruhig und zu kühl. Sie sehnte den Tag herbei, an dem alles anders war.

Würde Gott es geschehen lassen, dass dieser Tag kommen könnte? Würde sie jemals ein Haus haben, das ein echtes Zuhause war, das sie mit einem Mann bewohnte, der sie und ihre Kinder liebte? Würde sie jemals vor Sonnenaufgang aufstehen, um ihrer Familie in der Küche Brot oder Kuchen zu backen, so wie ihre *Maam* es immer getan hatte?

Wie gerne erinnerte sie sich an die Wintervormittage, als sie noch ein Kind gewesen war und vom Duft eines frisch gebackenen Kuchens aufgewacht war. Im Kamin hatte bereits ein helles Feuer gebrannt und der Tag hatte mit dem tröstlichen Gefühl von Wärme und Sicherheit begonnen.

Oh, wie ihr diese Vormittage fehlten! Wenn das ihre *Maam* wüsste! Lydia richtete sich auf, nahm ein weiteres Blatt Papier aus dem Schreibkorb und begann sofort zu schreiben.

*Liebe Maam,*
*ich bin heute sehr früh auf, sitze in meiner Küche und erinnere mich daran, wie ich zu Hause vom süßen Duft deines Apfelmus-Gewürzkuchens aufgewacht bin. Wenn ich daran denke, merke ich, wie sehr du mir fehlst, und ich vermisse auch mein Zuhause. Ich schreibe dir, damit du das weißt. Ich denke so oft an dich und Sarah! Und ich hoffe, dass es euch beiden wirklich* guud *geht.*
*Hier läuft auch alles* guud *und dafür bin ich dankbar. Wie ich dir schon geschrieben habe, hat Gott mich mit neuen Bekannten und Freundinnen gesegnet und mit einer Arbeit, die mir viel Freude macht. Ich habe auch einen guten Nachbarn, der freundlich und hilfsbereit ist. Auch die Frauen und Familien aus unserer Gemeinde lerne ich immer besser kennen.*
*Ich erwähne das noch einmal, weil ich nicht möchte, dass du dir Sorgen um mich machst,* Maam. *Gott hat in seiner Güte dafür gesorgt, dass ich nicht allein bin.*
*Aber trotzdem ist in meinem Herzen eine Leere, die ich nicht füllen kann. Ist es schlimm, wenn ich so etwas sage? Natürlich ist es normal, dass man so empfindet, wenn man einen geliebten Menschen verloren hat. Als* Dadi *gestorben ist, hat er bei uns allen eine Lücke hinterlassen. Aber ich bin dankbar, dass ich an unseren lieben* Dadi *so viele schöne Erinnerungen habe. Bei Henry sieht es jedoch anders aus. Ich habe nichts, womit ich diese Leere in meinem Herzen füllen kann.*
*Diese Leere scheint sich immer weiter auszubreiten, je mehr Zeit vergeht. Vielleicht liegt es auch daran, dass ich in letzter Zeit mehr*

*unter Menschen bin. Meine Freundin Liz ist auch Witwe, aber wenn sie sich an ihren Mann erinnert, beginnen ihre Augen zu leuchten. Und ich beobachte, wie die Ehepaare und die verliebten Pärchen in der Gemeinde sich anlächeln oder zusammen lachen. Wie ihre Augen glänzen, wenn sie sich ansehen! Wie zärtlich und respektvoll sie sind, wenn sie miteinander reden! Wenn ich sie sehe, macht es mich traurig, denn ich frage mich, warum es bei Henry und mir nie so gewesen ist. Wenn er doch bloß mit mir gesprochen hätte! Ich hätte ihm doch zugehört. Wenn er Liebe gebraucht hätte, hätte ich sie ihm so gerne gegeben. Ich kann nicht verstehen, warum Henry nie richtig mit mir zusammen sein wollte, aber* ändern *kann ich es jetzt nicht mehr.*

Ihre Tränen tropften auf das Briefpapier. Sie hielt inne, um sie wegzuwischen.

*Liebe* Maam, *habe ich schon zu viel geschrieben? Wenn ja, dann tut es mir sehr leid. Ich will dich nicht mit meinen Problemen belasten. Tief in meinem Inneren weiß ich, dass ich nur noch ein wenig Zeit und Gebet brauche, bis Gott mit seiner Liebe die Leere in mir füllen wird. Er wird meinen Schmerz heilen. Er wird mir auch die Antworten auf meine Fragen geben, damit ich besser verstehen kann, warum mir meine Ehe mit Henry so viele Rätsel aufgibt.*
*Du sollst aber auch wissen, liebe* Maam, *dass du keinen Fehler gemacht hast, als du mich an jenem Tag umarmt und mich mit Henry weggeschickt hast. Du hast nach dem Tod von* Dadi *für mich nur das Beste tun wollen. Deshalb darfst du nicht denken, dass ich dir Vorwürfe machen will. Das ist nicht der Fall.*
*Du bist mir immer eine gute* Maam *gewesen und du hast mir beigebracht, stark zu sein im Herrn. Und das habe ich mir fest vorgenommen, ganz gleich, was passiert. Du kannst sicher sein, dass ich stark sein werde in ihm.*
*Sei ganz lieb gegrüßt von*
*Deiner Lydia*

Lydia legte die Stricknadeln in den Schoß, um die Hand vor den Mund zu legen, weil sie gähnen musste. Nachdem sie so früh aufgestanden war und den Brief an ihre *Maam* geschrieben hatte, hatte sich der Tag im Handarbeitsladen scheinbar endlos in die Länge gezogen. Und nun war heute Abend nach Ladenschluss auch noch die wöchentliche Stricksitzung mit Jessica und Liz.

„Oh, Lydia." Auch Jessica musste gähnen. „Deine Müdigkeit ist ansteckend."

„Mir geht es genauso." Liz holte tief Luft und gähnte dann laut und herzhaft. „Du liebes bisschen – was sind wir heute für eine müde Truppe! Ich habe mich immer noch nicht von den Folgen meines Arbeitseinsatzes mit Daniel in meiner Küche erholt und spüre jeden Knochen. Ich merke jetzt erst, wie geschafft ich bin."

„Ja, mir geht es auch so." Jessicas Augen wurden wässrig, als sie erneut gähnte.

„Hat die Abschiedsparty lange gedauert?" Liz sah Jessica an. „Und war es schön?"

Als Lydia nach dem Wochenende in den Laden gekommen war, war ihr aufgefallen, wie sehr Jessicas Augen glänzten. Auch wenn ihre Freundin todmüde war, leuchteten ihre Augen. Die Freude über das Zusammensein mit Derek stand ihr ins Gesicht geschrieben, das hätte sie nicht leugnen können, selbst wenn sie es versucht hätte.

„Ja, wir hatten tatsächlich eine sehr schöne Zeit miteinander." Jessicas Gesicht leuchtete auf, als sie von ihm sprach. Lydia musste an den Brief denken, den sie heute in aller Frühe ihrer Mutter geschrieben hatte. „Es war auch toll, so viele Leute aus der Stadt zu treffen und ... Ich weiß nicht ... Es war einfach schön, mit ihm zusammen zu sein." Jetzt wurde sie rot und Lydia musste lächeln.

„Die Farbe deine Wangen passt zu deinem Schal." Lydia machte eine Kopfbewegung zu dem karminroten Strang aus dicker Wolle, den ihre Freundin auf dem Schoß liegen hatte.

„Ich weiß." Jessica ließ wieder die Nadeln sinken. „Was ist bloß mit mir los? Das ist mir doch früher nicht passiert und schon gar nicht bei Derek."

„Er ist ein sehr gut aussehender junger Mann", bemerkte Liz anerkennend.

„*Jaa*", meldete sich Lydia zu Wort. „Und er ist wohl auch sehr nett."

„Stimmt. Ihr zwei habt recht. Aber ... es ist doch bloß Derek", erwiderte Jessica. Sie wirkte so verunsichert wie sonst beim Stricken. „Seine Gegenwart macht mich ganz kribbelig und ich benehme mich unmöglich. Das habe ich jetzt davon, dass ich mich all die Jahre nicht mit Männern verabredet habe. Ich verhalte mich wieder wie ein leicht zu beeindruckendes Schulmädchen."

„Oh weh." Liz ließ die Weste, die fast fertig war, sinken und sah hoch. „Wenn wir schon darüber reden, dass wir nicht mehr mithalten können ... Hoffentlich geht es mir nicht genauso, wenn ich mit Daniel ausgehe. Ich bin doch kaum mit einem Mann ausgegangen, außer mit Karl, und das schon seit Jahrzehnten. Also Mädels, ich rede hier wirklich von Jahrzehnten."

Lydia und Jessica machten beide große Augen, als Liz ihnen diese Neuigkeiten mitteilte. „Du bist mit Daniel verabredet?", fragte Lydia schließlich.

„Er will dich ausführen?" Jessicas Mund verzog sich zu einem breiten Grinsen.

„Ja, zum Essen." Liz nickte und Lydia bemerkte auch in den Augen der älteren Frau ein gewisses Leuchten. „Aber es ist kein Rendezvous", fügte sie hastig hinzu. „Zumindest nicht in meinen Augen. Solche Verabredungen sind doch eher etwas für jüngere Leute, oder?" Ihre Stirn legte sich in nachdenkliche Falten. „Der arme Daniel. Sobald er es ausgesprochen hatte, wirkte er nervös. So als ob er nicht wüsste, warum er mich überhaupt gefragt hat. Aber ich kann ihm keinen Vorwurf machen. Ich gebe zu, dass ich auch ein bisschen nervös bin."

„Aber freust du dich denn auf die Verabredung mit Daniel?", wollte Lydia wissen.

„Ja, klar. Man kann mit ihm über alles reden. Vom ersten Tag an habe ich ihn gern um mich gehabt. Er ist ein toller Handwerker und auch ein besonderer Mensch. Du musst Jonas noch einmal für seinen Tipp danken."

„Das sage ich ihm, sobald ich ihn sehe", versicherte ihr Lydia.

„Siehst du ihn öfters?", fragte Liz und dabei glitzerten ihre Augen verschwörerisch.

„Ach ..." Lydia reagierte mit einem Achselzucken. „Hin und wieder. Vor ein paar Tagen hat er mir Brennholz gebracht."

Jessica hatte gerade ihr Strickzeug wieder aufgenommen, um eine neue Reihe zu beginnen. Aber Lydia bemerkte, wie sie innehielt und zu ihr herübersah.

„Das ist wirklich lieb von ihm, Lydia", sagte sie schließlich.

„*Jaa*, ich weiß. Ich habe das Brennholz nicht in mein Budget eingeplant und so ist es ein echter Segen." Sie erinnerte sich, wie dankbar sie gewesen war, als sie eines Morgens gesehen hatte, wie er an der Seite ihres Hauses Holz aufstapelte. Geld hatte er dafür nicht gewollt. Das Holz stamme von einem abgestorbenen Baum, den er hatte fällen müssen, weil der alte Mr O'Malley ihn einfach stehen gelassen hatte, als er noch im Nachbarhaus gewohnt hatte.

Sie strickte ein paar Maschen an der Ferse des Babyschühchens, dann entschloss sie sich, ihren Freundinnen von weiteren Begegnungen mit ihrem Nachbarn zu erzählen. „Ich habe Jonas auch erlaubt, mit mir zur Gemeinde zu fahren."

Wie erwartet wechselten Jessica und Liz einen Blick und kicherten dabei. „Du hast ihm *erlaubt* mitzufahren?", fragte Jessica schließlich.

„Jaa", antwortete sie mit einem Lächeln. „Ich kann nur am Sonntag ein bisschen Zeit mit Flora verbringen und sie wird zickig, wenn wir nicht zusammen ausfahren. Aber ich finde, es ist albern, wenn Jonas und ich getrennt zum Gottesdienst fahren."

„Und es macht ihm nichts aus, dass du die Kutsche lenkst?" Liz musste lächeln.

„Darüber hat er sich bisher noch nicht beklagt." Verschämt zuckte sie mit den Achseln. „Vielleicht lasse ich ihn die Kutsche fahren, wenn der erste Schnee fällt."

Die beiden anderen Frauen nickten verständnisvoll, aber Lydia hatte bei diesen Worten ein mulmiges Gefühl. Obwohl sie Angst davor hatte, auf schneebedeckten Straßen zu fahren, wollte sie nur ungern jemand anderem die Zügel überlassen – schon wieder.

Nachdenklich nahm sie ihr Strickzeug wieder in die Hand, aber innerlich war sie ganz woanders und verglich Jonas mit Henry. Nach ein paar Minuten konnte sie kaum noch etwas sehen. Sie rieb sich die Augen und ließ die Stricknadeln sinken.

Jessica bemerkte es und legte ebenfalls ihr Strickzeug zur Seite. „Du siehst müde aus, Lydia. Wir können für heute auch Schluss machen."

„*Nee … nee.* Es liegt nicht am Stricken.“ Sie schüttelte den Kopf. Jessica sollte nicht meinen, ihre gemeinsamen Strickabende seien zu anstrengend für sie. Die Zeit mit den beiden Freundinnen war für sie zum Höhepunkt der Woche geworden. „Ich habe letzte Nacht nicht gut geschlafen und dann bin ich heute früher aufgestanden, weil ich meiner *Maam* einen Brief geschrieben habe. Ich wollte … äh … ihr etwas mitteilen. Etwas … Wichtiges.“

Ihren angefangenen Brief an Henry wollte sie nicht erwähnen, aber allein bei der Erinnerung daran zog sich ihr die Kehle zusammen und ihre Stimme wurde heiser. Die Neugier ihrer Freundinnen verwandelte sich in Sorge.

„Geht es deiner Mutter gut?“, fragte Jessica mit einem Stirnrunzeln.

„Ich hoffe, es ist alles in Ordnung.“ Liz biss sich auf die Unterlippe.

„Oh, *nee.* Ihr geht es gut“, antwortete sie hastig. „Es ist nur …“ Sie zögerte und dann sah sie die beiden Frauen an. „Es liegt an mir. Mit mir ist nicht alles in Ordnung.“

Nachdenklich legten die beiden anderen Frauen ihre Stricknadeln weg.

„Lydia, was ist denn?“, wollte Jessica wissen.

„Können wir etwas für dich tun?“ Die Augen von Liz blickten beunruhigt. „Können wir dir helfen?“

Erst jetzt, als ihre beiden Freundinnen sie so liebevoll ansahen und ihr bereitwillig zuhören wollten, erkannte sie, dass sie in den letzten Jahren nicht mehr über ihre Gefühle gesprochen hatte. Henry war es immer gleichgültig gewesen, was sie empfand. Und was sie sagte, war ihm ebenfalls nicht wichtig gewesen.

Aber diese beiden Frauen waren so ganz anders. Ihnen war sie nicht gleichgültig. Das konnte sie am Ausdruck ihrer Augen sehen, an der Aufmerksamkeit, die sie ihr schenkten. Obwohl sie kaum noch über das, was in ihrem Zusammenleben mit Henry gefehlt hatte, weinen konnte, brachte die Freundlichkeit ihrer Freundinnen alles wieder an die Oberfläche und sie spürte die Tränen in ihren Augen.

„Erinnert ihr euch, als ihr mir zum ersten Mal von der Idee deiner Tante erzählt habt? Vom gemeinsamen Handarbeiten?“ Sie wischte die Tränen weg. „Als ich völlig aufgelöst von der Bäckerei zurückgekommen bin?"

„Natürlich erinnern wir uns", erwiderte Jessica. „Wir haben Tee getrunken und uns unterhalten."

„Du hast an deinen Mann gedacht und die Erinnerung an ihn hat dich völlig überrumpelt", fügte Liz hinzu.

„*Jaa*, aber …" Lydia warf einen Blick auf ihre Hand, auf den Finger, an dem der Ehering einst gesteckt hatte. „Ich habe nicht gesagt, dass es schöne Erinnerungen waren, die mich so traurig gemacht haben. Ganz im Gegenteil, ich war so verzweifelt, weil ich die schrecklichen Erinnerungen an ihn am liebsten vergessen hätte."

Sie sah auf das fast fertige Babyschühchen, das auf ihrem Schoß lag. „Wisst ihr, seit Henrys Tod fühle ich mich jeden Tag ein bisschen wie beim Stricken. Ich ziehe an einer Erinnerung oder stelle mir eine Frage über uns und es kommt mir so vor, als ob ich an einem Strang Wolle ziehen würde. Die Erinnerungen und Fragen führen zu weiteren Erinnerungen und Fragen und vor meinen Augen löst sich unsere Ehe weiter auf wie ein gestrickter Pullover, den ich auftrenne. Und jedes Mal bricht es mir wieder aufs Neue das Herz. Manchmal frage ich mich …" Sie musste schlucken. „Ich frage mich, ob ich irgendwann so viel aufgetrennt habe, dass nichts mehr übrig ist von unseren gemeinsamen Jahren."

Sie sah zu ihren Freundinnen hinüber, die sie voller Mitgefühl ansahen. In ihren Augen hatten sich Tränen gebildet. „Über meine Ehe mit Henry lässt sich nur sagen, dass wir keine *guude* Beziehung hatten. Wenn ich dich zusammen mit Derek sehe …" Sie warf einen Blick auf Jessica. „Oder wenn du über deine Ehe mit Karl sprichst …", dabei sah sie Liz an, „dann kann ich das noch nicht einmal nachempfinden."

Liz räusperte sich, bevor sie mit leiser Stimme sprach. „Jede Beziehung ist anders, Schätzchen."

„Oh, ich weiß. Natürlich hast du recht", erwiderte Lydia. „Aber eine kluge Frau hat mal zu mir gesagt: ‚Kommunikation, Kompromisse und Küsse' – das alles macht eine Beziehung aus. Bei uns war nichts davon vorhanden. Wie hätten wir dann lernen sollen, uns nahe zu sein? Wir haben kaum miteinander gesprochen … oder uns im Arm gehalten. Und in all den Jahren habe ich es nicht gewagt, Henry zu fragen, weil ich Angst hatte, er würde mich nicht mehr lieben. Aber …“ Sie schüttelte den Kopf, weil sie nicht glauben konnte, welche Ironie dahintersteckte. „Obwohl ich alles so gemacht habe, wie er es wollte, und immer versucht habe, mir seine Liebe und seinen Respekt zu verdienen, hat er mich in Wirklichkeit wohl nie geliebt.“

Jessica seufzte tief. „Ich weiß nicht, was ich dazu sagen soll, Lydia. Manche Menschen … Vielleicht ist es ihm bloß schwergefallen, seine Liebe zu zeigen.“

„*Jaa* … Ich weiß wirklich nicht, was ich denken soll. Aber in dem Brief an meine *Maam* habe ich nicht alles erwähnt, was ich euch erzählt habe. Ich möchte sie nicht so sehr mit meinen Problemen belasten.“

Als sie auf dem Weg zur Arbeit den Brief mit der Adresse in Pennsylvania in einen Briefkasten gesteckt hatte, hatte sie es schon bereut, den Umschlag eingeworfen zu haben, weil sie ihrer *Maam* mehr geschrieben hatte, als sie wollte.

„Ich hoffe, du weißt, dass wir für dich da sind, Lydia.“ Jessica strich ihr sanft übers Knie. „Immer, wenn du reden möchtest.“

„Auch wenn du nichts sagen willst, sind wir für dich da.“ Liz nickte ihr mit einem schwachen Lächeln zu. „Ich bin alt genug, um deine Ersatz-*Maam* zu sein, wenn du eine brauchst.“

Als Liz das Wort im Amish-Dialekt aussprach, musste Lydia lächeln. „Ich bin euch sehr dankbar, das steht fest.“ Sie war zutiefst gerührt.

Jetzt beugten sich alle wieder über ihre Stricknadeln, aber Lydia merkte, wie sich die Stimmung verändert hatte. Die Begeisterung für ihre Strickprojekte war für heute verpufft. Es überraschte sie deshalb nicht, als Jessica das Wort ergriff.

„Weil wir alle so müde sind, sollten wir Feierabend machen“, schlug sie vor. „Du und ich, wir müssen morgen früh wieder hier im Laden sein.“ Sie warf einen Blick auf Lydia und dann auf den Raum.

„Das klingt doch gut.“ Liz nickte zustimmend.

„Aber wolltest du uns nicht etwas zeigen?“, wollte Lydia von Jessica wissen. „Du hast erwähnt, dass du an einem neuen Schalmodell arbeitest?“

„Ach ja, das." Jessica musste lachen. „Wirklich neu ist es nicht, sondern ich habe bloß einen meiner furchtbaren Versuche ein bisschen aufgepeppt."

Sie beugte sich vor und holte einen Schal aus der Jutetasche, die unter dem Tisch lag. Dann legte sie ihre Kreation auf den Tisch. Verblüfft starrten Lydia und Liz darauf.

Der Schal aus einem warmen violetten Garn, das Lydia bekannt vorkam, war besetzt mit hübschen, glitzernden Schleifen in einem hellen Fliederton.

„Das sieht ganz entzückend aus, Jessica." Lydia meinte es ehrlich.

„Einfach hinreißend", stimmte Liz zu. „Woher hast du die Anleitung?"

„Das ist dieselbe Anleitung wie vorher auch. Aber wie ihr beide wisst, mache ich beim Stricken immer noch zu viele Fehler. Und deshalb habe ich mich an dieses Glitzerband von Tante Rose erinnert."

„Wir verkaufen es im Laden." Lydia dachte an die kleine Auswahl von schimmernden Bändern in verschiedenen Farben, aber bisher hatte noch keine Kundin etwas davon gekauft.

„Richtig. Tante Rose hat immer Glitzerband im Laden gehabt." Jessica nickte lächelnd. „Bis vor Kurzem habe ich vergessen, wie praktisch es war, wenn plötzlich ein Schnürsenkel gerissen war. Oder ein Haarreifen verloren gegangen war. Oder wenn sich bei einem von meinen Oberteilen ein Fleck nicht entfernen ließ. Dann hat sie mir auf den Fleck eine schöne Schleife gesteckt." Jessica strich mit der Hand über den Schal. „Als sie mir das Stricken beigebracht hat und ich wegen der vielen Fehler gejammert habe, hat sie auch eine Rolle von ihrem Glitzerband hervorgeholt. Ich erinnere mich noch, wie wir zusammen Glitzerschleifen auf die Knoten und Löcher genäht haben."

„Ach ja …" Liz seufzte. „Sie war wirklich ein lieber Mensch."

Auch Lydia war ganz gerührt von dieser Geschichte. „Sie hat das gemacht, um deine Fehler zu überdecken?"

„Ich weiß nicht, ob sie die Fehler überdecken wollte." Jessicas Stimme wurde schwächer und wirkte nachdenklich. „Nein, ich glaube, sie hat eher versucht, aus den Fehlern etwas Besseres zu machen. Einen schönen Blickfang."

„Das ist echter Shabby-Chic-Stil, dieser Schal von dir", bemerkte Liz. „Und damit liegst du voll im Trend."

„Ja, stimmt. Hast du die Möbel gesehen, die momentan wieder in Mode sind?", fragte Jessica. „Aber nicht dass du meinst, ich brauche neue Möbel."

Lydia hörte zu, wie sich die beiden Frauen über die neuesten Modetrends unterhielten. All das betraf sie nicht, aber sie fühlte sich trotzdem nicht ausgeschlossen. Sie gehörte einfach dazu, denn sie waren Freundinnen. Diese Freundschaft war wie eine tröstende Umarmung, wenn sie traurig war, und wie ein Sonnenstrahl an schönen Tagen.

Diese beiden Frauen waren für sie wie Glitzerband in ihrem Leben.

# Kapitel 20

Als sie bei der Bedienung bestellt hatten, lehnte sich Liz entspannt zurück. Sie saß mit Daniel zusammen an einem Zweiertisch. Als sie im Schein der Kerzen seine gütigen Gesichtszüge betrachtete, fragte sie sich, warum sie auf seine Einladung zum Essen zunächst so unsicher reagiert hatte.

Sie sah ihn nicht nur gerne an, sondern wegen seiner ruhigen und verständnisvollen Art war sie auch gerne mit ihm zusammen. Obwohl sie ihn durch die Arbeiten bei ihr zu Hause schon recht gut kannte, hatte sie sich extrem viel Zeit genommen, um sich auf diesen Abend vorzubereiten. Mit enormem Eifer und einer großen Menge Haarspray saß ihr Haar endlich richtig. Dann hatte sie mindestens fünf Minuten gebraucht, um sich für die Farbe des Lippenstifts zu entscheiden. Und dann waren mehrere Abstecher zu ihrem Kleiderschrank und viele Anproben notwendig gewesen, bis sie sich endlich für eine elegante schwarze Hose entschieden hatte, ein smaragdgrünes Oberteil mit dezentem Paillettenbesatz und hochhackige schwarze Pumps, die schon lange bei ihr im Schrank lagen.

Aber wie sie schon zu Jessica und Lydia gesagt hatte, war es ja immerhin über dreißig Jahre her, seitdem sie mit einem Mann ausgegangen war, der nicht ihr Ehemann war.

„Ich kann immer noch nicht glauben, dass ich noch nie von Annabelles Restaurant gehört habe", bemerkte sie. „Aber wie gesagt, ich fahre nur selten nach Millersburg, um Essen zu gehen, obwohl es von Sugarcreek aus gar nicht weit ist."

„Du kochst wahrscheinlich lieber selbst, als dass du essen gehst."

„Stimmt. Aber es ist schon etwas Schönes, wenn man sehen kann, was echte Küchenchefs so auf den Tisch zaubern. Und mir gefällt die Atmosphäre hier. Es ist so gemütlich mit dem offenen Kamin und der Holztäfelung in warmen Naturtönen. Ein wirklich schönes Lokal."

Schon bei ihrer Ankunft war sie entzückt gewesen. Das Lokal wirkte wie ein Privathaus, in das sie zum Essen eingeladen waren.

Weiße Schaukelstühle standen auf der rundum laufenden Veranda des zweistöckigen, blau gestrichenen Landhauses aus Viktorianischer Zeit. Die Veranda und die Holzstufen der Eingangstreppe waren geschmackvoll dekoriert, zur Jahreszeit passend mit Maiskolben, Kürbissen und gelben und purpurroten Chrysanthemen in Töpfen. Dieser Blickfang sorgte für Farbe und eine gemütliche Atmosphäre.

„Anscheinend ist dieses Lokal sehr beliebt", bemerkte sie mit einem Blick auf die voll besetzten Tische.

„Ich glaube, es ist seit einiger Zeit unter neuer Leitung, aber die Betreiber haben so gut wie nichts verändert. Ich habe hier in der Nähe gewohnt", erklärte er. „Und in dieses Restaurant bin ich immer am liebsten gegangen."

„Stammt dein Neffe Jonas auch von hier?"

„Oh nein. Die Familie meiner Schwester hat mehr in Stadtnähe gewohnt, bis sie nach Indiana gezogen ist. Jonas ist erst vor Kurzem wieder nach Sugarcreek umgezogen." Er sah sie mit einem schiefen Lächeln an. „Bestimmt willst du jetzt wissen, warum Jonas Amish ist und ich nicht."

„Na ja, von mir habe ich dir ja schon erzählt, als wir uns mit diesen Nägeln abgemüht haben." Während sie Seite an Seite gearbeitet hatten, hatte sie Daniel von den Menschen erzählt, die ihr am meisten bedeuteten: von Karl und Amy, von ihrem Schwiegersohn und ihren Enkelkindern. Er hatte ihr zugehört, Fragen gestellt und echtes Interesse gezeigt, so wie er es immer tat.

„Dann bin ich jetzt dran."

Sie spielte nervös mit ihrer Serviette. „Nur wenn du möchtest, Daniel."

„Ich weiß nicht, warum, aber du machst es mir leicht, von mir zu erzählen, Liz", erwiderte er mit sanfter Stimme. Sie spürte, wie ihr warm wurde, und sie freute sich, dass er sich in ihrer Gegenwart offenbar genauso wohlfühlte wie sie in seiner.

„Obwohl es im Grunde genommen keine besonders interessante Geschichte ist", fügte er hinzu. „Im Leben vieler Menschen gibt es unerwartete Wendungen. Mein Leben ist anders verlaufen als geplant, weil ich ein begeisterter Basketballspieler war."

„Das überrascht mich."

„*Jaa*, also“, erwiderte er. Ab und zu fiel er in die Mundart der Amish zurück. Das war ihr schon aufgefallen. „Es hat auch meine Familie überrascht. Aber ich habe diesen Sport so gern gemacht, dass ich nicht wie die anderen Amish-Kinder nach der achten Klasse von der Schule abgehen wollte. Ich wollte weiter zur Schule gehen. Mein Traum war es, in der ersten Schulmannschaft zu spielen.“ Er grinste spitzbübisch. „Und das ist mir auch gelungen.“

„Das ist erstaunlich.“

Die Kellnerin erschien mit dem bestellten Essen. „Die Dame hat die Schweinelendchen auf Süßkartoffeln bestellt?“

„Ja, genau.“ Liz nickte, als die junge Frau den Teller vor ihr hinstellte.

„Und für den Herrn ein englisch gebratenes Steak mit roten Kartoffeln und Spargel?“

„Jawohl.“ Daniel nickte ebenfalls. Als die Kellnerin wegging, neigte er den Kopf zu einem stillen Tischgebet. Liz hielt inne und machte es ihm nach, bevor sie ihn drängte, seine Geschichte weiterzuerzählen.

„Du hast gesagt, dass du Basketball gespielt hast, und dann …?“

„Es hat mir sehr viel Freude gemacht.“ Er schnitt ein Stückchen von seinem Steak ab. „Aber dann rückte der Schulabschluss immer näher und alle dachten, ich hätte genug vom Basketball. Es war geplant, dass ich mich als Amish taufen lasse und zurück auf die Farm komme. Aber einige Lehrer hatten mir bereits eine andere Idee eingeimpft.“

Liz sah von ihrem Teller auf. „Solltest du aufs College?“

Er trank einen Schluck Wasser. „Genau.“

„Du warst bestimmt ein guter Schüler, denn sonst hätten sie dich nicht gefördert.“

Auf diese Bemerkung reagierte er mit einem lässigen Achselzucken. „Ich habe gern gelernt und ich glaube, sie sahen das Potenzial in mir. Sie haben mir einen Weg geebnet, den ich alleine nie hätte gehen können. Sie waren mir dabei behilflich, dass ich zum Leistungstest zugelassen wurde. Dann haben sie mir geholfen, ein Studentendarlehen zu bekommen. Sie haben alles für mich getan. Aber für die College-Mannschaft hat es dann doch nicht gereicht. Ich war einfach nicht gut genug und das wusste ich auch. Aber bis dahin hatte ich einen neuen Traum. Ich wollte Ingenieur werden."

„Das macht einen Sinn", bemerkte sie, fasziniert von seiner Geschichte. „Du hast die Fähigkeit, Probleme zu lösen und dafür zu sorgen, dass die Dinge wieder funktionieren. Wie die marode alte Decke in meiner Küche." Sie lächelte ihn an. „Und bist du dann aufs College gegangen?"

„Ja, und auch das hat mir Freude gemacht ... bis mein Vater einen Zusammenbruch hatte."

„Und deine Mutter deine Hilfe gebraucht hat?", vermutete Liz.

„Meine Mutter hat uns verlassen, als ich noch zur Schule ging."

„Oh weh, Daniel. Das tut mir leid."

„Als ich mich dazu entschied, einen anderen als den mir vorgezeichneten Weg zu gehen, war das vielleicht der Anstoß für meine Mutter, das Gleiche zu tun. Ich weiß es nicht." Er schüttelte den Kopf und sie konnte sehen, wie die Entscheidung seiner Mutter ihm noch immer Kopfzerbrechen bereitete. „Ich habe nicht gewusst, dass sie sich nach einem anderen Leben gesehnt hat, aber ich glaube, dieser Wunsch war sehr stark. Denn wenn man dem Glauben der Amish absagt und die Gemeinde und die Familie verlässt, wird der Bann über demjenigen ausgesprochen und man darf keinen Kontakt mehr zu ihm haben. Selbst das hat sie in Kauf genommen. Ich habe sie seitdem nie wiedergesehen."

„Das ist so traurig, Daniel." Sie sah ihm in die Augen und fragte sich, wie er das alles hatte durchstehen können und trotzdem so mitfühlend und warmherzig war.

„Man kann nichts anderes tun als Gott um Hilfe bitten. Weißt du, nicht jede Amish-Familie ist vollkommen."

„Nur sehr wenige Familien sind vollkommen, das ist schon mal klar", erwiderte sie. Obwohl Karl und sie nur selten Streit gehabt hatten, wusste sie doch, wie es ist, wenn Eltern sich Tag und Nacht wegen Nichtigkeiten in den Haaren liegen. Sie und Karl hatten einander versprochen, dass ihre Tochter nicht in einer solchen Atmosphäre von Zank und Streit aufwachsen sollte. „Also hast du dein Studium abgebrochen?"

Er nickte bedächtig. „Ich habe gehofft, dass es bloß für ein paar Semester sein würde und mein Vater dann wieder gesund wäre. Als meine Mutter weggegangen war, hatte er damit angefangen, sich mit Schmerzmitteln zu betäuben. Er hat mir zwar versprochen, damit aufzuhören, als ich nach Hause zurückkam, aber das hat er dann doch nicht geschafft. Es wurde immer schlimmer mit ihm. Eines Tages wollte er mit dem Traktor rausfahren. Er hatte einen schweren Unfall. Als er starb, stand ich mit zwei Schwestern alleine da, die beide sehr viel jünger waren als ich."

„Wie alt warst du damals?"

„Zwanzig. Meine Verwandten haben uns geholfen und natürlich auch die Nachbarn", erklärte er mit einem zufriedenen Lächeln. „Trotzdem habe ich die Farm verkauft, weil ich nie der geborene Landwirt gewesen bin. Wie schon erwähnt, hatte ich mehr Talent für Reparaturen und Schreinerarbeiten. Ich fand einen Job bei einem Möbelbauer. Dort habe ich viele Jahre gearbeitet, bis meine Schwestern erwachsen und verheiratet waren."

„Und du? Hast du eine Frau gefunden und geheiratet?"

Er warf einen Blick auf seinen Teller und stocherte in den Kartoffeln herum.

„*Nee*. Ich war verlobt gewesen, als ich noch jung war. Obwohl sie nie etwas gesagt hat, wusste ich, dass sie nicht die Verantwortung für meine beiden Schwestern übernehmen wollte. Also habe ich die Verlobung gelöst." Er hielt inne und holte tief Luft. „Als meine Schwestern von zu Hause auszogen, um zu heiraten, war ich Anfang dreißig. Alle Frauen in meinem Alter waren damals in festen Händen. Also habe ich mich auf meine Arbeit konzentriert."

„Hast du jemals bedauert, dass alles so gelaufen ist?"

„Ja, klar." Er lehnte sich auf seinem Stuhl zurück und grinste sie an. „Ich bedaure, dass ich endlos gequasselt habe, obwohl ich es trotzdem fertiggebracht habe, mein Steak aufzuessen." Er schob seinen Teller zurück.

„Es ist meine Schuld. Ich habe einfach nicht aufgehört zu fragen." Sie musste lachen. „Irgendwo habe ich ein gutes Amish-Sprichwort über Selbstzweifel gelesen. Es ging etwa so: ‚Ein Mann ist erst dann alt, wenn er mehr Selbstzweifel als Träume hat.'"

„Das ist gut." Er nickte. „Woher hast du diese vielen Amish-Sprichwörter, Miss *Englische*?"

Es machte ihr nichts aus, wenn er sie ein bisschen neckte. Im

Gegenteil, sie merkte, wie seine Augen bei diesem Geplänkel leuchteten. „Hier in dieser Gegend braucht man kein Amish zu sein, um diese Sprichwörter zu kennen."

„Da bin ich genau der Richtige." Er musste lachen. Offenbar genoss er ihren Wortwechsel genauso wie sie. „Wenn dir diese Sprichwörter so gut gefallen, dann habe ich auch noch eins für dich."

„Ach ja?" Sie richtete sich auf. „Ich bin bereit."

Er räusperte sich und seine Stimme klang plötzlich ernster. „Bedauern über das Gestrige und die Angst vor dem morgigen Tag sind doppelte Diebe, die uns das Heute stehlen."

„Ah, das ist auch gut."

„Ja, das stimmt. Ich habe daran gedacht, weil … na ja, hoffentlich macht es dir nichts aus, wenn ich es ausspreche. Mir gefällt dieser Tag – oder eher dieser Abend. Wie immer, wenn ich Zeit mit dir verbringen kann. Mit dir zusammen. Was ich eigentlich sagen will: Ich mag dich sehr, Liz."

Sie spürte, wie ihr vor Überraschung ganz warm wurde. Sie legte ihr Besteck zur Seite, weil sie nicht weiteressen konnte. „Und ich … ich bin auch gern mit dir zusammen, Daniel", brachte sie schließlich heraus, hastiger als beabsichtigt.

Gerade in diesem Augenblick erschien die Kellnerin wieder am Tisch. „Hat es Ihnen geschmeckt? War alles in Ordnung?"

„Es war fantastisch, wirklich gut", schwärmte Liz. Ihr war es lieber, über gutes Essen zu reden als über ihre Gefühle. „Vielleicht hätten die Süßkartoffeln ein bisschen weniger Zimt vertragen und die Schweinelende ein bisschen mehr Knoblauch. Aber es war trotzdem ausgezeichnet."

Die Kellnerin straffte die Schultern. „Sind Sie etwa die Testesserin vom *Budget*?"

„Oh nein", Liz winkte ab. „Nichts dergleichen. Ich bin bloß … ich." Sie lächelte entschuldigend.

„Sie ist eine hervorragende Köchin", fügte Daniel hinzu.

„Ich gebe Ihre Vorschläge gerne an unseren Küchenchef weiter. Und … haben Sie noch Platz für einen Nachtisch?" Die Kellnerin sah die beiden an. „Wir haben sehr leckere Obstkuchen."

„Das stimmt. Die Kuchen sind ganz toll hier", bestätigte Daniel.

„Mmh …" Liz war zunächst unentschlossen. „Ich verzichte nur

ungern auf ein gutes Stück Kuchen, aber im Moment bin ich so satt von dem guten Essen."

„Meinst du, du hast in ein, zwei Stunden wieder Appetit?" Daniel beugte sich vor, um ihr näher zu sein. „Wir könnten uns ein Stück teilen."

Sie brauchte nur einen Moment, um sich klar zu werden, was er wirklich wollte. Und sie brauchte nur einen halben Moment, bevor sie wusste, wie sie darauf reagieren sollte.

„Apfelkuchen?", fragte sie und sah ihm dabei in die Augen.

„Jawohl, Apfelkuchen ist genau richtig." Ein schwaches Lächeln umspielte seine Lippen. „Ein Stück zum Mitnehmen, bitte", sagte er zur Bedienung.

Liz musste zugeben, dass sie sich freute. Dieses gemeinsame Essen, das ihr so viel Kopfzerbrechen bereitet hatte, war viel zu schnell vorüber. Sie hatte sich wirklich wohlgefühlt. Deshalb wollte sie auch nicht, dass der Abend schon zu Ende sein sollte.

# Kapitel 21

„Wollen Sie damit sagen, dass Ihre Bank mir keinen Kredit genehmigen will? Ist das Ihr letztes Wort?“ Jessica spürte plötzlich, wie ihr die Angst die Kehle zuschnürte. Sie konnte hören, dass ihre Stimme vor Empörung schriller wurde, als sie ihren Blick auf den jungen Kreditsachbearbeiter richtete. Der Mann konnte ihr kaum in die Augen sehen, als er ihr die schlechte Nachricht übermittelte.

„Es tut mir leid, Ms Holtz.“ Seine Schultern hoben sich zu einer entschuldigenden Geste. „Aber ich kann Ihnen unser neuestes Programm anbieten. Dabei sparen Sie Gebühren für Ihr Girokonto und bekommen doppelte Bonuspunkte, wenn Sie Einkäufe mit Ihrer Kundenkarte tätigen.“ Er wirkte verlegen, als er diese Vorschläge machte, denn er wusste ja, wie erbärmlich es um ihre Finanzen bestellt war.

„Hören Sie, ich habe Ihnen meine Situation geschildert. Ich brauche kein gebührenfreies Konto oder Bonuspunkte. Ich brauche mehrere Tausend Dollar, und zwar schon seit gestern.“ Ihre Stimme klang jetzt fast flehend. „Ich kann mit den Grundsteuern für meinen Laden nicht in Verzug geraten. Der Laden ist meine einzige Einnahmequelle.“ Wie oft hatte sie das schon erwähnt? „Wenn ich den Laden verliere, wie soll ich dann die Hypothek tilgen, die auf diesem Haus lastet? Haben Sie sich das auch überlegt?“

Aber natürlich war diese Frage überflüssig. Bestimmt hatte er sich das überlegt. Und natürlich war es ihm gleichgültig. Schließlich war es nicht sein, sondern ihr Problem.

Seitdem sie mit der Nachmittagspost die letzte Mahnung von der Bezirkskasse bekommen hatte, zitterte sie am ganzen Körper. In dem Schreiben war nicht nur die Grundsteuer aufgeführt, sondern auch die Strafzinsen, weil sie die Steuer nicht fristgerecht bezahlt hatte. Das Ganze wäre nicht ein solcher Schock für sie gewesen, wenn ihr die ursprüngliche Rechnung vorgelegen hätte. Sie vermutete, dass das erste Schreiben irgendwie abhandengekommen war, als sie in das Haus von Tante Rose umgezogen war und danach Tag und Nacht gearbeitet hatte, um den Laden am Laufen zu halten.

Die Mahnung hätte sie sicherlich nicht so unvermutet getroffen, wenn sie vorher schon ein Haus besessen und Erfahrung mit den damit verbundenen Steuern gehabt hätte.

Sie hatte das Schreiben in die Tasche gesteckt und sich nach oben in ihre Wohnung gestohlen, damit Lydia nichts mitbekam. Dann hatte sie bei der Bezirkskasse angerufen. Sie hatte auf einen verständnisvollen Zuhörer gehofft, der ihr vielleicht eine Ratenzahlung anbieten würde, wenn sie ihm alles erklärte, und sich für ihre Unwissenheit entschuldigte. Aber die Frau am anderen Ende der Leitung hatte vollkommen unbeteiligt, ja sogar gelangweilt gewirkt, als Jessica ihr die Situation geschildert hatte. Ihr gleichgültiges Achselzucken hatte sie förmlich hören können.

Nach diesem fruchtlosen Telefonat war sie aus dem Laden geeilt und sofort zur Bank gelaufen. Aber der Sachbearbeiter hatte genauso reagiert wie die Frau am Telefon.

„Hören Sie, wenn ich es zu entscheiden hätte", sagte er jetzt, „würde ich Ihnen helfen."

Wieder hoben und senkten sich seine Schultern. Aber das wirkte so übertrieben auf sie, dass Jessica sich fragte, ob er diese Geste vielleicht vor dem Spiegel geübt hatte. Zumindest führte er nicht ein zweites Mal alle Gründe auf, die dagegensprachen, ihr den Kredit zu gewähren. Die Gründe kannt sie nur zu gut. Sie musste noch immer einen Studentenkredit abzahlen. Sie hatte kaum nennenswerte Ersparnisse. Ihre einzige Kreditkarte war fast am Limit und ihre Tante hatte bereits einen Kredit aufnehmen müssen, um genug Geld für die umfangreiche und teure Renovierung des Ladens zur Verfügung zu haben.

„Aber ich habe das nicht zu entscheiden", fügte er hinzu, als er sich in seinem Bürostuhl aufrichtete, um ihr zu signalisieren, dass das Gespräch beendet war. „Tja ..." Er zog das Wort in die Länge und spielte mit dem Kugelschreiber auf seinem Schreibtisch, als ob er nur darauf wartete, dass sie aufgab und wegging.

„Wenn Sie das nicht entscheiden können, wer dann?", fragte sie. „Vielleicht sollte ich mit Ihrem Vorgesetzten reden." Sie war erstaunt über ihre eigene Kühnheit, aber sie stand ja schon mit dem Rücken zur Wand. Was blieb ihr jetzt noch anderes übrig?

„Das ist kein Problem, Ms Holtz. Ich hole gern unsere Filialleiterin."

Jessica merkte, dass er das nicht nur gern machte, sondern froh war, sie loszuwerden. Er sprang förmlich von seinem Stuhl auf und hastete aus dem Büro.

Während sie ungeduldig mit den Fingern auf die Schreibtischplatte trommelte und aus dem Fenster starrte, überlegte sie, wie sie die zusätzliche Geldsumme in den nächsten dreißig Tagen auftreiben sollte, wenn die Bank ihr kein Darlehen geben wollte.

Sie hatte noch immer keine Antwort darauf, als sie vor der Bürotür Schritte hörte. Sie setzte sich gerade hin, um sich für die zweite Runde zu wappnen. Dann drehte sie sich um. Als ihr Blick auf die Filialleiterin fiel, verließ sie der Mut. Es war Denise Crutchfield, eine ehemalige Mitschülerin. Warum musste es ausgerechnet Denise sein?

„Hallo, Jessica." Die Stimme von Denise klang samtweich, ja, beherrscht und professionell, als sie sich ihr gegenüber an den Schreibtisch setzte. „Schön, dich zu sehen, würde ich jetzt gerne sagen. Aber nachdem man mich über deine Situation informiert hat …" Sie schnalzte scheinbar mitleidig mit der Zunge. „Wie kann ich das dann sagen, wenn du dich in einer solch prekären Lage befindest?"

Natürlich wusste Jessica, dass Denise es nicht ganz ehrlich mit ihr meinte. Ja, ihre Lage war prekär. Dieser Teil entsprach der Wahrheit. Aber hatte Denise es jemals schön gefunden, sie zu sehen? Das war schon seit Urzeiten nicht mehr vorgekommen, zumindest seitdem die beiden in der Mittelstufe zu Rivalinnen geworden waren. Ihr Verhältnis war bis zum Schulabschluss nicht besser geworden.

Jessica wusste nie so genau, warum Denise sich vor so vielen Jahren gegen sie gewandt hatte. In Jessicas Augen war es Dummheit, denn für sie war Denise nie eine Konkurrentin gewesen. Sie hatten nicht dieselben Freundinnen gehabt und waren auch nicht in derselben Clique gewesen. Aber vielleicht war genau das für Denise ein Problem gewesen.

Sie hätte ihr liebend gerne schon damals den Titel der Ballprinzessin und -königin überlassen, wenn sie gewusst hätte, dass sie heute vor dieser Frau sitzen würde. Aber da sie die Uhr nicht zurückdrehen konnte, schenkte sie ihrer Gegnerin von damals das herzlichste Lächeln, das sie unter diesen Umständen zustande bringen konnte, und schluckte ihren Stolz herunter.

„Denise, du siehst wirklich gut aus", sagte sie, um Ehrlichkeit bemüht. „Mir gefällt das Kostüm, das du anhast."

„BOSS", entgegnete Denise lakonisch.

„Boss?", fragte Jessica mit einem Stirnrunzeln. Wollte Denise etwa mit „Boss" angesprochen werden?

„Die Marke. BOSS. Oder sagt dir Hugo Boss etwa nichts?", fügte Denise mit einem herablassenden Lächeln hinzu. „Ich habe es in Columbus bei Nordstrom gekauft."

„Oh ... ich ..." Jessica war verblüfft. Sie war so sehr mit ihren eigenen Geldsorgen und dem immer näher rückenden Steuertermin beschäftigt, dass sie diese Andeutung über den Nobeldesigner nicht richtig wahrgenommen hatte. „Ja, natürlich. Und es ... äh ... sieht richtig gut aus", bemerkte sie wieder. „An dir." Erneut schluckte sie ihre Selbstachtung herunter.

Dann rieb sie sich die feuchten Hände an der Jeans. Sie holte tief Luft, bevor sie ihre letzte Bitte äußerte. „Also, Denise, wir beide wissen, warum ich hier bin. Und ... ja, ich wäre dir sehr dankbar, wenn du etwas für mich tun könntest. Und ich glaube, das könntest du auch, denn du bist ja hier der Boss und trägst auch noch ein Kostüm von BOSS." Sie endete mit einem nervösen Lachen, weil sie diese letzte Bemerkung am liebsten rückgängig gemacht hätte.

„Ich würde dir ja so gern helfen." Mit gespieltem Bedauern schüttelte Denise den Kopf. Aber noch während sie diese Worte aussprach, sah Jessica das boshafte Aufblitzen ihrer Augen. „Aber wir reden hier über Zahlen, über konkrete Zahlen. Und in deinem Fall reichen diese Zahlen einfach nicht aus – nicht für einen neuen Kredit und auch nicht für eine Erhöhung deiner bestehenden Kreditlinie."

„Aber Tante Rose ... ich meine, sie ... wir ... sind schon seit vielen Jahren Kunden dieser Bank. Deshalb müsste es doch einen Weg geben. Eine langjährige Geschäftsbeziehung sollte doch auch etwas wert sein und unsere Treue ..."

Denise hob eine Hand, um sie am Weiterreden zu hindern. Jessica war froh darüber, denn sogar sie merkte, wie jämmerlich sie sich gerade anhörte.

„Weißt du, Jessica …" Denise seufzte. „Wenn wir hier in einer Folge von *Unsere kleine Farm* wären, dann würde das alles natürlich zählen und es würde so laufen, wie du es dir vorstellst. Aber leider bekommen wir nicht immer das, was wir wollen. Das musste ich persönlich schon vor langer, langer Zeit lernen." Sie starrte Jessica böse an, als ob Jessica tatsächlich die einzige Ursache aller ihrer Enttäuschungen während ihrer gesamten Schulzeit gewesen wäre.

„Außerdem …" Ihre Gegnerin beugte sich vor und legte eine gepflegte Hand über die andere. „Du musst verstehen, dass dein geliebter Handarbeitsladen nicht unbedingt ein Goldesel ist. Über die Jahre betrachtet ist der Nettogewinn weder lukrativ noch stabil gewesen. Offen gesagt bin ich überrascht, dass du das Haus nicht verkauft hast." Sie schüttelte den Kopf, scheinbar verblüfft über Jessicas mangelnden Geschäftssinn. „Ich an deiner Stelle würde das tun. Verkaufen. Vielleicht macht jemand aus dem Laden eine Pizzeria."

Jessica blieb vor Fassungslosigkeit beinahe die Luft weg. Dass Denise so etwas laut aussprach und dann auch noch in diesem schroffen Ton. Diese grausamen Worte verletzten sie zutiefst. Sie hatte den Eindruck, als hätte Denise, als sie den Laden ihrer Tante erwähnte, über jemanden aus ihrer Familie gesprochen – eine kleine Schwester oder einen Bruder, aus dem niemals etwas werden würde und den man deshalb aufgeben könnte.

„Vielleicht kannst du das nicht verstehen, aber dieses Haus – der Laden – ist ein Teil von mir, Denise." Ihre Entrüstung verwandelte sich in Wut. „Er ist sogar ein großer Teil von mir und auch ein wichtiger Teil dieser Stadt. Ich kann es einfach nicht fassen, dass du meine schlimme Lage für eine miese Rache benutzt, nur weil du seit der siebten Klasse etwas gegen mich hast. Das ist weder fair noch logisch, es ist einfach nur – kindisch", platzte sie heraus.

Denise stand der Mund weit offen, aber nur für Sekundenbruchteile. Schnell hatte sie sich wieder im Griff und ihre Lippen wurden zu einem schmalen Strich. „Ich? Kindisch?" Sie sprach mit zusammengebissenen Zähnen. „Du bist unreif, wenn du mir so etwas unterstellst, Jessica. Schließlich ist es nicht meine Schuld, dass du deine Steuern nicht termingerecht bezahlt hast. Ich habe nicht das Geringste mit deiner Situation zu tun."

„Und du wirst auch nicht das Geringste tun, um mir da herauszuhelfen, stimmt's?" Jessica spürte, wie ihr warm wurde. Bestimmt zeigte sich ihre hilflose Wut auch auf ihrem Gesicht.

Denise faltete die Hände vor sich und legte sie auf die Schreibtischplatte. Dabei verzog sich ihr Gesicht erneut zu einem falschen Lächeln. „Kann ich Ihnen mit etwas anderem weiterhelfen, Ms Holtz? Sind Sie an einem unserer Produkte interessiert – natürlich abgesehen von einem Kredit?"

„Nein, danke." Jessica sprang auf. „Bestimmt kann mir die Bausparkasse hier in der Straße weiterhelfen."

„Träum weiter." Denise lachte leise, als sie sich auf dem Ledersessel zurücklehnte. „Von denen wirst du auch nichts bekommen. Aber die Bewegung, die du bekommst, wenn du an diesem schönen, strahlenden Tag dorthin gehst, wird dir guttun. Viel Spaß bei deinem Ausflug, Jessica."

Eine Stunde später erwies sich die Prognose von Denise als richtig. Auch der Kreditsachbearbeiter der Bausparkasse lehnte ihre Bitte um einen Kredit ab. Niedergeschlagen verließ Jessica das Bankgebäude. Ihre Hoffnungen waren zerstört und ihr Selbstvertrauen war mehr als nur ein wenig angeknackst.

Sie war wie betäubt und konnte noch immer nicht fassen, was da geschah. Jetzt wollte sie nur noch zurück zum Handarbeitsladen, in ihr Zuhause, zu ihrer Arbeit. Das war doch alles, was sie hatte – und vielleicht hatte sie es nicht mehr lange.

Ihre Gedanken überschlugen sich und ihr war es schwer ums Herz. Mühsam setzte sie einen Fuß vor den anderen. Als sie endlich im Laden ankam, wusste sie weder ein noch aus.

Mit einem Lächeln auf dem Gesicht machte Lydia den letzten Knoten an dem kleinen Kinderpullover, den sie gestrickt hatte. Sie war schnell damit fertig geworden und hatte jede Minute genossen. Nachdem sie ein paar lose Fäden vernäht hatte, hängte sie den Pullover auf einen kleinen Holzbügel. Sie freute sich, dass ihr diese Idee dazu gekommen war, und sie war mit ihrer Arbeit sehr zufrieden.

Auf der Vorderseite des locker gestrickten, cremefarbenen Pullovers hatte sie mit rosafarbener Wolle das Wort „Geöffnet“ quer über die Brust gestickt. Unter der linken Schulter befestigte sie eine gehäkelte Rose im gleichen Farbton. Auf der Rückseite des Pullovers hatte sie mit lilafarbenem Garn das Wort „Geschlossen“ aufgestickt und eine passende Rose in Violett gehäkelt.

Sie war froh, dass ihr das gestrickte Ladenschild so gut gelungen war, und so konnte sie es kaum erwarten, bis Jessica von ihren Erledigungen zurückkam, um ihre Kreation zu bewundern.

Plötzlich hatte sie eine Idee ...

Ein breites Lächeln zog über ihr Gesicht.

Warum warten, bis Jessica zurückkam? Wäre es nicht besser, wenn sie die Freundin mit dem neuen Schild überraschte? Jessica hatte so unglücklich gewirkt, als sie vor Stunden weggegangen war, um etwas zu erledigen. Vielleicht würde Lydias kleiner Beitrag zur Verschönerung des Ladens wieder ein Lächeln auf das Gesicht ihrer Freundin zaubern.

Sie erhob sich von ihrem Platz am Arbeitstisch, rückte den Pullover auf dem Bügel gerade und ging zur Ladentür. Sie hatte sich noch nicht getraut, im Laden etwas zu verändern. Aber warum sollte sich Jessica nicht über das neue Ladenschild freuen? Es war originell und passte besser zum Handarbeitsladen als das alte Holzschild, das momentan noch im Schaufenster hing.

Das Schild ließ sich leicht vom Haken abnehmen. Bevor sie es gegen das neue Pulloverschild austauschte, legte sie das alte auf den Fenstersims. Sie zupfte an ihrer Kreation, damit sie gerade hing, als die Ladenglocke bimmelte. Bereit, eine Kundin zu begrüßen, ging sie zur Tür. Aber es war Jessica, die alles andere als erfreut aussah. Ihre Stimme klang verärgert.

„Was machst du da, Lydia?“

„Ich ... äh ... ich habe ein neues Schild gemacht – ein Pulloverschild – für das Schaufenster. Soll ich es dir zeigen? Ich finde, es passt besser zum Laden.“ Sie griff nach dem kleinen Pullover, nahm ihn von dem Haken und ließ ihn herunterhängen, damit Jessica ihn besser sehen konnte. Bestimmt würden ihre Augen aufleuchten.

Aber Jessica reagierte ganz anders, als Lydia es erwartet hatte.

„Also hast du das Schild von meiner Tante Rose – das Schild, das schon immer hier gehangen hat – einfach so abgenommen?" Jessicas Augen verengten sich zu schmalen Schlitzen. „Du hast also entschieden, dass es nicht mehr gut genug ist?"

„Nicht gut genug? Oh *nee*, Jessica." Lydia spürte, wie sich ihr Magen zusammenzog. „Bitte entschuldige. Ich … äh … ich hätte erst mit dir reden sollen. Ich habe nicht gewusst, dass dir das andere Schild so viel bedeutet." Sie griff nach dem hölzernen Rechteck, das noch auf dem Fenstersims lag. „Ich hänge es sofort wieder auf, an seinen alten Platz."

„Vergiss es, Lydia. Vergiss das Schild. Wegen mir kannst du den Pullover aufhängen", entgegnete Jessica gepresst. „Es spielt sowieso keine Rolle. Nichts spielt mehr eine Rolle, gar nichts mehr."

Lydia drückte das Holzschild und den kleinen Pullover an die Brust. Sie wusste nicht, was sie als Nächstes tun sollte. Sie hatte ihre Freundin noch nie so gesehen, hatte noch nie erlebt, wie sie jemanden so barsch anfuhr. Es musste etwas Schlimmes geschehen sein, etwas, was sie die Fassung verlieren ließ. „Jessica, stimmt etwas nicht?", fragte sie schließlich zaghaft.

„Pah." Ihre Freundin lächelte böse. „Wann stimmt eigentlich überhaupt noch etwas?", entgegnete sie mit einem Kopfschütteln und behandelte Lydia wie ein kleines Kind.

Als Jessica vor Stunden aus dem Laden geeilt war, hatte Lydia bemerkt, dass ihre Freundin ganz durcheinander und in Eile gewesen war. Aber jetzt, bei ihrer Rückkehr wirkte Jessica noch aufgewühlter. Ihre Augen blickten düster und verwirrt zugleich, ihre Lippen waren zusammengepresst, als ob sie nie wieder lächeln wollte. Lydia merkte, wie ihre Freundin etwas Düsteres, Negatives ausstrahlte. Sie war so ganz anders als die Jessica, die sie sonst kannte. „Möchtest du vielleicht darüber reden?", fragte sie mit sanfter Stimme.

Jessica hob an, um etwas zu sagen, starrte dann aber Lydia an und schüttelte den Kopf. „Nein, Lydia, das möchte ich nicht. Ich will überhaupt nicht reden. Mir tut der Kopf weh und ich …"

War das der Grund für ihr seltsames Verhalten? Fühlte Jessica sich nicht wohl?

„Wenn du nach oben gehen und dich hinlegen willst, kann ich

mich hier unten um alles kümmern und später abschließen", schlug Lydia ihr vor.

„Hinlegen hilft mir jetzt auch nicht", entgegnete Jessica knapp. Jetzt war Lydias Verwirrung perfekt.

„Vielleicht würde dir eine Tasse vom Tee deiner Tante *guud*tun?" Das war das Einzige, was ihr noch einfiel. „Ich kann dir welchen machen", sagte sie, als die Ladenglocke wieder bimmelte.

„Du musst dich um die Kunden kümmern, Lydia. Ich kümmere mich um mich selbst und alles andere, okay?", erwiderte Jessica, bevor sie in den hinteren Teil des Ladens stapfte.

Bestürzt über Jessicas ungewöhnliche und unerwartete Härte, zwang sich Lydia, ihre verletzten Gefühle herunterzuschlucken. Sie folgte der Anweisung von Jessica, als sie auf die Kundinnen zuging. Dabei versuchte sie, sich auf ihre Freundin zu konzentrieren und nicht auf sich selbst. Sie sprach ein stilles Gebet für Jessica, in der Hoffnung, dass sich das Problem, mit dem ihre Freundin zu kämpfen hatte, schnell lösen würde oder sie bald darüber sprechen konnte. Sie wusste nicht, worum es ging, aber sie sah, dass Jessica darunter litt. Und sie litt mit ihr.

Sie wollte nur ein bisschen Ruhe nach ihrem langen Tag und deshalb hatte sich Jessica kurz hingelegt. Sie brauchte auch noch Reserven für die Arbeit im Haushalt, die abends auf sie wartete. Und vielleicht würde sie ja eine Antwort auf ihre finanziellen Probleme finden, wenn sie sich in ihr Nest zurückzog. Der helle Herbstmond schien durch ihr Schlafzimmerfenster und tauchte den Raum in ein sanftes Licht, das überirdisch schön war und sie zunächst alle Probleme und Sorgen vergessen ließ.

Aber dann, ganz plötzlich, kamen die Tränen. Jessica schluchzte.

Sie wusste noch nicht einmal genau, warum sie weinte. So viele Dinge gingen ihr durch den Kopf und machten ihr das Herz schwer.

Weinte sie aus Angst vor einer ungewissen Zukunft? Aus Verzweiflung, weil sie den Laden und das Haus von Tante Rose verlieren könnte? Aus Wut auf sich selbst, weil sie so naiv und leichtsinnig gewesen war, so planlos?

Oder hatte sie ein schlechtes Gewissen, weil sie zu Lydia nicht gerade nett gewesen war? Sie hatte sich heute Nachmittag verhalten wie eine verzogene Göre. Aber jedes Mal, wenn sie Lydia ansah, musste sie daran denken, dass sie die Freundin bald nicht mehr bezahlen konnte. Dabei wollte sie die junge Frau nicht enttäuschen. Schließlich hatte sie sich im Laden so gut eingelebt und fand in ihrer Tätigkeit dort einen gewissen Trost.

Jessica hatte schon vorher überlegt, ob sie sich in der ruhigen Zeit nach den Feiertagen überhaupt noch eine Mitarbeiterin würde leisten können. Sie hatte verzweifelt nach einer Lösung gesucht. Aber es blieb ihr wegen der Grundsteuer wohl keine andere Wahl. Sie musste Lydia wohl schon eher kündigen. Aber was sollte sie dann tun? Sie kannte sich immer noch nicht so gut in den verschiedenen Handarbeitstechniken aus, dass sie den Laden alleine hätte führen können. Außerdem wäre es nicht mehr dasselbe ohne Lydia und ohne ihr Lächeln, mit dem sie täglich so viel Freude verbreitete.

Und dann war da noch Derek. Als er heute angerufen hatte, hatte sie versucht, sich nichts anmerken zu lassen, aber trotzdem hatte er gespürt, dass etwas nicht stimmte. Er hatte ständig nachgefragt, ob es ihr wirklich gut ginge. Sie wollte nichts mehr, als dass er mit seinen Fragen aufhörte, denn sie wollte ihn mit ihren Schwierigkeiten nicht belasten. Er konnte nicht für immer ihr Rettungsanker sein, denn schließlich musste er in seinem eigenen Leben zurechtkommen.

Und bei ihr musste es auch weitergehen, obwohl sie nicht wusste, wie.

Sie war so sehr in ihre Gedanken und Gefühle versunken, dass sie im dämmrigen Licht ihres Schlafzimmers zunächst kaum etwas hörte, als Cole nach ihr rief.

„Mami? Mami!"

Sie fühlte sich ertappt. Deshalb wischte sie sich eilig die Tränen von den Wangen und setzte sich im Bett auf. Cole stand im Schatten ihrer Tür.

„Cole, warum bist du denn auf?"

„Ich kann nicht schlafen", klagte er, obwohl er sich schläfrig beide Augen rieb.

„Hast du schlecht geträumt?" Sie dachte eigentlich, dass er diese Phase hinter sich hatte. Aber scheinbar …

„Nein." Er beugte sich vor. Seine Augen hatten sich wohl an die Dunkelheit gewöhnt, denn er schien ihre Tränen bemerkt zu haben. „Mami, hast du geweint?"

„Nein, nein." Sie schniefte. „Ich … äh … bin bloß ein bisschen erkältet", flunkerte sie. Sie nahm sich ein Kleenex aus der Schachtel auf ihrem Nachttisch und putzte sich die Nase, so als ob sie dadurch ihre Worte unterstreichen wollte.

Trotzdem stand er noch immer im Türrahmen und starrte sie an.

„Cole, du musst wieder ins Bett und weiterschlafen. Wir beide brauchen unseren Schlaf."

„Aber du hast ja gar keinen Schlafanzug an", konterte er.

„Ich habe mich vor dem Schlafengehen ein bisschen ausgeruht." Wenigstens das entsprach der Wahrheit.

„Oh."

„Cole, warum bist du auf, wenn du keinen bösen Traum hattest?"

„Du hast schon wieder vergessen, mit mir vor dem Schlafengehen zu beten."

„Wirklich?" Jessica biss sich auf die Lippe. Was machte sie in letzter Zeit überhaupt noch richtig?

Cole nickte. „Hast du auch vergessen zu beten?"

„Na ja, ich … äh …"

„Wir können doch zusammen beten", schlug er vor und in seiner Stimme schwang eine leise Hoffnung mit.

Ihre Lippen verzogen sich zu einem Lächeln, als sie das hörte. Wenn in ihrer unsicher gewordenen Welt eines sicher war, dann die Art, wie ihr Sohn sie zum Lachen brachte. „Ja, das können wir."

Sie schlug die Bettdecke ganz zurück, weil sie aufstehen und mit ihm in sein Zimmer gehen wollte. Aber er verstand diese Geste als Einladung. Er kam auf sie zu, hüpfte auf ihr Bett, setzte sich neben sie und deckte sie beide zu.

„Wollen wir jetzt gleich beten, damit wir es nicht vergessen?", fragte er.

„Das ist eine gute Idee."

Er faltete die Hände und sah zu ihr herüber, um sicherzugehen, dass sie es ihm nachmachte. Rasch legte sie die Hände zusammen und legte sie auf die Brust. Cole nickte anerkennend.

„Fertig?", fragte er.

„Du fängst an."

Er kicherte. „Nein, du."

„Also gut." Sie holte tief Luft und wollte gerade beginnen, als ihr Sohn sie stoppte.

„Nein", platzte er heraus. „Ich hab es mir anders überlegt. Wir sprechen das Gebet zusammen."

„Okay. Ich zähle bis drei. Eins."

„Zwei." Er lächelte.

„Drei."

„Mit meinem Gott geh ich zur Ruh' und tu in Fried' mein Augen zu", beteten sie. Ihre Stimmen vereinten sich im Dunkeln. „Befiehl den lieben Engeln dein, dass sie stets um und bei uns sein."

„Lieber Gott, segne Mami", sagte Cole.

„Und lieber Gott, segne Cole", sagte Jessica.

Nach dem gemeinsamen „Amen" legte Cole sich hin und kuschelte sich in ihre Decke.

„Cole, du kannst nicht hier schlafen."

Er machte ein Auge auf. „Aber du schläfst doch auch bei mir, wenn ich krank bin oder Angst habe."

„Ich bin ja nicht richtig krank und ich habe auch keine Angst. Alles ist gut, mein Schatz", flunkerte sie wieder.

Aber er kniff die Augen zu und lag ganz still. Sie wusste, dass ihm Letzteres besonders schwerfiel. Er tat so, als hätte er nichts gehört und sei bereits eingeschlafen. Sie sah ihn lange an, weil sie es nicht übers Herz brachte, ihn in sein Zimmer zu bringen.

Dann fiel ihr auf, dass sie noch immer die Hände gefaltet hatte. Cole hatte recht. Sie hatte schon eine Zeit lang vergessen zu beten. Nun ja, nicht vergessen. Sie wollte nicht beten, weil sie nicht wusste, was sie Gott sagen sollte. Sie fühlte sich ihm nicht nahe. Schließlich nahm er ihr immer wieder Menschen oder Dinge weg, die sie liebte.

Aber dennoch ... sie drückte ihre noch immer gefalteten Hände. Vielleicht war jetzt ein guter Zeitpunkt, mit Gott ins Gespräch zu kommen.

Sie schloss die Augen, senkte den Kopf und wartete. Sie wartete auf gute Gedanken. Sie wartete auf ein Gefühl, auf irgendetwas. Aber sie fühlte bloß ihre eigene, innere Leere. Wie immer schien Gott in weiter Ferne zu sein. Viel zu weit weg von ihr.

# Kapitel 22

„Bitte entschuldige, dass ich schon so früh anrufe, Liz", sagte Lydia. Vor Kälte zitternd stand sie in der unbeheizten Telefonzelle. Allein in den letzten Monaten war sie schon so oft zur Telefonzelle wie in den acht Jahren davor nicht. Meistens telefonierte sie dann mit dem Fahrdienst der Stadt, um sich zur Arbeit fahren zu lassen. Aber bei Liz hatte sie bisher noch nicht angerufen. Obwohl die Freundin ihr schon vor einiger Zeit ihre Telefonnummer gegeben hatte, hatte Lydia bisher keinen Grund gehabt, sich bei ihr zu melden. Sie war sich noch immer nicht sicher, ob es eine gute Idee war, Liz anzurufen, aber sie hatte auch nach einer unruhigen Nacht noch keine Klarheit darüber, ob sie das Richtige tat.

„Das ist überhaupt kein Problem, Lydia", erwiderte Liz, deren Stimme munter klang. Sie schien sich sogar über Lydias Anruf zu freuen. „Was ist denn los?"

„Das weiß ich nicht so genau …" Ihre Stimme zitterte, vor allem wegen der Kälte, aber auch, weil sie sich Sorgen machte. „Aber irgendetwas stimmt nicht mit Jessica."

Am anderen Ende der Leitung war es erst einmal still. „Etwas stimmt nicht? Meinst du, sie ist krank?"

„Ich weiß es wirklich nicht." Als die Freundin sich so seltsam verhalten hatte, hatte sie sich gleich Sorgen um Jessicas Gesundheit gemacht. Sie hatte sich so ganz anders als sonst verhalten. Sie hatte verärgert gewirkt, als ob sie von schlechten Nachrichten überrascht worden sei. „Ich weiß nur eins", erklärte Lydia weiter. „Seitdem sie neulich etwas erledigen gegangen ist, ist sie nicht mehr dieselbe. Sie kam zurück in den Laden und war so schlecht gelaunt. Da ist etwas gründlich schiefgelaufen. Auch mit mir war sie sehr unzufrieden. Es sind harte Worte gefallen."

Natürlich erwartete Lydia nicht, dass Jessica immer zufrieden mit ihr war. Schließlich war kein Mensch vollkommen, auch sie nicht. So viel war sicher. Aber wenn Jessica einmal etwas zu beanstanden hatte, dann tat sie das in der Regel ganz entspannt.

„Bist du sicher, dass du es dir nicht zu sehr zu Herzen genommen hast?"

Diese Frage war berechtigt, aber auch darüber hatte Lydia schon nachgedacht. Sie seufzte, als sie noch einmal überlegte, ob das tatsächlich der Fall gewesen sei. „Also ... *nee. Nee*, ich glaube nicht. Ich habe das dumpfe Gefühl, dass Jessica sich mit einem Problem herumschlägt. Und sie ist nicht nur mir gegenüber so distanziert und zerstreut, sondern auch im Umgang mit den Kunden. Oh!" Sie erinnerte sich an eine weitere Eigenart, die ihr aufgefallen war. „Sie nimmt sich Haftnotizen und schreibt etwas darauf. Aber nach kurzer Zeit zerknüllt sie die Zettel wieder und steckt sie sich in die Hosentasche."

Lydia hatte natürlich gehofft, dass Jessica ein paar der gelben Zettel in den Papierkorb werfen würde, damit sie einen herausholen und lesen könnte. Aber bisher hatte Jessica ihre gekritzelten Notizen immer behalten.

„Meinst du, sie hat ein Problem mit Derek? Vielleicht hat sie aufgeschrieben, was sie ihm sagen will?" Liz schien nach jedem Strohhalm zu greifen.

*„Nee"*, antwortete Lydia sofort. „Ich glaube nicht, dass es etwas mit Derek zu tun hat. Wenn er in den Laden kommt, versucht sie, sich ganz normal zu verhalten. Aber sobald er weg ist, ist sie wieder so reserviert wie vorher."

„Hmm ..." Das war alles, was Liz dazu zu sagen hatte.

*„Jaa*. Das habe ich mir auch schon gesagt – hmm." Sie hielt inne, als das winzige Fenster der Telefonzelle von einem Windstoß erfasst wurde und laut klapperte. „Also offen gesagt, Liz, ich wollte sie nicht selbst fragen, was los ist. Vielleicht meint sie dann, ich würde mich in ihr Leben oder ihr Geschäft einmischen wollen. Aber ich mache mir Sorgen um sie und deshalb finde ich ... vielleicht ..."

„Vielleicht sollten wir beide zusammen mit ihr reden?"

Lydia fühlte sich so erleichtert über diese Reaktion von Liz, dass ihr ein Stein vom Herzen fiel. *„Jaa, jaa*. Genau das meine ich. Heute treffen wir uns wieder zu einer Stricksitzung und das ist der beste Zeitpunkt für ein Gespräch", antwortete sie. Hoffentlich sagte Jessica das Treffen nicht ab. „Deshalb habe ich dich angerufen."

„Das ist eine sehr gute Idee, Lydia. Wenn wir uns treffen, können wir am besten einschätzen, was mit ihr los ist, und wir haben jede Menge Zeit zum Reden. Ich bin froh, dass du mich vorgewarnt hast."

„Hoffentlich finden wir heraus, was mit ihr ist, und hoffentlich können wir ihr helfen."

„Ja, genau", sagte Liz und Lydia konnte beinahe spüren, wie ihre Freundin zustimmend nickte. „Dann sehen wir uns später im Laden."

„*Jaa*, und dir einen schönen Tag, Liz."

„Und du gehst jetzt schnell wieder nach Hause. Ich kann förmlich hören, wie dir die Zähne klappern."

„Ja, das mache ich sofort." Lydia lächelte. Sie musste sich noch fertig machen, bevor der Fahrer sie abholte und zur Arbeit fuhr.

„Und Lydia?", fügte Liz hinzu, bevor Lydia sich verabschieden konnte.

„*Jaa?*"

„Das ist keine Einmischung in Jessicas Angelegenheiten. Du machst dir zu Recht Sorgen. Du bist wirklich eine gute Freundin."

„*Danki*, Liz." Diese Worte wärmten sie von innen. „Du auch."

Obwohl Lydia erleichtert war, dass sie mit Liz heute früh über Jessica gesprochen hatte, fiel es ihr schwer, den ganzen Tag mit der Freundin zusammen im Laden zu arbeiten. Sie versuchte, so zu sein wie immer, obwohl Jessica sich so seltsam verhielt, aber sie hatte so ein ungutes Gefühl. Sie hoffte, dass es besser würde, sobald Liz in den Laden kam. Aber als sie und Liz zusammen am Arbeitstisch saßen, strickten, plauderten und Pläne schmiedeten und auf Jessica warteten, die noch bei Cole und Marisa oben war, war ihr ganz flau im Magen.

Sie wusste nicht, ob sie froh oder ängstlich sein solle, als Jessica endlich mit ihrem Strickzeug die Treppe herunterkam.

„Redet ihr zwei über den Unfall von Mrs Grisham?"

„Virginia hatte einen Unfall?" Liz ließ ihr Strickzeug sinken und Lydia blickte Jessica ebenfalls überrascht an.

„Marisa hat es mir gerade erzählt", bestätigte Jessica mit einem Nicken. „Im Friseursalon haben sich ein paar Frauen darüber unterhalten. Offenbar ist Mrs Grisham in ihrem Haus eine Treppe heruntergefallen und …"

„Ist sie heruntergefallen … oder hat sie jemand gestoßen?“, unterbrach Liz die Freundin. Dann legte sie sich hastig die Hand auf den Mund. „Oh, was habe ich da gesagt? Bitte entschuldigt. Das war schrecklich von mir.“

Lydia tat so, als hätte sie diese Bemerkung nicht gehört. „Wie geht es ihr denn?“, fragte sie Jessica.

„Zum Glück hat sie sich nicht am Kopf verletzt.“ Jessica legte den Stoffbeutel mit ihren Stricksachen auf den Tisch. „Aber sie hat sich wohl das linke Handgelenk gebrochen und die rechte Hand verstaucht.“

„Oh, das ist gar nicht *guud*“, erwiderte Lydia.

„Jetzt kann sie eine ganze Weile nicht mehr stricken“, fügte Liz hinzu.

Lydia dachte, dass Jessica sich hinsetzen und an ihrem Schal weiterstricken würde, nachdem sie ihnen diese Neuigkeit berichtet hatte, aber sie blieb stehen. „Wir sollten uns mal wieder auf eine geheime Mission begeben“, sagte sie und stemmte die Hände in die Hüften.

„Für Virginia Grisham?“ Liz wirkte schockiert. „Also wirklich, Jessica. Hast du schon vergessen, was diese Frau mit dir gemacht hat?“

„Liz, ich war daran nicht ganz unschuldig“, gab Jessica unumwunden zu, aber Liz drohte ihr mit dem Finger.

„Aber diese Frau hätte mehr Verständnis für deine Lage zeigen können.“

„Ja, aber …“, stammelte Jessica. „Momentan brauche ich nicht noch mehr Negatives.“

„*Noch mehr* Negatives? Was willst du damit sagen? Stimmt irgendetwas nicht?“ Liz traute sich zu fragen. Lydias Herz schlug schneller, als sie auf eine Antwort wartete.

Jessica schüttelte den Kopf. Ihr langes Haar flog hin und her. „Habe ich *noch mehr* gesagt? Ich meine doch bloß, dass Mrs Grisham sich verloren fühlt, wenn sie nicht stricken kann, und …“

„Ja, wenn sie nicht stricken und sich ins Leben anderer Leute einmischen kann“, sagte Liz spöttisch.

„Hör zu, Liz, ich weiß, dass du mich bloß in Schutz nehmen willst, und das ist auch wirklich lieb von dir, aber …“

„Dich und deine Tante." Liz zog trotzig eine Augenbraue hoch. „Rose hat Virginia immer alles zu extrem günstigen Preisen verkauft."

„Weil sie eine gute Kundin war", entgegnete Jessica.

„Aber mit ihrer Treue ist es nicht weit her, oder?"

Lydia fühlte sich, als ob sie in einem Windkanal sitzen würde. Deshalb schwieg sie zunächst, als ihre beiden Freundinnen ihr Wortgefecht austrugen. Aber nach einer Weile meldete sie sich auch zu Wort. „Ich hatte eigentlich gehofft, dass wir heute Abend stricken und dabei ein bisschen plaudern."

Obwohl Mrs. Grisham ihr leidtat, machte sie sich mehr Sorgen um Jessica. Es sollte nicht noch ein Tag vergehen, an dem sie nicht mit ihrer Freundin über das, was sie bedrückte, redete – natürlich mit Liz an ihrer Seite. Liz warf Lydia aus den Augenwinkeln einen Blick zu, um ihr zu signalisieren, dass sie das Telefongespräch von heute Morgen nicht vergessen hatte.

„Das ist eine gute Idee", fügte Liz hinzu.

„Aber Liz ...", Jessica hob beide Hände. „Du hast mich mit der heimlichen Übergabe von selbst gemachten Geschenken auf den Geschmack gebracht und mit deiner Begeisterung angesteckt. Jetzt kannst du dich nicht einfach drücken. Du kannst mich gerne für verrückt halten, aber die Frau tut mir trotz allem leid."

„Aber wir haben doch gar nichts, was wir ihr vor die Tür legen könnten", argumentierte Liz. An ihrem Tonfall konnte Lydia hören, dass sie kompromissbereit war. Ihr Protest klang jetzt nicht mehr so heftig wie vorher.

„Ich habe da einen sehr schönen blaugrünen Trost-Schal in der Schatzkiste von Tante Rose gesehen", bemerkte Jessica und Lydia wusste genau, um welches Stück es sich handelte. „Den könnten wir ihr schenken. Es sei denn ... Wenn ihr beide nicht gehen wollt, kann ich auch allein zu ihrem Haus fahren." Jessica warf beiden Frauen einen Blick zu. „Sie wohnt ganz in der Nähe."

Als Lydia sah, wie Jessica vor ihnen stand und ungeduldig von einem Fuß auf den anderen trat, wusste sie, dass ihre Freundin nicht vorhatte, sich mit ihrem Strickzeug hinzusetzen. Es kam ihr so vor, als ob sie wüsste, was Lydia und Liz planten.

Deshalb gab Lydia nach, bevor es Liz tat.

„*Nee*, Jessica. Du fährst auf keinen Fall allein. Ich habe neulich ein paar Hausschuhe gestrickt und noch nicht ins Schaufenster gelegt. Sie reichen bis über die Knöchel und ich habe sie mit Schmuckknöpfen verziert. Sie sind ebenfalls blau und sehen wirklich hinreißend aus. Wir können sie noch dazupacken", sagte sie schließlich, mit einem entschuldigenden Achselzucken an Liz gewandt. Ihr schöner Plan hatte sich wohl erledigt, wollte sie damit sagen.

Liz reagierte ebenfalls mit einem Achselzucken. „Hmm. Also gut. Virginia Grisham hat heute Glück, Mädels. Ich habe zufällig eine Schachtel erstklassige Pralinen im Auto", fügte sie mit einem schmallippigen Lächeln hinzu. Eigentlich habe ich sie für eine Kollegin besorgt, die morgen Geburtstag hat. Aber was soll's. Ich kann ja eine neue Schachtel kaufen."

Eine Viertelstunde später, nachdem sie ihr Strickzeug weggelegt und ihre Geschenke der Hoffnung eingesammelt hatten, saßen die drei Freundinnen in Jessicas Auto, unterwegs zu dem Zuhause von Virginia Grisham. Lydia war wie üblich auf den Rücksitz geschlüpft. Liz sollte vorne sitzen, um Jessica eventuell zu dirigieren. Aber als sie auf die Überlandstraße fuhren, merkte Lydia, dass Jessica sich wohl sicher war, in welche Richtung sie fahren musste. Unsicher war sie jedoch wegen des Regens, in den sich plötzlich Schneeflocken und Eisstückchen mischten.

„Vielleicht war es doch keine so gute Idee von mir." Jessica seufzte. Lydia tat die Freundin leid. Sie wollte etwas Gutes tun, obwohl sie selbst offenbar genug Probleme hatte, und jetzt spielte das Wetter nicht mit.

„Ist es noch weit?", fragte sie.

„Jetzt nicht mehr", antwortete Liz.

Jessica warf ihrer Beifahrerin einen Seitenblick zu. „Aber wir müssen auch wieder zurück." Ihre Stimme klang nervös. „Hoffentlich wird das Wetter nicht noch schlimmer."

Als es im Auto still wurde, prasselte der Eisregen mit einem so ohrenbetäubenden Geräusch an die Windschutzscheibe, dass es Lydia ganz mulmig wurde. Sie hätte zu ihrer aller Beruhigung am liebsten etwas Lustiges oder Aufbauendes gesagt, aber ihre gesprächige Freundin kam ihr zuvor.

„Ich habe eine gute Nachricht für euch", verkündete Liz. „Eigentlich wollte ich es euch während unserer Stricksitzung erzählen."

„Ich kann etwas Positives gut gebrauchen", murmelte Jessica.

„Ich auch", stimmte Lydia ihr zu.

„Ratet mal, wen Daniel und ich gesehen haben, als wir neulich durch den Park gefahren sind?", zwitscherte Liz fröhlich.

„Wen denn?", fragten Lydia und Jessica wie aus einem Munde.

„Ryan Fletcher und seinen Vater. Die beiden haben auf einer Parkbank gesessen."

*„Jaa?"* Lydia musste lächeln, denn Liz hatte für diese Nachricht genau den richtigen Zeitpunkt gewählt.

„Also ist er wieder zu Hause?", fragte Jessica. „Wie hat er ausgesehen?"

„Er hatte einen Kopfverband, aber es sah so aus, als ob er und Norm sich gefreut haben, wieder zusammen zu sein. Ich habe gesehen, wie sie sich angelächelt haben."

„Das ist wirklich eine gute Nachricht."

Lydia merkte, dass Jessicas Stimme fröhlicher klang als in den letzten Tagen.

„Und das solltet ihr auch noch wissen, Mädels", berichtete Liz weiter. „Ryan hat den Schal getragen, den wir Norm vor die Tür gelegt haben."

„Aaah ..." Obwohl sie ihren Mantel anhatte, spürte Lydia, wie sie Gänsehaut bekam. „Diese Tour damals ist für mich ein richtiges Abenteuer gewesen." Sie musste lachen.

„Für uns alle." Jessica sah in den Rückspiegel und warf ihrer Freundin einen kurzen Blick zu. „Ich habe wirklich geglaubt, man würde uns erwischen, als alle paar Sekunden diese Lichter angegangen sind und ..." Plötzlich erstarrte sie. „Moment mal! Habt ihr das gehört?"

„Was denn?", fragte Liz.

„Wie ein Klatschen oder ein dumpfer Schlag oder ..."

Jessica brauchte das Geräusch nicht weiter zu schildern. Es dröhnte im ganzen Auto, als das Fahrzeug zu schlingern begann. Jessica hatte keine andere Wahl. Sie musste an den Straßenrand fahren und anhalten.

„Du machst doch Witze", seufzte Jessica, nachdem der Geländewagen endgültig zum Halten gekommen war. „Eine Reifenpanne? Tatsächlich? Ausgerechnet heute Abend?"

„Ich sage es nur ungern, aber es hat so geklungen", bestätigte Liz.

„Fühlt es sich auch so an?", wollte Lydia wissen.

„Ich fürchte, ja. Aber ich muss mir ganz sicher sein …" Jessica löste den Gurt, nahm eine Taschenlampe aus dem Handschuhfach und stieg aus, um nach den Reifen zu sehen.

Eine knappe Minute später war sie wieder zurück und berichtete, was sie gesehen hatte. „Es ist der linke Hinterreifen", sagte sie, während sie sich die Eiskristalle aus dem Haar strich.

„Es tut mir furchtbar leid, aber ich habe seit einer halben Ewigkeit keinen Reifen mehr gewechselt", seufzte Liz.

„So etwas habe ich in meinem ganzen Leben noch nie gemacht", gab Lydia zu. „Aber ich helfe gern."

„Nein … auf keinen Fall wechseln wir bei diesem Wetter und im Dunkeln einen Reifen." Jessica schüttelte den Kopf. „Ich rufe den Automobilklub an."

Gesagt, getan. Lydia und Liz saßen schweigend da, während Jessica den Pannendienst des Automobilklubs anrief. Der Eisregen prasselte noch immer an die Windschutzscheibe. Lydia hoffte nur, dass sie hier auch wieder wegkamen und nicht stecken blieben, sobald der Reifen gewechselt war.

„Offenbar brauchen heute Abend eine Menge Leute Hilfe", berichtete Jessica, als sie den Anruf beendet hatte. Sie drehte sich auf dem Fahrersitz um, damit sie ihre beiden Freundinnen anschauen konnte. „Wahrscheinlich werden wir hier eine Weile warten müssen. Ich hatte bestimmt nicht vor, heute Abend so viel für den Babysitter auszugeben." Sie seufzte. „Ich werde meine Ausgaben zurückschrauben müssen."

„Na ja, wenigstens sitzen wir im Trockenen", meinte Liz.

„Und im Warmen", fügte Lydia hinzu.

Trotz ihrer positiven Einstellung gab Jessica einen unwilligen Laut von sich. „Es tut mir leid, Mädels, dass wir jetzt feststecken. Schließlich war das Ganze meine Idee."

„Jessica, das ist doch nicht so schlimm." Liz klopfte ihrer Freundin sanft auf die Schulter. „Wir lassen den Reifen wechseln, fahren zu den Grishams und dann sind wir im Nu wieder zu Hause."

„Ja, Stunden später", erwiderte Jessica niedergeschlagen. „Ich weiß noch nicht mal, ob ich ein vernünftiges Reserverad habe. Und hoffentlich brauche ich keinen neuen Reifen." Sie stöhnte leise. „Aber ein Unglück kommt selten allein."

„Wie meinst du das?", fragte Liz. „Hat es … äh … in letzter Zeit noch andere Unglücksfälle gegeben?"

Lydia griff die Bemerkung von Liz auf. „Jaa, denn uns kann man doch alles sagen", bemerkte sie und schaltete das Innenlicht ein. Es dauerte einen Moment, bis sich ihre Augen an das Licht gewöhnt hatten. „Natürlich nur, wenn du reden willst", fügte sie hinzu.

„Meistens ist es doch besser, wenn man sich alles von der Seele reden kann", ergänzte Liz.

„*Jaa*, auf jeden Fall. Und jetzt ist die Gelegenheit dazu, denn in letzter Zeit wirkst du, als ob du etwas auf dem Herzen hast, Jessica, etwas, worüber du vielleicht reden möchtest." Lydias Stimme klang aufmunternd. „Natürlich kannst du uns auch sagen, dass es uns nichts angeht, aber …"

„Du gehst uns etwas an, Jessica", sagte Liz ernst.

„*Jaa*, das stimmt." Lydia nickte zustimmend.

Während die beiden auf sie einredeten, stand Jessicas Mund weit offen. Aber dann presste sie die Lippen zusammen und drohte den Freundinnen mit dem Finger. „Habt ihr zwei dieses Wechselspiel etwa vorher geübt? Das klingt nämlich wie einstudiert."

„Oh …" Liz druckste herum, dann drückte sie Daumen und Zeigefinger zusammen. „Vielleicht ein ganz kleines bisschen."

„*Jaa*, als du vorhin noch bei Cole und Marisa warst", gestand Lydia.

„Hmm. Ich verstehe." Jessica biss sich auf die Unterlippe. „Also, ich muss schon sagen …"

Langsam verzogen sich ihre Lippen zu einem breiten Lächeln, das schließlich ihr ganzes Gesicht erhellte. „Zum ersten Mal seit Tagen kann ich wieder lächeln. Ihr beiden Mädels seid so lieb. Aber ich möchte nicht darüber reden, denn ich muss selbst eine Lösung für das Problem finden. Da kann mir einfach niemand helfen."

„Das kannst du doch gar nicht wissen, solange du nicht die Karten auf den Tisch legst." Liz verschränkte die Arme vor der Brust.

„*Jaa*, es kann eine *guude* Sache sein, wenn man die Karten auf den Tisch legt."

„Und da wir noch eine Weile hier sitzen müssen ..."

„Eine lange Weile, wie es aussieht", fügte Lydia hinzu.

„Und ihr werdet mir die ganze Zeit keine Ruhe lassen?" Jessica musste kichern.

„Äh, ja. So etwas in der Art." Liz schenkte ihr ein zuversichtliches Lächeln.

„Da ich weiß, wie unerbittlich ihr sein könnt ..." Jessica hob die Hände. „Gut, ich gebe mich geschlagen. Aber eines sage ich euch: Helfen könnt ihr mir nicht, denn ich ... äh ... ich habe Mist gebaut, aber richtig. Ich habe vor ein paar Tagen eine Rechnung bekommen. Nein, es ist schlimmer als eine Rechnung. Es ist die letzte Mahnung. Sie betrifft die Zahlung der Grundsteuer für den Laden, und ..."

„Oh, danke, Herr." Lydia presste die Hand auf ihre Brust. „Ich bin ja so erleichtert!"

„Wirklich?" Jessica war verwirrt über diese Reaktion. „Wie kannst du so etwas sagen?"

„Weil wir angenommen haben, dass du vielleicht einen schlimmen ärztlichen Befund erhalten hast", erklärte Lydia. „Wir waren beunruhigt, weil du dich so seltsam verhalten hast."

„Aber es ist bloß ein Geldproblem?", fragte Liz.

„*Bloß* ein Geldproblem?" Jessicas Stimme klang entrüstet.

„Oh! Ich habe doch nur gemeint ..." Liz ruderte zurück. „Glaub mir, ich habe in letzter Zeit auch mit Geldproblemen zu kämpfen gehabt und das war schon ziemlich aufreibend. Aber vielleicht ... lass mich nachdenken. Vielleicht kann ich dir trotzdem aushelfen mit ..."

„Nein." Bevor Liz ihren Satz beenden konnte, wehrte Jessica diesen Vorschlag schon mit einer entschiedenen Handbewegung ab. „Danke, aber lieber nicht. Ich muss bis Mitte des nächsten Monats bloß ein paar Tausend Dollar zusammenkratzen, dann ist alles wieder in Ordnung. Ich finde schon einen Weg." Ihre Stimme klang zuversichtlich, bis sie ihren Gedanken zu Ende führte. „Ich weiß bloß noch nicht, wie ich das anstellen soll. Aber egal ... wenn ich diese Woche zerstreut und launisch gewesen bin, habe ich einen guten Grund dafür gehabt. Ich kann es immer noch nicht fassen, dass ich so einen Mist gebaut habe. Ich war mir nicht klar, was es kostet, so einen Laden und so ein Haus zu unterhalten."

„Sei nicht so hart zu dir selbst", ermahnte sie Liz. „Du hast den Laden gerade erst übernommen, und so ein Unternehmen zu führen, ist keine Kleinigkeit. Du bist ja noch ganz neu in diesem Geschäft. Weißt du, ich verkaufe schon seit vielen Jahren Immobilien und seit einiger Zeit habe ich kaum noch Erfolg. Das ist mir auch ein Rätsel", sagte sie und zupfte an ihrer Frisur. „Aber jetzt geht es nicht um mich, sondern um den Handarbeitsladen."

„Für den ich ganz allein die Verantwortung trage", erwiderte Jessica mit fester Stimme. „Mir gehört der Laden mit allen Problemen, die damit verbunden sind."

„Du hast ja recht", fügte Lydia hinzu. „Dir gehört der Laden, aber er ist ein besonderer Ort und ich danke Gott, dass ich jeden Tag dort verbringen kann. Für mich ist er wie ein zweites Zuhause geworden. Und wenn der Laden in Schwierigkeiten ist, will ich doch nicht einfach nur zusehen. Ich will helfen."

„Da ist was dran, Jessica", bemerkte Liz. „Der Laden liegt uns wirklich am Herzen, genau wie du – ohne Wenn und Aber." Ihre Stimme klang entschlossen. „Du musst einfach zulassen, dass wir dir helfen."

„Ich kann euch gar nicht sagen, wie viel mir das bedeutet." Jessicas Stimme war ganz heiser vor Rührung. „Aber ganz ehrlich, ich weiß nicht, was ihr neben eurer moralischen Unterstützung für mich tun könnt."

Die drei Freundinnen saßen schweigend da und dachten nach, als Jessicas Telefon summte.

„Das ist der Automobilklub", verkündete sie mit einem Blick auf das Display. „Sie sind in fünfzehn bis zwanzig Minuten hier."

„Ach ja?" Liz bewegte sich auf dem Beifahrersitz und setzte sich gerader hin. „Na gut. Bis dahin haben wir einen Plan für den Laden."

Jessica neigte den Kopf. Sie war zwar gerührt, aber dennoch skeptisch. „Liz, wie gesagt, ich weiß es zu schätzen, dass du dir Gedanken machst – und du natürlich auch, Lydia –, aber mir ist in den letzten Tagen auch nichts Hilfreiches eingefallen."

„Ich könnte noch zusätzliche Kurse anbieten", warf Lydia ein und beugte sich vor. „Mehr Kurse bringen mehr Geld."

„Und wann willst du das machen, Lydia?", wollte Jessica wissen. „Nachts, wenn du schläfst? Du machst jetzt schon so viel im Laden."

„Das macht mir nichts aus, Jessica. Ich bin mir sicher, dass ich die Zeit dafür finden werde."

„Danke für dein Angebot, Lydia. Ich weiß, dass unsere Kundinnen deine Kurse sehr gerne besuchen, aber ich brauche das Geld ja schon ziemlich bald."

„Ich hab's!" Liz schnippte mit den Fingern. „Wir könnten einen Sonderverkauf organisieren, und zwar gleich nach Thanksgiving, wenn die Leute schon wie verrückt für Weihnachten einkaufen. Wir könnten sogar einen … einen Straßenverkauf veranstalten."

„Im Dezember?", fragte Jessica mit einem Stirnrunzeln.

„Das ist der ideale Zeitpunkt für so etwas", entgegnete Liz optimistisch. „Um diese Zeit kommen endlose Ströme von Touristen in die Stadt. Oh!" Sie hob einen Finger. „Und wir könnten den Verkauf auf einen Tag legen, an dem eine Busladung Frauen aus der Seniorenresidenz zu uns kommt. Ihr wisst doch, dass diese Busse in den Wochen vor Weihnachten nonstop bei uns landen."

Lydia fand diesen Vorschlag von Liz viel besser als ihren eigenen. Ein Sonderverkauf brachte sofort zusätzliche Einnahmen. Aber sie wusste nicht, ob es sinnvoll war, einen solchen Verkauf im Freien stattfinden zu lassen. Auch Jessica schien ein Problem mit dieser Idee zu haben.

„Ich weiß nicht so recht, Liz. Es wird draußen sehr kalt sein. Und was tun wir, wenn wir so wie jetzt einen Eisregen haben?", wandte Jessica ein. „Ich denke auch an die vielen älteren Frauen und ihre Gehhilfen."

„Können wir den Verkauf nicht im Laden machen?", schlug Lydia vor. „Und wir brauchen auch einen Namen dafür … vielleicht … ich weiß nicht …" Sie versuchte, sich etwas auszudenken.

„Wie wäre es mit ‚Das Haus vom Nikolaus'?", fragte Jessica, die allmählich Spaß an der Sache gewann. „Aber was wollen wir denn verkaufen, um zusätzliches Geld einzunehmen? Ich meine, neben unserem Standardsortiment." Auch Lydia hatte sich schon die gleiche Frage gestellt.

„Na ja, wir könnten …" Liz hielt nachdenklich inne. „ … unsere selbst gemachten Sachen verkaufen", schlug sie vor, aber Jessica schnaubte verächtlich.

„Ja, die Sachen, die du und Lydia gemacht haben", sagte sie schließlich. „Vielleicht sogar ein paar von den handgestrickten Pullovern und Westen, die Tante Rose in ihren Zedernholz-Truhen versteckt hat. Aber für meine jämmerlichen Versuche wird sich wohl kaum ein Käufer finden."

„Das stimmt nicht, Jessica", meldete sich Lydia zu Wort. „Was ist denn mit deinen Schals?"

„Meine Schals mit den vielen ungleichmäßigen Maschen? Das meinst du nicht im Ernst." Jessica schüttelte den Kopf.

„Doch, das meine ich sogar sehr ernst. Mit diesen hübschen Glitzerschleifen sehen sie entzückend aus." Lydia wandte sich an Liz. „Wie hast du sie nochmal genannt?"

„Shabby Chic, und ich bin ganz deiner Meinung." Liz klatschte voller Enthusiasmus in die Hände. „Und während du weitere Schals strickst, Jessica, fange ich damit an, meine berühmten roten Samtkuchen zu backen. Jetzt ist meine Küche ja wieder in Ordnung. Ich kann die Kuchen auf Vorrat backen und einfrieren. Sie sehen richtig schön weihnachtlich aus. Einmal habe ich in der Gemeinde mit diesem Kuchen sogar einen vorweihnachtlichen Backwettbewerb gewonnen. Ach, und natürlich … Weihnachtsplätzchen!" Liz bekam große Augen. „Wir können Kuchen und Plätzchen verkaufen, in einer Schachtel oder für einen Dollar pro Stück. Ich backe so gerne Weihnachtsplätzchen."

„Wir könnten auch Patchworkdecken verkaufen", schlug Lydia vor.

„Das ist eine tolle Idee, Lydia." Liz war ganz begeistert. „Diese Decken sind richtige Verkaufsschlager. Und die bringen eine Menge Geld!"

„Okay, ihr zwei habt mich schon davon überzeugt, dass wir die Pullover von Tante Rose verkaufen können, Kuchen und sogar Schals, nehme ich an. Aber Patchworkdecken?", fragte Jessica zweifelnd. Woher wollen wir die so schnell nehmen? Wollen wir die etwa selber nähen?"

„Nicht wir." Lydia schüttelte den Kopf.

„Wer denn dann?" Jessica legte die Stirn in Falten.

„Mach dir darüber keine Gedanken", erwiderte Lydia. „Ich weiß genau, wer diesen Job übernehmen kann." Sie lächelte vor sich hin.

„Und wenn einer weiß, wie man im Internet Reklame für den Sonderverkauf macht, dann bist du das, Jessica. Natürlich nur, wenn du uns grünes Licht gibst." Liz blieb beharrlich.

„Wir sollten es zumindest versuchen." Lydia nickte Jessica aufmunternd zu. Sie hielt an der Hoffnung fest, dass die Freundin endlich Ja sagen würde.

„Na?" Liz neigte den Kopf, gespannt auf Jessicas Entscheidung. „Was meinst du?"

„Na ja, ich ... ich meine ..." Jessica wechselte zuerst mit Liz einen Blick und dann mit Lydia. Schließlich wanderten ihre Augen noch einmal von der einen zur anderen, während die beiden Freundinnen auf ihre Antwort warteten. „Also, ganz ehrlich: Ich weiß nicht, was ich sagen soll."

„Bitte sag Ja zum Sonderverkauf, Jessica. Bitte!" Lydia sah die Freundin flehend an.

„Nein, das ist es nicht. Es ist bloß ..." Jessica holte tief Luft. „Es hat mich gerade jetzt wie ein Blitzschlag getroffen."

„Was denn, Schätzchen?" Liz beugte sich besorgt ihrer Freundin entgegen. „Das Geld? Deine Situation?" Ihre Stimme klang gedämpfter als sonst.

„Nein." Jessica schüttelte den Kopf. „Ihr beide. Ihr seid so nett, so einfühlsam. Und ihr mögt den Laden von Tante Rose genauso sehr wie ich." Sie war ganz gerührt. „Ich war so lange mit mir selbst und meinem eigenen Schmerz beschäftigt und habe nicht verstanden, warum Gott mir die Dinge – und die Menschen, die ich geliebt habe – weggenommen hat. Ich habe weder gebetet noch mit ihm gesprochen, weil ich nicht geglaubt habe, dass er da ist. Oder dass er sich um mich kümmert. Aber jetzt ..." Jessica sah auf ihre Hände und dann wieder nach oben. Lydia merkte, dass sie versuchte, sich zusammenzureißen, bevor sie weitersprach.

„Wie gesagt, plötzlich ist mir klar geworden, dass er die ganze Zeit an mich gedacht hat, auch als ich ihn vergessen habe. Er hat mir eine neue Familie geschenkt, Menschen, die mir etwas bedeuten – gerade in dem Moment, als ich sie am meisten gebraucht habe."

Als Jessica die Tränen über die Wangen liefen, musste sich Lydia zusammenreißen, damit sie nicht auch anfing zu weinen. Sie streckte den Arm aus und legte ihrer Freundin die Hand auf die Schulter. Sie wusste es. Auch wenn sie und ihre Freundinnen manchmal meinten, dass Gott nicht bei ihnen sei, so war er doch immer da. Er wirkte auch in ihrem Leben, denn so hatte er es verheißen. „Und du bedeutest uns auch sehr viel, Jessica", sagte sie schließlich. „Sehr, sehr viel."

Liz wischte sich über die Augen. „Also, wie ist es jetzt ..." Sie hielt inne, weil sie sich räuspern musste. „Heißt das, dass ... äh ... dass du mit uns zusammen den Sonderverkauf durchziehen willst?"

Jessica musste trotz ihrer Tränen schmunzeln. „Ja, natürlich. Klar doch. Jetzt sehe ich endlich Licht am Ende des Tunnels."

Während sie noch sprach, geschah etwas Unheimliches. Ein sanftes Licht drang zu ihnen ins Auto, ein Licht, das immer heller und weißer wurde, bis es schließlich das gesamte Auto erfüllte.

Die drei Frauen drehten sich gleichzeitig um. Der Pannendienst des Automobilklubs hielt hinter Jessicas Geländewagen und leuchtete mit seinen Scheinwerfern durch die Heckscheibe.

„Ich glaube, wir alle haben das Licht gesehen", sagte Liz mit ihrem unverwüstlichen Humor. Lydia stimmte ihr aus vollem Herzen zu, als die drei Freundinnen unter Tränen in schallendes Gelächter ausbrachen.

# Kapitel 23

Lydia war verlegen, als sie ihrem Nachbarn Jonas die Tür aufhielt. Gleichzeitig war sie ihm jedoch auch dankbar, dass er einen weiteren von seinen Stühlen hereintrug und ihn an der Wand ihres Wohnzimmers abstellte.

„Das ist der letzte, Lydia." Er stand mitten im Zimmer und rieb sich die Hände. „Ich wünschte, ich könnte dir noch mehr Stühle ausleihen, aber dann wüsste ich gar nicht, wohin ich sie noch stellen sollte."

Er hatte natürlich recht. Ein paar Stühle hatte er in das zweite Schlafzimmer gebracht. Dort hatte sie auch ihre mechanische Nähmaschine aufgestellt. Er hatte noch weitere Stühle zu den bereits vorhandenen in die Küche gestellt. In diesem Augenblick entschieden sie, die übrigen Sitzgelegenheiten im Wohnzimmer zu lassen, damit die Frauen aus der Gemeinde sie selbst dorthin bringen konnten, wo sie die Holzstühle für ihre Patchworksitzung benötigten.

„*Jaa*. Es ist ein bisschen eng hier drin", stimmte sie ihm zu und sah sich um.

Es war eng – und viel zu warm.

Vor einer halben Stunde hatte sie im offenen Kamin ein riesiges Feuer gemacht, weil ihr Zuhause für ihre Gäste so warm und einladend wie möglich sein sollte. Jeb und dem Kätzchen Kitty schien es zu gefallen, denn beide Tiere hatten es sich vor dem Kamin bequem gemacht. Trotzdem fächelte sie sich mit der Hand Luft zu, als sie sich zu ihrem Nachbarn umdrehte, um ihm zu danken. Wieder einmal.

„Ich kann es nicht oft genug sagen, Jonas. Ich bin dir wirklich zu Dank verpflichtet. Ich habe an alles gedacht, an die Stoffe und das Nähgarn für die Patchworkdecken, an die Zutaten für meine Kartoffelsuppe und das Freundschaftsbrot. Aber die Stühle hatte ich völlig vergessen." Sie stemmte die Hände in die Hüften und schüttelte den Kopf. „Es genügt ja nicht, die Decken zu nähen und etwas zu essen anzubieten. Man braucht natürlich auch genügend Sitzgelegenheiten."

Die Augen ihres Nachbarn blitzten, als er über ihre Bemerkung lachte. Ihm schien es nichts auszumachen, dass sie die Stühle vergessen hatte. „*Jaa*, so ist das. Manchmal vergessen wir die großen Dinge, wenn wir uns mit all den Kleinigkeiten beschäftigen", erwiderte er.

„Da hast du natürlich recht."

„Jetzt kannst du dich entspannen." Er holte ein Paar Arbeitshandschuhe aus der Manteltasche und hielt sie in der Hand. „Alles sieht *guud* aus hier drin, Lydia, und es duftet auch sehr *guud*." Er drehte den Kopf Richtung Küche und schnupperte. „Freundschaftsbrot, stimmt's? Ich glaube, es riecht nach Zimt."

„Kann ich dir etwas davon mitgeben? Als kleines Dankeschön für deine Hilfe? Oder ein bisschen Suppe für später?", fragte sie ihn. Sie war froh, dass sie sich bei ihm revanchieren konnte, auch wenn es nur eine Kleinigkeit war. Schließlich hatte er ihr heute Morgen nicht das Gefühl gegeben, sie käme mit ihrer Bitte ungelegen. Ganz im Gegenteil.

Als sie sich auf den Weg in die Küche machte, um ihrem Nachbarn etwas zusammenzupacken, berührte er sie am Arm, um sie davon abzuhalten. „Lass mal, Lydia. Du hast Gäste und vor dir liegt ein langer Tag. Ihr Frauen braucht eine Stärkung."

„Ach, und du brauchst keine Stärkung?" Sie stemmte ihre Hände in die Hüften und lächelte ihn an. „Schließlich hast du jeden Stuhl, den du besitzt, den Weg von deinem Haus bis hierher geschleppt."

„Mach dir keine Sorgen." Er musste lachen. „Große, bärenstarke Kerle wie ich sind doch nicht gleich ausgehungert, wenn sie ein paar Stühle tragen."

Sie musste über diese Bemerkung schmunzeln. Inzwischen hatte sie sich an seine freundlichen Neckereien gewöhnt. In Wirklichkeit konnte man Jonas Hershberger nicht unbedingt als großen, bärenstarken Mann bezeichnen. Sein Körper war zwar muskulös und durchtrainiert und stark war er auch, aber er war eher mittelgroß. Wenn er einen Raum betrat, dann sah man sich nach ihm um, aber er war ein Mensch, der lieber im Hintergrund blieb. Wenn etwas an ihm wirklich groß war, dann war es sein Herz, fand Lydia.

„Das ist gut zu wissen. Aber es waren mehr als nur ein paar Stühle."

Er quittierte ihre Bemerkung mit einem lässigen Achselzucken.

„Du bist so *guud* zu mir, Jonas", fügte sie hinzu, weil sie plötzlich überwältigt war von Dankbarkeit. „Ich hoffe, du weißt, dass ich dem Herrn schon oft für deine Freundlichkeit gedankt habe."

Kaum hatte sie diese Worte ausgesprochen, da war es ihr schon wieder peinlich, dass sie mit der Wahrheit so herausgeplatzt war. Aber als er ihr ein beruhigendes Lächeln zuwarf, war sie erleichtert.

„Manche Leute machen es einem leicht, freundlich zu ihnen zu sein, Lydia", sagte er bloß. „Und zu diesen Leuten gehörst du." Er sah ihr in die Augen, als ob er nichts zu verbergen hätte. Bevor sie etwas erwidern konnte, machte er einen Schritt auf den Kamin zu. „Komm schon, Jeb." Er klatschte in die Hände. „Wir müssen von hier verschwinden, bevor die Frauen mit ihrer Arbeit anfangen."

Jeb erhob sich langsam und streckte erst einmal seine Hinterbeine aus. Als er auf sein Herrchen zulief, musste Lydia lächeln. Der gut erzogene Hund drehte sich nach Kitty um, als ob er lieber hier geblieben wäre.

Kaum hatte sie Jonas und Jeb zur Haustür begleitet, bog schon die erste Kutsche in die Auffahrt zu ihrem Grundstück ein.

„Das läuft ja genau nach Plan", sagte Jonas. „Die erste Kutsche mit Näherinnen kommt."

„*Jaa*, das läuft wirklich genau nach Plan."

„Ich wünsche dir einen schönen Tag mit den anderen Frauen, Lydia."

„Dir auch einen schönen Tag, Jonas. Ich bringe die Stühle sobald wie möglich zurück."

„Das hat Zeit." Er winkte ihr zu, als er und Jeb die Verandastufen hinuntergingen und sich auf den Weg zu seinem Haus machten. „Darüber reden wir später."

„Okay, *danki*." Sie winkte zurück. Dann verschränkte sie die Arme vor der Brust, um sich für das zu wappnen, was als Nächstes kam.

Seitdem sie an jenem Abend in Jessicas Auto die Idee hatten, einen Sonderverkauf zu organisieren, hatte sich Lydia auf diesen Tag vorbereitet, zunächst gedanklich und dann praktisch.

Zunächst musste sie die Frauen aus ihrer Gemeinde ansprechen, um zu sehen, welche von ihnen bereit war, ihr Talent zum Nähen für einen guten Zweck zur Verfügung zu stellen. Natürlich hatte sie gemischte Gefühle dabei, denn schließlich kannte sie die anderen Frauen noch nicht so lange. Aber sie brauchte sich deswegen keine Gedanken zu machen. Als sie den Frauen Jessicas Probleme mit dem Laden schilderte, waren alle sofort bereit zu helfen, ohne Fragen zu stellen und ohne zu zögern.

Als Nächstes musste sie einen geeigneten Termin für das Treffen finden und dann das Material für die vielen Näherinnen zusammenstellen. Danach musste sie die Verpflegung der Frauen organisieren, Herzhaftes und auch süße Leckereien. Das war gar nicht so einfach. Sie hatte bei sich zu Hause noch nie so viele Leute empfangen, außer zu den wenigen Gelegenheiten, als sie und Henry den Gottesdienst ausrichten mussten.

Sie hatte so viel Zeit damit verbracht, die Zusammenkunft zu organisieren, dass sie nicht daran gedacht hatte, sich auf die Rolle der Gastgeberin vorzubereiten. Jetzt, als die erste Kutsche heranrollte, hatte sie plötzlich ein ganz mulmiges Gefühl. Hoffentlich hatte sie an alles gedacht, damit sich die Frauen auch wohlfühlten. Und hoffentlich fand sie auch die richtigen Worte der Wertschätzung, um die Hilfsbereitschaft der Näherinnen zu würdigen.

Sie stand auf der Veranda, rieb sich die Schultern und dachte plötzlich an jenen Abend, an dem zwei Frauen zu ihr gekommen waren. Jessica und Liz. In der Dunkelheit hatten sie sich zu Fuß über den Kiesweg, der zu ihrem Haus führte, herangeschlichen. Bei dieser Erinnerung musste sie lächeln. Seit jener Nacht war in ihrem Leben so viel geschehen.

„Danke, dass du mir bis hierher geholfen hast, Herr“, flüsterte sie. „Und ich glaube nicht, dass du mich so weit gebracht hast, um mich jetzt allein zu lassen.“ Bei diesem Gedanken entspannte sie sich, als sie zusah, wie ihre Freundinnen aus der Gemeinde aus der schwarzen Kutsche sprangen.

„Lydia!“ Ruth Keim winkte ihr zu.

„Hallo, Ruth! Hallo, Abigail!“ Lydia winkte zurück. „Oh, Sarah, wie schön, dich zu sehen!“

Als sich die Kutsche der Familie Keim leerte, fuhren weitere Kutschen ihre Auffahrt entlang. Schon bald war ein gutes Dutzend Frauen und genauso viele weiße Wölkchen Atemluft in der Kälte zu sehen, während sich alle herzlich begrüßten.

Ein paar Frauen brachten Platten mit Gebäck mit, wieder andere einen sorgfältig abgedeckten Topf. In Lydias schlichtem Zuhause drängten sich bald ihre Freundinnen und in ihrer Küche stapelten sich die mitgebrachten Leckereien.

„Es ist lieb von euch, dass ihr etwas zu essen mitgebracht habt", begrüßte Lydia sie. Sie lief in der Küche hin und her und verstaute alles, was sie später auf den Tisch stellen wollte.

„Es sieht nicht so aus, als würden wir bei der Arbeit verhungern müssen", meldete sich Abigail zu Wort. „Wir haben so viel zu essen, dass wir ein paar Tage hier verbringen können."

„Wie wahr!" Lydia musste lachen. „Mögt ihr ein bisschen Freundschaftsbrot oder etwas Süßes?", fragte sie in die Runde. Dann ging sie ins Wohnzimmer und bot auch den Frauen dort etwas zu essen an. „Ich habe auch Kaffee und Tee."

„Wir sollten uns lieber zuerst an die Arbeit machen. Findest du nicht auch?", schlug Ruth vor. Zwischendurch können wir immer noch plaudern und essen."

Lydia warf einen Blick auf die anderen Frauen, die zustimmend nickten. „*Jaa*. Das ist eine gute Idee."

„Du brauchst uns nur zu sagen, was wir machen sollen", sagte Sarah. „Oder besser noch, wie wir es machen sollen."

Im Laden bestand der größte Kurs, den Lydia leitete, aus sieben Frauen. Diesmal warteten vierzehn Frauen auf ihre Anweisungen. Allerdings waren sie alle Expertinnen, die sich im Nähen von Patchworkdecken bestens auskannten.

„Zunächst, ihr Lieben, möchte ich *Danki* sagen. *Danki*, dass ihr heute gekommen seid." Sie warf einen Blick auf die Frauen, von denen einige in ihrem Wohnzimmer standen und andere saßen. „Wie ich euch schon erzählt habe, hat *Roses Woll- und Nähparadies* finanzielle Probleme. Wir hoffen und beten, dass die Verkaufsaktion *Das Haus vom Nikolaus* dem Laden wieder auf die Beine hilft. Mit euren Patchworkdecken könnt ihr dazu beitragen, dass sich diese Hoffnung erfüllt." Sie hielt inne, bevor sie weitersprach. Jessica hatte sie darum gebeten, diesen Satz einzuflechten. „Aber ich soll euch auch sagen, dass Jessica sich für euer Mitgefühl und eure Hilfe bei euch revanchieren möchte."

Sie sah, dass viele Frauen sie fragend oder mit gerunzelter Stirn ansahen. „Sie möchte, dass ihr und eure Familien am Verkauf der Patchworkdecken beteiligt werdet."

Daraufhin kam eine gewisse Unruhe auf; Blicke wurden gewechselt, bevor Ruth das Wort ergriff: „Wir sind hier, um einer Nachbarin zu helfen, Lydia. Das weißt du doch."

*„Jaa*, wir machen das nicht für uns", fügte eine andere Frau hinzu. Ein Dutzend Mal wurde zustimmend genickt.

„Na ja, wie wäre es denn mit einem Rabatt beim Einkauf im Handarbeitsladen? Wärt ihr damit einverstanden?"

„Das brauchen wir nicht", erwiderte Sarah. „Wir sind hier, weil wir helfen wollen."

„Ich weiß." Lydias Stimme war nur noch ein leises Flüstern. Insgeheim wünschte sie sich, sie hätte nicht so lange ohne die Freundschaft dieser wunderbaren Frauen auskommen müssen. Aber jetzt hatte sich die Situation verändert und dafür war sie dankbar. Sie lächelte. „Ich habe Jessica schon gesagt, dass ihr genauso reagieren würdet."

„Du kannst ihr auch ausrichten, dass wir zu ihrer Verkaufsaktion kommen werden", bekräftigte eine ältere Frau.

„Natürlich", sagte Abigail. „Aber jetzt sollten wir endlich mit dem Zuschneiden beginnen, anstatt bloß zu plaudern. Ich bin schon gespannt auf das Material, das du ausgesucht hast."

„Weil wir so viele sind, können wir drei Decken machen", fügte Ruth hinzu. „Was meint ihr dazu?"

Wieder nickten alle zustimmend mit einem gemurmelten *„Jaa"*.

„Hast du denn genug Material?", fragte eine Frau, die hinten stand.

„Oh ja." Lydia hatte sich vorgestellt, dass es schwierig sein könnte, an zwei Decken zu arbeiten, aber als so viele Frauen ihre Hilfe angeboten hatten, hatte sie ausreichend Material für drei und noch viele weitere Decken mitgenommen.

„Welches Muster würde Jessica denn gefallen?", fragte Ruth. Daraufhin musste Lydia lächeln.

„Sie freut sich über jedes Muster, das ihr aussucht", antwortete sie. Dass Jessica noch nicht einmal zwischen einer Blockhaus-Decke und einem Sternenmuster unterscheiden konnte, das behielt sie lieber für sich.

„Gut, dann können wir jetzt anfangen", verkündete Ruth und alle Frauen um sie herum nickten zustimmend.

„*Jaa*, auf jeden Fall", entgegnete Lydia. Sie sah sich im Zimmer um und holte tief Luft.

Natürlich wusste sie genau, was „anfangen" bei diesen Frauen bedeutete. Bevor sie sich in Gruppen aufteilten, das passende Material aussuchten und sich eine Tasse Tee holten, neigte jede von ihnen den Kopf und faltete die Hände zu einem stillen Gebet.

# Kapitel 24

„Sie sind hier in einem Pfandleihhaus. Hier erzielt man keine Spitzenpreise für Ihre Ohrringe. Haben Sie denn nicht die Fernsehsendungen zu diesem Thema gesehen?“

Jessicas Wangen brannten, als der bärtige Ladenbesitzer sie über den Rand seiner Nickelbrille anstarrte, scheinbar verärgert über ihren Versuch, mit ihm zu handeln. Aber er war nicht bereit, sich darauf einzulassen. „Entweder Sie geben mir Ihre Rubine für den Preis, den ich Ihnen geboten habe, oder Sie nehmen sie wieder mit. So einfach ist das“, sagte er kurz angebunden, während er ihr die Ohrringe entgegenhielt. Sie hatte nur noch die abgenutzte, leere Schmuckschachtel in der Hand.

„Aber sie bedeuten mir so viel“, seufzte sie. Auf der Fahrt zum Pfandleiher hatte sie gedacht, wie viele schöne Erinnerungen an diesen hingen. Sie waren mit Brillanten und tropfenförmigen Rubinen besetzt. Seitdem ihre Tante ihr den Schmuck vor etwa zehn Jahren geschenkt hatte, hatten sie einen besonderen Platz in ihrem Herzen. Als sie die funkelnden Ohrringe zu ihrer Verabredung mit Derek getragen hatte, hatten sie ihr elegantes Kleid und den ganzen Abend erst zu etwas Besonderem gemacht. „Meine Tante Rose hat sie mir zum Schulabschluss geschenkt und …“

Der Pfandleiher unterbrach sie sofort. „Wie gesagt …“ Er hob abwehrend die Hand. „Entweder verkaufen Sie mir die Ohrringe zu diesem Preis oder Sie lassen es bleiben.“

Natürlich wollte sie ihre geliebten Ohrringe um keinen Preis diesem Mann überlassen. Und besonders nicht zu diesem niedrigen Schätzwert. Aber was sollte sie sonst tun? Die Ohrringe waren die einzigen Wertsachen, die sie besaß. Sie hätte sie doch nicht zum Pfandleiher gebracht, wenn es nicht nötig gewesen wäre.

„Ich … äh … ich denke … Also gut.“ Mit einem tiefen Seufzer gab sie nach. *Sie haben gewonnen*, hätte sie am liebsten zu dem Mann gesagt.

Der Verkauf wurde schnell, aber für Jessica nicht schmerzfrei abgewickelt. Als sie das Pfandleihhaus wieder verließ und sich zu ihrem Auto schleppte, konnte sie sich nicht erinnern, wann sie in ihrem Leben über eine zusätzliche Geldsumme so betrübt gewesen war. Aber musste sie nicht dieses Opfer bringen?

Schließlich brachten ihre Freundin und ihr Kutschenteam, wie Lydia die Gruppe von Amisch-Frauen nannte, eine Menge Zeit auf, um Patchworkdecken für den Sonderverkauf anzufertigen. Dabei kannte Jessica diese Frauen noch nicht einmal. Und Liz investierte eine Menge Zeit und Energie in die Zubereitung von Weihnachtsplätzchen und Kuchen, die ebenfalls verkauft werden sollten.

Obwohl sie in den sozialen Medien eine Werbung für den Sonderverkauf platziert hatte und so viele ihrer ungelenk gearbeiteten Schleifenschals wie möglich strickte, wollte Jessica unbedingt noch mehr tun. Nicht nur für den Laden, denn sie musste auch an Cole denken, an die Weihnachtsgeschenke, auf die er sich jetzt schon freute. Es war sein erstes Weihnachten ohne seine Oma Rose. Sie würde ihnen beiden fehlen.

*Ich vermisse dich so sehr, an jedem Tag, Tante Rose!*

Sie steckte ihre eiskalten Hände in die Taschen ihrer Winterjacke und schlug den Kragen hoch, um die Kälte abzuwehren. Dann überquerte sie auf dem Weg zu ihrem Auto mit schnellen Schritten mehrere Kreuzungen. In Gedanken war sie beim letzten Weihnachtsfest, das sie zusammen mit ihrer Tante gefeiert hatte. Plötzlich heulte eine Sirene hinter ihr auf. Sie war so erschrocken, dass sie einen großen Satz nach vorne machte.

Hastig hielt sie sich die Ohren zu. Zum Glück hörte der kreischende Ton nach ein paar Sekunden auf. Sie drehte sich um, weil sie sehen wollte, woher das Geräusch kam.

Aber das hätte sie sich denken können.

Derek saß hinter dem Steuer des Streifenwagens. Er fuhr im Schritttempo neben ihr her, kurbelte das Fenster auf der Beifahrerseite herunter und rief: „Hallo, Jess. Was machst du denn hier in diesem Teil der Stadt?"

Obwohl sie erschrocken war, versuchte sie, nach außen gelassen zu wirken. „Ich? Und was machst du hier?"

„Äh … das Büro des Sheriffs ist ganz in der Nähe. Wusstest du das gar nicht?"

„Na klar doch." Wie konnte sie nur so etwas vergessen? Sie war so vertieft in ihre eigenen Probleme und Gedanken gewesen. Deshalb hatte sie nicht daran gedacht, dass sie sich in der Nähe von Dereks Arbeitsplatz aufhielt. Jetzt war sie ihm eine Erklärung schuldig, warum sie sich in seiner Gegend aufhielt, weit entfernt von ihrem Laden.

Aber er schien mit seinen Gedanken schon ganz woanders zu sein. Er hatte gleich Mittagspause. Er lehnte sich weit aus dem Fenster auf der Beifahrerseite und warf ihr einen erwartungsvollen Blick zu. „Wie wäre es mit einem Mittagessen? Du siehst hungrig aus."

„Wie soll das denn gehen – hungrig *aussehen*?" Sie lachte. „Ich glaube, du klingst hungrig."

„Das bin ich auch. Also, wie sieht's aus? Wollen wir einen Happen essen?"

„Eigentlich muss ich zurück zum Laden, Derek."

„Gehst du mir aus dem Weg?"

„Wie kannst du denn so etwas behaupten? Wir sind doch erst vor Kurzem zusammen mit Cole im Park gewesen, als die Beleuchtung des Weihnachtsbaums angeschaltet wurde."

„Ja, zusammen mit einer Menge anderer Leute." Schmollend schob er den Unterkiefer vor und musterte sie skeptisch. „Ich weiß nicht … Vielleicht sollte ich dich verhaften, damit ich ein bisschen Zeit mit dir verbringen kann."

Sie lachte leise. „Was habe ich denn verbrochen, dass du mich verhaften kannst?"

„Äh …" Er zögerte kurz. „Bist du nicht eben bei Rot über die Straße gegangen?"

„Kann man denn dafür verhaftet werden? Außerdem habe ich das gar nicht gemacht, und schon gar nicht bei Rot."

„Nun, was haben wir noch? Wie wäre es denn damit? Herumstreiten mit einem Polizisten."

„Was, deswegen kannst du mich verhaften?"

„Wollen Sie das wirklich wissen, Ma'am?", entgegnete er im besten Polizistentonfall.

„Ich gebe auf." Sie musste über seine Albernheiten schmunzeln. „Ich gehe gerne mit Ihnen essen, Herr Hilfssheriff. Ist hier in der Nähe denn ein gutes Lokal?"

„Wo steht dein Auto?"

Sie deutete auf den nächsten Häuserblock.
„Ich treffe dich dort und dann kannst du hinter mir herfahren."
„Jawohl, Herr Hilfssheriff." Sie salutierte.
„Endlich haben Sie begriffen, wie das funktioniert, meine Gnädigste", erwiderte er spöttisch, als er sich wieder hinter das Steuer setzte und das Beifahrerfenster schloss.
Als sie die Autoschlüssel aus der Handtasche holte, schüttelte Jessica den Kopf über ihn. Er brachte es immer wieder fertig, sie aus der Reserve zu locken und sie zum Lachen zu bringen.

Jessica war schon längere Zeit nicht mehr in Micks Schnellrestaurant gewesen, aber das Lokal schien sich in all den Jahren nicht verändert zu haben. Es war im nostalgischen Stil der Fünfzigerjahre errichtet. Das Neonschild über dem Gebäude blinkte sogar mittags verheißungsvoll mit seinem hellen Licht und der glänzende, apfelrote Anstrich war derselbe wie immer. Im Inneren blitzten die schwarz-weißen Quadrate des Fußbodens, als ob er brandneu sei. Auch die chromglänzende Theke strahlte wie frisch geputzt.
Als sie und Derek sich in einer Sitznische aus rotem Kunstleder niederließen, war Jessica sogar froh, dass sie hierhergefahren waren. Zum einen machte Micks Schnellrestaurant die besten Burger und Pommes im ganzen Bezirk. Das konnte sie nur bestätigen, denn die erste Hälfte ihres Burgers hatte sie in Rekordzeit verschlungen. Zum anderen verband sie mit diesem Ort auch eine Menge schöner Erinnerungen.
„Ich muss unbedingt Cole hierher mitnehmen", sagte sie und betrachtete lächelnd die Musikbox in der Ecke und die hohen Barhocker, auf denen sie sich immer so lange im Kreis gedreht hatte, bis Tante Rose es verboten hatte oder ihr schlecht geworden war. „Ich bin seit einer halben Ewigkeit nicht mehr hier gewesen. Als Kind war es für mich immer etwas Besonderes, wenn wir hier waren."
„Ich war immer nur mit dir und Rose hier." Derek lächelte, als er ein frittiertes Kartoffelstück in einen Klecks Ketchup tunkte.
„Oh ja. Du hast immer so gerne die Kräuterlimonade mit Eis getrunken, stimmt's?" Sie zeigte auf sein mit Eiswürfeln gefülltes Glas Wasser. „Mich wundert, dass du sie dir nicht bestellt hast."
„Zu viel Zucker im Dienst ist nicht gut. Ich könnte ja in ein Zu-

ckerkoma fallen." Er hob das Glas und trank einen Schluck. „Aber diese Kräuterlimonade war wirklich unglaublich. Fast so unglaublich wie du. Ich meine, wenn du voll da und nicht so zerstreut bist wie in letzter Zeit", fügte er hinzu.

Sie machte große Augen und ihr Lächeln wurde zu einem breiten Grinsen, während sie ihn kopfschüttelnd musterte. „Das ist ja die seltsamste Überleitung, die ich jemals gehört habe. Von Kräuterlimonade zu mir? Interessant ..."

„Na ja. Ich bin vielleicht nicht mehr so aalglatt, wie ich es einmal war, oder?" Er brachte ein halbherziges Grinsen zustande. „Aber im Ernst, Jess, willst du weiter so tun, als ob alles gut ist, oder willst du mir endlich erzählen, was wirklich los ist mit dir? Oder soll ich raten?"

„Derek, ich habe es dir doch schon gesagt. Es geht mir gut." Dabei schob sie ihren Teller von sich, sah ihm aber nicht in die Augen, als sie ihm antwortete. Natürlich bemerkte er es.

„Mmh." Auch er schob den Teller beiseite, lehnte sich an das Polster ihrer Sitzecke und verschränkte die Arme vor der Brust. „Ich kapiere es schon, Jess. Ich weiß, dass wir lange keinen Kontakt mehr hatten. Aber ich bin immer noch derselbe." Er beugte sich vor. „Du kannst mir alles anvertrauen, natürlich nur, wenn du willst. Und wenn nicht ... dann fühle ich mich zwar nicht besonders gut, aber dann muss ich das akzeptieren." Seine Gesichtszüge waren gespannt und er zog seine Brauen zusammen, so als ob ihn irgendetwas quälte.

„Also wirklich, Derek Reeves." Sie drohte ihm mit dem Finger und lächelte wissend. „Das kannst du mit mir nicht machen."

„Was denn?" Er schaltete sein Gesicht um wie einen Lichtschalter. Jetzt wirkte er nicht mehr niedergeschlagen, sondern unschuldig. Allerdings konnte er nicht verhindern, dass seine Augen verschmitzt blitzten. Sie hatte ihn wieder einmal ertappt.

„Das weißt du ganz genau." Sie hob eine Augenbraue und verschränkte die Arme auf der Tischplatte, während sie sich ebenfalls vorbeugte. „Du tust so, als ob ich deine Gefühle verletzt hätte, und damit bringst du mich dazu, dir alles zu erzählen."

„Was?" Seine Augen blitzten wieder, als er sie mit einem schmallippigen Lächeln ansah. „Willst du etwa behaupten, dass ich dich manipuliere?"

„Genau."

„Auch wenn ich dir sage, dass ich für dich da bin?"

„Das ist es doch gerade, Derek. Wenn ich dir sage, was mit mir los ist, dann ..." Sie unterbrach sich mitten im Satz und legte erschrocken die Hand auf den Mund.

„Also ist doch etwas los mit dir? Ich habe es gewusst. Ich habe es gewusst", wiederholte er. „Jetzt aber raus mit der Sprache. *Was* ist los Jess? Am besten erzählst du es mir jetzt gleich."

Es kam ihr so vor, als hätte sie sich schon den ganzen Morgen dem Willen von Männern beugen müssen, zuerst beim Pfandleiher und jetzt bei Derek. Aber der Mann, der ihr gegenübersaß, war tatsächlich um ihr Wohlergehen besorgt, mehr als viele andere Leute. Seine Augen blickten freundlich und offen, als er sie betrachtete, und das machte es ihr leichter, ihm alles zu erzählen.

„Die Kurzversion lautet: Ich muss eine hohe Rechnung bezahlen, und wenn ich das nicht rechtzeitig schaffe, könnte ich den Laden verlieren", sagte sie schließlich sachlich. „Aber es gibt auch eine gute Nachricht. Liz und Lydia hatten die Idee, einen Straßenverkauf zu organisieren."

„Jetzt zu dieser Jahreszeit?", fragte er mit gerunzelter Stirn.

„Na ja, es ist kein richtiger Straßenverkauf." Sie winkte ab. „Das war die ursprüngliche Idee, aber jetzt veranstalten wir unter dem Namen *Das Haus vom Nikolaus* im Laden eine Verkaufsaktion. Wir verkaufen alles Mögliche. Pullover, Schals, Kuchen, Weihnachtsplätzchen, Patchworkdecken."

Während er ihr zuhörte, rieb er sich schweigend das Kinn. Sie spürte, wie ihr Optimismus ins Wanken geriet, als er sich Zeit für seine Antwort nahm und die Worte offenbar sorgfältig abwog. „Das klingt nach einer Menge Arbeit, ohne dass der Erfolg garantiert ist", sagte er schließlich. „Du hättest dir das Geld auch von mir leihen können, Jess. Diese Möglichkeit hast du übrigens immer noch."

„Nein", erwiderte sie rundheraus. Sie straffte die Schultern und versuchte, ruhig zu bleiben. „Danke, Derek, vielen, vielen Dank", fügte sie hinzu und sie meinte es ehrlich. „Ich weiß, dass du ein guter Freund bist, aber ich kann das nicht annehmen. Deshalb wollte ich dir auch nichts davon sagen. Ich habe mir diese Suppe selbst eingebrockt und ich muss sie auch auslöffeln. Ich kann dich nicht um Geld anbetteln."

Vor ein paar Minuten hatten sie noch im Scherz miteinander gesprochen und er hatte so getan, als sei er zutiefst verletzt. Sie merkte, dass aus dem Spiel inzwischen Ernst geworden war.

„Betteln?“ Sein Gesicht war ernst und seine Stimme klang traurig. „So denkst du über mich? Dass du mich um Hilfe anbetteln musst?“

„Oh nein. Ganz und gar nicht. Du meinst es immer so gut mit mir. Aber ich … ich will dich einfach nicht ausnutzen“, stammelte sie.

*„Ausnutzen?“*

„Nein, nicht ausnutzen. Na ja, nicht ganz.“ Sie merkte an seinem Gesichtsausdruck, dass sie alles nur noch schlimmer machte. „Oh Derek, bitte entschuldige! Ich habe mich falsch ausgedrückt. Du hast mich missverstanden. Es ist nur so: Ich habe Mist gebaut und ich will dich nicht auch noch mit hineinziehen.“

„Menschen bauen eben Mist, Jess. Sie machen Fehler.“

„Mir kommt es aber so vor, als ob ich mehr Fehler mache als andere.“

„Glaub mir“, erwiderte er leise. „Du bist nicht die Einzige, die das manchmal so empfindet.“

Er legte seine Hand auf ihre und drückte sie sanft. Obwohl sie wusste, dass es bloß eine tröstende, freundschaftliche Geste sein sollte, wurde ihr ganz warm bei dieser Berührung. Plötzlich dachte sie daran, dass sie mit ihm auch noch über etwas anderes reden musste. Sie durften sich nicht mehr so oft sehen, denn bei jeder Begegnung wuchs ihr Verlangen nach ihm.

Sie war erleichtert, als sein Handy summte und er seine Hand zurückzog, um das Telefon aus der Brusttasche zu ziehen. „Entschuldige, aber das ist dienstlich. Ich muss rangehen“, sagte er, bevor er den Anruf annahm.

„Kein Problem. Ich muss sowieso auf die Toilette“, flüsterte sie ihm zu. Dann griff sie nach ihrem Mantel und ihrer Handtasche. „Wir treffen uns an der Kasse, wenn du fertig bist.“ Sie deutete auf den vorderen Bereich des Restaurants. Er hatte das Handy schon am Ohr, nickte aber zustimmend.

Auf dem Weg zur Damentoilette musste sich Jessica eingestehen, dass sie über diesen Anruf froh war. Obwohl sie unbedingt mit ihm reden musste, war sie für dieses nächste Gespräch noch nicht bereit. Zumindest heute nicht. Aber es musste bald sein. Sehr bald sogar.

# Kapitel 25

Liz zog den Kragen ihrer Wolljacke hoch, um sich vor dem Wind zu schützen, als sie mit Daniel an ihrer Seite den Parkplatz des Baumarktes überquerte. Sie waren den ganzen Tag unterwegs gewesen, weil sie für seine Nichten und Neffen und natürlich auch für ihre Enkelkinder Weihnachtsgeschenke kaufen wollten. Am Nachmittag waren die Temperaturen noch weiter gesunken.

Wie immer merkte Daniel, was mit ihr los war. Er machte einen großen Schritt und öffnete ihr die Tür.

„Brr … danke!“ Sie bedankte sich mit einem Lächeln für die galante Geste.

„Kein Problem.“ Er rieb sich die Hände, als sie den Baumarkt betreten hatten. „Ich gehe mal in den Sanitärbereich. Ich brauche ein paar Sachen für meine undichte Spüle.“

„Du weißt, wo ich zu finden bin, wenn du fertig bist“, erinnerte ihn Liz und zeigte auf die Abteilung mit den Tapeten und Farben.

„Such dir eine hübsche Farbe für deine Küche aus. Sie muss aber so hübsch sein wie die Köchin.“

Seine scherzhaft klingende Bemerkung war für sie wie eine Aufforderung zu weiterem Geplänkel. „Willst du mir schmeicheln, damit ich dir noch einen Pekannusskuchen backe?“

„Kürbiskuchen ist auch in Ordnung.“ Er zwinkerte ihr zu.

Als Daniel in den linken Bereich des Baumarkts ging und sie sich nach rechts wandte, fiel ihr Blick auf die schönen neuen Küchenschränke, die ausgestellt waren. Ihr gefielen auch die modernen Spülen in modischen Farben. Vielleicht konnte sie sich diesen Wunsch erfüllen – irgendwann einmal …

Daniel war bereits vor Wochen mit der Decke in ihrer Küche fertig geworden. Selbst auf die Gefahr hin, sich nie wieder über seine Besuche freuen zu können, musste sie ehrlich zu ihm sein und ihm ihre finanzielle Situation schildern. Weihnachten stand vor der Tür und im Büro war es noch ruhiger als sonst. Deshalb konnte sie sich eine weitere Umgestaltung ihrer Küche momentan nicht leisten.

Momentan war bloß noch ein neuer Anstrich möglich und diese Arbeit wollte sie allein erledigen, gleich nach der Verkaufsaktion im Handarbeitsladen, aber noch vor der Ankunft von Amy und ihrer Familie zum Weihnachtsfest.

Natürlich hatte Daniel ihr seine Hilfe angeboten. Nach ihrem gemeinsamen Essen in Annabelles Restaurant halfen sie sich gegenseitig und verbrachten fast jeden Tag viel Zeit zusammen. Sie genoss die Stunden mit ihm so sehr, dass sie manchmal sogar ihr Zeitgefühl verlor. Wie an dem Abend, als sie zu einer Stricksitzung mit Jessica und Lydia eine halbe Stunde zu spät gekommen war.

Die beiden Freundinnen hatten gerade die Polizei anrufen wollen, weil Liz nicht ans Telefon gegangen war, als sie bei ihr angerufen hatten. Schließlich war sie in den Laden gekommen und hatte den beiden erzählt, dass sie mit Daniel zusammen gewesen war. Natürlich hatte Liz sich spöttische Bemerkungen anhören müssen, als ob sie und Daniel eine leidenschaftliche Romanze erleben würden. Aber das genaue Gegenteil war der Fall. Daniel drückte ihr höchstens einmal zum Abschied die Hand und das reichte auch schon aus. Denn ihre Beziehung war … nun ja … kameradschaftlich und angenehm. Unkompliziert und unbeschwert.

Sie lächelte, als sie wieder daran dachte, wie Jessica und Lydia reagiert – oder eher überreagiert – hatten. Aber dann spürte sie eine gewisse Ernüchterung. Sie stand vor den Farbmustern und betrachtete die vielen verschiedenen Töne, die möglich waren. Die Musterbögen erstreckten sich über eine Breite von fast zwei Metern.

„Das ist ja eine Riesenauswahl!“, seufzte sie.

„Ja, das stimmt“, sagte eine weibliche Stimme neben ihr.

Liz merkte, wie ihr schon jetzt die Augen wehtaten. „Dabei fällt mir schon bei Eiscrem die Entscheidung zwischen Vanille mit Schokostückchen und Karamell mit Pekannüsse so schwer.“

Die Frau neben ihr musste laut lachen. „Bei mir ist es immer die Wahl zwischen Himbeere mit Schokostückchen oder … Liz? Liz Cannon?“

Liz sah von den Kästen mit den Farbmustern hoch. „Belinda! Du liebes bisschen! Wir haben uns ja schon lange nicht mehr gesehen … ich weiß gar nicht mehr, wann wir uns das letzte Mal über den Weg gelaufen sind.“

Sie ging auf ihre alte Freundin zu und nahm sie in die Arme. Dann machte sie einen Schritt zurück und betrachtete sie. Belinda Sears war zierlich, mit lockigem rotem Haar, das sie kaum bändigen konnte. Die Freundin hatte sich kaum verändert, bis auf einen müden Ausdruck in ihren Augen. Aber vielleicht lag das an der Vorweihnachtszeit …

„Es ist mindestens zwei Jahre her", bestätigte Belinda. „Seitdem John und ich nach Millersburg umgezogen sind."

„Wie die Zeit vergeht. Und wie schön, dass wir uns hier über den Weg laufen!"

„Das ist wirklich eine angenehme Überraschung, denn so oft komme nicht mehr nach Sugarcreek. Heute bin ich nur hier, weil ich ein paar Bestellungen für Weihnachten abholen will. Ich war auch im Handarbeitsladen von Rose. Schön, dass Jessica den Laden übernommen hat. Das ist für sie bestimmt eine große Herausforderung." Belinda schüttelte den Kopf, weil sie so beeindruckt war. „Und eine sehr nette Amish-Frau arbeitet dort."

„Sie sind beide ganz liebe Mädels", stimmte Liz der Freundin zu. „Seitdem die Kirche gebrannt hat, treffe ich mich mit den beiden mindestens einmal in der Woche. Wir plaudern und stricken und … unternehmen manchmal etwas zusammen", fügte sie vage hinzu.

„Oh, Liz." Belindas Augen blickten traurig. „Ich war so erschüttert, als ich von dem Brand gehört habe. Und natürlich macht es mich traurig, dass Rose dabei ums Leben gekommen ist. Gott gebe ihrer Seele Frieden. Ich kann mir kaum vorstellen, wie ihr alle euch gefühlt habt … und noch immer fühlt."

Liz spürte, wie ihr die Kehle wie zugeschnürt war. „Ja, Rose war wirklich der liebste Mensch auf Erden", erwiderte sie und ihre Stimme klang heiser. „Ihr Tod war ein großer Schock für uns alle. Ja, und mit der Gemeinde – da müssen wir uns auch erst umgewöhnen. Für die Woche vor Weihnachten ist eine Kerzenzeremonie geplant und darauf freue ich mich schon. Wir hoffen auch, dass der Wiederaufbau im Januar beginnen kann, aber das hängt natürlich vom Wetter ab."

Liz hob die Hände, weil sie nicht viel mehr über die Kirchengemeinde zu berichten hatte. „Aber jetzt erzähle mir doch von eurem Leben in Millersburg, Belinda." Sie wollte unbedingt ein paar freudige Nachrichten hören. „Wie gefällt es euch in eurem neuen Zuhause?“

Wieder fiel ein Schatten auf Belindas Gesichtszüge. Liz hoffte, dass in der Familie ihrer Freundin alles in Ordnung war. Obwohl sie und Belinda seit dem Umzug keinen Kontakt mehr hatten, fühlte sie sich mit ihr eng verbunden. Jahrelang hatten die beiden sich in der Kirchengemeinde engagiert, zusammen Ausschuss-Sitzungen organisiert und bei Veranstaltungen für das leibliche Wohl der Teilnehmer gesorgt.

„Es ist schön, Liz, wirklich. Bis vor Kurzem jedenfalls.“ Sie atmete tief durch, während sich ihr Gesicht in grimmige Falten legte. „Ich wäre dir dankbar, wenn du John in deine Gebete einschließen könntest ... Bei ihm wurde MS diagnostiziert. Bisher waren die Symptome nicht so ausgeprägt und unser Leben verlief in normalen Bahnen. Aber in letzter Zeit ist es viel schlimmer geworden. Es ist sehr belastend für uns alle.“

„Oh, Belinda, das tut mir so leid.“ Liz legte mitfühlend der Freundin die Hand auf den Arm.

„Er ist so schnell erschöpft, will es aber nicht wahrhaben. Es hilft ihm, wenn er beschäftigt ist. Momentan streicht er unseren Abstellraum und als nächstes Projekt hat er sich unser Badezimmer vorgenommen. Ich bin hier, um Farbe auszusuchen.“

„Ich werde auf jeden Fall für ihn beten, Belinda.“

„Danke, Liz. Viele in unserer neuen Gemeinde beten auch für ihn und das tut wirklich gut. Was ich noch sagen wollte – vielleicht würde es dir bei uns in der Gemeinde gefallen. Ich meine, bis euer Gemeindehaus wieder aufgebaut ist. Obwohl es für dich natürlich eine ziemlich weite Strecke ist.“

„Wenn ich eine gute Predigt hören kann, nehme ich auch eine längere Fahrt in Kauf“, erwiderte Liz. Mit einem Besuch in Millersburg könnte sie Belinda auch zeigen, dass ihr das Schicksal ihres Mannes am Herzen lag.

Belinda nahm ihr Smartphone aus der Tasche und scrollte sich durch, bis sie das Gesuchte fand. „Hier, bitte. Am besten gibst du deine Handynummer ein. Dann kann ich dir alle Informationen schicken.“

„Das wäre prima, Belinda.“ Sie tippte ihre Nummer ein und gab ihrer Freundin das Handy zurück. „Weißt du, was merkwürdig ist? Ich komme selten nach Millersburg, aber vor Kurzem war ich erst dort. In einem Restaurant. Das Essen war hervorragend. Vielleicht ein bisschen viel Zimt an den Süßkartoffeln und sie hätten ein bisschen mehr Knoblauch …"

Bevor sie den Satz zu Ende sprechen konnte, kam Daniel durch den langen Gang auf sie zu.

„Belinda, darf ich dir meinen … äh … Daniel Kauffman vorstellen, einen guten Freund von mir? Daniel, das ist Belinda Sears. Wir waren beide Mitglieder der Gemeinde hier, aber dann ist sie zusammen mit ihrem Mann von Sugarcreek weggezogen."

„Freut mich, Sie kennenzulernen." Er reichte ihr die Hand, aber plötzlich vibrierte Belindas Handy.

„Entschuldigung. Ich muss kurz nachsehen, wer das ist." Sie sah auf das Display. „Oh weh, das ist meine Schwester. Da muss ich drangehen. Es hat mich auch gefreut, Sie kennenzulernen, Daniel. Und Liz, schön, dass wir uns mal wieder über den Weg gelaufen sind", sagte sie und entfernte sich von ihnen.

„Hm", murmelte Daniel, während sie Belinda nachsahen.

„Was meinst du mit hm?"

„Sie kommt mir irgendwie bekannt vor, aber ich weiß nicht, wo ich sie hinstecken soll."

Liz sah ihn überrascht an. „Vielleicht fällt es dir später ein."

„Vielleicht." Er zuckte mit den Schultern. „Hast du eine Farbe ausgesucht?"

Liz schüttelte den Kopf. „Ich kann mich einfach nicht entscheiden. Vielleicht ist es am besten, wenn ich ein paar Farbmuster mit nach Hause nehme. Für heute habe ich genug Einkäufe gemacht und Entscheidungen getroffen." Sie hatte sich zwar über das Wiedersehen mit Belinda gefreut, aber als sie von der Erkrankung ihres Mannes gehört hatte, war der neue Anstrich für die Küche plötzlich nicht mehr so dringend gewesen.

„Du hat recht", erwiderte Daniel. Er sah plötzlich auch müde aus.

Liz bemerkte, dass Daniel während der Fahrt kaum ein Wort sprach, sondern die Augen auf die Straße gerichtet hielt. Aber nachdem sie fast den ganzen Tag zusammen gewesen waren, hatte Liz auch nicht mehr viel zu sagen. Außerdem fielen gerade die ersten Schneeflocken und Liz sah fasziniert dabei zu, wie die weißen Kristalle in der Luft tanzten und auf der Windschutzscheibe landeten. Aber nach einer Weile ließ der Schnee nach und hörte schließlich ganz auf. Immerhin sahen die Äste der Ahornbäume in ihrer Straße aus wie mit Puderzucker bestreut.

Als Daniel in die Einfahrt zu ihrem Haus fuhr, war sie erneut wie verzaubert von den warmen Lichtern, die ihr Haus schmückten. Kleine weiße Lichtchen funkelten an jeder Dachrinne und um ihre Haustür herum. Und zwei glitzernde Rentiere, an die Daisy sich immer noch gewöhnen musste, standen majestätisch auf ihrem Rasen vor dem Haus.

Seit Jahren hatte ihr Zuhause nicht so festlich ausgesehen. Den Lichterglanz hatte sie Daniel zu verdanken. An jenem Tag, als sie Seite an Seite in der Küche gearbeitet hatten, hatte sie ihm von ihrer Familie erzählt und von ihrem letzten Weihnachtsfest mit Karl, als er den Kampf um sein Leben verloren hatte. Im November jenes Jahres hatten sie und Karl erfahren, dass Amy mit ihrem ersten Enkelkind schwanger war. Karl würde dieses Kind nicht mehr sehen können und das wusste er bereits. Damals hatte Liz ihm versprechen müssen, dass sein Tod in dieser Jahreszeit ihr in Zukunft nicht die Freude an Weihnachten nehmen sollte – weder ihr noch Amy und den Enkelkindern, die noch geboren werden sollten.

Weil er wusste, dass ihre Enkelkinder sie zu Weihnachten besuchen würden, und weil er so freundlich und hilfsbereit war, war Daniel an einem Samstag bei ihr zu Hause aufgetaucht, beladen mit zusätzlichen Lichterketten, Verlängerungskabeln und einer sehr langen Leiter. Er hatte mehr Lichterschmuck befestigt, als je zuvor an ihrem Haus gewesen war. Und er hatte alles mit einer Zeitschaltuhr verbunden, weil er wusste, dass sie Strom sparen wollte.

„Ich weiß, dass ich mich wiederhole, aber ich bin dir so unendlich dankbar dafür, dass du das Haus so festlich geschmückt hast. Ellie und Jack werden sich fühlen wie beim Nikolaus am Nordpol."

„Ich habe dir ja schon gesagt, Liz, dass das keine große Sache war." Er winkte ab und holte die größeren Einkaufstüten aus dem Kofferraum. Die kleineren überließ er ihr. Daisy war bereits an der

Tür, als Liz aufschloss. Schwanzwedelnd stand die Hündin da und begrüßte sie.

„Du kannst die Tüten hier auf die Bank stellen. Ich hole sie später." Liz deutete auf die Holzbank in ihrer Diele. Dann zog sie den Mantel aus und legte ihn ebenfalls auf die Bank. „Magst du eine heiße Schokolade? Und vielleicht einen Käsetoast?", schlug sie vor. Sie lief mit schnellen Schritten in die Küche und machte die Kühlschranktür auf. Seit ihrem gemeinsamen Frühstück am Vormittag hatten sie nichts mehr gegessen. „Wenn du willst, können wir uns beim Essen den Film von gestern Abend zu Ende ansehen."

„Ach, ich sollte lieber nichts essen", rief er ihr von draußen zu.

„Das ist fettarmer Käse. Der hat weniger Kalorien." Sie beugte sich vor und beäugte den Inhalt des Kühlschranks. Dabei überlegte sie, was sie sonst noch anzubieten hatte. „Ich kann dir auch ein Geflügelsandwich und Suppe machen, wenn du so etwas lieber magst."

„Nein, das meine ich nicht, Liz. Ich würde lieber nach Hause fahren und nicht hierbleiben."

Nicht nur seine Worte, sondern auch der ernste, beinahe matte Klang seiner Stimme ließen sie frösteln. Sie richtete sich auf, machte langsam die Kühlschranktür zu und überlegte fieberhaft, warum er es so eilig hatte wegzukommen.

Es geschah nur selten, dass er sie einfach zu Hause absetzte. Und wenn, dann erklärte er ihr vorher ausführlich, warum er keine Zeit hatte. Er kam eigentlich immer mit rein und blieb dann eine Weile. Sie dachte, er habe es sich bereits auf dem Sofa bequem gemacht, aber als sie ins Wohnzimmer gehen wollte, sah sie, dass er noch immer in der Diele stand – im Mantel.

„Hast du noch zu tun? Willst du an dem Sonderauftrag für Weihnachten weiterarbeiten?"

„Ja", erwiderte er. Diese lapidare Antwort entsprach gar nicht seiner Art und auch seine Stimme klang ganz anders als sonst.

Prüfend musterte sie ihn und dabei begegneten sich ihre Blicke. Plötzlich spürte sie eine seltsame Spannung, die sie bei ihm noch nie so erlebt hatte. „Aber ich fürchte, das ist nicht der wahre Grund, warum du nicht bleiben möchtest. Stimmt's?"

Er atmete tief durch. „Das ist durchaus möglich."

„Kann ich dir irgendwie helfen?"

Er sah weg. „Ich weiß nicht so recht."

„Willst du es nicht wenigstens probieren?"

„Ich glaube schon." Seine Kiefermuskeln spannten sich an, als er langsam weitersprach „Es hat mit dir zu tun, Liz. Mit uns."

Sie meinte, ihr Herz müsste aussetzen, als sie das hörte. Seine Antwort traf sie überraschend. Sie waren doch so gut miteinander ausgekommen, hatten sich in der Gesellschaft des anderen immer wohlgefühlt. Hatte sie seine Signale etwa falsch verstanden? Ihr wurde es ganz schwer ums Herz. „In … äh … in welcher Hinsicht denn?" Sie traute sich fast nicht, diese Frage zu stellen.

„Ich muss immer wieder daran denken, was du zu deiner Freundin im Baumarkt gesagt hast, als du mich ihr vorgestellt hast, dieser Frau namens Belinda. Ich … ich weiß nicht, was ich davon halten soll."

Sie spürte, wie ihre Wangen brannten, als ob man sie bei etwas erwischt hätte. „Ich habe dich als guten Freund vorgestellt, weil … na ja, du bist doch mein Freund, oder nicht?"

„Ja, schon, aber … das ist total verrückt. Ich fühle mich wie ein unerfahrener Teenager, wenn ich mit dir darüber rede." Er rieb sich die Stirn und trat von einem Fuß auf den anderen. „Hör zu, Liz. Ich habe geglaubt, dass ich warten kann, dass ich mehr Geduld aufbringen sollte. Aber als ich gehört habe, wie du mich deiner Freundin vorgestellt hast, ist mir plötzlich aufgegangen, dass jetzt der richtige Zeitpunkt ist, wenigstens für mich. Ich muss einfach wissen, was du für mich empfindest. Bin ich für dich bloß ein guter Freund … oder mehr als das?"

Sie starrte ihn an, denn ihr fehlten die Worte. Ja, sie hatte gezögert, als sie ihn Belinda als einen Freund vorgestellt hatte. Aber das war er doch auch für sie. Sie waren Freunde, sehr gute Freunde sogar. Oder etwa nicht? Und musste er dieses Thema ausgerechnet jetzt ansprechen, so früh?

Er bemerkte, wie aufgewühlt sie war, und so hob er die Hand.

„Okay. Wenn du nichts zu sagen hast, lass mich bitte reden." Er sah zu Boden, als würde er um Fassung ringen, und dann sah er ihr in die Augen. Es lag so viel Gefühl in seinem Blick, dass sie erschrak und ihn wie gebannt ansah.

„Liz, ich habe im Laufe der Jahre schon in vielen Häusern gearbeitet, aber als ich in dein Zuhause gekommen bin, habe ich sofort gemerkt, dass dieses Haus erfüllt ist mit etwas ganz Besonderem. Und von Anfang an habe ich gewusst: Dieses Besondere bist du. Ich weiß, wir kennen uns noch nicht lange, aber nach all den Jahren, in denen ich allein lebe …"

Als er weitersprach, war seine Stimme ernst und liebevoll, und wieder sah er ihr direkt in die Augen. „Liz, ich mag die Art, wie du denkst. Ich mag es, wie du aussiehst, wie du lachst. Ich fühle mich wohl, wenn ich mit dir zusammen bin. Ich muss zugeben, ich mag es sogar, wenn du weiterredest, obwohl ich gerade die Nachrichten sehen möchte. Sogar das finde ich liebenswert an dir. Aber vor allem habe ich erkannt, dass ich dich immer um mich haben möchte."

„Daniel, was du da sagst …" Sie musste sich erst sammeln, bevor sie weitersprach. „Ich meine, natürlich bist du auch etwas Besonderes für mich. Wirklich. Und ich bin auch gerne mit dir zusammen."

„Ja, klar." Er musterte sie eingehend, als ob er ihre Gedanken lesen wollte. „Aber ich bin mir nicht sicher, ob du dasselbe für mich empfindest wie ich für dich. Ich will mehr, Liz. Ich will mehr für uns beide." Er hielt kurz inne. „Ich weiß, ich habe noch nie darüber gesprochen, aber ich will jetzt ganz offen zu dir sein. Willst du darüber nachdenken? Darüber, ob wir mehr sein können als bloß gute Freunde?"

Schon jetzt trafen sie seine Worte mitten ins Herz. Sie konnte sich nicht vorstellen, ihn nicht mehr um sich zu haben. Er war jeden Tag für sie da gewesen. Aber obwohl sie das Zusammensein mit ihm genoss und sich in seiner Nähe wohlfühlte, ging ihr das alles zu schnell. Sie hatte nicht erwartet, dass sie sich bereits so gut aufeinander eingespielt hatten. Es war für sie alles noch zu frisch, zu neu. Und obwohl ihre Gefühle für diesen Mann tiefer gingen als das, was sie bereits füreinander waren … Was sollte das bedeuten? Wohin sollte das führen?

Natürlich hatte er recht. Sie musste sich ihrer Gefühle ganz sicher sein und deshalb brauchte sie Zeit zum Nachdenken. „Ja, natürlich. Ich denke darüber nach, Daniel. Das verspreche ich dir."

„Danke", sagte er leise und wandte sich zur Haustür um. Aber bevor er die Tür öffnete, drehte er sich auf dem Absatz um und sah sie noch einmal an. „Ach, und … Liz?"

„Ja?“

Sie dachte, dass er noch etwas sagen wollte. Aber offenbar hatte er genug geredet. Bevor sie wusste, wie ihr geschah, nahm er ihre Hand und zog sie eng an sich, enger als jemals zuvor. Er drückte sie an seine Brust, in der sein Herz schlug, sein gutes Herz. Sie konnte nicht anders – sie musste ihre Arme um ihn legen.

Geborgen in seiner Umarmung spürte sie seinen vertrauten, angenehmen Duft. Und während sie sich langsam daran gewöhnte, überraschte er sie aufs Neue. Er beugte sich zu ihr herunter und drückte seine Lippen auf ihren Mund. Sein Kuss war so leidenschaftlich und zärtlich zugleich, dass sie atemlos und mit großen Augen dastand, als er einen Schritt zurückmachte.

„Daniel …“ Sie berührte ihre Lippen mit den Fingerspitzen, denn noch immer spürte sie, wie sein zärtlicher Kuss wie ein warmer Strom durch ihren Körper floss, von den Lippen bis zu den Zehenspitzen. „Du hast doch gesagt, dass ich darüber *nachdenken* soll.“

„Ja, das habe ich gesagt“, erwiderte er. Seine Stimme klang sanft und zärtlich. „Und wenn du das tust, Liz, möchte ich, dass du auch über diesen Kuss nachdenkst.“

# Kapitel 26

Nach der Arbeit ließ Lydia sich meistens von ihrem Fahrer George bis zum unteren Ende der Auffahrt zu ihrem Grundstück bringen, denn dann konnte sie ihre Post aus dem Briefkasten holen und hatte noch ein bisschen Bewegung auf dem Weg zu ihrem Haus. Aber heute war sie dankbar, als Georg sein Auto direkt an ihrem Briefkasten anhielt und auf sie wartete. Sie und Jessica arbeiteten hart, um den Laden für die Verkaufsaktion vorzubereiten, und in ihrer Freizeit half sie den anderen Amish-Frauen bei der Fertigstellung der Patchworkdecken. Deshalb fühlte sie sich momentan so erschöpft wie ein alter Ackergaul.

„Steigen Sie ruhig aus und holen Sie Ihre Post, Miss Lydia. Dann fahre ich sie bis vor die Haustür", schlug George vor. „Eine so kleine Frau wie Sie kann der Wind ganz leicht wegwehen."

Es war wirklich ein grauer stürmischer Tag in Sugarcreek. Stunde für Stunde heulte der Wind um die Häuser, als ob er den Menschen beweisen wollte, dass der Winter sich nicht mehr vertreiben ließ. Lydias müde Knochen schmerzten noch mehr als sonst.

Deshalb nahm sie das Angebot des Fahrers gerne an. Rasch sprang sie aus dem Auto und war genauso schnell wieder zurück, ohne die wenigen Briefumschläge in ihrer Hand näher anzuschauen. Erst als sie im Haus war und ihre Stiefel an der Haustür auszog, sah sie ihre Post durch.

„Oh, Kitty, ein Brief von *Maam*", informierte sie ihre zugelaufene Katze, die inzwischen zum Inventar gehörte. Das Tier wagte sich kaum noch nach draußen bei dieser Kälte. Stattdessen hieß Kitty sie am Ende eines Arbeitstags zu Hause willkommen und schmiegte sich schnurrend an ihre Beine.

„Und es ist sogar ein langer Brief", fügte Lydia hinzu, als ob die Katze jedes Wort verstehen würde.

Der Umschlag mit der Handschrift ihrer Mutter war um einiges dicker als die Briefe, die Lydia sonst von ihr bekam. Maam hatte ihre Antwort auch ungewöhnlich schnell geschickt. Diese Tatsache ließ Lydias Herz schneller schlagen, aber sie spürte auch noch mehr, wie müde sie eigentlich war.

Als sie den Brief an ihre *Maam* abgeschickt hatte, war sie sich unsicher gewesen, ob sie nicht zu viel preisgegeben hatte. Ihr zu Papier gebrachter Gefühlsausbruch musste eine Wirkung auf ihre Mutter gehabt haben, denn sonst hätte sie nicht so schnell geantwortet und so viel geschrieben. Das hatte Lydia nicht gewollt und jetzt tat ihr es leid.

Mit einem tiefen Seufzer zündete sie beide Kerosinlampen im Wohnzimmer an und ließ sich auf das Sofa fallen. Als sie den Umschlag vorsichtig öffnete, stand Kitty miauend bei ihr. Sie protestierte dagegen, dass ihre tägliche Routine unterbrochen wurde.

„Ich weiß, Kitty, ich weiß. Keine Angst. Du bekommst gleich dein Essen“, versprach sie der Katze.

Als ob sie sichergehen wollte, dass Lydia ihr Versprechen auch hielt, sprang Kitty auf das Sofa und rollte sich neben Lydia zusammen. Die streichelte ihre flauschige Gefährtin und atmete tief durch. „Oh Kitty, ich weiß nicht, ob ich *Maams* Brief überhaupt lesen soll. Hoffentlich habe ich sie mit meinem Brief nicht zu sehr erschreckt.“ Aber noch während sie diese Worte aussprach, zog sie den dicken Brief aus dem Umschlag und begann zu lesen.

*Liebe Lydia,*
*in all den Jahren, in denen du von zu Hause weg bist, habe ich mir gewünscht, dass uns nicht so viele Kilometer voneinander trennen würden. Ich habe dir das nie gesagt, aber ich schreibe es dir jetzt. Eigentlich wäre es besser, wenn wir uns am Küchentisch gegenübersitzen könnten. Denn dann könnte ich dich trösten, während du diese Zeilen liest.*

Die Worte ihrer Mutter waren viel einfühlsamer als sonst, aber sie weckten in Lydia eine seltsame Vorahnung. Sie hielt inne und holte tief Luft, während sie das Briefpapier fest umklammert hielt.

*Zunächst will ich dir sagen, dass du dir diesen Abstand zwischen dir und deinem Mann nicht eingebildet hast. Ich weiß das, weil ich nach Henrys Tod mit seiner Großmutter Miriam gesprochen habe*

*und es war ein sehr schwieriges Gespräch. Sie kam in tiefer Trauer zu mir. Aber sie trauerte nicht nur, weil Henry tot war, sondern sie litt auch unter all dem, was er in seinem kurzen Leben hatte durchmachen müssen. Es ging um ein Geheimnis, das sie – und nur sie allein – jahrzehntelang in ihrem Herzen bewahrt hatte. Jetzt konnte sie diese Last nicht mehr allein tragen.*
*Ehrlich gesagt wäre es mir lieber, wenn Miriam nicht mit mir über all diese Dinge gesprochen hätte, und ich würde sie dir am liebsten ersparen. Ich glaubte nicht, dass du das alles hören müsstest, zumindest so lange, bis ich deinen Brief bekommen habe. Als ich gelesen habe, wie sehr dich die Jahre mit Henry und eure Ehe beunruhigt und verunsichert haben, musste ich meine Meinung ändern.*
*Jetzt glaube ich, dass Miriam sich mir nicht rein zufällig anvertraut hat. Es hat alles einen tieferen Sinn und jetzt kann ich dir helfen, Henry besser zu verstehen. Auch wenn du von dem, was ich dir schreiben muss, erschüttert sein wirst, bete ich dafür, dass es dir hilft, mit deiner Vergangenheit Frieden zu schließen und das Leben, das noch vor dir liegt, anzupacken, mein Kind … Und möge Henry bei Gott endlich Ruhe und Frieden finden.*

Lydia hatte von ihrer *Maam* noch nie einen Brief bekommen, bei dem ihr die Hände zitterten, aber jetzt war das der Fall.

Kitty spürte scheinbar die innere Anspannung, unter der Lydia plötzlich stand, und so sprang sie von ihrem warmen Plätzchen herunter, setzte sich auf den Boden und begann sich zu putzen.

Mittlerweile wünschte auch Lydia, sie könnte bei ihrer Mutter sein und aus ihrem Mund hören, was sie zu sagen hatte, anstatt hier zu sitzen und die Nachricht über Henrys Geheimnis ganz allein lesen zu müssen. Aber es war zwecklos, denn sie konnte an dieser Situation nichts ändern. Also riss sie sich zusammen und las weiter.

Vierundzwanzig Stunden später konnte Lydia noch immer nicht alles verarbeiten, was sie im Brief ihrer Mutter gelesen hatte. Sie war dankbar, dass im Laden viel Betrieb war, denn dort war sie abgelenkt, sie beriet die Kundinnen und half zwischendurch bei den Vorbereitungen auf die Nikolaus-Verkaufsaktion. Die Hektik und Betriebsamkeit im Handarbeitsladen täuschten darüber hinweg, dass sie wie betäubt war von dem, was ihre Mutter über Henrys Vergangenheit geschrieben hatte. Deshalb plauderte sie auch nicht mit Jessica, wie sie es sonst immer tat.

Bei dem hektischen Treiben im Laden schien Jessica sowieso nicht zu bemerken, wie still Lydia war. Anders verhielt es sich dann nach Ladenschluss, als die beiden Freundinnen zusammen mit Liz am Arbeitstisch saßen.

„Okay, Mädels“, begann Jessica. „Ich weiß, dass es langweilig und ermüdend ist, wenn wir die Schleifen für meine Schals binden. Aber ihr dürft auch nicht vergessen …“ Mit einem Schmunzeln hielt sie inne. „Ihr zwei habt mich überredet, diese schiefen, krummen Dinger zu stricken, weil ihr sie so trendy findet. Und jetzt bestraft ihr mich mit Schweigen.“

Lydia nähte gerade eine hellblaue Schleife an eine von Jessicas Kreationen. Sie sah von ihrer Arbeit hoch, hatte aber noch immer nichts zu sagen. Offenbar – und das war untypisch für sie – fehlten auch Liz die Worte. Sie hob den Blick von den Streifen, die sie gerade von der Glitzerband-Rolle abschnitt, zuckte mit den Schultern und schwieg ebenfalls.

„Moment mal.“ Jessicas Augen verengten sich, während sie Liz anschaute. „Eigentlich solltest du gar nicht hier sein, oder? Wollest du nicht mit Daniel …“

Liz hob eine Hand und unterbrach Jessica mitten im Satz. Zum ersten Mal an diesem Tag war Lydia von ihren eigenen Fragen und Problemen abgelenkt, als sie in die traurigen Augen von Liz sah.

„Ja, Daniel und ich hatten eine Menge Pläne. Für heute, für nächste Woche, für den nächsten Monat. Aber jetzt bin ich mir nicht mehr so sicher.“ Wieder zuckte sie mit den Schultern. „Ich weiß nicht mehr, ob wir unsere Pläne noch verwirklichen werden.“

„Oh, Liz … Habt ihr euch etwa gestritten?“, fragte Jessica mit einer Hartnäckigkeit, die Lydia unangenehm war.

„Nein, nicht wirklich.“ Liz seufzte und legte die Schere hin. Sie sank in sich zusammen und fuhr sich zerstreut durchs Haar. „Er hat mir ein Ultimatum gestellt.“

„Was bedeutet das denn?“ Jessica ließ nicht locker.

„Er will nicht, dass wir weiter ‚bloß gute Freunde‘ bleiben.“

Weil sie wusste, wie sehr Liz Daniel mochte, war Lydia erleichterte, dass er mehr von ihr wollte – und nicht weniger. „Ist das denn keine gute Sache?“, fragte sie zaghaft und beugte sich zu ihrer Freundin vor.

„Nein, ganz im Gegenteil“, warf Jessica ein.

Liz war selten um eine Antwort verlegen. Aber diesmal zögerte sie, nahm einen halben Meter Silberband in die Hand und ließ es sich durch die Finger gleiten, wieder und wieder, bis die Tischplatte vor ihr mit kleinen Silberpünktchen bedeckt war.

„Ich weiß nicht. Ich brauche Zeit zum Nachdenken. Er hat mich überrumpelt. Im einen Moment waren wir nur gute Freunde und im nächsten will er viel mehr als nur eine Freundschaft.“ Sie wechselte mit beiden Freundinnen einen Blick. „Ja, ich weiß genau, was ihr denkt, und ja, ihr habt recht. Ich hätte nicht so verblüfft sein dürfen über das, was er gesagt hat. Natürlich habe ich gemerkt, dass wir viel füreinander empfinden. Schon unsere erste Verabredung zum Essen war einfach wunderbar. Und seit diesem schönen, harmonischen Abend bin ich zufrieden gewesen, wie sich alles zwischen uns entwickelt hat – langsam und unkompliziert. Warum kann denn nicht alles so bleiben, wie es ist?“

„Vielleicht glaubt er, dass ihr zwei noch glücklicher sein könntet“, deutete Jessica an.

Liz reagierte mit einem unwilligen Stirnrunzeln. „Aber eine Beziehung, wie er sie sich vorstellt – also, das ist für mich ein zu großer Schritt in meinem Alter. Mit so etwas habe ich nicht mehr gerechnet. Ich bin immer noch überwältigt. Da meint man, man weiß genau, was der andere will, und dann weiß man es am Ende doch nicht.“ Ihr Seufzer klang jetzt fast resigniert. „Vielleicht ist man einfach zu sehr mit sich selbst beschäftigt.“

*„Jaa.“* Lydia ließ den Schal sinken. *„Jaa.* Das ist wohl wahr“, sagte sie. „Sehr wahr sogar“, fügte sie hinzu. Ihre Stimme klang dabei so ernst, dass ihre beiden einfühlsamen Freundinnen sie sofort eingehend musterten.

„Läuft da etwa auch etwas mit deinem Freund Jonas?“ Die Stirn von Liz legte sich in seltsame Falten.

*„Nee, nee“,* antwortete Lydia hastig. „Es geht nicht um ihn. Ich habe ihn in dieser Woche noch gar nicht gesehen, weil ich so beschäftigt war. Aber gestern, als ich nach Hause gekommen bin, war

ein Brief für mich da. Von meiner *Maam.* Sie hat mir geschrieben, dass Henrys Großmutter sie vor Monaten besucht hat, kurz nach seinem Tod. Als ich diesen Brief gelesen habe … da habe ich über Henry etwas erfahren, das ich …" Sie sah auf ihre Hände, bis sie wieder den Mut hatte, ihren Freundinnen in die Augen zu schauen. „Der Herr möge mir vergeben, aber ich habe meinen Mann vollkommen falsch eingeschätzt."

Jessica und Liz musterten ihre Freundin mitfühlend, aber sie schwiegen. Aber auf ihren nachdenklichen Gesichtern waren ihre unausgesprochenen Fragen deutlich zu lesen.

„Er … äh …" Sie schüttelte den Kopf und sah die beiden Frauen mit großen Augen an. „Ich weiß noch nicht einmal, wie ich es formulieren soll."

Sie war zutiefst schockiert gewesen, als sie gelesen hatte, was Henrys Großmutter über das Leiden ihres Enkels zu erzählen hatte. So traurig und elend hatte sie sich gefühlt, dass sie kraftlos in sich zusammengesunken war. Sie war nur dazu imstande gewesen, ihre laut miauende Katze füttern. Sie selbst hatte nichts mehr essen können und an Schlaf war auch nicht zu denken gewesen. Sie war so durcheinander gewesen, dass sie noch nicht einmal mehr hatte beten können. Fast die ganze Nacht hatte sie im Wohnzimmer gesessen und blicklos aus dem Fenster gestarrt. Oder sie hatte die Decke betrachtet, die ihre Freundinnen für sie genäht hatten. Und dabei hatte sie sich an jedes Hemd erinnert, das Henry getragen hatte und wie er darin ausgesehen hatte. Oder sie hatte ihren Blick auf die Bibel geworfen und gehofft, diese finstere Nacht zu überstehen. Sie hatte sich zu kraftlos und leer gefühlt, um das Buch in die Hand zu nehmen und darin zu lesen.

Bei Tagesanbruch war sie froh gewesen, dass sie sich hatte fertig machen und zum Laden fahren können. Aber so sehr sie sich jetzt wünschte, ihren Freundinnen zu erzählen, was sie erfahren hatte, und Henry auch in ihren Augen zu rehabilitieren, so sehr rang sie um die richtigen Worte.

„Henry …", begann sie wieder, aber dann unterbrach sie sich und warf einen Blick auf Cole, der an der alten Bank in der Mitte des Ladens kniete. Er wartete auf Marisa und hörte dem Gespräch der Frauen nicht zu, so vertieft war er in das Spiel mit ein paar

Lego-Figuren, die er zusammengebaut hatte. Er war so sorglos. So unschuldig. So voller Vertrauen. So, wie jedes Kind sein sollte.

Als Henry in Coles Alter war, hatte man ihm das alles verwehrt.

„Jemand hat Henry die Unschuld genommen", sagte sie schließlich. Ihre Stimme war bloß noch ein heiseres Flüstern. „Und ich habe es nicht gewusst, niemals. Er hat es mir nie erzählt. Es war jemand … jemand, dem er vertraut hat."

In ihren Augen glänzten Tränen, als sie ihre Freundinnen ansah. Beide Frauen waren zutiefst entsetzt. So, wie sie es gewesen war. Wie sie es noch immer war.

„Oh, Lydia, ich …" Jessica rang um die richtigen Worte.

„Das ist einfach nur …" Liz schloss die Augen und schüttelte ungläubig den Kopf. „So furchtbar. Es bricht mir das Herz."

Als Lydia gelesen hatte, dass ihr Mann in seiner Kindheit sexuell missbraucht worden war, hatte sie genauso empfunden. Es hatte ihr das Herz gebrochen. Sie hatte plötzlich so etwas wie Muttergefühle für Henry entwickelt, so als ob er noch am Leben wäre, aber ein kleiner, verletzlicher Junge, der ihren Schutz brauchte. Aber dann hatte sie herausgefunden, dass der Täter ein Onkel väterlicherseits gewesen war, ein Onkel, der sogar Prediger war. Und plötzlich hatte sie gespürt, wie eine rasende Wut in ihr aufgestiegen war.

Der Täter hatte Henry nicht nur die Unschuld und seine Kindheit gestohlen, sondern noch viel mehr. Es war kein Wunder, dass Henry misstrauisch war, wenn es um Liebe ging. Dass er so wenig Interesse an körperlicher Nähe hatte. Und vielleicht hatte er auch Angst davor, er könne die abartige Neigung seines Onkels in seinen eigenen Genen haben, und hatte deswegen keine Familie gründen wollen.

Darüber hinaus hatte dieser widerwärtige Onkel, ein angeblicher Gottesmann, Henry auch noch das Urvertrauen zu Gott genommen. Jetzt verstand sie auch, warum ihr Mann nie den engeren Kontakt zu den Leuten aus ihrer Gemeinde gesucht oder andere im weiteren Umkreis hatte kennenlernen wollen.

„Ich hoffe, dass der Kerl, der ihm das angetan hat, jetzt im Gefängnis sitzt", brachte Jessica schließlich heraus. Sie sah erst auf Lydia und dann auf ihren Sohn.

Lydia holte tief Luft, bevor sie weitersprach. „Das ist nie geschehen. Sein Onkel war bereits tot, als Henry sich seiner Großmutter anvertraute. Es war seine Großmutter mütterlicherseits, die Einzige, zu der er Vertrauen hatte. Aber obwohl sein Onkel nicht mehr lebte, quälten Henry die Erinnerungen an seine Kindheit. Zumindest erzählt das seine Großmutter. Aber warum sollte das auch anders sein? Ihr könnt euch vorstellen, dass es ihn wohl Tag und Nacht verfolgt hat."

„Aber deine Mutter hat nichts davon gewusst?", fragte Liz.

„*Nee.* Wie gesagt, sie hat es erst nach Henrys Tod erfahren. *Maam* wusste bloß, dass er ein guter Mensch war. Und weil er so geschickt war und so viel konnte, dachte sie, er könnte auch gut für eine Familie sorgen."

Als sie den Brief ihrer Mutter gelesen hatte, hatte sie verstanden, warum Miriam so sehr auf diese Heirat gedrängt hatte und warum sie so begeistert gewesen war, als ihr Enkel und seine Frau nach Sugarcreek gezogen waren, um dort gemeinsam neu anzufangen. Wahrscheinlich hatte Miriam auch gehofft, eine so liebevolle junge Frau wie Lydia könnte Henry helfen, sein schlimmes Schicksal zu verarbeiten, und ihm eine glücklichere Zukunft ermöglichen. Vielleicht hatte sie sogar bei Henry diese Hoffnung geweckt – dass eine liebe Frau in seinem Leben und ein neuer Ort ohne die Schatten der Vergangenheit auch aus ihm einen neuen Menschen würde machen können, einen Menschen, wie Gott ihn ursprünglich geplant hatte.

Aber diese entsetzlichen, widerlichen Erinnerungen hatten sich einfach nicht abschütteln lassen. Sie mussten ihn jeden Tag verfolgt und gequält haben … bis seine Hoffnung zerstört gewesen war.

Denn in all ihren gemeinsamen Jahren hatte er sich doch immer mit etwas beschäftigt. Er war vor ihr weggelaufen. Er hatte es nicht über sich bringen können, sie im Arm zu halten und zu lieben, ihr nahe zu sein und zuzulassen, dass sie ihn wieder liebte. Jetzt verstand sie, warum das so war. Und trotzdem tat es weh.

Aber jetzt litt sie um seinetwillen.

„Wenn er doch bloß …" Sie rang die Hände. „Wenn er sich mir doch bloß anvertraut hätte. Dann hätte ich ihm helfen können."

Kurz nach Henrys Tod hatte sie um ihren Ehepartner getrauert, um jemanden, der sie beschützt hatte, für sie gesorgt und ihren Tagen ein Ziel und eine Ordnung gegeben hatte. Dann hatte sie um das Leben getrauert, das sie mit ihm hätte teilen wollen. Sie hatte um die Liebe getrauert, die sie einander nicht hatten geben können. Aber jetzt brach ihr wieder das Herz. Sie litt, weil sie mehr für ihn hätte tun können, so viel mehr.

„Nach all dem, was er durchgemacht hat, hoffe ich nur, dass ich ihn genug geliebt habe." Sie putzte sich die Nase. „Ich hoffe so sehr, dass Henry meine Liebe gespürt hat."

„Oh, Lydia." Jessica nahm die Hand der Freundin. „Du bist ein so guter, liebevoller Mensch. Ich bin sicher, dass er das gespürt hat. So wie wir es spüren."

„Es klingt doch so, als ob du alles Menschenmögliche getan hast. Bestimmt hat er gewusst, dass er dir nicht gleichgültig war", tröstete Liz sie. „Vielleicht hat er dich zurückgewiesen, weil er zu viel Angst vor seinen eigenen Gefühlen hatte."

Die verständnisvollen Worte ihrer Freundinnen trösteten sie zwar, aber sie hoffte von ganzem Herzen, dass sie auch der Wahrheit entsprachen.

„Ich muss euch noch etwas sagen. Ich habe die Decke weggelegt." Sie wischte eine Träne weg, die ihr die Wange herunterlief. „Ich musste sie einfach einpacken – in eine alte Truhe. Wenn ihr bei mir zu Hause seid und die Decke ist weg, dann möchte ich nicht, dass ihr mich für undankbar haltet, aber …"

„Ganz ruhig, Lydia, ganz ruhig …" Jessica drückte Lydias Hand. „Mach dir keine Gedanken. Wir verstehen das."

„Und mach dir vor allem keine Gedanken um uns", meldete sich Liz zu Wort. „Bloß nicht."

In Wirklichkeit wollte sie überhaupt nicht mehr nachdenken. Sie fühlte sich müde und ausgelaugt. „Ich muss mal an die frische Luft." Sie wollte von ihrem Stuhl aufstehen.

„Bist du sicher? Soll ich dich lieber nach Hause fahren?", fragte Jessica. „Das ist überhaupt kein Problem, Lydia. Wirklich nicht."

„*Nee.*" Sie strich den Rock ihres Kleides glatt. „Ich möchte hier sein. Dieser Ort ist für mich wie ein Zuhause. Und je mehr ich zu tun habe, desto besser. Ganz ehrlich. Aber ein bisschen frische Luft wäre jetzt *guud* für mich. Dann ist mir auch nicht mehr so heiß."

Sie hatte diesen Satz kaum zu Ende gesprochen, als Liz schon ihren Mantel aus dem hinteren Kleiderschrank holte. Als Lydia das warme Kleidungsstück zugeknöpft hatte, zog Liz den Kragen um den Hals enger. Dann breitete sie die Arme aus und umarmte Lydia. Sie spürte, wie gut ihr diese lange, freundschaftliche Umarmung tat.

Als sie durch die Ladentür schlüpfte, schimmerten die Schaufenster der Läden und die Laternenpfähle in der Hauptstraße im warmen Licht der Weihnachtsbeleuchtung. Trotzdem nahm ihr die eisige Luft zunächst den Atem. Aber … es fühlte sich trotzdem gut an. So gut und erfrischend wie ein Treffen mit Rebecca. Sie wollte zu ihr, hören, wie ihre Freundin unentwegt plapperte, über ihre Kinder und ihr glückliches Leben. Sie wollte etwas Gutes hören, etwas Frisches, Reines. Genau das brauchte sie jetzt.

Die Hände vergrub sie tief in den Taschen ihres Mantels. Dann machte sie sich auf den Weg zur Bäckerei und freute sich auf ein Wiedersehen mit ihrer Freundin.

# Kapitel 27

Als Lydia die Bäckerei betrat, bimmelte die Glocke über der Ladentür und kündigte wie immer ihre Ankunft an. Sie sah, dass in den Vitrinen noch Plätzchen und Muffins standen, die Reste vom Tag, aber ihre Freundin war nirgends zu sehen. Sie wartete kurz. Sicher würde sie gleich kommen. Lydia beugte sich über die Ladentheke, um einen Blick in den Bereich hinter den Vitrinen zu werfen.

„Rebecca?", rief sie. „Hallo! Wo bist du?"

Auf diese Frage hin erschien eine blonde Frau aus dem hinteren Teil des Ladens. „Bitte entschuldigen Sie. Ich war hinten und habe sauber gemacht."

Als sie einen Klecks Zuckerguss am Mundwinkel der Frau entdeckte, musste Lydia lächeln. Sie fragte sich, was die Verkäuferin wohl gerade sauber machte. Vielleicht ein paar mit Zuckerguss bedeckte Löffel? Oder ein paar Muffin-Formen?

„Kann ich Ihnen helfen?", fragte sie Frau. Auf ihrem Namensschild stand „Kimberley".

„Ich suche Rebecca."

„Oh." Kimberley zuckte mit den Schultern. „Sie ist nicht da. Deshalb bin ich hier. Ich bin ihre Vertretung."

„Aber …" Lydia merkte, wie ihr Lächeln schwächer wurde. „Ich dachte, sie hätte noch ein bisschen Zeit bis zu ihrem Mutterschaftsurlaub."

„Stimmt. Aber … ich nehme an, Sie sind eine Freundin von Rebecca?", fragte Kimberley und musterte Lydia mit einem wachsamen Blick.

„*Jaa. Jaa.* Natürlich."

„Und sie haben es nicht gehört?"

„Was denn?" Lydias Kehle war plötzlich wie zugeschnürt.

„Sie musste gestern mitten in ihrer Schicht nach Hause. Ein Notfall. Man hat ihr wohl strenge Bettruhe verordnet. Die Ärzte haben Angst, dass sie ihr Baby verliert."

„Ihr Baby verliert?", wiederholte Lydia entsetzt. Sie konnte sich nicht vorstellen, dass ihrer Freundin etwas so Furchtbares passieren sollte. In Gedanken bat sie Gott um Hilfe. „Aber das geht nicht. Sie kann doch nicht ihr Baby verlieren."

„Wie gesagt, deshalb wurde ihr ja Bettruhe verordnet. Damit es dem Baby gut geht."

„Jaa? Ist denn mit dem Baby alles in Ordnung?"

„Ja, das habe ich zumindest gehört." Kimberley nickte.

Aber Lydia wollte das selbst von der Freundin hören. Vor Sorge war ihr ganz schwindlig, als sie sich umdrehte und schnell zur Ladentür ging.

„Möchten Sie noch etwas kaufen?", rief ihr Rebeccas Vertretung nach. Sie hob die Arme und wirkte ratlos.

„Nein, *danki. Nee*", erwiderte Lydia, ohne zu zögern. Sie wollte nichts kaufen, sondern hoffte nur, dass es Rebecca und dem Kind gut ging.

Noch nicht einmal eine Stunde später sagte Lydia wieder *danki*, diesmal aber zu Jessica und Liz, als Jessica mit ihrem Geländewagen die am Stadtrand gelegene Elmhurst Road ansteuerte.

„Danke, dass ihr mit mir zu Rebecca nach Hause kommt." Lydia war froh, als die beiden Freundinnen so spontan ihre Pläne geändert hatten. „Eine nächtliche Aktion, um jemandem eine Überraschung vor die Tür zu legen, war für heute Abend eigentlich gar nicht geplant."

„Ich habe den Eindruck, dass diese Aktionen meistens sehr überraschend kommen." Jessica musste schmunzeln. „Sie passieren einfach so. Und mir tut Rebecca leid. Sie ist wirklich süß."

„Ja, so süß wie das Gebäck, das sie verkauft", meldete sich Liz zu Wort. „Egal wann ich zum Einkaufen in die Bäckerei komme, sie hat immer ein liebes Lächeln für mich."

„Sie kann auch eine ganz schöne Plaudertasche sein." Lydia lächelte, als sie daran dachte, wie beruhigend Rebeccas Geplapper oft auf sie gewirkt hatte.

„Ich hoffe sehr, dass mit ihr und dem Baby alles in Ordnung ist." Jessicas Stimme klang wehmütig, als sie langsamer fuhr und nach rechts abbog. „Wir sind schon da. Die Straße ist wirklich nicht weit weg von der Innenstadt. Wenn du ein bisschen bleiben und mit Rebecca plaudern möchtest, sag uns ruhig Bescheid."

„Ja, wir warten gerne auf dich", stimmte Liz zu.

„Nee, ich will sie und ihre Familie nicht stören. Nicht so spät abends. Ich werde sie mal tagsüber besuchen. Oder nach dem Gottesdienst. Ich will bloß unsere Überraschungsgeschenke vorbeibringen, um ihr Mut zu machen. Sie soll wissen, dass jemand an sie denkt."

Die Freundinnen hatten für Rebecca und ihre Familie schnell ein Geschenkpaket zusammengestellt. Lydias Beitrag bestand aus mehreren Paar Babyschühchen, die sie bereits für Rebeccas Nachwuchs gestrickt hatte. Und Jessica hatte aus Tante Roses Schatztruhe eine ganz entzückende Babydecke ausgesucht, auf der sich viele bunte Bauernhoftiere tummelten. Liz hatte eine süße Knabbermischung als Nascherei für den Abend mitgebracht. Sie teilten die Leckerei in vier Teile. Ein Viertel behielten Cole und Marisa und der Rest war für die drei Kinder von Rebecca bestimmt. Sie hatten die Mischung in drei kleine Dosen gefüllt, die Jessica in ihrem Küchenschrank entdeckt hatte. Als sie dann die Dosen mit Glitzerband verziert und alles in einen Korb gepackt hatten, waren die drei Freundinnen bereit für ihren Ausflug.

„Ob ihr es glaubt oder nicht, ich war noch nie in dieser Straße", verkündete Liz und sah aus dem Fenster, während Jessica im Schritttempo die Gasse entlangfuhr. „Die Häuser sehen richtig heimelig aus."

Lydia beugte sich vor und starrte durch die Windschutzscheibe. Allein die Tatsache, etwas für jemand anderen tun zu können, gab ihr ein gutes Gefühl.

Jedes Mal, wenn sie an Henry dachte, spürte sie wieder den Schmerz der Trauer und der Fassungslosigkeit. Aber sie hatte vor Gott gelobt, dass sie ihren Mitmenschen helfen wollte, so gut sie konnte. Sie bereute es zutiefst, Henry in seiner Seelenqual nicht geholfen zu haben, auch wenn sie nichts davon geahnt hatte.

„Suchen wir nach einer bestimmten Hausnummer?", fragte Liz.

„Oh ..." Lydia zog die Augenbrauen zusammen. „Ich habe keine genaue Adresse. Aber ihr Haus sollte leicht zu finden sein. Rebecca hat mir erzählt, dass die Straße in einer Sackgasse endet und sie genau dort in einem weißen Haus wohnt."

Eine halbe Minute später waren sie am Ende der Sackgasse, genau wie Rebecca es Lydia geschildert hatte. Aber als Jessica das Auto parkte und die Scheinwerfer kurz aufleuchteten, entdeckten sie, dass Rebecca bei ihrer Schilderung etwas weggelassen hatte.

„Hm“, machte Jessica, als alle drei Freundinnen durch die Windschutzscheibe sahen.

„Interessant“, bemerkte Liz verblüfft.

„Jaa, das stimmt.“ Lydia drehte ihren Kopf von links nach rechts. „Rebecca hat nie erwähnt, dass am Ende der Straße zwei weiße Häuser stehen, und ausgerechnet nebeneinander.“

„Ja, und beide sehen genau gleich aus“, bemerkte Jessica. Sogar die Bäume und Hecken, die um die Häuser standen, waren identisch.

„Man sieht auch keine Kutschen draußen.“ Lydia suchte die Grundstücke mit den Augen ab.

„Oder Autos“, fügte Liz hinzu.

„Die stehen bestimmt in den Nebengebäuden“, vermutete Jessica.

„Du liebe Güte.“ Liz kratzte sich am Kopf. „Und was machen wir jetzt?“

Jessica stellte den Motor ab. Die drei Freundinnen saßen schweigend da und dachten angestrengt nach. Aber als niemand eine Lösung parat hatte, machte Lydia einen Vorschlag.

„Ich muss das allein machen“, sagte sie. „Es ist zu riskant, wenn wir alle drei gehen. Ich schleiche mich zu einem der Häuser und werfe einen Blick durchs Fenster. Dann kann ich sehen, wer dort wohnt.“

„Wie ein Spanner?“ Jessicas Stimme klang etwas schrill.

„Wer?“, fragte Lydia verwirrt.

„Vergiss es“, erwiderte ihre Freundin. „Ich weiß bloß nicht, ob das eine gute Idee ist, Lydia. Wenn man einfach so in fremde Fenster schaut, kann man Probleme bekommen.“

„Vielleicht solltest du lieber an der Haustür anklopfen“, schlug Liz vor.

„Aber wir haben unsere Geschenke immer heimlich übergeben“, protestierte Lydia. „Wir haben noch nie an der Tür geklopft.“ Sie holte tief Luft, weil sie die Sache selbst in die Hand nehmen musste. „Keine Angst, Mädels. Das wird schon klappen.“ Sie versuchte, zuversichtlich zu wirken. „Es wird alles *guud*. Ich bin schneller zurück, als ihr denkt."

Und so griff sie nach dem Geschenkkorb, öffnete die Autotür und sprang leichtfüßig über die Straße auf die weißen Häuser zu. Sie überlegte bloß noch kurz, bei welchem sie anfangen sollte.

„Was meinst du?", fragte Jessica an Liz gewandt, nachdem sie eine Zeit lang schweigend im Auto gesessen hatten. „Braucht Lydia jetzt doch länger? Mir kommt es jedenfalls so vor."

„Ja, ich dachte, ihre weiße *Kapp* würde im Dunkeln wie ein Signalfeuer leuchten." Liz seufzte. „Aber ich habe sie aus den Augen verloren."

„Ich auch. Warum scheint denn der Mond nicht?", fragte Jessica.

„Man nennt es auch Wolkenbildung", spöttelte Liz, aber diese Worte beunruhigten Jessica noch mehr.

„Vielleicht ist sie im Dunkeln gestolpert und hingefallen."

„Oh weh." Liz warf Jessica einen Blick zu. Jetzt war auch sie besorgt. „Das wollen wir doch nicht hoffen. Moment!" Liz packte Jessica am Arm. „Da bewegt sich was."

„Wirklich?" Jessica reckte den Hals. „Jetzt sehe ich es auch. Dort drüben. Bei den Bäumen."

Sekunden später stürzte Lydia durch eine dunkle Baumgruppe, beleuchtet vom Mondlicht, dessen Strahlen die Wolkendecke durchbrochen hatten. Mit der einen Hand raffte sie ihren langen Mantel und den Rock, mit der anderen umklammerte sie noch immer den Geschenkkorb und ihre *Kapp* hing ihr windschief über die Ohren. Sie sah aus wie die Karikatur einer Amish-Frau. Jessica musste lachen. Aber dann beugte sie sich vor und sah, dass ihre Freundin furchtbare Angst zu haben schien, als liefe sie vor einem Schreckgespenst davon.

„Du liebes bisschen."

„Schnell, lass den Motor an", jammerte Liz. „Sofort. Wir müssen weg von hier. Mach zu!"

Jessica tastete nach dem Zündschlüssel. In diesem Moment hatte

Lydia das Auto erreicht. Sie packte den Türgriff, warf sich auf den Rücksitz und schlug die Tür hinter sich zu.

„Alles klar?", brachte Jessica heraus, während sie den Gang einlegte.

Lydia atmete geräuschvoll ein und aus. „Ich habe …" Sie schnappte nach Luft. „Ich habe durch ein Fenster geschaut, aber ich … ich konnte nichts sehen. Da habe ich mich dann nach hinten geschlichen … zum Küchenfenster. Ich habe reingeschaut und plötzlich war da diese Frau. Wie aus dem Nichts tauchte ihr … ihr Gesicht auf", schnaufte sie. „Sie hat mich gesehen. Und laut geschrien. Und ich … ich …" Sie schnaufte und schluckte. „Ich war so erschrocken, dass ich auch geschrien habe!"

„Oh weh!", rief Liz, als Jessica versuchte, das Auto am Ende der Sackgasse zu wenden. „Wir können froh sein, wenn sie noch nicht die …"

Sie brauchte das Wort gar nicht auszusprechen.

Gerade als Jessica losfahren wollte, tauchte schon ein Polizeiauto auf, mit Blaulicht und dem leisen Tuten einer Sirene. Der Streifenwagen stellte sich quer vor den Geländewagen und blockierte den Fluchtweg.

„Oh Herr, lass es nicht Derek sein, bitte", flüsterte sie und sah blinzelnd in das grelle Blaulicht des Polizeiautos.

Erst vor ein paar Tagen war sie nur mit Mühe und Not einer peinlichen Situation entkommen. Ihr angeschlagener Stolz ließ eine Wiederholung nicht zu. Zumindest nicht so schnell.

Sie schirmte ihre Augen vor dem blinkenden Licht ab und hielt die Luft an, als der Hilfssheriff ausstieg. Es war kein anderer als …

„Derek! Natürlich." Sie stöhnte laut auf. Dieses heimliche Übergeben von selbst gemachten Geschenken gestaltete sich immer schwieriger. Bewegungsmelder. Eine Reifenpanne. Und jetzt die Polizei?

„Wir müssen einfach alles klarstellen", schlug Liz vor.

„Es tut mir so leid, Mädels. Wirklich." Lydia war zerknirscht. „Es ist meine Schuld und ich werde dafür geradestehen."

„Blödsinn, Lydia." Liz ergriff das Wort. „Wir haben dich einfach allein gehen lassen."

„Ja." Jessica wollte nicht, dass ihre Freundin die ganze Schuld auf sich nahm. „Das stehen wir zusammen durch“, sagte sie, während sie zusah, wie Derek sich dem Auto näherte.

Sogar in dieser lächerlich-peinlichen Lage spürte sie, wie ihr Herz schneller schlug, als sie ihn in Uniform sah. Er steckte den Kopf durch das heruntergekurbelte Fenster und sie spürte seine Nähe und seinen Duft. Beides raubte ihr fast den Atem.

„Meine Damen.“ Er nickte ihnen streng zu. Jessica sah, wie er sich auf die Unterlippe biss, als ob er ein Lächeln unterdrücken wollte.

„Es ist interessant, dass ich euch allen hier in der Elmhurst Road begegne. Wir hatten einen Hinweis auf einen Spanner. Oder soll ich lieber sagen: eine Spanner*in*?“

„Oh.“ Lydias Stimme war von hinten zu hören. „Eine Spannerin. Jetzt weiß ich, wovon ihr alle redet.“

„Niemand war hier als *Spanner* unterwegs, Derek. Wir wollten bloß sichergehen, dass wir am richtigen Haus sind“, erklärte Jessica. „Wir haben eine Geschenksendung für eine Bekannte, die in einem weißen Haus am Ende dieser Sackgasse wohnt, aber wie du selbst siehst, stehen hier zwei weiße Häuser direkt nebeneinander.“

„Und wir wissen nicht, welches das richtige ist“, fügte Liz hinzu.

„Aha, ich verstehe. Und hättet ihr das Problem nicht lösen können, indem ihr einfach an der Haustür klopft?“, fragte Derek trocken. Er hob eine Augenbraue.

„Habe ich etwa nicht erwähnt, dass das Geschenk eine Überraschung sein sollte?“, entgegnete Jessica.

„Ah, ja.“ Derek kratzte sich am Kinn. „Bei der Sache hat es ganz sicher ein Überraschungsmoment gegeben. Wir haben bloß ein Problem. Mrs Winkelman und ihre Familie waren mehr als überrascht. Sie waren zu Tode erschrocken.“

Lydia rutschte auf die linke Seite und öffnete das Seitenfenster. „Es ist allein meine Schuld, Hilfssheriff Derek, und es tut mir so leid. Ich habe die Leute erschreckt.“

„Also, meine Damen.“ Er sah alle drei Frauen der Reihe nach an. „Das, was ihr da im Schilde geführt habt, war bestimmt harmlos. Aber ich hoffe, dass das nicht wieder vorkommt. Bitte schaut nicht mehr in fremde Fenster, denn damit könntet ihr euch in Gefahr bringen. Man könnte auch auf euch schießen.“

„Ja, Hilfssheriff", murmelten alle drei wie aus einem Mund.

Er öffnete die hintere Wagentür. „Warum bringen Sie Ihrer Freundin nicht das Geschenk, Lydia? In der Zwischenzeit erkläre ich den Nachbarn den Sachverhalt und versuche, sie zu beruhigen."

Lydia gehorchte und stieg aus, den Korb in der Hand. Derek schlug hinter ihr die Tür zu und schaute noch einmal durch das vordere Fenster. „Jess, du und Liz, ihr könnt zurück in die Stadt fahren. Ich bringe Lydia dann nach Hause."

Lydia war erleichtert, als sie nach Rebecca sah – diesmal im richtigen Haus – und erfuhr, dass es ihr wieder besser ging. Die Prognose für die Geburt war gut. Sie übergab ihr das Geschenk, das sie ihr eigentlich heimlich vor die Tür hatte legen wollen.

Rebecca war so gesprächig wie immer. Lydia befürchtete schon, Derek könnte ungeduldig werden. Aber er wirkte gelassen und entspannt, als sie sich endlich von ihrer Freundin verabschiedete und zu ihm in den Streifenwagen stieg. Sie setzte sich auf den Rücksitz.

Sie war Derek schon oft begegnet, wenn er im Laden vorbeikam, um mit Jessica zu plaudern. Aber sie hatte sich noch nie mit ihm unterhalten. Als sie ihn während der Fahrt nach Hause besser kennenlernte, konnte sie verstehen, warum er und Jessica sich so gut verstanden. Sie schienen die gleiche Einstellung zum Leben zu haben und sie hatten beide diese lockere, entspannte Art, die sie so sympathisch machte.

Derek schaffte es, Lydia die Befangenheit zu nehmen, und er brachte sie sogar zum Lachen, während er über die kurvenreichen Landstraßen fuhr. Erst als sie ihr Haus erreichten und er in die Einfahrt zu ihrem Grundstück abbog, wurde sie schweigsam.

„Oh, das habe ich mir gedacht." Sie biss sich auf die Unterlippe und warf einen ängstlichen Blick auf das Nachbarhaus.

„Stimmt etwas nicht?" Er sah in den Rückspiegel.

„Äh … nee. Aber um diese Zeit ist Jeb immer draußen, um sein Geschäft zu machen."

„Geht es hier um einen Hund?"

„Ja, er gehört meinem Nachbarn." Sie starrte angestrengt aus dem Fenster. „Und da ist er auch schon."

„Dein Nachbar?"

„Jaa. Er ist draußen, um nach Jeb Ausschau zu halten."

Als Derek sie in der Elmhurst Road aufgehalten hatte, war es Jessica peinlich gewesen, dass ausgerechnet Derek sie dabei erwischt hatte, wie sie in der Klemme saßen. Jetzt war Lydia verlegen, als sie bemerkte, wie Jonas sie beäugte. „Ich frage mich, ob er schon einmal erlebt hat, wie einer seiner Nachbarn von einem Polizeiauto nach Hause gebracht wurde."

Derek lachte leise. „Bestimmt nicht. Schon gar nicht ein Amish, wage ich mal zu behaupten."

„*Jaa*. Bitte sei nicht überrascht, wenn er rüberkommt und wissen will, ob mit mir alles in Ordnung ist."

„Ist er denn so neugierig?"

„*Jaa*. Aber auf eine *guude* Art. Er sorgt sich um mich", sagte sie, denn das entsprach schließlich der Wahrheit..

„Dann ist das doch eine gute Sache, denn sonst wärst du hier draußen ja ganz allein."

„Ja, es ist wirklich *guud*", stimmte sie ihm zu.

Als sie zusah, wie Jonas und Jeb sich auf den Weg zu ihrem Haus machten, wusste sie, dass sie trotzdem nervös sein würde, wenn sie sich gleich begegnen würden. Denn natürlich musste sie ihm erklären, warum sie von der Polizei nach Hause gebracht wurde.

# Kapitel 28

Liz hatte sich auf dem Weg in die Stadtmitte ein paar Minuten verspätet, aber diesmal hatte Daisy sie aufgehalten. Sie stand bereits im Mantel und mit den Autoschlüsseln in der Hand in der Tür, aber Daisy hörte nicht auf sie, als sie nach ihr rief. Die Hündin war zu sehr damit beschäftigt, an dem silber glänzenden Rentier auf dem Rasen herumzuschnüffeln. Schließlich musste Liz ihren Liebling mit einem Hundekuchen ins Haus locken. Das Ganze dauerte länger als geplant.

Als sie eilig die Hauptstraße entlanglief, vorbei an den beleuchteten Fassaden der Läden, hoffte sie, dass Belinda ebenfalls später zu ihrem morgendlichen Treffen kommen würde. Die Straße sah um diese Jahreszeit aus wie ein weihnachtlich geschmückter Dorfplatz in der Schweiz.

Es war für sie eine große Überraschung – und auch eine kleine Enttäuschung –, als sie gestern Abend eine SMS auf ihrem Handy hatte. Nach ihrer Rückkehr von ihrem nächtlichen Abenteuer war sie rasch in ihren Schlafanzug geschlüpft und hatte sich in ihr Bett gekuschelt, um noch ein wenig zu lesen.

Ihr Herzschlag hatte sich beschleunigt, denn sie hatte gehofft, dass Daniels Name auf dem Display erscheinen würde.

Ihr fehlten die Gespräche mit ihm und so wäre sie auch über eine kurze Nachricht von ihm froh gewesen, selbst wenn er sie wieder drängen würde, ihm endlich eine Antwort zu geben. Aber zu ihrer Enttäuschung war die SMS nicht von ihm, sondern von Belinda gewesen. Sie hatte ihr die versprochenen Informationen über ihre Gemeinde geschickt und sie gleichzeitig gefragt, ob Liz Zeit für ein gemeinsames Frühstück hätte.

Als Liz im Pfannkuchen-Haus ankam, sah sie, dass Belinda bereits an einem mit winterlichem Grün dekorierten Fenster saß. Liz winkte ihr zu. Auf dem Weg zum Tisch wappnete Liz sich innerlich für das Gespräch. Bestimmt wollte Belinda sich mit ihr treffen, weil sie jemanden brauchte, mit dem sie über ihren Mann und seine Krankheit reden konnte, und weil Liz vor Jahren ein ähnliches Schicksal erlitten hatte.

„Bitte entschuldige, ich bin spät dran, Belinda. Aber meine Hündin hat mich aufgehalten ..." Liz schüttelte den Kopf.

„Ich bin froh, dass es so spontan geklappt hat." Obwohl Belinda sie mit einem strahlenden Lächeln begrüßte, wirkte sie angespannt. „Aber ich habe leider nur wenig Zeit. Ich möchte nicht unhöflich sein, aber macht es dir etwas aus, wenn wir uns bloß Bagels oder etwas Kleines bestellen?"

Liz war verblüfft, denn schließlich hatte Belinda sie zum Frühstück eingeladen und jetzt sollte alles ganz schnell gehen. Aber natürlich hatte sie Verständnis für ihre Lage, denn sie wusste, wie belastend es war, sich neben ihrer Berufstätigkeit noch um den kranken Ehemann kümmern zu müssen. „Ganz wie du möchtest, Belinda."

Als sie Tee, Orangensaft und Heidelbeer-Bagels mit Frischkäse bestellt hatten, sah Belinda sie über den Tisch hinweg an. Liz war darauf gefasst, die Fragen ihrer Freundin zu beantworten. Stattdessen überraschte Belinda sie aufs Neue. Sie beugte sich vor und sagte: „Du hast recht, Liz."

„Wie, ich habe recht?", fragte Liz. Sie spürte, wie sie die Stirn runzelte.

„Jaja." Die Augen ihrer Freundin leuchteten plötzlich auf. „Ich habe zwei und zwei zusammengezählt und dann war mir klar, dass *du* das warst. Ich habe es probiert und du hast voll ins Schwarze getroffen."

Liz sah ihre Freundin verblüfft an. „Ich habe nicht die geringste Ahnung, wovon du redest, Belinda."

„Weniger Zimt in den Süßkartoffeln und ein bisschen mehr Knoblauch an die Schweinelende."

„Wie bitte? Sag das noch mal!"

Belinda starrte sie an, als hätte sie gerade etwas Hochinteressantes gesagt, aber Liz war ratlos.

„Entschuldige, Liz, aber ich bin so aufgeregt, dass ich das Wichtigste weglasse." Belinda sprudelte förmlich über vor Begeisterung. „Kurz nach unserem Umzug nach Millersburg haben John und ich dort ein Restaurant übernommen."

„Du liebe Zeit!“ Jetzt ging Liz ein Licht auf. „Annabelles Restaurant? Du und John – ihr seid die Eigentümer? Es ist ein so schönes Lokal, Belinda, und es war unverschämt von mir, deine Küche zu kritisieren. Bitte entschuldige. Es war nur eine winzige Nuance, eher eine Frage des persönlichen Geschmacks. Das Essen war hervorragend.“

„Und jetzt werden diese Speisen durch dich noch besser, Liz“, sagte Belinda, als der Kellner die Bagels servierte. Sie wartete, bis er weg war, bevor sie weitersprach. „Aber deine ehrliche Meinung hat mich daran erinnert, was für eine großartige Köchin du bist. Seitdem wir uns zuletzt gesehen haben, habe ich viele Gespräche mit John geführt. Und wir haben uns entschlossen, dass wir auch in Zukunft deinen Rat brauchen könnten, Liz.“

Während Liz in ihren Bagel biss, musterte sie ihre Freundin skeptisch. „Ich verstehe nicht ganz.“ Sie nahm ihre Serviette und wischte sich einen Krümel Frischkäse aus dem Mundwinkel. „Welchen Rat willst du von mir? Soll ich für euch als eine Art Restaurantkritikerin arbeiten?“

„Viel mehr als das.“ Belinda hielt inne und sprach dann langsam und deutlich weiter. „Liz, unser Wunsch ist es … worum ich dich bitten möchte … Möchtest du ein Teil von Annabelles Restaurant sein? Ein ziemlich großer Teil sogar.“

Vor Erstaunen bekam Liz den Mund nicht mehr zu. Teilhaberin in einem Restaurant? Einem so wunderschönen Lokal wie Annabelles Restaurant? Schon eine Menge Leute hatten ihr gesagt, Kochen sei ihre Berufung, aber Liz merkte erst jetzt, wie sehr sie sich wünschte, dass das tatsächlich der Fall sein könnte. Belindas Worte weckten diesen Wunsch in ihr, von dem ihr gar nicht bewusst war, dass er in ihr schlummerte. Natürlich wusste sie nicht, welche konkreten Vorstellungen ihre Freundin hatte. Überwältigt und überrascht zugleich versuchte sie, ihre Gedanken zu sammeln und weiter zuzuhören.

„Ich weiß, dass du das erst mal verarbeiten musst. Schließlich hast du ja schon ein erfülltes Leben und du bist seit Jahren im Immobiliengeschäft tätig. Aber John und ich sind der Meinung, dass wir uns nicht zufällig über den Weg gelaufen sind, sondern dass Gott dich gerade im richtigen Moment mit uns zusammenführen will. Natürlich können wir nicht in die Zukunft schauen, aber momentan sieht es ganz danach aus, als ob John mir im Restaurant keine große Hilfe mehr sein kann." Sie verzog das Gesicht und seufzte.

„Wie dem auch sei ..." Belinda straffte die Schultern. „... wir haben jedenfalls eine Menge in dieses Restaurant investiert und von Anfang an davon geträumt, es weiter auszubauen. John hat bereits einen Lieferservice ins Leben gerufen. Wir wollten den gesamten Umkreis von Sugarcreek beliefern. Aber jetzt ist John krank und deshalb brauchen wir einen Partner, der mit uns zusammenarbeitet. Du und ich waren ein unschlagbares Duo, als wir in der Gemeinde so viele gemeinsame Projekte durchgezogen haben. Wir könnten wieder ein starkes Team sein."

„Belinda, ich ..." Liz brachte nur noch ein leises Krächzen heraus. Am liebsten hätte sie sofort zugesagt, aber sie hatte so gut wie keine Ersparnisse mehr. Ihr fehlte das Startkapital für das Restaurant als zweites Standbein. In letzter Zeit hatte sie so wenig verdient, dass sie froh sein musste, wenn sie ihren Kühlschrank mit Lebensmitteln füllen konnte.

„Du kannst dir gar nicht vorstellen, was für ein Geschenk du mir mit deinem Angebot gemacht hast", sagte sie schließlich zögernd. Sie wog jedes Wort sorgfältig ab. „Es tut mir einfach gut, dass du an mich glaubst ... Ich habe das gerade jetzt gebraucht, das kannst du mir glauben. Aber ..." Sie schloss die Augen, zwinkerte, um noch nicht geweinte Tränen zurückzudrängen. Dann sprach sie weiter, obwohl sie die Worte ungern aussprach. „Ich habe nicht die finanziellen Mittel für eine solche Partnerschaft. Es tut mir weh, das sagen zu müssen, aber mir fehlt einfach das Geld dazu."

Belinda schüttelte den Kopf. „Ich habe mich wohl undeutlich ausgedrückt. Mit dem Wort Partner meine ich etwas anderes. John und ich möchten, dass du uns hilfst, unseren Traum zu verwirklichen." Belinda nahm ihre Kaffeetasse in die Hand, stellte sie dann aber wieder ab, ohne einen Schluck zu trinken.

„Vielleicht muss ich es anders formulieren", ergänzte sie. „Wir haben großartige Köche und Köchinnen im Restaurant, Liz. Und auch andere Mitarbeiter. Kellnerinnen, Küchenhilfen. Aber weil es mit Johns Gesundheit nicht zum Besten steht, brauchen wir jemanden, dem wir unser neues Projekt anvertrauen können. Wir brauchen jemanden, der nicht nur leidenschaftlich gerne kocht, sondern auch echtes Engagement mitbringt. So jemand muss die Bereitschaft mitbringen, hart zu arbeiten, und er braucht eine Menge Mut und Kampfgeist. Diese Person muss aber auch Erfahrung im Verkauf und bei der Zubereitung von Speisen haben. Ich kenne dich von unserer Zusammenarbeit in der Gemeinde. Du bringst alle diese Eigenschaften mit und deshalb möchten John und ich, dass du mit uns zusammenarbeitest." Sie hatte kaum den letzten Satz beendet, als sie einen Blick auf die Uhr und ihren halb aufgegessenen Bagel warf.

„Ich weiß, es klingt verrückt, aber leider muss ich jetzt los. Ich muss zurück nach Millersburg. John hat einen Arzttermin." Sie griff nach ihrer Handtasche und ihrem Mantel. „Ich weiß, ich habe viel geredet, aber ich erwarte von dir erst dann eine Antwort, wenn du es dir gut überlegt hast."

Sie sprach weiter, während sie sich den Schal um den Hals wickelte. „Meine Schwester bleibt über die Feiertage in der Stadt, um uns zu helfen. Aber nur, wenn wir uns vorher nicht gegenseitig an die Gurgel gehen." Sie musste lachen. „Meine Schwester hasst Kochen und Putzen und Waschen sind auch nicht gerade ihre Lieblingsbeschäftigungen." Sie verdrehte die Augen. „Aber trotzdem, sie meint es gut."

„Kann ich dir irgendwie …" Liz wollte ihr schon anbieten, ihr zu helfen, aber Belinda hob abwehrend die Hand.

„Mir wäre es lieber, wenn du über mein Angebot nachdenken würdest, Liz. John und ich würden uns freuen, wenn du im Januar anfangen könntest. Natürlich würden wir dich erst einmal auf Probe anstellen, wie wir es auch mit den anderen Mitarbeitern im Restaurant machen."

„Ich verstehe." Liz nickte zustimmend. „Das ist in eurem Fall auch vernünftig."

„Wir wollen, dass du dich sicher fühlst. Deshalb bieten wir dir ein Festgehalt an und eine Provision, wenn der Lieferservice weiter wächst. Und wenn wir damit so viel Erfolg haben, wie wir hoffen, können wir dir auch eine Partnerschaft anbieten. Wir würden uns freuen, wenn du deine Tätigkeit im Immobiliengeschäft aufgibst."

Liz war wie betäubt von dem Angebot ihrer Freundin.

„In ein paar Tagen melde ich mich bei dir. Dann können wir die Einzelheiten besprechen. Wenn du interessiert bist.“ Belinda legte ein paar Dollarscheine auf den Tisch, um das Frühstück zu bezahlen. „Es tut mir wirklich leid, dass wir so wenig Zeit haben, aber jetzt muss ich los. Danke, dass du gekommen bist, Liz.“

„Ich bin gern gekommen. Danke, Belinda“, erwiderte Liz. Sie konnte noch immer nicht fassen, was sie gerade gehört hatte. „Und liebe Grüße an John.“

Belinda nickte ihr noch einmal zu und dann war sie fort. Liz blieb mit ihrem halb aufgegessenen Bagel zurück. Sie war so benommen, dass sie keinen einzigen Bissen mehr herunterbrachte. Vor lauter Freude ließ sie ein 5-Dollar-Trinkgeld für eine 10-Dollar-Rechnung zurück. Dann nahm sie ihren Mantel und ihre Handtasche von der Stuhllehne.

Als sie das Pfannkuchen-Haus verließ und wieder die Hauptstraße entlangging, galt ihr erster Gedanke Daniel. Am liebsten wäre sie losgelaufen und hätte ihm alles von dem Treffen mit Belinda erzählt. Er sollte der Erste sein, der davon erfuhr.

Aber dann erinnerte sie sich an ihr letztes Gespräch und an das, worüber sie noch nachdenken musste. Es war seltsam, dass sie so lange nicht in der Lage gewesen war, die Leere in ihrem Leben zu füllen, und sich kraftlos und verloren gefühlt hatte. Und jetzt, plötzlich, stand sie vor lebensverändernden Entscheidungen. Plötzlich wurde von ihr erwartet, dass sie anderen Antworten gab, Belinda und vor allem Daniel. Und das musste bald geschehen, sehr bald sogar.

Die Absätze ihrer Stiefel klackerten auf dem Straßenpflaster. Ihre Gedanken schienen sich dem Rhythmus anzupassen; sie sprangen hin und her. Als sie nach vorne sah, wünschte sie sich sehnlichst, ihr Kirchengebäude würde noch immer dort oben auf dem Hügel stehen. Dann wüsste sie, was zu tun war. Viele Male in ihrem Leben, wenn sie vor wichtigen Entscheidungen gestanden hatte, hatte sie sich in der Kirche auf eine Bank gesetzt, um in der Stille die Gegenwart Gottes zu spüren.

Aber eine Kirche war nicht in Sicht, bloß ein anderer Orientierungspunkt in der Landschaft: das Hinweisschild auf *Roses Woll- und Nähparadies*.

Vor ihrem geistigen Auge konnte sie es klar und deutlich sehen. Obwohl Rose nicht mehr da war, stand ihr Laden noch immer. Aber das lag nur an den beiden Frauen, die diesen Laden weiterführten. Jessica und Lydia hatten in ihrem Herzen einen besonderen Platz erobert, weil sie ihrem Leben einen neuen Sinn gegeben hatten. Sie hatten eine zweite Chance bekommen und sie hatten den Mut, diese Chance zu nutzen.

Plötzlich verlangsamten sich ihre Schritte und ihre Gedanken überschlugen sich nicht mehr. Ein tiefer Frieden legte sich auf sie, als sie erkannte, was sie in den letzten Monaten wirklich für Daniel empfunden hatte. Auch sie hatte eine zweite Chance bekommen. Eine zweite Chance für die Liebe, für ein Leben mit ihm.

Und mit einem Schlag wollte sie ihm nicht von Annabelles Restaurant erzählen. Nein, sie wollte viel mehr als das. Jetzt wusste sie ganz genau, welchen Platz Daniel in ihrem Herzen einnahm.

Im Laufe des Tages war sie in Gedanken so stark mit Daniel beschäftigt, dass Liz sich kaum auf ihre beruflichen Verpflichtungen konzentrieren konnte. Ironischerweise schien ihre monatelange Durststrecke bei den Immobilienverkäufen zu Ende zu sein. Ausgerechnet an einem Tag, an dem sie nichts anderes tun wollte, als sich auf ihr Privatleben und auf Daniel zu konzentrieren, war sie ausgebucht mit Kundenterminen.

Deshalb war es bereits dunkel, als sie sich auf den Weg zu Daniel machte. Als sie vor dem Grundstück bremste, hörte sie, wie die Fleischpastete, die sie gekocht und im Fußraum der Beifahrerseite deponiert hatte, auf dem Backblech nach vorne rutschte. Sie bückte sich, um sie geradezurücken, bevor sie auf die Straße sah. Die Häuser auf beiden Seiten von Daniels Bungalow, der aus rotem Backstein gebaut war, waren hell erleuchtet. Die meisten Familien saßen wohl beim Abendessen. Daniels Haus dagegen war stockdunkel wie der Dezemberhimmel, der sich darüber ausbreitete.

Als sie aufs Grundstück fuhr, bemerkte sie, dass sein Kleinlaster und sein Auto dort standen. Vielleicht hatte er sich nach der Arbeit schlafen gelegt. Deshalb drückte sie mehr als einmal auf die Türglocke, damit er Zeit hatte, zur Tür zu gehen. Als er nicht aufmachte, gab es nur noch zwei Möglichkeiten. Entweder hatte ihn jemand abgeholt oder er arbeitete noch und war heute die paar Straßen zum Laden zu Fuß gegangen. Das machte er manchmal, um etwas mehr Bewegung zu haben.

Sie hoffte, Letzteres wäre der Fall, und so stieg sie in ihr Auto und fuhr zurück zur Stadt. Als sie jedoch bei der Traders Lane um die Ecke bog und an seinem Laden ankam, wurde ihr wieder schwer ums Herz. Im Licht der Straßenlaternen sah sie im Schaufenster bloß die Umrisse von Tischen und Stühlen.

Aber halt … Sie beugte sich über das Lenkrad. War da im hinteren Teil des Ladens ein Lichtschein zu sehen? Sie stellte den Motor ab und stieg aus, die Fleischpastete in der Hand. Bei jedem Schritt, den sie machte, wurde der Lichtstreifen größer und auch ihre Hoffnung wuchs. Jetzt gab es keinen Zweifel mehr. Jemand war im Laden.

Hoffentlich war es Daniel. Als sie die Ladentür öffnen wollte, war sie verschlossen. Sie klopfte. Immer wieder. Als niemand kam, klopfte sie lauter, sodass das Geräusch in der stillen Straße wie ein Echo nachhallte.

*Bitte, Daniel. Bitte sei da!*

In ihren dünnen Schuhen spürte sie bereits die eisigen Temperaturen, aber sie war fest entschlossen, keinen weiteren Tag verstreichen zu lassen, ohne Daniel zu sagen, was sie für ihn empfand. Plötzlich überfiel sie eine dumpfe Verzweiflung. Sie klopfte wieder und dann pochte sie an das Glas des kleinen Fensters in der Tür.

Während der Fahrt hatte sie sich vorgestellt, wie er die Tür weit aufmachte und sie mit offenen Armen willkommen hieß, egal, ob es früh am Tag oder mitten in der Nacht war. Aber jetzt verwandelte sich ihre Hoffnung in Angst und sie fühlte sich unwohl. Das Herz schlug ihr bis zum Hals. Ihre Beine fühlten sich wacklig an und ihre Zähne schlugen aufeinander, weil eine düstere Vorahnung sie mehr plagte als die Kälte.

Hatte er seine Meinung geändert?

Hatte sie zu lange gewartet?

Diese Gedanken waren so beängstigend, dass sie noch einmal mit der Faust gegen die Tür hämmerte. Jetzt bewegte sich drinnen etwas. Sie sah ihn, als er sich aus dem hinteren Teil des Ladens nach vorne schlich und einen verstohlenen Blick auf die Tür warf.

Nervös und zittrig wie ein Schulmädchen hob sie die Hand und winkte. Sie hielt sogar die Auflaufform hoch, damit er sie sehen konnte.

Aber er verschwand wieder nach hinten in seine Werkstatt. Bestimmt schaltete er eine Maschine ab. Oder legte ein Werkzeug weg. Vielleicht zog er auch die Arbeitshandschuhe aus und bürstete sein Hemd ab, um es von Sägespänen zu befreien.

Liz wartete. Und wartete.

Schließlich wurde ihr bewusst, dass sie umsonst wartete. Er würde nicht zur Tür kommen und sie auch nicht hereinbitten.

Sie konnte schon hören, was Jessica und Lydia jetzt sagen würden. Sie würden sie fragen, warum sie nicht noch einmal geklopft hätte. Sie würden sagen, dass sie im Dunkeln vielleicht doch nicht Daniel, sondern jemand anderen gesehen hätte.

Aber so klar wie sie sich über ihre Gefühle für ihn war, so klar war ihr auch, dass es Daniel war, den sie im Laden gesehen hatte.

Ihr blieb keine andere Wahl. Sie drehte sich um und ging weg.

# Kapitel 29

Die helle Dezembersonne schickte goldene Strahlen durch die Schaufenster des Ladens. Ihre Wärme und Klarheit waren wie ein Geschenk des Himmels. Es war ein herrlicher Tag für die Nikolaus-Verkaufsaktion, freute sich Jessica. Bei diesem Wetter gingen die Menschen gerne nach draußen, um ihrer Kauflust zu frönen. Ein weiterer Segen war für Jessica die Freude, die sie empfand, weil sie gemeinsam mit ihren Freundinnen aktiv war.

„Es sieht einfach toll aus hier drin, stimmt's?" Sie strahlte, während sie sich im Laden umsah. Mit jeder Faser ihres Herzens hoffte sie, dass sie mit dem Verkauf den Laden retten konnte und er immer ein Teil ihrer Familie blieb.

Inzwischen hielt Lydia lächelnd inne, während sie einen handgestrickten Pullover an einer Schneiderpuppe aus Draht befestigte. „*Jaa*. Der Laden sieht richtig fröhlich aus."

„Und so weihnachtlich!" fügte Liz hinzu. „Ich habe mir nicht vorstellen können, dass wir den Laden noch attraktiver gestalten könnten als er schon ist, aber genau das ist uns gelungen."

Es hatte sie eine Menge Arbeit gekostet, aber gemeinsam hatten sie es geschafft. Glücklicherweise hatten die drei Frauen keine besonderen Pläne für Thanksgiving. Stattdessen waren sie in den Wochen davor fast jeden Tag mit den Vorbereitungen für die Verkaufsaktion beschäftigt gewesen. Die Arbeit schien gar kein Ende zu nehmen. Sie hatten Pläne gemacht und Skizzen angefertigt. Sie hatten Stoffe zugeschnitten, genäht und gestrickt. Lydia hatte Patchworkdecken genäht, Liz hatte sich um die Weihnachtsbäckerei gekümmert und Jessica war mit der Werbeaktion im Internet und dem Verteilen von Handzetteln beschäftigt gewesen. Aber das Dekorieren und Platzieren der Ware hatten sie erst kurz vorher in Angriff genommen. Vieles hatten sie sogar erst am Abend vor der Verkaufsaktion erledigt. Zum Glück hatte Cole bei Derek übernachten dürfen, denn es war fast Mitternacht gewesen, als sie endlich fertig geworden waren.

Sie hatten den Laden mit Girlanden aus Kiefernzweigen dekoriert, die mit kleinen, weißen Lichtern und roten Samtschleifen besetzt waren. Auch die Schaufenster, die Theke mit der Registrierkasse und viele der Kästen für Stoff und Garne hatten diesen weihnachtlichen Schmuck bekommen. Gemeinsam hatten sie auch ein paar Wollregale verschoben, um Platz zu schaffen für einen Weihnachtsbaum auf der rechten Seite des Ladens. Am Baum hing antiker Weihnachtsbaumschmuck aus dem Besitz von Rose, aber ergänzt wurde er durch Artikel, die sie verkaufen konnten: Päckchen mit Nähnadeln, Nähgarn, Häkelnadeln.

Im vorderen Bereich des Ladens hatten sie Gestelle mit Patchworkdecken aufgestellt, um die wunderschönen Decken, die Lydias Freundinnen angefertigt hatten, besser zur Geltung zu bringen. Sie hatten sogar einen Schaukelstuhl aus der Wohnung dazugestellt, damit die Ecke richtig gemütlich aussah.

Jedes Mal, wenn Jessica sich die Decken ansah, war sie überwältigt. Aus reiner Nächstenliebe hatten die Amish-Frauen etwas so Schönes geschaffen. Sie hatte jeder von ihnen einen Dankesbrief geschickt, weil sie für ihre Arbeit noch nicht einmal eine Provision oder einen Einkaufsrabatt annehmen wollten. Lydia versicherte ihr, dass sie sich auch direkt bei den Frauen bedanken würde, denn die meisten von ihnen wollten im Laden vorbeischauen und auch etwas kaufen.

Trotz ihrer fehlenden handwerklichen Fähigkeiten kam ihr die Idee mit den Komplettpackungen für Strick- und Patchworkprojekte. Sie überließ es ihrer talentierten Assistentin, diese Idee umzusetzen und das ideale Weihnachtsgeschenk für alle, die gern Selbstgemachtes verschenkten, zusammenzustellen. Für Lydia war es eine Kleinigkeit, und sie machte es hervorragend.

Die Komplettpackungen für Anfänger und Fortgeschrittene waren durchsichtig und enthielten eine Anleitung für ein kleines Strick- oder Patchworkprojekt mit allen Materialien, die dafür benötigt wurden. Verziert mit hübschen Schleifen aus weihnachtlichem Geschenkband war eine solche Packung ein ideales Weihnachtsgeschenk für alle, die eine neue Handarbeitstechnik ausprobieren oder die Leidenschaft am Nähen und Stricken an andere weitergeben wollten.

Die verschiedenen Garne in den kleinen Ablagefächern in der

Mitte des Ladens schmückten sie mit Sonderangebotsschildern und kleinen Lichterketten. Sie bildeten den festlichen Hintergrund für die Pullover aus Tante Roses Schatztruhe und für Jessicas Schleifenschals. Natürlich war auch das reguläre Sortiment des Ladens verfügbar.

Es spielte keine Rolle, ob eine Kundin oder ein Kunde lieber strickte oder Patchworkdecken nähte oder einfach nur im Laden stöbern wollte, denn es gab auch etwas, was jeder gern mochte: die süßen Leckereien, die Liz gebacken hatte.

„Dieser Laden sieht nicht nur weihnachtlich aus." Jessica drehte sich zu ihrer kreativen Freundin um. „Dank deiner Backkunst duftet er auch nach Weihnachten."

Auf der rechten Seite des Ladens verströmten die Kiefern- und Koniferenzweige ihren belebenden Duft, während es aus der linken Ecke verlockend nach Pfefferminz, Schokolade und Zimt duftete. Hier hatte Liz eine weihnachtliche Bäckerei im Miniformat aufgebaut.

Den langen Arbeitstisch, den sie unter Mühen aus der Mitte des Ladens hierhergeschoben hatten, schmückte eine rote Tischdecke aus Leinen. Überall standen die von Liz liebevoll hergestellten Backwaren. Es gab Kuchenstückchen, die mit Nikoläusen, Rentieren und Glöckchen dekoriert waren, einzeln verpackte Plätzchen in allen denkbaren Formen und Sorten. Die Kuchenstückchen hatten sie auf weißen Porzellanständern angerichtet, die Plätzchen auf mehrstufigen Etageren.

„Ist Cole schon auf?", fragte Liz, als sie die Tischdecke mit goldenen Sternen und glitzernden, weißen Schneeflocken dekorierte. „Ich habe extra für ihn eine Schachtel mit Rentierplätzchen zusammengestellt."

„Derek hat ihn gestern Abend wohl ziemlich strapaziert. Cole ist schließlich auf seinem Sofa eingeschlafen", erwiderte Jessica. Sie war noch immer überrascht, wie wohl sich ihr Sohn bei Derek zu Hause gefühlt hatte. „Deshalb haben wir ihn dort gelassen, anstatt ihn so spät noch abzuholen."

„Vielleicht verstecke ich die Schachtel hinter der Kasse, wenn ich hier fertig bin", sagte Liz. „Ich schreibe schnell noch seinen Namen darauf."

„Das ist wirklich lieb von dir, Liz." Jessica hatte ein schlechtes Gewissen. „Aber du hättest dir für Cole nicht so viel Mühe machen sollen. Du hast schon so viel getan."

„Na ja, es ist ja nicht so, dass ich unter Zeitdruck stehe." Liz' Stirn legte sich in Falten. „Im Gegenteil, ich habe jede Menge Zeit."

„Also hast du noch nichts gehört von …" Jessica zögerte, weil sie diese Frage nur ungern stellen wollte.

„Daniel? Nein", antwortete Liz niedergeschlagen. „Gar nichts."

„Willst du es nicht noch mal versuchen?", fragte Liz.

„Ach, ich weiß nicht."

Vor Tagen hatte Liz ihren beiden Freundinnen erzählt, wie sie zu Daniels Laden gefahren war, als sie ihn zu Hause nicht angetroffen hatte.

Jessica schüttelte den Kopf. „Es kommt mir immer noch seltsam vor, Liz. Und wenn er dich tatsächlich gesehen hat, hatte er bestimmt einen triftigen Grund, warum er dir nicht aufgemacht hat."

„Was für einen Grund sollte er denn gehabt haben." Liz' Stimme klang plötzlich lauter. „Ich war an seiner Tür, bereit, ihm die Fleischpastete zu schenken und mein Herz gleich dazu. Aber er hat wohl weder das eine noch das andere gewollt." Sie zuckte zusammen, als ob sie diese Erniedrigung gerade ein zweites Mal durchlebte. „Ich hätte die Pastete am liebsten mit nach Hause genommen, anstatt sie bei meinem Nachbarn zu lassen. Aber ganz ehrlich …" Liz warf einen Blick auf Jessica und Lydia, die ebenfalls zuhörte. „Ich konnte sie nicht mehr sehen. Obwohl sie für mich gesünder gewesen wäre als die vielen Süßigkeiten, die ich seit diesem Abend gefuttert habe." Mit einem reuigen Blick auf ihre Körpermitte zog sie an ihrem Pullover. „Aber Mädels … heute ist ein neuer Tag. Ein großer Tag. Und ich konzentriere mich jetzt auf alles Schöne und Positive, was uns erwartet. Und was meine Herzensangelegenheiten angeht, muss ich wohl einfach darauf hoffen, dass sich alles so fügen wird, wie es sein soll."

„*Jaa*, aber es kann nicht schaden, wenn du ein bisschen nachhilfst", entgegnete Lydia.

Liz wandte sich an Jessica. „Weißt du noch, wie still sie immer war? Was ist denn bloß aus unserer schüchternen, zurückhaltenden Lydia geworden?"

Lydia musste schmunzeln. Der liebevolle Spott von Liz schien ihr nichts auszumachen. „Manchmal frage ich mich das auch."

Sie standen im Laden verteilt und lachten über denselben Scherz, als plötzlich die Ladenglocke bimmelte. Überrascht und ein bisschen erschrocken drehten sie sich zur Ladentür um. Für die ersten Kunden war es eigentlich noch viel zu früh und sie hatten noch eine Menge zu tun.

Aber es waren keine Kunden, sondern Cole und Derek, die jeder eine Kiste hereintrugen. Die drei Frauen seufzten vor Erleichterung.

„Na, da sind ja meine beiden Männer." Jessica legte den Pullover weg, den sie gerade mit einem Preisschild versehen hatte. Dann ging sie auf die beiden zu und drückte ihren Sohn an sich. „Du hast mir gestern Abend gefehlt, Colester." Sie beugte sich vor und gab ihm einen Kuss auf den Kopf.

Cole reagierte gar nicht auf die Liebkosungen seiner Mutter. Stattdessen drehte er sich um die eigene Achse und betrachtete mit großen Augen den weihnachtlich geschmückten Laden. „Das sieht toll aus. Dem Nikolaus würde das auch gefallen."

„Es sieht sehr schön aus hier drinnen, meine Damen." Derek nickte zustimmend. „Und bestimmt habt ihr das alles ganz schnell hingezaubert." Er zwinkerte den drei Frauen zu und sie lächelten ihn an.

„Wann kommt denn der Nikolaus?", fragte Cole.

„Äh, ja …" Jessica geriet ins Stottern. „Leider … äh … wird er es nicht schaffen. Er ist zu sehr beschäftigt mit dem Packen von Geschenken, wenn du weißt, was ich meine", fügte sie flüsternd hinzu. „Aber unsere Aktion heißt trotzdem *Das Haus vom Nikolaus*, denn alle mögen ihn doch, oder?"

„Aha." Cole nickte. Er wirkte verwirrt und beruhigt zugleich.

„Und was habt ihr zwei jetzt vor?" Sie wechselte rasch das Thema und wandte sich an Derek. „Und was ist denn in den Kisten?" Sie deutete auf die Kartons, die die beiden trugen. Für Derek schien der Karton leichter zu sein als für Cole, der unter dem Gewicht von einem Fuß auf den anderen trat.

„Wir haben auch was zu verkaufen", verkündete Cole.

„Aha. Was denn?"

„Die Sachen gehen nicht unbedingt in dieselbe Richtung wie das, was ihr hier im Laden habt", gab Derek ihnen zu verstehen.

„Aber sie sind genauso gut, Mama."

„Dann lasst mal sehen. Stellt die Kartons doch einfach hier auf die Theke."

Ihre Neugier war geweckt und so winkte sie die beiden zur Ladentheke, auf der auch die Kasse stand.

Als Jessica einen Blick in die Kartons warf, erkannte sie schnell, was darin war. Es waren die schön gerahmten Fotografien, die vorher die Wände von Dereks Wohnung geschmückt hatten.

„Derek, die kann ich doch nicht verkaufen." Sie betrachtete die unglaublich schönen Landschaftsbilder.

„Warum denn nicht? Gefallen sie dir etwa nicht?"

„Gefallen?" Sie sah ihn mit großen Augen an. „Ich finde sie wunderschön. Aber sie gehören doch dir und für dich hängen ja auch eine Menge Erinnerungen daran."

„Ich kann mir immer wieder Abzüge machen lassen, wenn ich das will." Derek reagierte mit einem lässigen Achselzucken. „Aber ich glaube nicht, dass ich das noch will. Ich bin bereit für neue Bilder an neuen Orten. Ich ... äh ... ich denke, jetzt ist die Zeit dafür gekommen."

Er sah ihr in die Augen und sie sah etwas in seinem Blick und hörte auch etwas aus seiner Stimme heraus, eine unterschwellige Doppeldeutigkeit, die für sie persönlich bestimmt war. Oder bildete sie sich das bloß ein? Weil sie darauf hoffte?

„Ist es dir wirklich ernst damit, Derek?"

„Vollkommen ernst. Es ist mein kleiner Beitrag. Für Rose. Für den Laden."

Seine Worte rührten sie zutiefst und deshalb streckte sie spontan die Arme aus und fiel ihm um den Hals. „Oh, Derek, danke", murmelte sie, als er ihre Umarmung erwiderte, ihr die Arme um die Taille legte und sie an sich drückte. Am liebsten hätte sie es einfach geschehen lassen.

Aber natürlich musste sie sich aus dieser Umarmung lösen. Sie trat zurück und verschränkte die Arme vor der Brust. „Das sind wunderschöne Weihnachtsgeschenke. Vielleicht kaufe ich auch eins für mich selbst."

„Nimm dir doch einfach eins von denen, die übrig bleiben."

„Diese Bilder – das ist eine sehr *guude* Idee", verkündete Lydia, als sie und Liz näher kamen, um die sensationellen Fotos zu betrachten. „Jetzt haben wir alles – Handarbeiten, Süßigkeiten und Landschaftsbilder im Haus vom Nikolaus von Sugarcreek."

„Sag das mal ganz schnell und fünfmal hintereinander", sagte Liz zu Cole, der es versuchte, aber es gelang ihm nicht so recht.

Jessica überlegte gerade, wie sie die Fotografien von Derek am besten zur Geltung brachte, als er ihr seinen Plan verriet.

„Ich habe die Wandstaffelei aus meiner Wohnung mitgebracht. Wenn du mir sagst, an welche Wand die Bilder sollen, werden Cole und ich sie ganz schnell aufhängen und dann sind wir wieder verschwunden."

„Hmm." Nachdenklich tippte sie sich mit dem Zeigefinger auf den Mund. „Vielleicht …" Sie drehte sich zuerst nach rechts, dann nach links. „Wie wäre es, wenn du sie hier aufhängst?" Sie deutete auf die leere Wand hinter der Kasse. „Hier ist genug Platz und die Bilder hängen gleich vorne, wo sie jeder sehen kann."

„Sehr gut." Derek hob den Daumen. „Bist du bereit, Cole?"

Jessica musste lächeln, als sie sah, wie eifrig Cole darauf bedacht war, Derek zu helfen. Er folgte seinem neuen Mentor überall hin, so ernst nahm er seine Rolle als Assistent.

Liz hatte es auch bemerkt. „Cole ist sehr gerne mit Derek zusammen."

„Ja, es war praktisch Liebe auf den ersten Blick."

Seit Derek mit ihnen beim Schulfest gewesen war, hatte er Coles Herz gewonnen, ganz einfach so. Cole war immer enttäuscht, wenn Derek sich nicht an gemeinsamen Unternehmungen beteiligen konnte. Jessica wollte gerne glauben, dass es etwas ganz Besonderes war, das sie, Cole und Derek miteinander verband. Aber dann … dann dachte sie daran, wie Derek durch seine ehrenamtliche Arbeit Erfahrung mit Kindern gesammelt hatte. Vielleicht war Cole für ihn auch bloß ein vaterloser Junge unter vielen, ein Kind, das ein männliches Vorbild in seinem Leben brauchte.

„Hast du mit Derek schon gesprochen – über das, was du für ihn empfindest?", fragte Liz, als sie den beiden bei der Arbeit zusahen. Cole hielt Derek das Werkzeug hin und Derek zeigte dem kleinen Jungen, wie er die Bilder aufhängen konnte.

Jessica schüttelte den Kopf.

„Und ausgerechnet du liegst mir in den Ohren, dass ich mit Daniel reden soll?“ Liz sah die Freundin mit einem ironischen Lächeln an. „Du solltest dir mal selbst zuhören, meine Liebe.“

„Ich weiß, ich weiß. Ich hatte bloß so viel zu tun …“

„Soso.“

„Und ich habe eben andere Dinge im Kopf.“

„Ja, klar. Dein Kopf schafft auch bloß eine Sache nach der anderen.“

„Ich will es aber bald tun.“

„Das musst du auch, Jessica. Du brauchst eine endgültige Lösung.“

„Ich weiß.“

Sie musste unbedingt aufhören, sich zu quälen, und mit Derek sprechen, aber sie hatte es jetzt so lange vor sich hergeschoben, dass sie bis nach Weihnachten warten wollte. Die Feiertage würden für Cole – und für sie – schwierig genug werden, denn es war ihr erstes Weihnachten ohne Tante Rose. Sie wollte auch nicht die beginnende Freundschaft zwischen Cole und Derek aufs Spiel setzen.

Und solange sie sich zusammenreißen konnte, spielte es keine Rolle, wann sie mit Derek sprach. Er wartete schließlich nicht auf eine Liebeserklärung von ihr, so wie Daniel es sich von Liz wünschte. Vielleicht würde sie Derek sogar abschrecken, wenn sie ihm ihre Liebe gestand. Und dann wären sie und Cole wieder allein – ohne ihren besten Freund aus der Jugendzeit.

„Ich werde es ihm schon irgendwann erzählen“, sagte sie noch einmal.

Ihr kurzer Austausch mit Liz war schnell zu Ende, als Lydia, die rasch noch ein paar Komplettpackungen zusammenstellte, ihr aus der anderen Ecke des Ladens etwas zurief.

„Dein Telefon hat gerade gesummt.“

„Ich habe mich schon gefragt, wo ich es hingelegt habe. Kannst du sehen, wer es ist?“

Lydia nahm das Telefon und las die Nachricht. „Es ist Marisa. Sie ist gleich hier und möchte wissen, ob sie noch ein paar Kleinigkeiten mitbringen soll. Marshmallows? Pappteller?“

Jessica hatte gerade alle Pullover mit Preisschildern versehen. Sie war froh, dass sie Marisa als Aushilfe für die Verkaufsaktion engagiert hatte. Da Liz für den Verkauf der süßen Sachen verantwortlich war, überließ sie ihr die Entscheidung. Die Freundin stellte gerade die Maschine für die Zubereitung von heißer Schokolade auf. Sie hatte das Gerät aus ihrem Keller geholt.

„Was meinst du, Liz?"

„Schreib ihr liebe Grüße, aber wir haben hier alles, was wir brauchen."

Jessica holte ihr Smartphone und tippte die Nachricht an Marisa ein. Als sie zur Theke zurückging, war die Wandstaffelei bereits aufgestellt und die Bilder an Ort und Stelle. Derek klappte gerade seinen Werkzeugkasten zu.

„Das habt ihr ja schnell hinbekommen."

„Das nennt man Teamarbeit. Stimmt's, Cole?"

Cole antwortete mit einem breiten Grinsen.

„Den Preis für die Fotos überlasse ich dir, Jess."

„Wirklich? Ich weiß nicht so recht … für mich sind sie unbezahlbar." Diese Entscheidung wollte sie nur ungern allein treffen. „Wer weiß, vielleicht sind sie schon alle verkauft, bis ihr zwei wieder zurück seid."

„Das würde mich riesig freuen." Er lächelte ihr zu und dabei leuchteten seinc Augen. „Außerdem habe ich ja schon erwähnt, dass ich bereit bin für neue Lieblingsorte. Und ich fange heute Morgen schon damit an." Er drehte sich zu Cole um und strich ihm übers Haar. „Cole, was meinst du, sollen wir losziehen? In einer Stunde machen wir einen Ausflug auf einem Planwagen und das will ich nicht verpassen. Und vorher sollten wir noch frühstücken, meinst du nicht auch?"

Er hatte noch immer die Wasserwaage in der einen Hand, aber mit der anderen fasste er Derek an. Dann zog er den Freund zur Ladentür. „Ich bin so weit."

„Vergiss nicht, deine Mütze aufzusetzen, Cole", rief Jessica ihrem Sohn nach. „Und denk an deine Handschuhe."

Cole nickte, ohne noch einmal zurückzuschauen. Erst als Derek an der Tür stehen blieb, um sich zu verabschieden, drehte Cole sich zu seiner Mutter um.

„Viel Glück und gute Geschäfte, meine Damen!", verabschiedete sich Derek von ihnen.

„Ja, Mami, gute Geschäfte", wiederholte Cole.

Jessica antwortete ihrem Sohn mit einem Handkuss. Im Grunde ihres Herzens schloss sie auch Derek in diese Geste ein.

Als die beiden Hand in Hand den Laden verließen, begegneten sie Marisa, die gerade hereinkam. Die Schülerin blieb am Eingang stehen und betrachtete mit großen Augen den weihnachtlich dekorierten Laden.

„Das sieht so toll aus hier drin. Ich fühle mich jetzt wirklich wie eine Helferin vom Nikolaus. Wie ein kleiner Kobold, der hier mithilft", verkündete sie. Dann machte sie ihren Rucksack auf und holte eine rot-grüne Koboldmütze heraus. Mit einem fröhlichen Grinsen zog sie die Mütze über ihre vielen Locken.

Eine Stunde nachdem Derek und Cole den Laden verlassen hatten, drehte Jessica offiziell das Pulloverschild um, sodass außen „Geöffnet" zu lesen war. Ihr Herz war erfüllt von Hoffnung und auf den Lippen hatte sie ein Gebet.

Als der Bus aus Columbus direkt vor dem Laden hielt, war das Quietschen der Bremsen und das laute Zischen der sich öffnenden Türen wie ein Startschuss für die geplante Verkaufsaktion. Offenbar waren die Handzettel mit den Einladungen in der Seniorenresidenz gut aufgenommen worden. Sogar die älteren Damen mit Gehhilfen und Stöcken kamen scharenweise in den Laden.

Aber die Leute aus dem Seniorenheim waren nicht die einzigen Kunden. Die Handzettel, die sie in Sugarcreek und den nahe gelegenen Orten verteilt hatten, hatten Kunden neugierig gemacht. Auch die Werbung in den sozialen Medien und im Internet bescherte ihnen Besucher aus dem ganzen Umkreis und viele von ihnen kauften kräftig ein. Dann kamen die Touristen, die ein nostalgisches Wochenende im weihnachtlich geschmückten Sugarcreek verbringen wollten, um ihre Weihnachtseinkäufe zu erledigen und sich eventuell noch ein Krippenspiel anzuschauen. Viele von ihnen waren neugierig auf die Verkaufsaktion.

Als der Besucherstrom einsetzte, schien er kein Ende zu nehmen. Lydia beantwortete Fragen von Kundinnen. Liz war ohne Unterbrechung damit beschäftigt, Backwaren in Geschenkboxen und Einkaufstüten zu füllen. Marisa, der Kobold, huschte mal dahin, mal dorthin, um auszuhelfen, wo es erforderlich war. Und Jessica kam gar nicht mehr weg von der Kasse.

„Ich finde diese Komplettpackungen einfach herrlich“, sagte eine ältere Frau, als Jessica drei von Lydias Strickpackungen und drei Patchworkpackungen abkassierte. „Ich kaufe sie für meine Urenkelinnen und dann nehmen wir uns einen Tag – hoffentlich mehrere Tage – Zeit für diese Projekte“, erzählte ihr die Frau. „Die Packungen sind ideal für Anfänger. Und ich will ihnen das Stricken und Nähen noch beibringen, bevor ich diese Welt verlasse.“

„Ich glaube nicht, dass Ihre Urenkelinnen nur Stricken und Nähen von Ihnen gelernt haben“, entgegnete Jessica, während sie der Frau das Wechselgeld gab und die Packungen in eine große Einkaufstüte packte. „Aber wenn Sie zusammen mit Ihren Mädchen Handarbeiten machen, wird das bestimmt ein ganz besonderer Tag. Genießen Sie diese gemeinsame Zeit.“

„Das werde ich tun“, betonte die Frau.

„Bestimmt geht es Ihren Mädchen genauso“, versicherte ihr Jessica.

„Das hoffe ich sehr“, sagte die Frau und nahm die Einkaufstüte. „Wenn das der Fall ist, komme ich wieder und kaufe noch mehr von diesen Komplettpackungen. Ihnen wünsche ich frohe Weihnachten und Gottes Segen.“

„Das wünsche ich Ihnen auch.“ Jessica winkte der Frau zum Abschied zu. Sie merkte, dass die Frau die letzte Kundin in der Schlange vor der Kasse gewesen war. Endlich konnte sie kurz verschnaufen, wenigstens einen Augenblick. Sie holte ihre Wasserflasche unter der Theke hervor und trank einen Schluck, als Lydia neben sie trat.

„Deine Komplettpackungen sind ein echter Verkaufshit, Lydia“, erzählte Jessica begeistert ihrer Freundin. „Wir haben schon Dutzende verkauft.“

„Du meinst *unsere* Komplettpackungen“, entgegnete Lydia.

„Okay, *unsere* Packungen.“ Jessica nickte zustimmend.

„Das ist *guud*. Ich habe noch mehr Pullover rausgelegt und die Patchworkdecke mit dem Blockhaus-Muster hängt nicht mehr auf dem Gestell.“ Ihre Augenbrauen hoben sich vor Freude.

„Ja, unser größter Verkauf heute.“

„Bisher.“

Jessica lächelte über Lydias Optimismus. „Ja, bisher. Es war schon so viel los, dass ich nicht von der Kasse weggekommen bin. Dabei wollte ich euch doch helfen."

„Aber das ist doch eine sehr *guude* Sache." Lydia musste schmunzeln.

„Ach, und ich habe ein paar von deinen Freundinnen kennengelernt, als ich kassiert habe, Lydia. Sie sind so nett und viel zu großzügig. Ich würde gerne auch die anderen Frauen kennenlernen, damit ich ihnen persönlich für ihre Hilfe danken kann."

Sie hatte ein paarmal von der Kasse aus gesehen, wie Lydia mehrere Frauen mit Häubchen und langen Kleidern umarmt hatte.

„Meine Freundinnen wissen doch, wie dankbar du ihnen bist. Sie alle haben sich so sehr über deine Dankesbriefe gefreut. Wenn du sie wirklich kennenlernen willst, kann ich ja die Kasse übernehmen, damit du durch den Laden gehen kannst. An der Ladentür ist auch noch jemand, der dich sprechen möchte", berichtete ihr Lydia mit einem Augenzwinkern.

Als sie Lydias Blick folgte, war Jessica sehr überrascht über die Kundin, die bisher erst einmal im Laden gewesen war, seitdem Jessica ihn übernommen hatte. Es war eine Frau, die sie damals auf dem falschen Fuß erwischt hatte: Mrs Grisham.

Sie wusste nicht, ob sie sich darüber freuen sollte oder nicht, aber trotzdem schlängelte sie sich hinter der Ladentheke nach vorne. Je näher sie der Kundin kam, desto deutlicher wurde ihr, warum Mrs Grisham nicht so gerne ins Innere des überfüllten Ladens kommen wollte. Aus dem linken Ärmel ihres braunen Wollcapes schaute ein lilafarbener Gipsverband heraus und eine schwarze Schiene umschloss ihren rechten Arm. Jessica erkannte auf Anhieb den grünblauen Trostschal aus der Schatztruhe ihrer Tante. Mrs Grisham hatte sich den breiten Schal wie eine Stola um die Schultern gewickelt.

Sie holte tief Luft, bevor sie auf die Respekt einflößende Frau zuging und ihr zunickte. „Guten Tag, Mrs Grisham."

„Hmm", knurrte Mrs Grisham. „Sie können mich ruhig Virginia nennen, nachdem Sie meinem Haus einen Besuch abgestattet haben."

„Ihrem … äh … Ihrem Haus?" Jessica tat so, als wüsste sie nicht, wovon die andere Frau redete.

„Es ist schon gut, Jessica." Ein schwaches Lächeln umspielte die Lippen der Frau. „Ihr Geheimnis ist bei mir sicher, so wie damals das Geheimnis Ihrer Tante."

„Ich … äh …" Jessica geriet ins Stottern, wollte aber unbedingt vom Thema ablenken. „Wie geht es Ihnen?", fragte sie. „Es hat mir so leidgetan, als ich von Ihrem Unfall gehört habe."

„Mir geht es gut. Es ist nur eine Frage der Zeit, bis alles wieder verheilt", erwiderte die Frau gleichmütig und straffte die Schultern. „Aber noch besser wird es mir gehen, wenn ich mich bei Ihnen entschuldigt habe."

Jessica hatte erwartet, dass die andere Frau auch weiterhin unnahbar war und so tun würde, als ob sie jeden Unglücksfall spielend meistern könnte. Aber das Angebot, sich bei ihr zu entschuldigen, kam völlig überraschend. Jessica war erst einmal fassungslos.

„Entschuldigen … wofür?"

„Weil ich Sie so schnell abgeschrieben habe und Ihnen keine zweite Chance gegeben habe. Weil ich so ungeduldig war. Das war nicht fair."

„Mrs Grisham, Sie brauchen sich doch nicht bei mir zu entschuldigen." Jessica winkte ab, schaute kurz zu Boden und sah dann der Frau in die Augen. „Erinnern Sie sich noch? Ich war es, die bei Ihrer Bestellung Murks gemacht hat."

„Ja, das stimmt. Aber jeder kann einmal einen Fehler machen", erwiderte sie und wiederholte damit die Worte, die Derek kürzlich geäußert hatte. „Und ich habe auch einen Fehler gemacht, weil ich Sie falsch eingeschätzt habe. Bloß weil Sie nicht so viel über Handarbeiten wissen wie Ihre Tante …"

„Oh ja, ich weiß. Das ist wohl offensichtlich, oder?" Auf Jessicas Lippen zeigte sich ein Lächeln. Endlich lernte sie, zu ihren Schwächen zu stehen und an ihnen zu arbeiten, anstatt sich selbst immer wieder schlechtzumachen.

„Ich fürchte ja, meine Liebe." Mrs Grisham versuchte erst gar nicht, ihre Antwort etwas diplomatischer zu formulieren. „Aber deshalb bin ich ja hier. Ich muss Ihnen etwas erzählen. Als ich eines Morgens aufgewacht bin, habe ich vor meiner Tür etwas gefunden. Ein kleines Geschenk der Hoffnung. Stellen Sie sich das einmal vor!" Sie neigte den Kopf und Jessica konnte sehen, wie ihre Augen leuchteten. Offenbar hatte das Geschenk seine Wirkung nicht verfehlt. „Und an jenem Tag habe ich erfahren, dass Sie etwas haben, was viel wichtiger ist als handwerkliches Können."

Verdutzt runzelte Jessica die Stirn. „Und was ist das?"

„Sie haben ein gutes Herz, genau wie Ihre Tante. Und das, meine Liebe, ist ausschlaggebend für den Erfolg dieses Ladens. Deshalb kommen die Frauen in Ihren Laden, und zwar immer wieder."

Schon wieder hatte Mrs Grisham es geschafft, Jessica zu überraschen. Ihr traten die Tränen in die Augen. „Mir fehlen die Worte. Sie wissen gar nicht, was das für mich bedeutet, Mrs …"

Die andere Frau hob eine Hand. „Virginia", betonte sie.

„Virginia." Jessica lächelte. „Es bedeutet mir sehr viel. Wirklich."

Mitten in all dem Chaos und ihren Sorgen wurde sie durch die Worte von Virginia Grisham ermutigt, ja sie war gerührt wie schon lange nicht mehr. Als sie hörte, dass sie ihrer Tante Rose ähnlich war und ein gutes Herz hatte, kam es ihr so vor, als ob sie ihrer Tante ein Geschenk zurückgeben würde, dieser Frau, die sie großgezogen und bedingungslos geliebt hatte wie eine eigene Tochter.

„Ich muss Ihnen auch etwas sagen, Virginia. Ich bin nicht die Einzige, die in die Fußstapfen meiner Tante getreten ist, um den Laden am Leben zu erhalten. Lydia Gruber habe ich sehr viel zu verdanken." Sie machte eine Kopfbewegung zu ihrer Amish-Freundin hin, die fleißig die Kasse bediente. „Und Liz Cannon ist mir eine große Hilfe. Wie Sie wissen, hat meine Tante eine sehr große Lücke hinterlassen."

„Aber gemeinsam füllen Sie diese Lücke. Ich verspreche Ihnen, ich werde nicht mehr die weite Fahrt nach Coshocton machen, um Material zu besorgen. Meine Frauengruppe möchte wieder bei Ihnen kaufen – wenn das für Sie in Ordnung ist."

„Das ist ja wunderbar. Ich freue mich, Sie alle hier begrüßen zu dürfen, Virginia, jederzeit."

„Also …" Virginia schenkte ihr ein strahlendes Lächeln. „Ein paar von den Damen sind heute hier. Dort ist Joann." Sie deutete auf eine Frau, die gerade die Ware betrachtete, die am Weihnachtsbaum hing. „Vicky und Debbie betrachten gerade die Fotos an der Wand. Und Lucy …" Sie hielt inne und lachte leise. „Sie hat wohl ein Auge auf eine der Patchworkdecken geworfen. Sie kauft lieber eine solche Decke, als dass sie sie selbst näht. Das Stricken ist eher ihr Ding. Es wird gut sein, wenn Sie sich die Namen von ihnen merken“, fügte Virginia hinzu. „Denn Sie werden sie hier häufiger sehen. Und mich auch, sobald ich wieder auf den Beinen bin ... äh ... ich meine, meine Arme und Hände wieder gebrauchen kann. Ich würde zu gern einen dieser Schals nachstricken.“ Sie deutete auf eine von Jessicas Kreationen. „Diese dort, mit dem hübschen Glitzerband.“

„Ach die dort? Für jemanden wie Sie, die so erfahren im Stricken ist, sind die viel zu einfach.“ Jessica winkte ab. Sie konnte sich nicht vorstellen, jemandem zu zeigen, wie man diese ungleichmäßigen, schiefen Maschen zustande bringen sollte. „Aber ich danke Ihnen für Ihr Vertrauen, Virginia.“

„Und können Sie den anderen Mädels ausrichten, dass ich ihnen ebenfalls danke? Lydia und Liz? Für den Trostschal, die Pralinen und die Hausschuhe?“

„Äh ...“ Jessica zwang sich, keine Miene zu verziehen, hob eine Augenbraue und neigte ihren Kopf zur Seite. „Hmm. Was für ein Trostschal, was für Pralinen und was für Hausschuhe?“

Virginia musste laut lachen. „Oh, natürlich, Sie haben ja recht. Bitte entschuldigen Sie. Durch meinen Unfall bin ich noch ein bisschen begriffsstutzig. Ich habe keine Ahnung, wer so lieb war, mir einen Trostschal, Pralinen und Hausschuhe vor die Tür zu legen.“ Sie zwinkerte Jessica zu. „Ich bin völlig ahnungslos.“

Die Sonne, die am frühen Morgen ihre Strahlen durch die Schaufenster geschickt hatte, verschwand hinter dem Horizont, als die letzte Kundin den Laden verließ. Ein arbeitsreicher und anstrengender Tag ging zu Ende.

Aber es war auch ein erfolgreicher Tag gewesen.

Für Jessica sah der Laden aus, als sei ein Wintersturm hindurchgefegt. Die Gestelle für die Patchworkdecken waren leer, die Hälfte des Christbaumschmucks fehlte. In Körben und Kästen, in denen Komplettpackungen, Pullover und Schals gewesen waren, herrschte gähnende Leere. Auf den Kuchenständern und Etageren waren bloß noch Krümel zu sehen. An der Wand hing nur noch eine einzige Fotografie, die einen Blumengarten bei Sonnenaufgang zeigte und die Jessica für den Laden behalten wollte, wenn Derek es ihr erlaubte.

„Macht es dir etwas aus, wenn die Maschine für heiße Schokolade bis morgen hierbleibt?“, fragte Liz, als sie und Marisa ihre Sachen zusammensuchten, um nach Hause zu fahren. „Ich komme vorbei und hole sie ab.“

„Aber ich kann sie auch bei dir vorbeibringen“, schlug Jessica vor.

„Oder das. Mal sehen, was der Tag so bringt.“

„Wollt ihr wirklich nicht noch bleiben und eine Tasse Tee trinken? Und eure Füße hochlegen?“

Marisa trug noch immer ihre geliebte Koboldmütze. Sie zog den Reißverschluss ihrer Weste hoch und war zum Aufbruch bereit. „Ich habe genug. Dieser Kobold hat viel zu viel heiße Schokolade getrunken.“ Dabei klopfte sie sich auf den Bauch.

„Es war ein toller Tag, Jess, aber ich bin schlagkaputt“, fügte Liz hinzu. „Ich will nur noch nach Hause, in meinen Schlafanzug schlüpfen und ein Stück vom roten Samtkuchen essen.“

„Aber du hast doch alle Kuchen verkauft“, sagte Lydia.

„Alle, die ich in den Laden gebracht habe“, entgegnete Liz mit einem verlegenen Lächeln. „Aber einen Kuchen habe ich mir aufgehoben. Einen nur für mich. Hohoho.“

Sie hüpfte herum und brachte damit alle zum Lachen.

„Ohne euch hätte ich das alles nicht geschafft, Mädels“, sagte Jessica, als sie Liz und Marisa zur Ladentür begleitete.

„Pah! Natürlich hättest du es geschafft.“ Marisa winkte lässig ab.

„Aber dann hätte ich eine Menge verpasst“, meinte Liz, während sie sich die Handschuhe anzog.

„Nur damit ihr Bescheid wisst. Wenn ich unsere Verkaufszahlen kurz überschlage, dann sieht es ganz so aus, als ob ihr heute mitgeholfen habt, *Roses Woll- und Nähparadies* wiederzubeleben. Es wird für seine Kunden geöffnet bleiben.“

Jessica versuchte, ihre Stimme sachlich klingen zu lassen, während sie von ihrem Erfolg berichtete, aber sie spürte, wie die Rührung sie überwältigte. Und spielte das überhaupt eine Rolle? Diese Frauen waren schließlich ihre Freundinnen.

„Ich … ich kann euch gar nicht genug danken.“ Ihre Kehle wurde eng und sie merkte, wie ihr die Tränen kamen, als sie die drei ansah. Sie waren so unterschiedlich und trotzdem arbeiteten sie zusammen und halfen sich gegenseitig. „Ohne euch …“ Eine Träne lief ihr langsam die Wange herunter. „Ich weiß, dass ich etwas verloren hätte, was für mich sehr wertvoll ist. Und etwas, was auch für Tante Rose wertvoll war. Aber jetzt …“ Sie schniefte laut, und noch bevor sie ein weiteres Wort herausbrachte, war Lydia schon bei ihr und tätschelte ihr liebevoll die Schulter.

Liz hob ihre Hand und strich ihr über die Wange. „Alles ist gut, Schätzchen. Alles ist gut.“

„Ja, es ist wirklich alles gut“, meldete sich Marisa zu Wort. „Denn viele Frauen haben heute gefragt, ob wir nächstes Jahr zu Weihnachten wieder so etwas machen werden.“

„Wirklich?“ Lydia war so beschwingt wie nur selten. „Und was hast du ihnen erzählt?“

„Ich habe natürlich Ja gesagt.“ Marisa drehte die Spitze ihrer Mütze um den Finger und brachte das daran befestigte Glöckchen zum Klingeln. „Nächstes Jahr um diese Zeit hat das College längere Ferien und ich will doch meinen Spaß haben.“

„Du meinst, es macht dir Spaß, im Laden zu arbeiten?“ Jessica wurde es warm ums Herz.

„Klar.“ Marisa zuckte mit den Schultern und sah die drei Frauen an. „Ich meine, warum denn nicht? Ihr seid alle so nett, der Laden ist toll und der Job ist viel besser, als wenn ich im Friseursalon meiner Tante die Toiletten putzen muss“, antwortete sie. Ihre Worte brachten alle zum Lachen.

„Jetzt haben wir wenigstens ein ganzes Jahr zum Ausruhen“, bemerkte Lydia.

„Ja.“ Liz hielt sich die Hand vor den Mund, weil sie herzhaft gähnen musste. „Und das werde ich jetzt auch tun.“

Nachdem sich alle noch einmal umarmt hatten, bimmelte die Ladenglocke zum Abschied, als Liz und Marisa den Laden verließen.

Mit schier unerschöpflicher Energie begann Lydia, herumliegendes Garn und Stricksachen aufzuräumen.

„Nein, nein.“ Jessica drohte ihrer Freundin mit erhobenem Zeigefinger. „Jetzt ist Schluss, Lydia. Für heute haben wir genug gearbeitet. Jetzt ruhen wir uns erst mal aus. Aufräumen können wir immer noch“, sagte sie, nahm ihrer Freundin die Pullover und die Stricknadeln aus der Hand und legte alles zur Seite. „Wie wäre es, wenn wir noch etwas trinken, bevor ich dich nach Hause fahre? Etwas Kaltes? Oder lieber einen Tee? Oder …“

„Heiße Schokolade?“, fragte Lydia.

„Das klingt doch gut.“

Sie nahmen sich beide eine Tasse heiße Schokolade und ließen sich auf Tante Roses Bank nieder, mitten im Laden. Aus der Tasche ihrer Ladenschürze holte Jessica einen Plastikbeutel, in dem zwei grün glasierte Zuckerkekse waren.

„Oh! Wir haben doch alle Plätzchen verkauft.“ Lydia nahm freudig einen der beiden Kekse.

„Ich habe sie versteckt, bevor wir heute Morgen mit unserer Aktion begonnen haben.“

„Sehr raffiniert, aber eine *guude* Idee.“

„Ich glaube, meine beste Idee hatte ich, als ich dich engagiert habe, Lydia. Ohne dich hätte ich das alles nicht geschafft. Und ich muss dir sagen, ich bin erstaunt. Du hast eine sehr harte Woche hinter dir und trotzdem bist du über dich hinausgewachsen. Du solltest wirklich ein paar Tage freinehmen. Das meine ich ernst. Und natürlich bezahle ich dir die freien Tage.“

„*Danki*, Jessica. *Danki* für deine lieben Worte, aber *nee*. Ich glaube nicht, dass ich jetzt so viel Freizeit haben möchte, wenn du weißt, was ich meine. Es ist *guud* gewesen, dass ich mit dem Laden und der Verkaufsaktion so gut beschäftigt war. Das war für mich eine Gnade und ich glaube, für Liz auch.“

„Sie ist in letzter Zeit nicht mehr so optimistisch und leicht zu begeistern wie sonst.“ Jessica umfasste die warme Tasse mit beiden Händen. „Obwohl sie nach außen hin so tut, als sei alles gut … und das bricht mir fast das Herz. Ich finde, sie sollte noch einmal versuchen, mit Daniel Kontakt aufzunehmen.“ Jessica seufzte. „Wäre er doch bloß an die Tür gekommen, als sie an jenem Abend zu seinem Laden gefahren ist. Ich verstehe nicht, warum die beiden nur so stur sind.“

„Ich weiß auch nicht.“ Lydia zuckte mit den Schultern. „Aber vielleicht könnten wir ja ein bisschen nachhelfen.“

„Meinst du? Egal was du geplant hast, ich bin dabei, Schwesterherz." Jessica hob die Tasse und wollte einen Schluck trinken, aber dann ließ sie die Tasse wieder sinken. „Du liebe Zeit. Habe ich dich gerade ‚Schwesterherz' genannt?"

Lydia lächelte. „*Jaa*, das hast du."

„Das ist komisch. Ich habe doch noch nie eine Schwester gehabt."

„Na, dann erwartet dich ein wirklich großes, *guudes* Vergnügen." Lydia hob ihre Tasse wie zu einem Gruß. Jessica musste lachen.

„Liz hat recht, du hast dich sehr verändert, bist viel offener geworden, Lydia, und wie du es formulieren würdest, ist das eine sehr *guude* Sache."

# Kapitel 30

Zu ihrer Überraschung sah Liz an Lydias Haustür einen Zettel, auf dem stand, dass sie ruhig ins Haus gehen könne, denn Lydia sei nur kurz drüben bei ihrem Nachbarn, um ihm mit einer Kleinigkeit auszuhelfen, und sie sei gleich wieder da. In kleinerer Schrift wurde Liz daran erinnert, ihr Auto hinter der Scheune zu parken, damit es aus dem Weg war. Diese Bitte bezog sich auf die Kutschen, falls ein paar von Lydias Freundinnen später dazukommen wollten, um beim Zubereiten der Erdnussbutter zu helfen.

Als Liz diese Anweisungen haargenau befolgt hatte, stand sie in der Küche und wartete auf die Rückkehr ihrer Freundin. Sie fragte sich, wie diese Frau es schaffte, alle ihre Pflichten unter einen Hut zu bekommen.

Liz hatte der Freundin schon mehrmals gesagt, dass sie nach der Arbeit nicht noch für sie beide kochen müsse, aber scheinbar ließ sich Lydia nicht so leicht davon abbringen. Sie hatte mehrfach darauf bestanden, dass Liz nichts mitbringen sollte.

Lydia hatte den Tisch für sie beide wunderschön gedeckt, mit hübschen buttergelben Tellern und einem Windlicht, das sie mit einem Kranz aus Kiefernzapfen geschmückt hatte. Als sie dann noch einen Blick in den Backofen warf und einen Braten mit Gemüse entdeckte, wünschte Liz, sie hätte wenigstens einen Nachtisch mitgebracht, auch wenn ihr das viele Süße gar nicht guttat. Seit ihren traurigen Erlebnissen mit Daniel hatte sie einen Heißhunger auf alles, was Zucker enthielt. Es schien so, als ob sie damit die Leere in ihrem Herzen füllen wollte.

Sie stieß einen tiefen Seufzer aus, als sie mitten in der Küche stand, die Arme vor der Brust verschränkt. Nervös zupfte sie an den Ärmeln ihres Pullovers herum, um sich warm zu halten. In letzter Zeit machte sie auch das sehr häufig, stellte sie fest. Mit Daniel war auch die Wärme aus ihrem Leben verschwunden. Ständig war ihr kalt.

Vielleicht hatten ihre Freundinnen doch recht. Vielleicht sollte sie noch einmal Kontakt mit ihm aufnehmen. Würde sie es bitter bereuen, wenn sie das tat, oder würde sie sich wieder verletzt fühlen?

Während sie durch das Küchenfenster in die Dunkelheit des Winterabends starrte, wog sie die Situation und ihre Möglichkeiten gegeneinander ab, so wie sie es viele Male zuvor getan hatte. Sie wusste noch immer nicht, was sie tun sollte, als sie von der Haustür her ein leises Knarren hörte. Liz wollte ihrer Freundin nicht die gute Stimmung verderben, denn sie hatte sich so viel Mühe gemacht. Also schluckte sie ihre Angstgefühle herunter und setzte ein fröhliches Gesicht auf.

„Hallo, hier bin ich“, rief sie und lief auf die Haustür zu. „Du hast ja wirklich keine Mühen gescheut, das alles hier so schön …“

Ihr versagte die Stimme und sie blieb stehen, als sie auf die Gestalt in der Diele starrte. Diese Person hatte nicht die geringste Ähnlichkeit mit Lydia und sie war alles andere als erfreut, als sie Liz sah.

Es war der Mann, an den sie gerade gedacht hatte, über den sie sich den Kopf zerbrochen, nach dem sie sich gesehnt und wegen dem sie zu viel Schokolade gegessen hatte. Er stand da und blickte sie finster an.

„Liz? Was … was machst *du* denn hier?“ Daniels Stirn lag in Falten und auf seinem Gesicht war nicht das freundliche Lächeln zu sehen, das sie von ihm kannte. Hoffentlich war er bloß erschrocken darüber, dass sie hier plötzlich stand. Denn ihr ging es genauso. Und auf seinem Mund sollte doch jetzt bald ein warmes, zärtliches Lächeln erscheinen, so wie sie es von ihm kannte. Aber stattdessen verzog sich sein Gesicht zu einer finsteren Miene und blickte noch düsterer drein als vorher.

Sie fühlte sich verletzt von dieser Begrüßung, und weil sie nicht mehr länger diesen Schmerz ertragen wollte, richtete sie sich gerade auf, stemmte die Hände in die Hüften und warf hochmütig den Kopf zurück.

„Zuerst mal guten Abend, Daniel. Ich könnte dir dieselbe Frage stellen. Was machst *du* denn hier?“

„Entschuldige.“ Sein Kinn schob sich kampflustig nach vorn. „Aber du bist die Letzte, die ich hier erwartet habe.“

„Du meinst, die Letzte, die du sehen wolltest.“

„Habe ich das etwa gesagt?“

„Nein, du hast es nicht ausgesprochen. Aber dein Gesichtsausdruck spricht Bände …"

„Hör mal, ich bin bloß durcheinander." Er sah sich im Wohnzimmer um und blickte über ihren Kopf hinweg in die Küche. Offenbar wollte er ihr nicht in die Augen sehen. „Jonas hat mich gefragt, ob ich ihm helfen kann, die Wasserleitungen seiner Nachbarin zu reparieren. Und dann, als ich in die Einfahrt abgebogen bin, hat er mich von einem fremden Handy aus angerufen und gesagt, dass er sich verspäten wird. Aber ich soll schon mal ins Haus gehen."

„Das ist ja seltsam." Liz war genauso verdutzt wie Daniel. „Ich habe gar nicht gewusst, dass Lydia ein Problem mit ihren Wasserleitungen hat. Wir waren schon vor zwanzig Minuten zu einem gemeinsamen Abendessen verabredet. Danach wollten wir zusammen mit ihren Freundinnen Erdnussbutter machen. Aber als ich hierhergekommen bin, hat an der Haustür ein Zettel gehangen, sie müsse Jonas bei irgendetwas helfen und …" Liz kratzte sich nachdenklich am Kopf. Das Ganze ergab keinen Sinn. „Was machen die beiden denn? Meinst du, es ist alles in Ordnung mit ihnen?"

„Ich habe keine Ahnung." Daniel sah sie mit zusammengekniffenen Augen an. „Jonas hat erwähnt, dass seine Nachbarin in der Küche einen Brief für mich hinterlegt hat. Darin schildert sie das Problem. Ich soll mir die Sache sofort ansehen."

„Also, auf dem Tisch liegt kein Brief, Daniel."

„Nicht auf dem Tisch." Daniel schüttelte den Kopf. Noch immer wich er ihrem Blick aus. „Sondern auf einer Arbeitsfläche. In ihrem Materialkorb. Welches Material hebt sie denn in einem Korb auf?"

Zu einem früheren Zeitpunkt in ihrer Beziehung hätte Liz über diese Bemerkung gelacht. Sie hätte das Ganze vielleicht auch jetzt witzig gefunden, wenn Daniel nicht so verärgert reagiert hätte.

„Ich glaube nicht, dass es ein Materialkorb ist." Sie verschränkte die Arme vor der Brust. „Der Korb enthält bestimmt Lydias Briefpapier, also *Schreib*material", erwiderte sie süffisant.

„Aha. Also gut." Er zuckte mit den Schultern. „Na, dann sehe ich mich mal um und dann lasse ich dich allein, damit ihr beide das Abendessen genießen könnt, auf das ihr euch schon freut."

Er wollte schon in die Küche gehen, aber ihr war klar, dass sie ihn nicht einfach so gehen lassen konnte. Nicht schon wieder. Bevor seine breiten Schultern um die Ecke verschwunden waren, musste sie etwas sagen. Sie hatte keine Lust mehr auf diese ungeklärte Situation, auf die Fragen, die sie sich ständig stellte. Sie konnte ihre Gefühle für ihn nicht mehr verdrängen.

„Daniel, ich …"

Das Herz schlug ihr bis zum Hals, aber sie nahm all ihren Mut zusammen und berührte ihn sanft am Arm. Als sehnte sie sich danach, ihn wieder zu spüren. Er blieb stehen und drehte sich um. Diesmal begegneten sich ihre Blicke. Liz merkte, wie zittrig und wacklig ihre Beine waren. Genau wie an jenem frostigen Abend, als sie ihn aufsuchen wollte. Plötzlich hatte sie Angst vor ihrer eigenen Courage. Sie wusste zwar, was sie sagen wollte, aber wie sollte sie es anfangen?

„Daniel … ich … ich wollte dich besuchen." Unbeholfen stolperte sie über ihre eigenen Worte. „In deinem Laden." Sie schloss kurz die Augen aus Angst vor der nächsten Frage, aber sie wollte unbedingt die Wahrheit wissen. „Du … du hast mich doch gesehen, oder nicht? Du warst doch da, oder? Warst du der Mann, der mich nicht hereinlassen wollte?"

„Es war dunkel … ich dachte, du hättest mich nicht gesehen …" Seine Stimme wurde leiser. Wie ein Mann, den man auf frischer Tat ertappt hat, senkte er den Kopf und wich ihrem Blick aus.

Es war so, wie sie es vermutet hatte. Ihr Magen zog sich zusammen und ihre Beine konnten sie kaum noch tragen.

Sie nahm die Hand von seinem Arm. Ungläubig schüttelte sie den Kopf. „Daniel, ich verstehe das nicht."

„Also wirklich, Liz. Du willst mir jetzt Vorwürfe machen? Bloß weil ich *so etwas* nicht will?" Seine Stimme klang anklagend und seine Augen blickten finster, als er sie endlich ansah.

„So etwas? Was meinst du denn damit?" Sie konnte ihm nicht folgen. „Ich weiß nicht, wovon du redest."

„Wirklich nicht? Begreifst du es denn nicht?"

„Ich … ich …" Sie versuchte krampfhaft, ihn zu verstehen. „Es tut mir leid, Daniel, aber ich weiß nicht, was du meinst."

Einen Moment lang starrte er sie an. Seine Kiefermuskeln spannten sich an und seine Augen blitzten vor Wut. Dann holte er tief Luft. Als er sprach, wirkte er schon ruhiger. „Hör zu, Liz, es ist wirklich toll, was du tust, mit deiner Liste von Leuten, die in Not sind – Leuten, die krank sind, Leuten, die trauern oder leiden. Du nimmst dir Zeit, die niemand sonst erübrigen will, um ihnen eine Mahlzeit zuzubereiten oder für sie etwas Besonderes zu backen. Und das kann ich gut verstehen. Du willst wirklich, dass sich die Menschen, die in einer schlimmen Situation sind, besser fühlen. Du willst ihnen über ihre Not hinweghelfen. Sie sollen wissen, dass sich jemand um sie kümmert. Und das ist großartig von dir, Liz. Aber …"

Er hielt inne und Liz erstarrte. Noch immer war sie fassungslos und hatte große Angst, ihn wieder zu verlieren.

„Ich brauche das nicht, Liz", fügte er endlich hinzu. „Ich will nicht bloß jemand auf deiner Liste sein. Das, was ich für dich empfinde … Na ja, ich wollte einen besonderen Platz in deinem Herzen haben. Das habe ich dir auch gesagt. Und als du vor meiner Ladentür aufgetaucht bist, da habe ich mich zuerst gefreut, dich zu sehen. Aber dann habe ich die Auflaufform gesehen, die du in der Hand hattest, und ich … das hat mich wütend gemacht. Wütend, dass ich für dich wie jeder andere Mensch bin … dem du deine Hilfe anbietest. Und als ich nach diesem Abend nichts mehr von dir gehört habe …" Er zuckte mit den Schultern. „Da habe ich mir gedacht, dass du mich entweder im Dunkeln nicht gesehen hast oder … ganz ehrlich … dass ich nicht mehr auf deiner To-do-Liste stehe."

Vor Verblüffung wusste sie erst gar nicht, was sie sagen sollte. Es dauerte einen Moment, bis sie sich gefangen hatte. „Ach, Daniel, wenn du mir die Tür aufgemacht hättest, dann hättest du gesehen, dass es eine Fleischpastete war." Sie merkte, wie ihre Stimme zitterte, aber sie sprach trotzdem weiter. „Das ist meine Art, dem anderen zu sagen, dass es mir leidtut. Ich habe vor deinem Laden gestanden, weil ich dich um Verzeihung bitten wollte."

„Wofür? Weil du für mich nicht dasselbe empfindest wie ich für dich? Keine Angst, das werfe ich dir nicht vor. Ich brauche bloß ein bisschen Abstand von dir." Er sah zu Boden, bevor sich ihre Blicke wieder trafen. „Und nimm es mir nicht übel. Deine Pastete war bestimmt fantastisch, aber ich brauche kein Trostpflaster."

Der scharfe Ton seiner Stimme tat ihr weh. Deshalb streckte sie die Hand nach ihm aus und berührte ihn am Arm. „Oh, Daniel, das war doch nicht so gemeint – ganz im Gegenteil." Sie flehte ihn jetzt förmlich an, weil sie unbedingt wollte, dass er sie richtig verstand. Schließlich war es ihr selbst schwergefallen, sich ihre Gefühle für ihn einzugestehen. „Ich hatte gehofft, du würdest mir verzeihen, weil es so lange gedauert hat, bis ich begriffen habe, was ich für dich empfinde. Sogar meine Freundinnen haben es mir von Anfang an angemerkt. Aber ich war so erschrocken und überrascht. Ich habe nicht gewusst, wie ich reagieren sollte. Schließlich habe ich nicht mehr damit gerechnet, dass ich noch einmal so etwas für einen Mann würde empfinden können."

„Warum hast du nicht damit gerechnet? Weil ich so bin, wie ich bin? Oder wegen meines Berufs?" Er neigte den Kopf zur Seite. „Eins sage ich dir: Daran werde ich nichts ändern, Liz." Er hatte sich etwas beruhigt, aber sie konnte trotzdem eine Spur von Bitterkeit aus seiner Stimme heraushören. Hoffentlich spürte er, dass sie es ehrlich mit ihm meinte.

„Daniel", erwiderte sie leise. „Ich will doch gar nicht, dass sich bei dir etwas ändert. Du bist ein wunderbarer Mensch. Jedes Mal, wenn ich mit dir zusammen bin, entdecke ich etwas Neues, was ich an dir mag, was ich liebe. Ich habe es bloß nicht mehr für möglich gehalten, so viel für dich zu empfinden, weil ich ja schon so reich beschenkt worden bin. Ich habe ein gutes Leben gehabt – und eine gute Ehe."

Seine Augenbrauen zogen sich zusammen. Er schien über ihre Worte nachzudenken. „Und du meinst, dass du kein neues Glück verdient hast?"

„Nein, das nicht. Aber ich konnte es mir nicht noch einmal vorstellen. Ich habe gedacht, ich müsste zufrieden sein mit dem, was das Leben mir noch bietet. Ich habe mich beschäftigt, habe die Stunden und Tage ausgefüllt. Dann bin ich dir begegnet und du hast mein Herz erobert. Ich kann es noch immer nicht glauben." Ihre Kehle war wie zugeschnürt, ihre Stimme klang heiser, weil sie vor lauter Dankbarkeit tief gerührt war.

Sie fächelte sich mit der Hand Kühlung zu und versuchte, die Tränen zu unterdrücken, denn sie war fest entschlossen, ihm ganz offen alles zu sagen, was ihr auf dem Herzen lag. „Es ist erstaunlich, dass Gott mir eine zweite Chance geben will. Die Chance, zusammen mit dir ein neues Leben aufzubauen."

Er musterte sie lange und ausgiebig und sie wusste, dass er ihre Worte sorgfältig abwog. Sie würde so gerne wissen, welche Bedeutung sie für ihn hatten. Dieser Augenblick, in dem sie auf seine Antwort wartete, schien endlos lange zu dauern. Aber konnte sie ihm das vorwerfen? Hatte sie sich nicht ebenfalls viel Zeit genommen, bis sie gewusst hatte, was sie für ihn empfand?

Endlich reagierte er auf ihre Worte. Er verschränkte die Arme und zog eine Augenbraue hoch. „Also …" Er sprach langsam und seine Stimme klang ernst. „Heißt das, dass du mehr willst als bloß eine Freundschaft?" Ein schwaches Lächeln umspielte seine Lippen.

„Ich will noch viel mehr als das."

*„Jaa?"* Sein Lächeln wurde zu einem breiten Grinsen, als er in die Mundart seiner Kindheit zurückfiel.

„Ja."

Jetzt tat er das, worauf sie so lange gewartet hatte. Er breitete die Arme aus und sie war mit zwei Schritten dort, wo sie sein wollte, an ihn geschmiegt. Hier gehörte sie hin. Als ihre Lippen sich trafen, überließ sie sich diesem zärtlichen Kuss.

Als sie sich aus der Umarmung lösten, sah sie ihm in die Augen. Sie hatte ihm noch mehr zu sagen. „Du hast nicht nur mit uns beiden recht gehabt, sondern es gibt noch etwas."

„Mir raucht ja der Schädel, wenn du so weitermachst", witzelte er.

„Aber du musst wissen, dass deine Einschätzung richtig war. Gott hatte auch einen Plan für meinen Beruf."

„Du hast eine Immobilie verkauft?"

„Nein, viel besser. Ich habe mich mit Belinda zum Frühstück getroffen an dem Tag, als ich eigentlich dich besuchen wollte. Sie kam dir bekannt vor, weil sie und ihr Mann die neuen Inhaber von Annabelles Restaurant sind."

„Aha." Daniel nickte. „Daher kenne ich sie."

„Als ich mich mit ihr getroffen habe, bin ich mir auch über meine Gefühle für dich klar geworden, Daniel."

Mit einem Stirnrunzeln strich er ihr eine Haarsträhne aus der Stirn.

„Entschuldige, Liz, aber jetzt komme ich nicht mehr mit."

„Nach dem Gespräch mit Belinda wollte ich mit dir und nur mit dir darüber reden", vertraute sie ihm an. „Ich habe meine Freundinnen sehr gern und ich erzähle ihnen alles. Aber du bist derjenige, dem ich es zuerst sagen wollte, weil ich weiß, dass es dir viel bedeuten würde."

Verwirrt starrte er sie an. „Was würde mir viel bedeuten?"

„Belinda und ihr Mann möchten mich einstellen, weil ich ihren Liefer- und Partyservice übernehmen soll. Ist das nicht unglaublich?"

„Annabelles Restaurant?" Er machte einen Schritt zurück und strahlte vor Freude. „Liz, das ist wirklich unglaublich!" Er umfasste sie an den Schultern und beinahe hätte er sie geschüttelt, so sehr freute er sich. „Fantastisch! Und du hast es wirklich verdient, nach all den vielen Mahlzeiten, die du im Laufe der Jahre für andere zubereitet hast."

„Und damit kann ich sogar weitermachen." Die Worte sprudelten förmlich aus ihr heraus. „Das Restaurant arbeitet mit einer örtlichen Essensausgabe für Bedürftige zusammen und dort kann ich auch mithelfen."

„Was für eine wunderbare Nachricht!", rief er. „Das müssen wir unbedingt feiern!"

Sie stellte sich auf die Zehenspitzen und gab ihm einen Kuss auf die Wange.

„Ich möchte lieber uns beide feiern."

„Ach ja? Ich auch." Mit einem wissenden Lächeln sah er ihr in die Augen.

„Außerdem habe ich den Eindruck, dass Lydia und Jonas hier nicht mehr auftauchen werden."

„Den Eindruck habe ich allerdings auch."

„Meinst du, es liegt wirklich ein Brief in Lydias Korb?", wollte sie wissen.

„Keine Ahnung. Wir können ja mal nachsehen."

Eng umschlungen schlenderten sie in die Küche. Direkt neben dem Brotkasten entdeckte Liz einen kleinen Weidekorb, den sie vorher übersehen hatte.

„Das muss er sein." Sie entzog sich Daniels Umarmung und warf einen Blick in den Korb. Darin lagen lose Blätter hellblaues Briefpapier und ganz oben entdeckte sie einen kleinen, ebenfalls hellblauen Briefumschlag, auf dem etwas mit schwarzer Tinte geschrieben stand.

„Hmm." Sie nahm den Umschlag und las. „Für ein besonderes Paar", stand darauf. „Liz und Daniel."

Sie musste lachen und Daniel stimmte mit ein. Er lugte ihr über die Schulter, während sie den Umschlag aufriss und ein gefaltetes Blatt Papier herausnahm.

„Ähem." Sie räusperte sich. „Rosen sind rot, Veilchen sind blau. Ihr habt euch gern, das wisst ihr genau. Schaut, in dem Ofen ist ein Essen für zwei. Wenn ihr's genießt, sei die Liebe dabei. Sie macht euch stark, verleiht euch Mut, wenn ihr sie lebt, wird alles gut." Sie sah wie gebannt auf den Brief, denn sie musste die darin verborgene Botschaft erst einmal verdauen. „Das ist die Bestätigung. Wir sind ..."

„... in die Falle getappt", beendete er den Satz. „Aber anscheinend waren wir ihnen einen Schritt voraus. Wir haben noch nicht einmal etwas essen müssen, um unsere Differenzen aus dem Weg zu räumen."

„Aber wir haben trotzdem die Hilfe unserer Freunde gebraucht, um zusammenzufinden." Sie drehte sich um die eigene Achse, um ihn anzusehen. „Wir können dankbar sein, dass wir solche Freunde haben. Menschen, denen wir so viel bedeuten."

„Stimmt." Er nahm ihre Hand. „Und noch dankbarer können wir sein, dass wir uns haben."

„Oh, Daniel. Du hast mir so sehr gefehlt." Sie seufzte und lehnte ihren Kopf an seine kräftige Schulter. „Und seitdem ich dich zuletzt gesehen habe, ist so vieles geschehen."

„Du meinst, noch mehr als der neue Job?"

„So viel mehr."

„Was denn?" Mit seinen Fingern strich er ihr zärtlich durchs Haar.

„Also ..." Sie dachte kurz nach, konnte aber seine Frage nicht beantworten. „Ich weiß es nicht mehr so genau. Ich weiß nur, dass es an jedem Tag, der ohne dich vergangen ist, Dinge gegeben hat, die ich dir erzählen wollte. Es gab Momente, in denen ich mit dir zusammen lachen wollte. Es gab Gedanken, über die ich mich gern mit dir ausgetauscht hätte."

„Wir können ja jetzt sofort damit beginnen, am besten gleich beim Essen. Wenn ich dich überhaupt noch loslasse." Dabei zog er sie liebevoll an sich und umarmte sie.

„Wir sollten wirklich etwas essen. Lydia hat sich so viel Mühe gegeben. Und Jonas und Jessica auch, denke ich."

„Du hast recht." Er machte einen Schritt zurück und lächelte sie an. „Zeit zum Essen für zwei. „Mit einer wunderschönen, unglaublichen Frau ... mit meiner Frau." Dann beugte er sich zu ihr herunter, um ihr wieder einen Kuss zu geben. Seine Lippen waren warm und weich.

„Ich liebe dich, Lizzy", flüsterte er. „Ich liebe dich schon länger."

„Weißt du, Daniel", erwiderte sie freudig erregt. „Ich glaube, ich habe dich zuerst geliebt."

„Oh! Oh! Oh!", quietschte Lydia begeistert. „Es klappt. Unser Plan geht auf!" Sie stand mit Jessicas Fernglas bewaffnet am Fenster von Jonas' Küche und beobachtete ihr eigenes Küchenfenster. „Wir haben es geschafft, Jonas."

„Ja!" Jessica stieß triumphierend eine geballte Faust in die Luft. „Ich habe so sehr gehofft, dass für diese beiden alles gut läuft."

„Aber es läuft *wirklich* gut zwischen ihnen. Liz und Daniel küssen und umarmen sich dort drüben."

„Sie küssen sich?" Jessicas Augen wurden größer. „Das muss ich sehen." Entschlossen nahm sie Lydia das Fernglas aus der Hand.

„Ich freue mich so sehr für sie." Lydia seufzte. „Und ich freue mich auch für Jonas. Er war ein bisschen nervös, weil er seinen Onkel an der Nase herumführen musste."

„Hat er deshalb Derek und Cole so schnell in die Scheune gebracht, damit sie seine neue Ziege kennenlernen?"

„Ganz bestimmt."

„Ah ... wahre Liebe lässt sich durch nichts aufhalten." Jessica trat vom Fenster weg. Ihre Augen blickten verträumt, als sie das

Fernglas auf den Tisch legte. „Wir sind wirklich ein gutes Team, Lydia."

Lydia musste lachen. Sie war erfreut und erleichtert zugleich, dass ihr Plan so gut aufgegangen war. „*Jaa*, das sind wir. Ein sehr *guudes* Team."

„Weißt du … ich habe nachgedacht." Plötzlich wirkte Jessica unsicher. Sie rieb sich die Hände.

„*Jaa?*" Lydia zog die Augenbrauen zusammen. Sie konnte sich nicht vorstellen, was ihre Freundin auf einmal so stark beschäftigte.

„Es geht um den Laden." Jessicas Stimme klang ernst. „Ich habe herausgefunden, wie wir das ganze Jahr über mehr Gewinn machen können. Aber meine Idee … na ja, dafür ist viel Planung und Routinearbeit gefragt. Und ich weiß, dass ich das nicht alleine schaffen kann. Das klappt nur, wenn wir zusammenarbeiten. Wir, das heißt du und ich."

„Und wie soll das gehen?" Lydias Neugier war geweckt.

„Also … die Idee ist mir gekommen, als ich von Liz' neuem Job im Liefer- und Partyservice gehört habe. Als wir diese Patchwork- und Strickpakete für die Verkaufsaktion zusammengestellt haben, habe ich gewusst, wie wir die Idee umsetzen können." Jessicas Augen begannen zu leuchten. „Wir starten einen Internethandel. Dann können wir unsere Kunden das ganze Jahr über beliefern", fügte sie begeistert hinzu. „Und wir können eine Menge Neukunden gewinnen. Diese Komplettpakete bieten uns einen guten Start. Wir können online ein Projekt des Monats anbieten und auch Saisonaktionen und für jeden etwas, von Anfängern bis hin zu Handarbeitsexperten."

Lydia wollte ihrer Freundin nicht die Freude an ihrer Idee verderben, aber sie hatte so ihre Zweifel über ihre eigenen Fähigkeiten auf diesem Gebiet. „Aber Jessica, ich habe überhaupt keine Ahnung von Computern. Natürlich kann ich es lernen, wenn du es mir beibringen willst, aber …"

„Aber das trifft doch den Nagel auf den Kopf, Lydia. Du brauchst keine Computerkenntnisse. Du bist die kreative Handarbeitsexpertin und ich kümmere mich um das Marketing, und zwar offline und online. Wir wären die idealen Geschäftspartnerinnen."

Lydias Wangen röteten sich, als sie dieses Wort hörte. „Das alles klingt sehr spannend, Jessica, aber du brauchst mich nicht zur Geschäftspartnerin zu machen. Ich helfe dir sowieso."

„Aber das ist nur fair", entgegnete Jessica mit einem Achselzucken. „Und außerdem möchte ich gerne eine Partnerschaft."

„Du solltest in Ruhe darüber nachdenken, Jessica."

„Das habe ich schon getan, Lydia. Und zwar lange genug. Und ich hätte es dir nicht angeboten, wenn ich es nicht so wollte."

„Also gut ... wenn du dir ganz sicher bist ... Dann habe ich einen Vorschlag", sagte Lydia schüchtern.

„Wirklich?" Jessica blickte die Freundin ernst an. „Einen Vorschlag? Jetzt schon?"

*„Jaa."*

„Okay, dann schieß mal los." Jessica wandt sich nervös hin und her, aber dann wurde sie ruhig und kniff die Augen zusammen, während sie abwartete.

„Ob wir Partnerinnen sind oder nicht – ich finde, wir sollten niemals den Namen des Ladens ändern. Er sollte immer *Roses Woll- und Nähparadies* bleiben. Ich bin deiner Tante nie begegnet, aber mir kommt es so vor, als ob ich sie kennen würde. Es klingt vielleicht seltsam, aber ich würde sie vermissen, wenn ihr Name fehlen würde."

Sie wollte ihre Freundin nicht verunsichern, aber sie sah, wie Jessicas Augen sich mit Tränen füllten. „Siehst du ..." Jessica konnte vor Rührung kaum weitersprechen. „Genau deshalb möchte ich, dass du noch enger mit dem Laden verbunden bist. Du hast begriffen, worum es mir geht."

„*Jaa*, aber du weißt auch, dass es keine einseitige Beziehung ist, Jessica. Der Laden und du – das ist auch für mich ein großer Segen."

Jessica ging auf die Freundin zu und wollte sie umarmen, aber bevor Lydia die Umarmung erwidern konnte, bremste Jessica ab.

„Oh weh."

„Was ist los?"

„Die Jungs." Jessica sah aus dem Fenster und deutete auf die beiden Männer und ihren Sohn, die auf dem Rückweg von der Scheune waren. „Sie sind gleich hier, bestimmt haben sie Hunger und werden wissen wollen, was es zu essen gibt."

„*Jaa*, da hast du recht.“ Lydia rieb sich nachdenklich das Kinn. „Als wir das Essen für Liz und Daniel zubereitet haben, hätten wir auch an uns denken müssen. Ich habe schon Appetit bekommen, als wir die Karotten und Kartoffeln geschält haben.“

„Und dein Pekannusskuchen … der hat so himmlisch geduftet“, stöhnte Jessica. „Du hast doch einen Zettel in einer von den Servietten versteckt, oder? Du hast geschrieben, dass der Kuchen im Kühlschrank auf sie wartet?“

„Genau wie wir es geplant haben.“ Lydia nickte zustimmend. Ihr Magen hatte geknurrt, als sie die gehackten Pekannüsse mit dem braunen Zucker vermischt hatte.

„Ich persönlich glaube, dass wir für heute genug gekocht haben. Ich finde, wir sollten zur Feier des Tages essen gehen.“ Jessica hob eine Augenbraue.

„Was hältst du vom Restaurant *Der Holländer*?“

Lydia lief das Wasser im Mund zusammen, als sie den Namen ihres Lieblingslokals hörte. „Das ist perfekt.“ Es war das goldrichtige Ende eines Tages, den sie nur als *wunderbaar* bezeichnen konnte.

# Kapitel 31

Jessica hatte gerade die Reißverschlüsse ihrer kniehohen schwarzen Stiefel hochgezogen und ihr graues Strickkleid glatt gestrichen, als sie auf der Außentreppe Schritte hörte, gefolgt von einem Klopfen an der Tür. Es war Dereks deutlich erkennbares Klopfzeichen, das er verwendete, seitdem sie sich kannten.

In ihren hochhackigen Stiefeln ging sie zur Tür und öffnete ihm. Sie war ganz atemlos. Sicher, sie hatte sich beeilt, damit sie und Cole rechtzeitig fertig wurden. Aber als Derek in der Tür stand, mit seinem schwarzen Wollmantel und auf dem Kopf eine Ballonmütze, wusste sie, dass ihre Kurzatmigkeit einen anderen Grund hatte.

In letzter Zeit reagierte ihr Körper verräterisch, sobald Derek vor ihr stand. Manchmal musste sie tief Luft holen oder ihr Mund wurde plötzlich ganz trocken. Manchmal wurden ihre Wangen rot oder manchmal hatte sie alle Symptome gleichzeitig. Und jedes Mal hoffte sie, dass der Mann, der immer ihr bester Freund gewesen war, nichts davon merkte.

„Hallo, du bist früh dran“, sagte sie statt einer Begrüßung. Sie versuchte, ihrer Stimme einen hellen und fröhlichen Klang zu geben.

„Ja, das bin ich“, erwiderte er, während er seine Schuhe auf der Fußmatte abstreifte und dann hereinkam. „Ich hoffe, das ist kein Problem.“

„Nein, keineswegs. Es ist nett von dir, Derek, dass du Cole und mich heute Abend mitnimmst. Ich danke dir ganz herzlich dafür.“

Sie war wirklich dankbar gewesen, als Derek ihr angeboten hatte, sie und Cole zum Gottesdienst mit Kerzenzeremonie zu begleiten. Offenbar wusste er, dass es für sie ein aufwühlendes Ereignis war. Ihn an seiner Seite zu wissen, tröstete sie schon jetzt.

Mit dem Gottesdienst sollte nicht die Grundsteinlegung für das neue Kirchengebäude gefeiert werden. Diese Zeremonie sollte im Januar stattfinden. Da der Bauernkalender einen milden Winter vorhersagte, hoffte man, dass die Bauarbeiten in den kommenden Monaten zügig vorangingen.

Aber man wollte zu Weihnachten wenigstens eine kleine Feier veranstalten und so hatte der Pastor die Mitglieder der Gemeinde – und alle anderen Einwohner der Stadt – zu einer Zusammenkunft auf dem Gelände eingeladen. Man wollte zusammenkommen, um sich zu erinnern, um gemeinsam zu beten und zu singen, um die Geburt des Erlösers zu feiern und sich auf den Neubau des Kirchengebäudes zu freuen.

„Das will ich auf jeden Fall gemeinsam mit dir erleben, Jess." Sein Blick war offen, als er sie ansah. „Wo ist denn der kleine Kerl?"

„Er ist in seinem Zimmer und fotografiert seine Spielsachen. Er ist total begeistert von der Kamera, die du ihm geschenkt hast. Ständig trägt er sie mit sich herum."

Derek lächelte erfreut. „Sehr gut. Ich bin froh, dass sie ihm gefällt. Ich bin auch froh, dass er beschäftigt ist, denn ich ... na ja, ich habe einen Grund, warum ich ... äh ... ein paar Minuten früher gekommen bin ..."

Diese gestammelten Worte waren untypisch für den ansonsten so selbstsicheren, gesprächigen Derek. Jessica machte sich plötzlich Sorgen und spürte, wie ihr Herz schneller schlug. „Ist alles in Ordnung, Derek?"

„Ja, klar, ich ... äh ... ich wollte nur ... weißt du ..."

Sie nickte ihm aufmunternd zu, als ob ihm das helfen könnte, die Worte herauszubringen.

„Also, zuerst ..." Er schüttelte den Kopf und schien es sich anders zu überlegen. „Ich ... äh ... ich habe dir etwas mitgebracht, was du heute Abend vielleicht tragen möchtest."

Verlegen sah sie an sich herunter. „Ich weiß, dass dieses Kleid ziemlich schlicht ist, aber ich habe einen karierten Schal, der gut dazu passt, und dann ..."

„Jess." Derek unterbrach sie. „Du siehst großartig aus. Wie immer."

Fragend sah sie ihn an.

„Das meine ich ernst."

„Danke. Aber dann ...?"

Die ganze Zeit über hielt er die Hände hinter seinem Rücken, aber sie hatte sich zunächst nichts dabei gedacht. Jetzt streckte er ihr beide Hände entgegen und hielt ihr ein rotes Geschenksäckchen hin.

Für eine Bluse, ein paar Handschuhe oder Ohrenschützer war das Säckchen zu klein. Jessica starrte auf das Geschenk. Wieder rang sie nach Luft, als sie ihm einen verwirrten Blick zuwarf.

„Na los. Der Inhalt beißt nicht, das verspreche ich dir."

Sie nahm ihm das winzige Säckchen aus den Händen und zog mit zwei Fingern eine zierliche Schachtel heraus.

Ein Schmuckkästchen. Natürlich. Das musste es sein. Denn was sonst sollte so klein sein?

Bei diesem Anblick zitterten ihr die Hände. Sie legte das leere Säckchen auf den Couchtisch und hielt das Kästchen fest. Wieder sah sie verblüfft zu Derek hoch.

„Wie gesagt, es ist etwas, was du heute Abend bestimmt tragen möchtest."

Vor Aufregung hielt sie die Luft an. Als sie es geöffnet hatte, stieß sie einen leisen Schrei aus. „Oh, Derek, das kann ich einfach nicht fassen."

Freudentränen verschleierten ihr zwar den Blick, aber die Ohrringe konnte sie deutlich erkennen. Die Ohrringe, die Tante Rose ihr vor so langer Zeit geschenkt hatte. Die Rubine und Brillanten weckten in ihr ein Gefühl, das kostbarer war als der Wert der Edelsteine. Sie hatte geglaubt, diese Erinnerung für immer verloren zu haben.

„Das verstehe ich nicht. Wie hast du sie gefunden? Wie konntest du das wissen?"

Seine Gesichtszüge entspannten sich und seine Stimme klang wieder normaler und beinahe amüsiert. „Als wir in Micks Imbissstube waren und dort zu Mittag gegessen haben, ist dir ein Blatt Papier aus der Manteltasche gefallen, während du aufstandst, um zur Toilette zu gehen. Ich habe es aufgehoben und in die Brusttasche meiner Uniform gesteckt. Ich wollte es dir natürlich zurückgeben, aber dann habe ich es vergessen." Er zuckte mit den Schultern, bevor er weitersprach.

„Erst am Abend bin ich wieder auf das Blatt gestoßen, als ich meine Taschen ausgeleert habe. Und da habe ich gesehen, dass es eine Quittung des Pfandleihhauses über den Verkauf deiner Rubinohrringe war. Ich musste einfach handeln, Jess. Ich weiß doch, wie viel dir die Ohrringe bedeutet haben."

Fassungslos starrte sie ihn an, erstaunt darüber, wie gut er sie kannte und wie sehr er sich um sie sorgte. „Ich bin noch einmal ins Pfandleihhaus gegangen“, berichtete sie. „Nach der Verkaufsaktion, als ich ein bisschen Geld übrig hatte. Aber sie waren nicht mehr da und ich war darüber so traurig. Ich habe geglaubt, dass ich sie nie wiedersehen würde.“

„Das tut mir leid. Vielleicht hätte ich sie eher vorbeibringen sollen. Aber ich dachte mir …“

„Dass heute Abend der richtige Zeitpunkt dafür ist? Oh ja, das ist er. Es ist der beste Zeitpunkt überhaupt.“ Stürmisch legte sie ihm die Arme um die Schultern und umarmte ihn so fest sie konnte. „Dass ich die Ohrringe heute Abend tragen kann … Das bedeutet mir so viel.“

Sie ließ ihn los, machte einen Schritt zurück und sah ihm voller Dankbarkeit in die Augen. „Danke, Derek. Vielen, vielen Dank. Mit den Ohrringen fühle ich mich Tante Rose wieder ein Stück näher.“

Als er mit einem Finger sanft über ihre Wange strich, zeigte sich ein schwaches Lächeln auf seinen Lippen. „Für dich tue ich doch alles, Jess.“

Langsam und feierlich nahm sie die Ohrringe aus dem Schmuckkästchen und steckte sie an, einen nach dem anderen. Dann strich sie sich das Haar hinters Ohr, damit die Rubine und Brillanten so richtig glitzern konnten. Sie lächelte. „Wetten, dass dieses schlichte, alte Kleid jetzt noch besser aussieht?“

„Wie gesagt, Jess, für mich siehst du immer großartig aus.“

Bei diesem Kompliment wurde ihr ganz warm ums Herz, aber sie versuchte, ihre Gefühle zu verdrängen. „Ich kann es nicht fassen, dass es dir gelungen ist, das Geheimnis der Ohrringe für dich zu behalten. Das sieht dir gar nicht ähnlich“, sagte sie, um ihn zu necken. „Du hast die Sache mit keinem Wort erwähnt.“

„Ja, also …“ Derek nahm die Mütze ab und fuhr sich mit der Hand durchs Haar. „In Wirklichkeit habe ich dir eine Menge zu sagen, Jess. Sogar in Micks Schnellimbiss wollte ich einiges loswerden … aber das war nicht der richtige Ort, dir zu sagen, was ich schon seit Jahren auf dem Herzen habe.“

Auf dem Herzen … seit Jahren? Schon wieder musste sie nach Luft schnappen.

„Viel zu lange schon." Derek trat von einem Fuß auf den anderen. Er drehte die Mütze hin und her, immer wieder. „An jenem Tag, beim Mittagessen, hast du über die Fehler gesprochen, die du gemacht hast. Aber du weißt nicht, dass ich auch einen Riesenfehler gemacht habe, als ich dich damals an der Uni besucht habe."

Bei dem Versuch, an diese Zeit in ihrem Leben zurückzudenken, runzelte sie die Stirn. „Aber … du hast mich doch nie am College besucht."

„Doch, das habe ich. Du hast bloß nie davon erfahren. Als ich dort war, warst du nicht in deinem Zimmer im Studentenwohnheim. Du warst in der Waschküche oder irgendwo anders und ein junger Mann hat die Tür aufgemacht. Er hat sich vorgestellt und mir erzählt, dass ihr beide in der nächsten Woche nach Las Vegas wolltet, um …"

„Oh …" Sie schloss die Augen. „Das war Sean."

Derek nickte und sprach weiter. „Ich war auf dem Weg nach Wisconsin, aber ich bin zuerst extra nach Columbus gefahren, weil ich dich sehen wollte. Ich wollte dir mein Herz zu Füßen legen und dir sagen, wie sehr ich dich immer geliebt habe."

Hatte sie eben richtig gehört? Er liebte sie? Plötzlich schwankte sie auf ihren hohen Absätzen. „Aber das ist so viele Jahre her, Derek … und du hast mir nie etwas gesagt …"

„Das wollte ich ja, Jess. Ich habe bloß abgewartet."

„Worauf denn?"

„Ich wollte dir etwas bieten können." Seine Augen blitzten vor Stolz und Entschlossenheit. „Als meine Tante und mein Onkel mir anboten, dass ich bei ihnen in Milwaukee wohnen könnte und sie mich dort bei meiner Ausbildung auf der Polizeiakademie unterstützen wollten, habe ich endlich gespürt, dass ich auf dem richtigen Weg war. Ich wollte, dass du in mir eine Persönlichkeit siehst und nicht eine gescheiterte Existenz."

„Aber für mich warst du nie eine gescheiterte Existenz, Derek. Du warst mein bester Freund. Mein Ein und Alles."

„Das warst du für mich auch, Jess. Aber … ich wollte mehr. Ich wollte dir mehr geben Und auch mehr für dich sein."

Als sie sah, wie viel Zärtlichkeit in seinem Blick lag, wollte sie erneut protestieren, aber er hob abwehrend die Hand. „Ich habe zu schnell aufgegeben. Und ich habe das lange Zeit bedauert. An jenem Tag, als ich zur Uni gekommen bin, habe ich ein Nein gelten lassen, bevor ich dich überhaupt gefragt habe, ob du mich heiraten willst. Und vor Monaten, als ich endlich wieder nach Sugarcreek zurückgekehrt bin, habe ich dir nicht gesagt, was ich für dich empfinde, weil es nicht der richtige Zeitpunkt gewesen ist nach allem, was du gerade durchgemacht hast. Und ich wollte auch auf Cole Rücksicht nehmen, denn ich wusste noch nicht, wie er auf mich reagieren würde." Wieder trat er von einem Fuß auf den anderen. „Aber ich glaube, es läuft ganz gut zwischen uns beiden, findest du nicht auch?" Er hob eine Augenbraue und musterte sie abwartend.

„Sehr gut sogar, Derek." Sie lächelte. Besser, als sie jemals zu hoffen gewagt hätte. „Mit deinem ‚Hallo, Spiderman' hast du sein Herz gewonnen."

Erfreut lächelte er über ihre Antwort, aber genauso schnell wurde er auch wieder ernst. „Was ich eigentlich sagen will, Jess: Wenn du etwas für mich empfindest, dann …" Er streckte die Arme nach ihr aus, als ob ihm die Worte fehlen würden.

Aber sie fand, dass er genug gesagt hatte.

Seine Worte waren für sie wie ein Signal. Sie nahm ihm die Mütze aus der Hand und legte sie weg. Dann warf sie sich ihm an den Hals und umarmte ihn. Er hob ihr Kinn und küsste sie, sanft und zärtlich.

Derek zog sie enger an sich und liebkoste ihre Lippen … jede Berührung weckte in ihr diese unendliche Zärtlichkeit, nach der sie sich immer gesehnt hatte.

„Oh, Derek, weißt du, wie lange ich mir das schon gewünscht habe?", fragte sie, als sie sich voneinander lösten. „Schon seit dem Abschlussball. Und als wir in den See gesprungen sind. Als wir im Schnee getanzt haben. Seit deiner Rückkehr nach Sugarcreek, als du in den Laden und zurück in mein Leben gekommen bist." Vor lauter Glück begann sie zu kichern. „Und du … hast du es nie bemerkt, Herr Hilfssheriff?"

Über diese Anspielung musste er lachen. „Ich habe schon etwas gespürt. Aber ich war mir nicht sicher."

„Ist dir nicht aufgefallen, wie rot ich jedes Mal geworden bin, wenn ich dich gesehen habe?"

„Na ja, vielleicht ein oder zwei Mal." Er küsste sie zärtlich auf die eine und dann auf die andere Wange. „Du siehst jetzt auch aus, als wäre dir warm."

„Warm vor Glück."

„Also, Jess, wenn du für mich empfindest, was ich für dich empfinde, dann … äh … also, ich meine … ich will …"

Jetzt begann er schon wieder zu stottern. Aufmunternd nickte sie ihm zu.

„Dann … vielleicht …" Endlich holte er eine zweite Schachtel aus der Manteltasche. „Dann ist das vielleicht nicht zu viel."

Es war ein Schmuckkästchen, so winzig klein wie das andere. Es war zwar nicht groß genug für ein Armband, aber genau richtig für eine zarte Kette. Das vermutete, ja erwartete sie – bis sie den Deckel des Kästchens anhob und etwas ganz anderes darin entdeckte.

Ihr kamen die Tränen, als sie wie durch einen Schleier hindurch einen mit Rubinen und Brillanten besetzten Ring sah. „Er ist so schön, Derek, so wunderschön", sprudelte es aus ihr heraus. „Und er passt perfekt zu den Ohrringen."

„Ich habe ihn extra anfertigen lassen. Das ist auch ein Grund, warum ich dir die Ohrringe nicht eher geben konnte. Ich musste warten, bis der Juwelier mit diesem Ring fertig war."

„Ist er … ist er das, was ich denke?"

„Du kannst ihn als Schmuckstück zusammen mit den Ohrringen tragen. Oder …" Er hielt inne und sah sie zärtlich und sehnsüchtig zugleich an. „Ich hoffe, dass er dazu dient, mein Leben vollkommen zu machen – unser gemeinsames Leben. Unser Leben als Familie." Seine Stimme klang heiser vor Rührung. „Aber … äh … ich weiß, dass das alles für dich überraschend kommt, Jess. Wenn du mehr Zeit brauchst …"

„Wir haben schon genug Zeit vergeudet, Derek. Ich muss nicht mehr überlegen, denn ich will mit dir zusammen sein."

Ihre Gewissheit entlockte ihm ein breites, strahlendes Lächeln. Ohne auch nur einen Augenblick zu zögern nahm er den Ring aus dem Schmuckkästchen und steckte ihn ihr an den Finger, den sie ihm erwartungsvoll entgegenstreckte.

„Ich liebe dich so sehr, Derek."

„Ach, Jess. Ich werde dich immer lieben und ich habe dich ja schon immer geliebt. Das weißt du doch, oder?"

„Ja", erwiderte sie leise. „Jetzt weiß ich es."

Sein Mund suchte erneut ihre Lippen. Sie waren so tief versunken, dass sie erschraken, als sie die Stimme von Cole hörten.

„Bitte lächeln!", rief ihr Sohn laut.

Sie hielten sich noch immer in den Armen, als sie sich zu Cole umdrehten, dessen Gesicht halb hinter seiner neuen Kamera verschwand.

„Bitte lächeln!", befahl er ihnen aufs Neue.

Aber dieser Befehl war überflüssig.

Ihre Freude konnten sie beide nicht zurückhalten. Sie hörten gar nicht mehr auf zu lächeln und herzlich zu lachen, als Cole ein Foto nach dem anderen schoss und diesen besonderen Moment festhielt – den Beginn ihres gemeinsamen Lebens.

Und Jessica war sich ganz sicher, dass ihre Tante Rose jetzt vom Himmel auf sie heruntersah und ebenfalls lächelte.

# Kapitel 32

Als ihr Handy klingelte, blickte Liz von ihrer Strickarbeit auf. Auch Daisy hob neugierig den Kopf. Bis jetzt hatte die Hündin ungestört geschlafen – an ihrem Lieblingsplatz neben dem Kamin, unter dem Bogen aus Weihnachtsstrümpfen, die vom Kaminsims herunterhingen. Diese heimelige Szene wirkte wie ein Bild aus vergangenen Jahren.

Es war Sonntag und noch früh am Abend. Liz erwartete einen Anruf ihrer Tochter. Aber die Überraschung war groß, als sie am anderen Ende der Leitung die Stimmen ihrer Enkelkinder hörte.

„Frohohe bald schon Weihnachten, Omi!“ Die beiden riefen ihren lustigen Gruß ins Telefon und ihr wurde es ganz warm ums Herz, sodass sie lachen musste.

„Auch euch frohe bald schon Weihnachten!“

„Wollt ihr eurer Omi ein paar Küsse schicken?“ Liz konnte die Stimme ihrer Tochter Amy im Hintergrund hören. Daraufhin machten Ellie und Jack schmatzende Geräusche und Liz erwiderte gern diese telefonischen Küsse. Aber ihre beiden Enkelkinder wollten gar nicht mehr aufhören damit und so schritt ihre Tochter Amy ein. „Okay … jetzt habt ihr genug Küsse geschickt. Auf ins Kinderzimmer, ihr zwei. Papa wartet schon auf euch.“

Liz hörte, wie die beiden davonsausten. „Oh, sie sind so niedlich, ich kann es gar nicht erwarten, bis ihr alle hier seid und ich sie knuddeln kann.“

„Es dauert ja nicht mehr lange. Wie läuft es bei dir, Mama? Was machst du gerade?“

„Ich sitze hier und freue mich über meinen schönen Weihnachtsbaum.“ Nun ja, schön war vielleicht etwas übertrieben. Sie und Daniel waren zu einer Weihnachtsbaum-Plantage gefahren, weil sie den perfekten Baum für ihr Wohnzimmer finden wollten, ein eindrucksvolles Exemplar, das die ganze Familie bewundern sollte. Aber dann waren sie auf ein mickriges, schief gewachsenes Bäumchen gestoßen und waren sofort schwach geworden. Sie hatten ihm sogar einen Namen gegeben: Pat. Sie hatten Pat nach Hause gebracht und die dürren, schiefen Zweige so gut sie konnten geschmückt. Lametta und Baumschmuck hatten den Winzling leider nicht wirklich schöner gemacht.

„Du sitzt einfach so da?“ Amys Stimme klang besorgt. „Fühlst du dich nicht wohl?“

„Ich fühle mich großartig! Ich sitze da und stricke – diesmal aber keine Weste. Ich mache einen Pullover.“

„Oh, etwas Neues! Eine von deinen Rautenmuster-Westen *mit Ärmeln.*“ Amy kicherte und Liz konnte ihrer Tochter keinen Vorwurf wegen dieses leisen Spotts machen. Schon ihren Freundinnen im Laden hatte sie gestanden, dass sie seit Jahren nach derselben Vorlage strickte und sie das Muster sogar rückwärts aufsagen konnte. Dieses altbewährte Muster gelang ihr einfach immer. Aber wie bei allem anderen in ihrem Leben war jetzt die Zeit für eine Veränderung gekommen.

„Jaja, das geschieht mir ganz recht.“ Sie musste grinsen. „Aber nur damit du es weißt: Ich habe eine brandneue Anleitung gefunden, etwas, was ich noch nie probiert habe.“

„Mama! Nach so vielen Jahren!“ Ihre Tochter konnte es nicht lassen, sie weiter zu necken. „Ich bin so stolz auf dich. Wie sieht das Modell aus?“

„Es hat ein Zopfmuster und ich verwende eine schöne Wolle in einem gedämpften Olivgrün.“ Diese Farbe würde die grünen Punkte in Daniels haselnussbraunen Augen zum Leuchten bringen.

„Ein Zopfmuster und keine purpurrote, graue oder weiße Wolle?“ Amy lachte leise. „Ja, das ist wirklich neu und ganz anders. Du lernst dazu.“

„Also wirklich, Amy, ich kann es nicht fassen, dass du anrufst, bloß um dich über deine gute alte Mutter lustig zu machen.“ Liz musste lächeln. „Und dabei gebe ich mir so viel Mühe, für euch alle ein ganz besonderes Weihnachtsfest zu planen. Du solltest dich schämen.“

„Du weißt doch, dass ich bloß Spaß mache. Wir mögen doch alles, was du bisher für uns gestrickt hast“, behauptete Amy. „Ach, und wegen unseres Besuchs bei dir. Hoffentlich machst du dir nicht zu viele Umstände. Wir sind schließlich nur vier Tage in Sugarcreek.“

„Wenn ich mit meinen geliebten Enkelkindern Weihnachten feiern kann, macht mir das überhaupt keine Umstände."

Nachdem sie das Angebot von Belinda und John angenommen hatte, musste sie im Immobilienbüro noch ein paar Dinge erledigen. Bei ihren häufigen Besuchen in der Küche von Annabelles Restaurant sollte sie ein Gefühl für die täglichen Abläufe dort bekommen, und zwar noch vor ihrem offiziellen Arbeitsbeginn im Januar. Außerdem arbeitete sie in ihrer eigenen Küche und produzierte massenweise Weihnachtsplätzchen und kleine Kuchen. Daniel beklagte sich schon und wollte nicht mehr als Testesser fungieren, weil er sonst vor Weihnachten noch eine Diät würde machen müssen.

„Seid ihr mit den Kindern schon auf dem Weihnachtsmarkt gewesen?", wollte Liz wissen.

„Wir werden diese Woche an einem Abend gehen, dann ist es nicht so voll. Aber heute wollen wir noch einmal losfahren und uns die Weihnachtsbeleuchtung anschauen."

„Als wir das damals zusammen mit dir gemacht haben, war das immer ein Riesenspaß." Liz seufzte. „Ich gehe heute Abend zum Gottesdienst mit Kerzenzeremonie auf dem Kirchengelände."

„Davon hast du mir schon erzählt. Das kann ganz schön kalt werden."

„Oh ja, bestimmt. Aber der Gottesdienst wird nicht allzu lange dauern und es ist doch schön, wenn wir zu Weihnachten noch einmal zusammenkommen, bevor im Januar mit dem Wiederaufbau begonnen wird. Der Gottesdienst wird bestimmt sehr bewegend, aber auch gut, glaube ich."

„Fährst du alleine? Und triffst du deine Freunde und Bekannten dort?"

„Äh, nein …" Es fiel ihr schwer, weiterzusprechen. „Mein … äh … Chauffeur müsste gleich hier sein."

„Holt Jessica dich ab? Wie geht es ihr so?"

„Jessica? Ihr geht es gut. Aber nein, sie holt mich nicht ab. Ich fahre mit …" Sie zögerte und sofort begann ihr Herz schneller zu schlagen, denn sie wusste, dass sie jetzt endlich darüber sprechen musste. Sie hatte sich vorher nicht getraut, Amy zu erzählen, was sie für Daniel empfand. Aber sie konnte es nicht noch weiter hinausschieben, denn schon bald würden Amy und ihre Familie zu ihr kommen. „Ich fahre mit jemandem, der mir viel bedeutet, Amy. Mit Daniel."

Ein kurzes Schweigen am anderen Ende der Leitung. „Daniel? Dein Handwerker? Aber ich habe gedacht ... Du verwirrst mich. Du hast doch gesagt, dass er bloß ein guter Freund von dir ist."

„Ich weiß, Amy", erwiderte Liz leise. „Eine Zeit lang habe ich das auch geglaubt."

Daraufhin schwieg ihre Tochter und Liz wünschte, sie wüsste, was ihr gerade durch den Kopf ging. War Amy bereit, ihre Mutter zusammen mit einem anderen Mann zu sehen, obwohl sie nicht wollte, dass sie allein blieb? Gerade jetzt, so kurz vor Weihnachten, wenn sie sich an den Tod ihres Vaters erinnerte? Würde ihr das wehtun? Würde sie dagegen sein? Würde sie sich mit dem Gedanken anfreunden können oder dagegen kämpfen, so wie Liz es ja auch getan hatte?

Während sie ganz still dasaß, hoffte und betete sie, dass sie ihnen mit dieser Nachricht nicht ihr gemeinsames Weihnachtsfest verderben würde. Die Sekunden verstrichen wie Stunden. Endlich durchbrach Amy das Schweigen. „Also, ich kann nur sagen ..."

Liz schloss die Augen und hielt die Luft an.

„Ich habe mich schon gefragt, wann du endlich begreifst, wie viel er dir bedeutet, Mama."

„Was?", rief Liz mit schriller Stimme. „Du hast es auch gewusst?" Genau wie Lydia und Jessica! Liz war wirklich schwer von Begriff gewesen.

„Willst du mich auf den Arm nehmen? Ich konnte doch hören, wie du aus dem Häuschen warst, wenn du von deinem ‚Freund' gesprochen hast. Dann werden wir also dich und Daniel sehen, wenn wir Heiligabend herkommen?"

„Ja, klar! Ich meine, so ist es geplant."

„Gut. Ich kann es kaum erwarten, ihn kennenzulernen, Mama."

„Oh, Amy. Und ich kann es kaum erwarten, ihn dir vorzustellen."

„Und, Mama ..." Amy zögerte. An der Stimme ihrer Tochter konnte Liz hören, was sie empfand. So etwas merkte nur eine Mutter.

„Du sollst wissen, wie sehr ich mich für dich freue – wirklich."

„Oh, mein Schatz. Danke.“ Liz spürte, wie ihr die Tränen kamen. Sie war so erleichtert … so dankbar, dass Amy einverstanden war, ja sich sogar für sie freute. „Ich hab dich lieb, Amy.“

Als Liz das Telefongespräch beendet hatte, klingelte es an der Tür und sie wischte sich rasch die Tränen aus den Augen. Weil sie wusste, dass es Daniel war, versteckte sie schnell den angefangenen Pullover unter einem Sofakissen und schaltete die Lichter am Weihnachtsbaum aus, bevor sie zur Tür ging.

Er stand da und lächelte sie an, als ob er sie zum ersten Mal sehen würde. Und sie wusste genau, was er empfand. Bei seinem Anblick wurde ihr warm ums Herz, so wie an jenem ersten Morgen, als er mit einer Tüte Muffins vor ihrer Tür gestanden hatte.

„Hallo!“ Er beugte sich vor und gab ihr einen Kuss, den sie erfreut erwiderte. „Ich habe den Motor laufen lassen, damit es im Auto schön warm bleibt. Bist du fertig?“

Mit einem glücklichen Seufzen blickte sie in das Gesicht des Mannes, den sie liebte. „Ja!“ sagte sie ohne zu zögern. „Ja, das bin ich.“

Sie hatte eine Weile gebraucht, bis sie bereit war, aber jetzt war sie es – bereit für das Gute, das Gott ihr schenken wollte. In diesem Moment wurde ihr bewusst, dass ihr Leben in vielerlei Hinsicht so war wie ihre Strickprojekte. Sie hatte ein paar Lektionen gelernt, sich ein paar Dinge angeeignet, ein Muster übernommen, mit dem sie zurechtkam, und dann weitergemacht, ohne noch viel mehr für sich zu erwarten. Erst vor Kurzem hatte sie erkannt, dass sie echte Erfüllung nur dann erfahren konnte, wenn sie den Mut aufbrachte, neue Farben und Muster auszuprobieren und offen zu sein für neue Situationen und Menschen, die Gott in ihr Leben hineinbrachte.

Natürlich konnte sie nicht wissen, wie das Endergebnis aussehen würde. Aber wenn sie weiter auf die Liebe Gottes vertraute und daraus für sich selbst Kraft schöpfte, dann würde sie noch mehr entdecken, über das sie sich freuen konnte. Mehr, als sie sich momentan vorstellen konnte. Das hatte sie ja bereits erlebt.

„Wir sind bald wieder da, Daisy“, sagte sie mit einem Blick zurück auf ihre Hündin. Dann nahm sie ihren Mantel und die Handtasche von der Bank und machte die Tür hinter sich zu.

Die Luft war frostig kalt, der Himmel sternenklar. Als sie zu Daniel auf die Veranda trat, wusste sie auch ohne Worte, dass ihre Herzen voller Hoffnung waren. Sie ergriff seine Hand, die so stark und gleichzeitig so sanft war. Die zärtliche Berührung wärmte sie beide und so gingen sie hinaus in die sternenklare Nacht, die von weihnachtlichen Lichtern erleuchtet war.

# Kapitel 33

Ein kalter Luftzug fuhr in Lydias Haus, als sie Jonas die Tür aufmachte.

„Ich kann nicht versprechen, dass die Kutsche für die Fahrt in die Stadt sehr warm sein wird", sagte er und rieb sich kräftig die Hände.

„Das weiß ich. Die Luft ist eisig." Vor Kälte zitternd schloss sie hastig die Tür hinter ihm. „Flora kann froh sein, dass ich nicht fahren muss. Sie hat es in der Scheune schön warm. Und uns helfen vielleicht ein paar Decken."

Mit einem Kopfnicken deutete sie auf das Zweiersofa und die Wolldecken, die sie für ihre Fahrt zum Gelände der Gemeinde bereitgelegt hatte.

„*Jaa*, diese Decken geben uns ein bisschen Wärme. Aber auf dem Rücksitz eines Streifenwagens wäre es noch viel wärmer." Seine Augen blitzten scherzhaft.

Sie stemmte eine Hand in die Hüfte und tat so, als sei sie verärgert. Obwohl sie sich die größte Mühe gab, konnte sie ein Lächeln nicht unterdrücken, wenn ihr Nachbar sie neckte. „Also wirklich, Jonas Hershberger. Willst du mich jetzt ständig damit aufziehen?"

„*Nee*, nicht ständig, aber noch ein bisschen. Vielleicht bis nächstes Jahr um diese Zeit." Er lachte. „Unser freundlicher Hilfssheriff Derek kommt heute Abend auch, oder?"

„*Jaa*, er bringt Jessica und Cole mit."

„Neulich habe ich mit Onkel Daniel gesprochen. Er hat erwähnt, dass er zusammen mit Liz zum Gottesdienst kommen will."

„Die Keims und ein paar andere Familien aus unserem Nähzirkel wollen auch kommen."

„Das habe ich von ein paar Männern bei der Arbeit gehört." Jonas nickte. „Es ist *guud*, dass der Pastor auch Leute eingeladen hat, die nicht zu seiner Gemeinde gehören. Ich frage mich bloß, Lydia, wie es dir dabei geht. Das Ganze muss sehr schwer für dich sein."

Seitdem das Rätsel um ihre Ehe endlich gelöst war, lag Lydia trotzdem viele Nächte weinend in ihrem Bett. Tagsüber fühlte sie sich oft, als würde sie durch dichten Nebel treiben. Aber in seiner großen Güte und Barmherzigkeit hatte Gott ihr eines Morgens den Trost, den sie dringend brauchte, geschenkt.

Als sie in der untersten Schublade einer Kommode nach dicken Winterstrümpfen gesucht hatte, ertasteten ihre Finger plötzlich einen Gegenstand, den sie vor etwa einem Jahr dort versteckt hatte. Es war eine in ein Papiertuch gewickelte Rose, die schon so alt war, dass die Blütenblätter nur noch an wenigen Stellen ihre ursprüngliche rosa Farbe hatten. Von der vertrockneten Blüte waren fast alle Blätter abgefallen. Aber trotzdem war diese Rose für sie so kostbar, dass sie sie aufbewahrt hatte. Die Blüte war zwar verblasst, aber die Erinnerung an jenen Nachmittag war noch so frisch wie damals, als Henry ihr die Rose geschenkt hatte. Es war der wohl glücklichste Sommertag, den die beiden gemeinsam erlebt hatten.

Anstatt die Kutsche nach dem Gottesdienst sofort nach Hause zu lenken, war Henry an jenem Sonntag in einen Nebenweg abgebogen. Sie kamen zu einer Wiese, die sie vorher noch nie gesehen hatte. Dort verbrachten sie Stunden unter einem Schatten spendenden Baum am Ufer eines kleinen Teichs. Sie naschten von den Äpfeln, die er mitgenommen hatte, und kühlten sich die Fußspitzen im Teich. Er brachte ihr Herz zum Schmelzen, als er eine wilde Rose von einem Busch pflückte und ihr die Blüte in die *Kapp* steckte. An jenem Abend war er zu ihr zärtlicher gewesen als jemals zuvor.

Aber am Morgen danach verhielt er sich wie immer, als ob nichts gewesen wäre. Ihr blieb nur noch die Erinnerung an jenen Nachmittag und als Beweis die rosa Blüte der wilden Rose.

Als sie die Blume wiederentdeckt hatte, war das ein großer Trost für sie gewesen. Aber die Rose war auch eine bittere Ermahnung, wie der Feind Henrys Seele gequält und ihm das Leben zur Hölle gemacht hatte. Sie wollte nicht zulassen, dass er das auch ihr antat. In diesem Moment fasste sie einen Entschluss. Sie wollte nicht zulassen, dass der Teufel seinen Willen bekommen sollte. Das sollte nie wieder geschehen. Denn wenn sie dem Feind das Feld überließ, wäre es so, als ob sie die Erinnerung an Henry mit Füßen treten würde.

Statt zu schmollen und zu grübeln begann sie wieder zu beten. Sie handarbeitete wieder ausgiebig, arbeitete im Laden mit und kümmerte sich um ihren Haushalt. Und sie gab Gott das Versprechen, dass sie jedem Menschen in Not helfen wollte, denn sie wusste aus eigener Erfahrung, wie wohltuend ein freundliches Wort oder eine aufmunternde Geste sein konnten. Das Leben ist für niemanden leicht. Jeder Mensch erlebt irgendwann Leid oder Schicksalsschläge. Aber ein Geschenk der Hoffnung, wie Rose es immer gesagt hatte, kann einem Menschen helfen, schwere Zeiten leichter zu überstehen.

„Ich bin bloß dankbar, dass sich heute Abend auf dem Kirchengelände so viele Freunde versammeln", sagte sie zu Jonas. „Weißt du, Freunde können in unserem Leben viel bewirken."

Jonas sah sie an. In seinem Blick lag eine gewisse Sehnsucht, so als ob er ihr noch etwas sagen wollte. Oder wollte er sie trösten?

Sie legte ihm die Hand auf den Arm und spendete stattdessen ihm Trost.

„Mach dir keine Sorgen, Jonas. Ich schaffe das schon." Dieses Versprechen machte sie sich selbst genauso wie ihm.

„Ich weiß." Er legte seine warme Hand über die ihre und tätschelte sie aufmunternd. „So, wie ich dich kenne, habe ich da gar keine Zweifel, Lydia."

Er drückte ihr sanft die Hand, bevor sie einen Schritt zurückmachte. Sie holte tief Luft und versuchte, die Stimmung mit einem Lächeln aufzulockern. „Wir haben noch ein bisschen Zeit, bevor wir losfahren. Heute früh habe ich den Pekannusskuchen, den dein Onkel Daniel und Liz übrig gelassen haben, aufgetaut. Möchtest du ein Stück und eine Tasse Tee dazu?"

„Pekannusskuchen?" Seine Augen leuchteten. „Das ist mein Lieblingskuchen."

Sie hob eine Augenbraue, als sie nebeneinander in die Küche gingen.

„Hmm." Sie musste schmunzeln. „Wirklich? Ich dachte, Zuckerkekse sind deine Lieblingskuchen."

„Ach, habe ich das gesagt?" Er rieb sich nachdenklich am Kinn.

„Ja, das hast du."

„Du hast ein viel zu gutes Gedächtnis. Bei dir muss ich wirklich aufpassen, was ich sage."

Seine Ehrlichkeit brachte sie zum Lachen, aber sie tat so, als würde sie ihm drohen. „Ja, das ist bestimmt besser für dich."

Wie immer fiel es ihr leicht, mit ihrem Nachbarn zu plaudern, während sie die Kuchenstücke auf Tellern verteilte und den Tee aufbrühte. Sie sprachen über dieses und jenes, über die Arbeit, das Wetter, ihre Haustiere und sogar über den bevorstehenden Besuch ihrer Mutter und Schwester.

„Wie lang wollen sie bleiben?", fragte er, nachdem er den ersten Bissen vom Kuchen probiert hatte.

„Oh, bloß eine Woche, obwohl es mir lieber wäre, wenn sie noch viel länger bleiben könnten. Ich habe sie seit ewigen Zeiten nicht mehr gesehen. Oder zumindest kommt es mir so vor."

„Dann endet das Jahr für dich ja sehr gut."

Lydia dachte voller Vorfreude an die bevorstehende Ankunft ihrer Mutter und Schwester. „Ich bin auch sehr froh, dass sie schon bald kommen, denn dann können sie noch hier übernachten. Schließlich weiß ich nicht, wie lange ich noch hier sein werde."

Jonas wollte gerade die Gabel zum Mund führen, aber er hielt abrupt inne und sah sie erstaunt an. „Wo willst du denn hin, Lydia?"

„Es ist nicht zu fassen, aber ich habe es dir noch gar nicht erzählt!" Sie beugte sich zu ihm herüber. „Derek hat mir verraten, dass er Jessica heute Abend einen Heiratsantrag machen will."

*„Jaa?"* Jonas machte große Augen und wirkte noch verwirrter als vorher und sogar ein wenig verärgert. „Das ist wirklich *wunderbaar* und *guud* für die beiden, aber ich verstehe nicht, was das mit dir zu tun hat."

„Also …" Sie nahm ihre Teetasse und umfasste sie mit beiden Händen. „Wenn Jessica Ja sagt, und ich glaube, das wird sie, dann werden sie in Dereks Wohnung ziehen. Und dann – wer weiß? Vielleicht kann ich in die Wohnung über dem Laden ziehen. Dann spare ich das Geld für die Fahrten in die Stadt und ich muss nur eine Treppe runtergehen, um zur Arbeit zu kommen."

„Aber Lydia …" Der Stuhl quietsche leise, als Jonas sich zurücklehnte, um Lydia zu mustern. „Wenn das passiert, … dann … dann bist du ja so weit weg von mir."

Seine Augen schauten besorgt drein, als er sie ansah. Aber in seinem freundlichen Blick lag noch etwas anderes – ein Verlangen, eine Zuneigung, die sie schon öfter bemerkt hatte, wenn Daniel Liz ansah. Und wenn Derek mit Jessica einen Blick wechselte. Sie hatte immer gehofft, dass ein Mann auch sie einmal so ansehen, sie wahrnehmen würde. Bisher hatte sie das noch nie erlebt.

Ihr wurde ganz warm und sie war viel zu überwältigt, um etwas erwidern zu können.

Als sie schwieg, ergriff Jonas rasch das Wort und entschuldigte sich bei ihr. „Es tut mir leid, Lydia. Ich habe kein Recht, so etwas zu sagen."

Langsam stellte sie ihre Tasse auf den Tisch. Sie wollte Zeit gewinnen. „*Nee*, Jonas, das ist vollkommen in Ordnung. Ich habe gelernt, dass es in diesem Leben *guud* ist, wenn Menschen offen und ehrlich zueinander sind", sagte sie schließlich. „Das ist sogar sehr *guud*."

Sie saßen da und starrten sich schweigend an. Dieses Schweigen war ihnen beiden fremd. Endlich begann Jonas wieder zu sprechen.

„Wir sollten uns langsam auf den Weg in die Stadt machen, findest du nicht auch?"

„*Jaa*." Sie holte tief Luft. „*Jaa*, unbedingt."

Als sie aufstanden, half er ihr, den Tisch abzudecken und das Geschirr in die Spüle zu räumen.

„Es ist noch Kuchen übrig." Sie riss ein Stück Alufolie ab. „Weil es doch dein Lieblingskuchen ist …" Sie lächelte. „Soll ich ihn dir einpacken?"

„*Nee*. Ich bin ja bald wieder zurück", erwiderte er, als er die Stühle an den Tisch heranschob. Dann hielt er inne und senkte langsam den Kopf. „Ich meine … wenn das für dich noch immer in Ordnung ist, Lydia."

„*Jaa*, Jonas. *Jaa*, natürlich ist das in Ordnung." Dabei sah sie ihren freundlichen Nachbarn unverwandt an. Und während sie die Kuchenstücke abdeckte, war sie überrascht, wie sehr sie sich wünschte, ja, wie sehr sie hoffte, dass seine Worte wahr würden.

Als Jonas die letzte Kurve umrundete und die Kutsche am Ende der Hauptstraße langsamer fahren ließ, sah Lydia sich mit großen Augen um. Ihr kam es so vor, als hätte sie dieses Städtchen noch nie gesehen. Und das stimmte auch, denn so kannte sie den Ort noch nicht.

„Ist sie nicht wunderschön?" Jonas wusste, was sie gerade dachte.

„*Jaa*, das ist sie“, flüsterte sie zustimmend.

Weiße Lichter schimmerten auf beiden Seiten der Straßen, schmückten die mit Raureif bedeckten Ladenfronten und beleuchteten die Dächer der Häuser bis hinauf zum Hügel. Jedes Schaufenster, jede Tür und jeder Laternenpfahl war mit grünen Girlanden und roten Schleifen geschmückt. Die Pferde und Kutschen, die am Straßenrand aufgereiht standen, verliehen der Straße ein nostalgisches Flair. Das Städtchen Sugarcreek hatte sich in ein malerisches Weihnachtsdorf verwandelt.

Und es war nicht nur die Stadt, die im Dunkel der Nacht glänzte. Der Hügel, auf dem das Kirchengebäude gestanden hatte, schien ebenfalls zu leuchten.

Der Ruß, die Asche, die verkohlten Trümmer waren alle verschwunden. Jetzt war hier nur noch Licht an diesem Ort, an dem es vorher so dunkel gewesen war. Dort, wo der Tod seine Schrecken verbreitet hatte, war heute Leben.

Über ihnen funkelten die Sterne und warfen ihr Licht auf die Krippenszene mit lebenden Figuren und echten Tieren von den Farmen. Während eine dünne Schneedecke das Gelände in eine weiße Winterlandschaft verwandelte, versammelten sich die Stadtbewohner, *Englische* und Amish-Leute gleichermaßen, um Gott zu danken und ihn zu loben.

Während die beiden Pferde die Kutsche von Jonas gemächlich den Hügel hinaufzogen, erinnerte sich Lydia an eine der seltenen Kutschfahrten mit Henry, als sie an einem Frühlingstag in die Stadt gekommen waren. Ihr Blick war sofort auf den schlanken Turm des Kirchengebäudes gefallen. Er hatte so wunderbar in die Landschaft gepasst und er schien in den klaren blauen Himmel hineinzureichen. Der hohe Turm war kilometerweit zu sehen gewesen, umgeben von weißen Nebelschleiern.

Als sie jetzt ihre Augen auf den Hügel richtete, sah sie etwas ganz anderes.

Zum ersten Mal in ihrem Leben spürte sie, dass sie geborgen war in etwas, das größer war als sie selbst. Sie gehörte zu den Menschen in dieser Stadt, aber sie hatte auch einen Platz im Plan Gottes.

Schon jetzt freute sie sich auf den Tag, an dem sich der Turm wieder über der Stadt erheben würde. Es ging ihr nicht um die

Schönheit des Gebäudes oder die Eleganz. Nein, denn dieser Turm sollte für sie immer ein Denkmal der Erinnerung sein.

Der Erinnerung daran, dass jemand über sie und die anderen Menschen in der Stadt wachte. Dass jemand für sie sorgte. Und sie liebte.

Auf diese Liebe konnte sie immer vertrauen. Und diese Liebe sollte ihr immer wieder die Kraft geben, die sie brauchte.